中國傳統 經典與解釋

Classici et commentarii

中國傳統　經典與解釋

入其國，其教可知也……其爲人也：溫柔敦厚而不愚，則深於《詩》者也；疏通知遠而不誣，則深於《書》者也；廣博易良而不奢，則深於《樂》者也；絜靜精微而不賊，則深於《易》者也；恭儉莊敬而不煩，則深於《禮》者也；屬辭比事而不亂，則深於《春秋》者也。

——《禮記・經解》

中國傳統 經典與解釋

Classici et commentarii

陳柱集

李爲學 潘林◉主編

中國散文史

陳柱◉著 郭畑◉校注

華東師範大學出版社

華東師範大學出版社六點分社　策劃

出版説明

陳柱(1890-1944),字柱尊,號守玄,廣西北流人。師從著名學者唐文治先生,先後任暨南大學、交通大學、中央大學等學校教授。作爲民國時期的國學巨擘,陳柱先生爲學不主一家,不專一體。所著經史子集之屬,遠有所稽,近有所考,明源流本末,辨義理辭章,且多能與現代思想相發明,闡發宏深,實開國學之新境界。"予自治學之年,好治子部……鼎革以後,子學朋興,六藝之言,漸如土苴,余性好矯俗,乃轉而治經"——依其自言,庶幾可見其治學路徑。陳柱"出筆迅速,記憶力和分析能力又强",且"闡發宏深,切中時勢,堿砭末俗,激勵人心,入著述之林,足爲吾道光"(唐文治語)。

陳柱先生一生撰述宏富,自1916年後的二十餘年間,計成書"百餘種,蓋千餘萬言"。其中以《子二十六論》、《公羊家哲學》、《老子集訓》、《文心雕龍增注》、《墨學十論》、《中國散文史》等書最爲精闢。由於時值戰亂期間等各種原因,陳柱著述生前刊布流通者不過數十種。其餘以講義、家藏刻印等形式所存文稿,大多湮默無聞,實爲學界之憾。現經多方鈎沉,將陳柱生前所刊著述並其家屬所藏文獻,一併編次付梓,依篇幅大小並題旨編成若干卷(同類篇章以篇幅最大者具名,涵括相關短制),以期陳柱學述重光於世。

"陳柱集"編輯構想原由中山大學中文系李榮明教授設計,並查索和複製了不少文獻。因李榮明教授有別的研究項目而擱置,"陳柱集"轉由重慶大學人文社會科學高等研究院古典學研究中心承接校注的組織工作,繼續查索和複製文獻,並得到陳柱先生女兒陳蒲英女士的熱情幫助。對李榮明教授所做的前期工作,以及陳蒲英女士的熱情幫助,謹此致以衷心的感謝。

由於"經典與解釋"系列叢書具有普及古典學術的性質,我們對書中出現的當今普通文科生感到陌生的字詞、人物、地名、事件以及典章制度作了簡明注釋,即便這些在文史專業學生眼裡是常識。

古典文明研究工作坊
中國典籍編注部己組
2014年2月

目　　録

第三編　駢文極盛時代之散文(晋及南北朝)

第四編　古文極盛時代之散文(唐宋)

第五編　以八股爲文化時代之散文(明清)

校注説明

陳柱先生出生於書香門第，一生涉獵廣泛，著述宏富，而其用力最勤、成果最豐的領域主要在於經學和子學，有關文學的著述並不多，《中國散文史》則是陳柱先生在文學領域中最爲重要的一部著作。該書於1937年5月由上海商務印書館出版，收在"中國文化史叢書"第二輯。

《中國散文史》有如下幾個鮮明的特點。首先，它提出了中國散文史分期的"兩分法"，既依據文體分成六個時期，又依據治化與學術之關係分成七個時期。"這兩種分法，均不以社會形態或朝代更替爲據，雖非盡善盡美，卻頗能切入中國散文的某些特質，對確立中國散文以及先秦散文的歷史發展階段有相當助益。"（常森語）其次，該書具有鮮明的文本整體觀念，這跟偏重文章局部與微觀的傳統批評學相比，是一種合理的處置方法。其序云：

> 所論各家之文，貴有例證，而例證尤忌割截，古之美文一經割截，則其美全失。如割截美人之口鼻以論其美也，故本篇除篇幅太長不得不節録者外，所録皆全篇文字。

這與近代以來將原始文獻切割成餖飣材料以便填塞到研究著作中去的流行做法不同。其三，最值得一提的是，該書非常關注歷史背景和道術與文章之間的關係。陳柱先生在該書中相當程度地發揮了其在經學和子學上的學力，每每詳細分析文學與治化、學術、時代之關係，强調每一時代之文學所産生的背景及其對"道"的承載方式。凡此明顯與近代文史哲分科之後各學科畫地爲牢的論述方式不同，从而更加接近中國思想與文學的本來面目。①

陳柱先生的《中國散文史》無疑是中國文學史領域的一部開創性著作，該書"第一次完整地勾勒了整個中國散文發展的歷史。此書日後不斷重印，影響極大。"②該書自 1937 年公開發行初版後，臺北商務印書館、上海書店、北京商務印書館、上海三聯書店等出版機構又一再重印，嶽麓書社、吉林人民出版社等也有新排本問世。此次編纂《陳柱集》，採用新體例校注《中國散文史》，一方面訂正原商務印書館版本的標點及文字訛誤，同時對原文進行箋注，對於難解字詞、人名地名、典制事件等，作簡明注釋，並盡量標明引文出處，以便利今世學子閱讀。

此次校注，以 1937 年原版爲底本，排版格式由繁體豎排改爲繁體横排。正文爲五號宋體；正文原注和校注者新增注釋均爲小五號宋體，惟校注者新增注釋外加圓括號，以示區别。獨立引文爲仿宋體五號，不作校勘和注釋，以存其舊。注釋文字一般採用傳統的隨文夾注形式，校勘及個别注釋文字較長者，採用頁下腳注形式，以便閱讀。原版中有文字訛誤，出校説明。書中爲避清諱所改弘、歷、丘等字，一律改回原字，不單獨出校，以避繁瑣。原文標點有明顯錯誤者，則徑改不出校；原版獨立引文僅斷句者，今一概加

① 參見常森，《二十世紀先秦散文研究反思》，北京大學出版社 2002 年版。

② 陳平原，《古典散文的現代闡釋》，載《中山大學學報》，2004 年第 6 期。

以新式標點。爲方便閲讀,原文段落因加以注釋而文字過多者,酌情分段。

重慶大學中央高校基本科研業務費資助項目(項目號:106112013Z007)

郭　畑
乙未年於重慶大學文字齋

序

吾國文學就文體而論,可分爲六時代。一曰駢散未分之時代,自虞(即帝舜,《史記·五帝本紀》:"虞舜者,名重華。")夏以至秦漢之際是也。二曰駢文漸成時代,兩漢是也。三曰駢文漸盛時代,漢魏之際是也。四曰駢文極盛時代,六朝初唐之際是也。五曰古文極盛時代,唐韓(韓愈,字退之,唐南陽人)柳(柳宗元,字子厚,唐河東人)、宋六家(即歐陽脩、王安石、曾鞏、蘇洵、蘇軾、蘇轍六人。此即合指"唐宋八大家")之時代是也。六曰八股文①極盛時代,明清之世是也。自無駢散之分以至於有駢散之分,以至於駢散互相角勝,以至於變而爲四六②,再變而爲八股。散文雖欲純乎散,而不能不受駢文之影響。駢文雖欲純乎駢,而亦不能不受散文之影響。以至乎四六專家,八股時代,凡爲散文、駢文者,胥(xū,全、都)不能不受其影響。

---

① 八股文,也稱時文、制藝、制義、八比文、四書文等,是明清時期科舉考試中所使用的一種駢散相間的特殊文體,一般由破題、承題、起講、入手、起股、中股、後股、束股等八個部分組成。

② 四六,指形成於南朝、盛行於唐宋的一種成熟的駢文文體形式,其以四字、六字的偶句爲主,構成字數相等的上下聯,上下聯詞語相應,平仄相對。大約從中晚唐開始,四六漸成駢文的代稱。參見莫山洪、余恕誠《"四六"的定名及其意義:從柳宗元到李商隱》一文,載《廣西師範大學學報》,2007 年第 5 期。

此文學各體分立之後,不能不各互受其影響者也。

復次,文學者,治化、學術之華實也。吾國之文學,又可分爲七時代。一曰爲治化而文學之時代,由夏商以至周初是也。二曰由治化時代而漸變爲學術時代,春秋之世是也。三曰爲學術而文學時代,戰國是也。四曰反文化時代,嬴秦(秦朝皇族嬴姓,所以稱嬴秦)是也。五曰由學術時代而漸變爲文學時代,兩漢是也。六曰爲文學而文學時代,漢魏以後是也。七曰以八股爲文學時代,明清是也。凡天下之物,不能有偶而無奇,亦不能有奇而無偶。凡文之自然者亦莫不如是。[①] 此秦以前之文,爲治化、學術而文學,所以奇偶皆備而不能分也。迨後則人力之巧漸加,天然之妙漸減。兩漢之世,則已漸趨尚文學,故駢儷之文漸多,而奇樸之氣日少矣。漢魏之際,子桓兄弟(曹丕,字子桓,即魏文帝,曹操長子。此指曹丕和曹植兄弟),以文學提倡於上。子桓且言文章爲經國之大業,不朽之盛事。(曹丕《典論·論文》)故自兹以往,士人遂皆專重文學,而駢文遂如日之中天。至唐韓、柳輩出,提倡文學改革,去六朝之今體,復秦漢之古文。然其意亦爲文學而文學,非復秦漢以前爲學術而文學矣。自爾以後,不外駢散二體之角勝。若八股,則駢散二體之合者也。自八股興,則舉世且爲八股而文學矣。爲文學而文學,故文學之體則甚尊,而文學之質乃日衰矣。何謂文學之質?學術是也。若爲八股而文學,則文學亦卑矣。

吾嘗以謂文字者,語言之符號也。然語言隨口而出,難以急亟雕修;文字筆之於書,可以從容潤色。言語不畏詳繁,文字宜求簡要。故文字與言語,不能離之太遠,亦不能合之太近。離之太遠則爲古典,駢文是也;爲艱深,辭賦如班(班固,字孟堅,東漢扶風安陵

① 清李兆洛編《駢體文鈔》並自序云:"天地之道,陰陽而已,奇偶也,方圓也,皆是也。陰陽相並俱生,故奇偶不能相離,方圓必相爲用。道奇而物偶,氣奇而形偶,神奇而識偶。"

人)、揚(揚雄,字子雲,西漢蜀郡成都人。班固、揚雄均長於辭賦),古文如蘇綽(字令綽,北朝西魏、後周武功人)、樊宗師(字紹述,唐南陽人,一作河中人),①是也。合之太近則爲方言,爲别字,如殷之盤庚(商朝中興之王,遷都於殷。此指《尚書·盤庚》),晚周之墨子(墨子,名翟,墨家創始人。此指《墨子》一書),是也。是二者皆不足以行遠,均有違乎辭達之恉(zhǐ,旨意、宗旨)。得其中者惟春秋戰國,自墨子而外,其文詞語氣大柢相類,雖間用一二方言,爲數亦僅,度當時方言之異,决不如是之簡也。諸子爲文,當亦力去鄙倍,以求其近雅而易識矣。

今夫方言之不一,省與省殊,縣與縣殊,鄉與鄉殊,而古之與今又殊,倘必令文字與言語爲一,②以方言入於文字,則異地異時,孰能識之哉?是直區(區分、分裂)吾國爲千百國,且復使後代之人不能讀前代之書,而使此千百國者又胥爲無文化之國而後已也。夫方言之不統一,方將力求所以統一之道。今於既統一之文字,獨奈何必從而分裂之,隔絶之邪?吾觀數千年來之文學史,雖駢散奇偶,淺深難易,互相角勝,以要以不與言語相離太遠與相合太近者爲能通流(通行、主流)。民國二十五年(1936)十一月北流陳柱柱尊自序。

一、所述各人履歷,多據史傳,並書明某傳,然亦有節省太多者則書名從略。

二、文學史最重闡明源流,本書有因源以及流者,亦有因流而溯源者。

三、所論各家之文,貴有例證,而例證尤忌割截,古之美文一

---

① 據《周書·蘇綽傳》,蘇綽曾針對當時的浮華文風而仿《尚書》作《大誥》,以爲文章標準體裁,時稱"古文"。唐李肇《唐國史補》云:"元和以後,爲文筆,則學奇詭於韓愈,學苦澀於樊宗師。"

② 胡適、陳獨秀等人所發起和倡導的白話文運動是民國新文化運動的一個主要組成部分,當時白話文運動的一個重要主張即是言文合一。

經割截,則其美全失,如割截美人之口鼻以論其美也,故本篇除篇幅太長不得不節録者外,所録皆全篇文字。

四、所書諸人姓名别字,均隨行文之便,並不畫一,誠以吾國各籍稱謂原不一致,强而一之,青年讀他書,一遇異稱,反多不能識也。

第一編　駢散未分時代之散文(夏商周秦)

第一章　總　論

駢文、散文兩名,至清而始盛,近年尤甚。求之於古,則唯宋羅大經(字景綸,南宋廬陵人)《鶴林玉露》引周益公(即周必大,字子充,一字洪道,自號平園老叟,南宋廬陵人。封益國公,故稱)"四六特拘對耳,其立意措詞貴渾融有味,與散文同"之言。自此以前則未之見也。夏敬觀(字劍丞,號盥人,又號映庵,江西新建人)云:"駢文義本柳宗元'駢四儷六'(見柳宗元《乞巧文》)一語,顧未以名文也。《説文》駕二馬爲駢(《説文解字》:"駢,駕二馬也。從馬,並聲。"),《莊子》駢拇與枝指對舉,①於義皆未媺(měi,同"美")。大抵唐以後,韓柳之學大倡,承其流者各囿(yòu,局限於)門户之私,務標異以示軒輊(區别、輕重),治偶文(駢文)輩又苟習庸濫,取便箋奏,不能求端往古(謂不能追本溯源),以尊其體,而駢義之非,遂無辯之者。李商隱(字義山,號玉溪生、樊南生,唐懷州河内人)且以四六誣其集②,其傎(diān,同"顛")尤甚。清李兆洛(字申耆,號養一,清江蘇陽湖人)昌言復古,彙選漢六朝文樹之圭臬(指李兆洛編選《駢體文鈔》。圭臬,典範、規則),而不悟立名之誤。"《匑厂文稿序》(匑厂,音 gōng ān。《匑厂文稿》,黄孝紓著。

---

① 《莊子·駢拇》:"駢拇枝指,出乎性哉,而侈於德。"成玄英疏:"駢,合也,大也,謂足大拇指與第二指相連合爲一指也;枝指者,謂手大拇指傍枝生一指成六指也。"

② 李商隱將其文章結集,稱《樊南四六》,其《樊南乙集序》云:"此事(指四六之文)非平生所尊尚,應求備,卒不足以爲名。"

黄孝紓,字頵士、公渚,號匑庵、匑厂,福建閩縣人)夏氏以駢文一名於義無當,是也。

吾謂散文一名,尤爲不通。《莊子·人間世》有散木一名,與文木相對。郭象(字子玄,西晋雒陽人)曰:"不在可用之數曰散木,可用之木爲文木。"(《莊子》郭象注)《荀子·勸學篇》有散儒一名,與法士相對。(《荀子·勸學》:"隆禮,雖未明,法士也;不隆禮,雖察辨,散儒也。")楊倞(字不詳,大約唐憲宗時人,注《荀子》)注:"散謂不自檢束,莊子以不材木爲散木也。"夫無用之木爲散木,無用之儒爲散儒,則散文云者豈非無用之文邪?《説文·肉部》:"散,雜肉也。"《説文·林部》:"㪔,分離也。"散文與駢文相對,其本字當爲㪔,蓋取離散之義,與駢合相反也。然文體而取義於離散何邪?故有正名者出,駢文、散文二名,必在所當去矣。

原散文一名,清之駢文家最喜用之,孔廣森(字衆仲,一字撝約,號顨軒,清山東曲阜人)《答朱滄湄(朱文翰,字滄湄,號見庵,清安徽歙縣人)書》云:"六朝文無非駢體,但縱横開闔,一與散文同。"(見孫星衍《儀鄭堂遺文序》)袁枚(字子才,號簡齋,清錢塘人,世稱隨園先生)《胡稚威(胡天遊,原名騤,字稚威,號松竹主人、傚軒,清浙江山陰人)駢體文序》云:"散文可踏空,駢文必徵實。"

至清末羅惇曧(róng。羅惇曧,字孝遹,號以行、癭庵、癭公等,清末廣東順德人)《文學源流》云:"文之既立,何殊駢散?西漢以前渾樸敦雅,駢不慮雜,散不病野。"又云:"西京(長安,代指西漢)鉅子溯兩司馬(即司馬遷、司馬相如),子長(司馬遷字,西漢夏陽人)源出《左》、《國》(《左傳》、《國語》),俊宕(dàng,俊美而富有變化)其神;長卿(即司馬相如,字長卿,西漢巴郡安漢縣人,一説蜀郡人)系出《詩》、《騷》(《詩經》、《離騷》),麗蜜其體。别其外貌,未能强同,要以材力冠絶(出類拔萃),通宏相徵,一爲散體之家,一爲駢文之祖。"又云:"周秦逮於漢初,駢散不分之代也。西漢衍乎東漢,駢散角出之代也。魏晋歷六朝至唐,駢文極盛之代也。古文挺起於中唐,策論靡然(流行、風行)於趙宋,散文興而駢文蹶之代也。宋四六,駢文之餘波也。元明二代,駢散並衰,而散力終勝於駢。明末迄乎國朝指清,駢散並興,而駢勢差强於散。"羅氏之言,皆以駢散對舉。詳其意誼,蓋散文亦不過古文之别名耳。而現代所用散文之名,則大抵與韻文對立,其領域則凡有韻之詩賦詞曲,與有聲律之駢文,皆不得入内;與昔之誼同古文,得包辭賦頌贊之類,其廣狹不侔(móu,相等,齊同)矣。

吾以謂駢散二名實不能成立,不如以尚麗藻者名爲文家言,重質朴者名爲質家言,或省之曰文言,曰質言。(《論語・雍也》:"子曰:'質勝文則野,文勝質則史,文質彬彬,然後君子。'")而文、質二體之中,又各分有韻文與無韻文二種。如此則比之六代文筆之分,與近代駢散之别,尤爲辨章(亦作"辨彰",昭明顯著)矣。吾今於本書所論之領域,則仍沿用近日散文之誼,而論文筆之駢散,則多用奇偶之誼,讀者隨文觀之可也。

天地生物不能有奇而無偶,亦不能有偶而無奇。人之一身奇也,而二手二足則偶矣。手足之指各五,奇也,而二手二足各合而爲十,則偶矣。首,奇也,而兩耳兩目,則偶矣。一鼻一口又奇矣,且鼻有二孔,則偶矣。且一奇與一偶相對,則有爲偶矣。推之植物之花葉,最爲吾人之美觀者,何莫非奇偶之相雜。《易》曰:"地之可觀者莫如木。"(《説文解字》:"《易》曰:'地可觀者,莫可觀於木。'"王應麟《困學紀聞》曰:"今《易》無之,疑《易傳》及《易緯》。")以其花葉之奇偶相雜最顯著也。李兆洛云:"天地之道,陰陽而已。奇偶也,方圓也,皆是也。陰陽相並俱生,故奇偶不能相離,方圓必相爲用。道奇而物偶,氣奇而形偶,神奇而識偶。孔子曰:'道有變動故曰爻,爻有等故曰物,物相雜故曰文。'(《易・繫辭》下)又曰:'分陰分陽,迭用柔剛。'(《易・説卦》)故《易》六位而成章(《易·説卦》),[①]相雜而迭用。文章之用,其盡於此乎?六經(儒家的六部主要經典:《易》、《書》、《詩》、《禮》、《樂》、《春秋》)之文,班班(盛多)具存。"《駢體文鈔序》斯可見古人之文,原不能有奇而無偶,亦不能有偶而無奇;不能分其何篇爲駢文,何篇爲散文也。

梁昭明太子[②]《文選序》曰:"若夫姬公(周公。周公姬姓,故稱)之籍,孔氏(孔子)之書,與日月俱縣(通"懸"),鬼神爭奥,孝敬之準式(標準、模範),人倫之師友,豈可重以芟(shān)夷(裁減、刪削),加之剪截?老莊之作,管孟之流,蓋以立意爲宗,不以能文爲本,今之所撰,又以略諸。"此雖區周孔與諸子爲二,實則夏商之文,與周孔之作,皆爲治化而作,諸子之作皆爲學術而作,皆非爲文而作文也。惟其不爲文而作文,故其書不以能文爲宗,而以布治化鳴學術爲主。

夫然,故其文辭一任治化與學術之驅遣,而或奇或偶,均發乎天籟之自然。故論文學史者,應以夏商至周秦爲駢散文體未分之時代;而自夏商至春秋,則爲爲治化而文學時代;自春秋以至周秦諸子,則爲學術而文學時代,而孔子則承上起下之大師也。

---

① 《易》六位,指《易》六十四卦每卦一至六爻的爻位。《易·乾》:"大明終始,六位時成。"孔穎達疏:"以所居上下言之,故謂之六位也。"

② 昭明太子,即蕭統,字德施,小字維摩。南朝梁武帝蕭衍長子,被立爲太子,未及即位而卒,謚"昭明",後世稱"昭明太子"。編有《文選》一書。

第二章　爲治化而文學時代之散文（自夏商至春秋）

第一節　總　論

爲文學史者，或多溯原上古，始自羲軒（伏羲氏與軒轅氏黄帝）。吾則以謂文獻無徵，不如從略。孔子删《書》，斷自唐虞（唐堯與虞舜），而《堯典》、《臯陶（yáo）謨》（《尚書》篇目）兩篇，大書"粤若稽古"①四字，則其文經孔氏删述，不得視爲唐虞時代之文矣。故今之所述，始自有夏。

《漢書·藝文志》曰："古之王者，世有史官，君舉必書，所以慎言行，昭法式也。左史記言，右史記事（左史官主要記録言説，右史官主要記録事件）。事爲《春秋》，言爲《尚書》，帝王靡（無）不同之。"蓋三代（夏、商、周）之盛，聖賢在位，其學問皆見諸治化，不尚空言，其史官覩其治化之跡，紀爲實録，故其文莫非史也，其史莫非治化也。章學誠（字實齋，號少岩，清浙江會稽人）曰："六經皆史也。古人不著書，古人未嘗離事而言理，六經皆先王之政典也。"《文史通義·易教上》夏商周三代之治化，於今可考者，莫尚於六藝（即《易》、《書》、《詩》、《禮》、《樂》、《春秋》）。而六藝之中，莫要於《尚書》。

陳石遺先生（陳衍，字叔伊，號石遺老人，晚清民國福建侯官人）《石遺室論文》曰："《尚書》爲中國第一部古史，亦即中國第一部古文。以史學論，後世之天官書、律曆志，本於《堯典》上半篇；職官志本於《堯典》之命官；輿服志、樂書，本於《臯陶謨》下半篇；孔氏分爲

---

① 《堯典》："粤若稽古帝堯。"《臯陶謨》："粤若稽古臯陶。"粤，通曰。孔安國傳"粤若稽古帝堯"云："若，順；稽，考也。能順考古道而行之者帝堯。"

《益稷篇》若地理志、河渠書之本《禹貢》,本紀之本《堯典》,其尤顯著者矣。以文學論,曾湘鄉(曾國藩,初名子城,字伯涵,號滌生,諡文正,清湖南湘鄉人,故稱)之《雜抄》(《經史百家雜鈔》),分記載、告語、著述、詞賦四類。竊以爲記載、告語二類,爲用最廣。《尚書》之典謨,則傳(傳文)、狀(行狀)、碑(碑銘)、誌(墓誌)所自昉(同"仿")。《禹貢》、《金縢》、《顧命》,皆記事體。《召(shào,召公)誥》、《洛誥》,雖中多告語,而首尾實記事體。《顧命》惟韓昌黎曾學之。《金縢》則開後世紀事本末之體。奏議爲下告上之言,本於《皋陶謨》、《洪範》、《無逸》、召洛《二誥》,而《皋陶謨》實開徐樂(西漢燕郡人)、嚴安(西漢臨菑人)二列傳之體,徐、嚴二傳只載上書一篇,别無他事。(見《漢書》徐、嚴二傳)贈序爲同輩相告語之言,始於回路之相贈,而實本《君奭》,蓋共處一地而贈言者。若鄭子家(姬姓,鄭氏,名歸生,字子家,春秋鄭國人)、晋叔向(姬姓,羊舌氏,名肸,字叔向,春秋晋國人)之與書,則隔異地而相與言,(《左傳》文公十七年載有子家告趙宣子書、昭公十三年載有叔向告齊書)亦其類也。序跋昉於《易・十翼》、《書序》(《尚書序》)、《詩序》(《詩經》毛傳序)、《射義》、《冠義》、《昏義》、《鄉飲酒義》(《禮記》篇名)。祭文昉於《武成》、《金縢》(《尚書》篇名)之祝詞。魯公(魯莊公)之誄賁父(縣賁父),哀公(魯哀公)之誄孔子,皆見於《檀弓》(《禮記》篇名)。而《周禮》(又稱《周官》,相傳爲周公所作)大祝作六辭,六曰誄,則周初已有之矣。"觀此可知後代文體,皆原於六經,而《尚書》爲尤備矣。非古人好爲如此之文,故發明如此之文體也。實治化所有,故遂不得不有此等之文體耳。

第二節　夏代散文

孔子祖述堯舜,稱堯之爲君,"唯天爲大,焕乎其有文章。"又稱:"巍巍乎舜禹之天下也,而不與焉。"(《論語・泰伯》)堯舜治化之盛可知矣。惜《堯典》、《皋陶謨》非當代之文字,不能論列耳。至禹之治水,則治化益隆。

林傳甲(字歸雲,號奎騰,福建侯官人)云:"禹之治化,東漸(入、到)於海,西被(澤被、覆蓋)於流沙(中國西部和中亞的沙漠地帶,概指極西之地),朔(北方、北極)南(南方、南極)暨(及、達到),聲教訖(至於、達到)於四海。(《尚書・禹貢》)漢唐之盛,其版圖不過如是也。雍州(《禹貢》九州之一)球琳、琅玕(兩種美玉)之産,實出于闐,自注:汪士鐸之説如此。① 故貢道(朝貢所經之道路)浮於(經過)積石焉。自注:今青海地。合黎(山名,在甘肅河西走廊中部)若水(雅礱江古稱),今爲居延(地名),南海(古指中國大陸南方的邊緣海)黑水(一説爲今四川阿壩州境内的一條河流,阿壩州今有黑水縣),今爲瀾滄。自注:鄒氏伯奇(鄒伯奇,字一鶚,又字特夫,號徵君,清廣東南海人)之説如此。蒙古、青海、西域、衛藏、緬越諸地,皆禹跡所至也。李文貞(李光地,字晋卿,號厚庵,别號榕村,清福建安溪人。卒謚文貞,故稱)按天度(將天按圓周刻度計算天文曆法)以計里,以蒲坂(傳説舜的都城即爲蒲坂,在今山西永濟市境内)爲樞,則《禹貢》荒服(五服最外之一服。《禹貢》將九州分爲甸服、侯服、綏服、要服、荒服五服),東起遼東、朝鮮,南至閩粤,西訖瀾滄,北至克魯倫河(亞洲中部河流),爲鄒徵君(鄒伯奇)《禹貢》五服地圖所本。紀曉嵐(紀昀,字曉嵐,一字春帆,晚號石雲,清直隸獻縣人)譏文貞爲閩人,不自外於禹域,則好爲奇論,而不曉度數也。嗚呼,椝椝大陸,禹甸(即禹所墾辟之地,後多稱中國之地爲禹甸)如此其廓也,沿江海,達淮泗,禹不但以治河爲事,且發明航海之學焉,三苗之伐,爲漢族拓殖民地也。"《中國文學史》

① "鐸",原文誤作"譯"。汪士鐸,字振庵,别字梅村,江蘇江寧人,清道光庚子舉人,精於輿地之學。

大禹治水之功,諸子百家所共稱,必非無稽之談。至當時版圖如此之廣者,蓋古代對於國家之疆域,非如後世之固定;其所歸化者,亦非如後世之統一。故古代之國字爲“或”字。《易》曰:“或之者,疑之也。”(《易》乾卦九四)故引申之爲或此或彼之或。明古代之國界,或大或小,或東或西,不如後世之塙(同“確”)定也。《禹貢》版圖,疑即禹治水所至各地部落,皆歸化臣服者耳。自疑古者以大禹爲蟲,[1]古無大禹其人之説出,而虞夏之世乃無文化之可言。於大禹治水之事,古代諸子百家所共稱者,皆不足信,而獨可取決數千年後一二人之私智矣。於《禹貢》一書,自西漢以前人皆信爲夏書者,今乃爲戰國時人不經之書矣。斯學者所不當盲從者也。

左史記言,右史記事。古代治化之文,不外記事、記言二科。夏代之文,記事之最工者,莫如《禹貢》;記言之工者,莫如《甘誓》(《尚書》篇名)。

禹貢

禹敷土,隨山栞木,奠高山大川。冀州。既載壺口,治梁及岐。既修太原,至于岳陽。覃壞厎績,至于衡漳。厥土:惟白壤。厥賦:惟上上,錯。厥田:惟中中。恒衛既從,大陸既作。鳥夷皮服。夾右碣石,入于河。濟河惟兖州。九河既道,雷夏既澤,灉沮會同。桑土既蠶,是降丘宅土。厥土:黑墳,厥草惟繇,厥木惟條。厥田:惟中下。厥賦:貞;作十有三載,乃同。厥貢:漆、絲,厥篚織文。浮于濟、漯,達于河。海岱惟青州。嵎夷既略,濰淄其道。厥土:白墳,海濱廣斥。厥田:惟上

① 顧頡剛曾認爲大禹是出自古鼎上的某一種動物,又引《説文解字》釋“禹”爲“蟲”之説,故後來被訛傳爲以大禹爲蟲。見顧頡剛《古史辨》第一冊《討論古史答劉、胡二先生》。

下。厥賦:中上。厥貢:鹽、絺、海物惟錯,岱畎絲、枲、鉛、松、怪石,萊夷作牧,厥篚檿絲。浮于汶,達于濟。海、岱及淮惟徐州。淮、沂其乂,蒙、羽其藝。大野既豬,東原厎平。厥土:赤埴墳,草木漸包。厥田:惟上中。厥賦:中中。厥貢:惟土五色,羽畎夏翟,嶧陽孤桐,泗濱浮磬,淮夷蠙珠暨魚,厥篚玄纖縞。浮于淮泗,達于河。淮海惟揚州。彭蠡既豬,陽鳥攸居。三江既入,震澤厎定。篠蕩既敷。厥草惟夭,厥木惟喬,厥土惟塗泥。厥田惟下下,厥賦下上上錯。厥貢惟金三品,瑶琨、篠簜,齒、革、羽、毛,惟木。島夷卉服,厥篚織貝,厥包橘柚,錫貢。沿于江海,達于淮泗。荊及衡陽惟荊州。江漢朝宗于海,九江孔殷,沱潛既道,雲土夢作乂。厥土惟塗泥,厥田惟下中,厥賦上下,厥貢羽、毛、齒、革,惟金三品,杶榦栝柏,礪砥砮丹,惟箘簵楛,三邦厎貢厥名,包匭菁茅,厥篚玄纁璣組。九江納錫大龜。浮于江、沱,潛于漢,逾于雒,至于南河。荊河惟豫州。伊、雒、瀍、澗,既入于河,滎波既豬,道荷澤,被孟豬。厥土惟壤,下土墳壚。厥田惟中上,厥賦錯上中。厥貢漆、枲、絺、紵,厥篚纖纊。錫貢磬錯。浮于雒,達于河。華陽黑水惟梁州,岷嶓既藝,沱潛既道,蔡蒙旅平,和夷厎績。厥土青黎,厥田惟下上,厥賦下中三錯。厥貢璆、鐵、銀、鏤、砮、磬,熊羆狐狸,織皮。西傾因桓是來,浮于潛,逾于沔,入于渭,亂于河。黑水、西河惟雍州。弱水既西,涇屬渭汭,漆、沮既從,灃水攸同。荊、岐既旅,終南、惇物,至于鳥鼠,原隰厎績,至于豬野。三危既宅,三苗丕敘。厥土惟黄壤,厥田惟上上,厥賦中下。厥貢惟球、琳、琅玕。浮于積石,至于龍門西河,會于渭汭。織皮昆侖、析支、渠搜,西戎即敘。導岍及岐,至于荊山,逾于河;壺口、雷首,至于太岳;厎柱、析城,至于王屋;太行、恒山,至于碣石,入于海;西傾、朱圉、鳥鼠,至于太華;熊耳、外方、桐柏,至于陪尾。導嶓冢,至于荆山;内方,至于大别;岷山之陽,至于衡山,過九江,至于敷淺原。導弱水,至于合黎,餘波入于流沙。道黑水,至于三危,入于南海。道河積石,至于龍門,南至于華陰,東至于厎柱,又東至于孟津,東過雒汭,至于大伾,北過降水,至于大陸,又北,播爲九河,同爲逆河,入于海。嶓冢導漾,東流爲漢,又東爲滄浪之水,過三澨,至于大别,南入于江,東匯澤爲彭蠡,東爲北江,入于海。岷山導江,東别爲沱,又東至于澧,過九江,至于東陵,東迆北會于匯,東爲中江,入于海。導沇水,東流爲濟,入于河,溢爲滎,東出于陶丘北,又東至于菏,又東北會于汶,又北,東人于海。導淮自桐柏,東會于泗、沂,東入于海。道渭自鳥鼠同穴,東會于灃,又東會于涇,又東過漆、沮,入于河。道洛自熊耳,東北會于澗、瀍,又東會于伊,又東北入于河。九州攸同,四隩既宅,九山刊旅,九川滌原,九澤既陂,四海會同。六府孔修,庶土交正,厎慎財賦,咸則三壤,成賦中邦。錫土姓。祇台德先,不距朕行。五百里甸服:百里賦納總,二百里納銍,三百里納秸服,四百里粟,五百里米。五百里侯服:百里采,二百里男邦,三百里諸侯。五百里綏服:三百里揆文教,二百里奮武衛。五百里要服:三百里夷,二百里蔡。五百里荒服:三百里蠻,二百里流。東漸于海,西被于流沙,朔南暨,聲教訖于四海。禹錫玄圭,告厥成功。

此實一篇紀水之文,其文字於極參差不齊之中,寓有極整齊排偶之筆。如起云:"禹敷土,隨山栞木,奠高山大川。"奇筆也。結云:"禹錫亥圭,告厥成功。"亦奇筆也。及篇中"作十有三歲乃同"等句,皆奇筆也。而每州之起則云:

冀　州

濟河惟兗州。
海岱惟青州。
海岱及淮惟徐州。
淮海惟揚州。
荆及衡陽惟荆州。
荆河惟豫州。
華陽黑水惟粱州。
黑水西河惟雍州。

其每州之末則云:

夾右碣石,入于河。
浮於濟漯,達于河。
浮于汶,達于濟。
浮于淮泗,達于河。
沿于江海,達于淮泗。
浮于江沱,潛于漢,逾于雒,至于南[1]河。
浮于雒,達于河。
浮于潛,逾于沔,入于渭,亂于河。
浮于積石,至于龍門西河。

其每段中用厥字之排句者如云:

厥土惟白壤,厥賦惟上上錯,厥田惟中中。(冀州)

---

① 原文缺"南"字。

厥土黑墳,厥草惟繇(校:原文作"夭"),厥木惟條,厥田惟中下。厥賦貞,作十有三歲乃同,厥貢漆絲,厥篚織文。(兖州)

厥土白墳,海濱廣斥,厥田惟上下,厥賦中上,厥貢鹽絺,海物惟錯,岱畎絲枲,鉛松怪石,萊夷作牧,厥篚檿絲。(青州)

厥土赤埴墳,草木漸包。厥田惟上中,厥賦中中。厥貢惟土五色,羽畎夏翟,嶧陽孤桐,泗濱浮磬,淮夷蠙珠暨魚,厥篚玄纖縞。(徐州)

厥草惟夭,厥木惟條,厥土惟塗泥。厥田惟上下,厥賦下上上錯。厥貢惟金三品,瑶琨、篠簜,齒革羽毛①,惟木。鳥夷卉服,厥篚織貝,厥包橘柚錫貢。(揚州)

厥土惟塗泥,厥田惟下中,厥賦上下,厥貢羽毛齒革,惟金三品,杶榦栝柏,礪砥砮丹,惟箘簵楛②,三邦底貢厥名,包匭菁茅,厥篚玄纁璣組,九江納錫大龜。(荆州)

厥土惟壤,下土墳壚。厥田惟中上,厥賦錯上中。厥貢漆、枲、絺、紵,厥篚纖纊,錫貢磬錯。(豫州)

厥土青黎,厥田惟下上,厥賦下中三錯。厥貢璆③鐵銀鏤砮磬,熊羆狐貍,織皮。(梁州)

厥土惟黄壤,厥田惟上上,厥賦中下。厥貢惟球琳琅玕。(雍州)

凡若此類,可謂極参差,亦可謂極齊整;有奇句,亦有對句。倘古文家而選經也,固不可遺此篇;倘駢文家而選經也,亦不可遺此

① 原文多一"毛"字。

② "楛",原文作"苦"。

③ "璆",原文作"鏐"。

篇矣。此篇稱禹,不稱禹爲帝,是在禹未爲帝時,唐虞之史所記也,然則此篇其唐虞最古之文歟?

《石遺室論文》曰:“古人文字雖簡質,然有骨必有肉,無單純用骨者。《禹貢》爲地理書,如今人之水道提綱,可矣。青州則曰‘海物(海産品)惟錯(錯雜、多種)’,曰‘鉛、松、怪石’,徐州則曰‘惟土五色’,曰‘羽(羽山)畎(quǎn,田地中間的溝)夏翟(雉名),嶧陽(嶧山之南)孤桐(指特生的桐樹,是制琴的上等材料,以嶧陽之桐爲最)’,曰‘泗濱浮磬(泗水邊上可以做編磬的石頭),蠙(蚌)珠暨魚’;揚州曰‘陽鳥攸居’(指某種鳥類,或指陽島上的居民),曰‘篠(xiǎo,竹箭)簜(dàng,大竹)既敷(遍地而生)’,曰‘厥貢包橘柚錫貢’;荆州則曰‘九江納錫(入貢)大龜’;雍州則曰‘終南(秦嶺北坡終南山)惇物(武功山),至于鳥鼠(甘肅渭源青雀山)。’雖主貢品,然多不急之務,可以不寶遠物者。但以前民用,以開民智,可資博物,不比僞託之《山海經》(相傳出於禹、伯益之手)也。後世《水經注》(《水經》全書簡略,北魏酈道元詳爲之注)一書,《桑經》(《水經》相傳爲漢魏桑欽所作,故又稱《桑經》)只言水道,酈注則於湘水言‘帆隨湘轉①,望衡(衡山)九面’;於沔(miǎn)水(漢江古名)言‘龐士元(龐統,字士元,漢末荆州襄陽人)、司馬德操(司馬徽,字德操,潁川陽翟人,蜀漢謀士)所居望衡對宇(形容住處相距很近,可以互相望見)’;於河水(黄河)言‘過子夏石室’:皆不肯過於枯寂,亦其理也。”

杜謂《禹貢》一篇,實後世一切地理書、水道志之所本,而未有及其工麗者。惟《周禮·職方氏》做其文而變化之,雖不能謂相伯仲,庶幾善繼而善變者焉。今録之以相比較,且以見文章之源流焉。

① “轉”,原文作“傳”。

周禮·職方氏

職方氏,掌天下之圖,以掌天下之地,辨其邦國、都鄙、四夷、八蠻、七閩、九貉、五戎、六狄之人民與其財用、九穀、六畜之數要,周知其利害。乃辨九州之國,使同貫利。東南曰揚州,其山鎮曰會稽,其澤藪曰具區,其川三江,其浸五湖,其利金錫竹箭,其民二男五女,其畜宜鳥獸,其穀宜稻。正南曰荆州,其山鎮曰衡山,其澤藪曰雲瞢,其川江漢,其浸穎湛,其利丹銀齒革,其民一男二女,其畜宜鳥獸,其穀宜稻。河南曰豫州,其山鎮曰華山,其澤藪曰圃田,其川滎雒,其浸波溠,其利林漆絲枲,其民二男三女,其畜宜六擾,其穀宜五種。正東曰青州,其山鎮曰沂山,其澤藪曰望諸,其川淮泗,其浸沂沭,其利蒲魚,其民二男二女,其畜宜雞狗,其穀宜稻麥。河東曰兖州,其山鎮曰岱山,其澤藪曰大野,其川河泲,其浸盧、維,其利蒲魚,其民二男三女,其畜宜六擾,其穀宜四種。正西曰雍州,其山鎮曰嶽山,其澤蔽曰弦蒲,其川涇汭,其浸渭洛,其利玉石,其民三男二女,其畜宜牛馬,其穀宜黍稷。東北曰幽州,其山鎮曰醫無閭,其澤藪曰貕養,其川河泲,其浸菑時,其利魚鹽,其民一男三女,其畜宜四擾,其穀宜三種。河内曰冀州,其山鎮曰霍山,其澤藪曰楊紆,其川漳,其浸汾潞,其利松柏,其民五男三女,其畜宜牛羊,其穀宜黍稷。正北曰并州,其山鎮曰恒山,其澤藪曰昭餘祁,其川虖池、嘔夷,其浸涞易,其利布帛,其民二男三女,其畜宜五擾,其穀宜五種。乃辨九服之邦國,方千里曰王畿,其外方五百里曰侯服,又其外方五百里曰甸服,又其外方五百里曰男服,又其外方五百里曰采服,又其外方五百里曰衛服,又其外方五百里曰蠻服,又其外方五百里曰夷服,又其外方五百里曰鎮服,又其外方五百里曰藩服。凡邦國,千里封公,以方五百里則四公,方四百里則六侯,方三百里則七伯,方二百里則二十五子,方百里則百男,以周知天下。

《禹貢》多用“厥”字爲排句,《職方氏》則專用“其”字爲排句;《禹貢》每州長短參差(不整齊),《職方氏》則每州長短極齊整矣。然若有選文者,則《禹貢》駢散均可入選,而《職方》則惟宜入於散文矣。

甘　誓

大戰於甘,乃召六卿。王曰:“嗟!六事之人,予誓告女。有扈氏威侮五行,怠棄三正,天用勦絶其命。今予惟共行天之罰。左不攻于左,女不共命;右不攻于右,女不共命;御非其馬之正,女不共命。用命,賞于祖;不用命,戮于社。予則孥戮女。”

此文爲後世誓師文之祖。《史記·夏本紀》云:“啟遂即天子之位,是爲夏后帝啟。有扈氏不服,啟伐之,大戰于甘。將戰,作《甘誓》。”則《甘誓》真當日誓師之詞,而夏史録存之者也。其文奇偶互用,簡而有法,後人爲之千百言,遜其嚴肅矣。

其後湯(商湯,商朝建立者)之伐夏作《湯誓》,武王(周武王)伐紂(殷帝辛,即商紂王)作《牧誓》,均效其體。今附録於後,既以見文章之流變,亦以見文體既同,雖古之聖人亦不能禁其相似也。

湯　誓

王曰:“格爾衆庶,悉聽朕言,非台小子,敢行稱亂,有夏多罪,天命殛之!今爾有衆,女曰:‘我后不恤我衆,舍我穡事而割正夏?’予惟聞女衆言,夏氏有罪,予畏上帝,不敢不正。

今女其曰:‘夏罪其如台?’夏王率遏衆力,率割夏邑,有衆率怠弗協,曰:‘時日曷喪,予及女皆亡!’夏德若兹,今朕必往。爾尚輔予一人,致天之罰,予其大賚女。爾無不信,朕不食言。爾不從誓言,予則孥戮女,罔有攸赦。”

牧 誓

時甲子昧爽,武王朝至于商郊牧野,乃誓。王左杖黄鉞,右秉白旄以麾,曰:“逖矣,西土之人!”王曰:“嗟!我友邦冢君、御事、司徒、司馬、司空、亞旅、師氏、千夫長、百夫長,及庸、蜀、羌、髳、微、盧、彭、濮人,稱爾戈,比爾干,立爾矛,予其誓。”王曰:“古人有言曰:‘牝雞無晨,牝雞之晨,惟家之索。’今商王受,惟婦言是用,昏棄厥肆祀弗答;昏棄厥遺王父母弟不迪;乃惟四方之多罪逋逃是崇、是長、是信、是使,是以爲大夫卿士,俾暴虐于百姓,以姦宄于商邑。今予發惟共行天之罰。今日之事,不愆于六步、七步,乃止,齊焉。夫子勖哉!不愆于四伐、五伐、六伐、七伐,乃止,齊焉。夫子勖哉!尚桓桓,如虎、如貔、如熊、如羆,于商郊弗御克奔,以役西土。勖哉夫子!爾所不勖,其于爾躬有戮!

《大戴禮》(西漢戴德所纂《禮記》)有《夏小正》一篇,爲記歲時之書,當亦傳自夏代者,古代陰陽家文之僅存者也。文繁今不録。

要而論之。孔子之稱禹曰:“禹,吾無間然矣,菲飲食而致孝乎鬼神,惡衣服(日常衣著)而致美乎黻冕(fǔ miǎn,祭祀時穿的禮服爲黻,戴的帽子爲冕),卑宫室而盡力乎溝洫。”《泰伯篇》墨子稱道曰:“昔者禹之湮(yān,填塞、堵塞)洪水,決江河而通四夷九州也,名山三百,支川三千,小者無數。禹親自操槖(gǎo,盛土的器具)耜(sì,掘土的工具),而九雜天下之川,腓(大腿)無胈(bá,白肉),脛(小腿)無毛,沐甚雨(驟雨),櫛(zhì,本指梳子,此指用梳子梳理)疾風,置萬國。"《莊子·天下篇》此禹勤苦之精神,犧牲一己之幸福,以求國家與民族之安全,其功績最爲偉大,故《禹貢》一篇,遂爲千古最偉大之文章焉。

第三節　殷代散文

林傳甲曰:"湯(商湯)之盤銘(刻在盤子上的銘文)曰:'苟日新,日日新,又日新。'(見《禮記·大學》)遲任(傳説中的上古聖賢)有言曰:'人惟求舊。器非求舊,惟新。'(《尚書·盤庚》)夏邑(指夏朝)不綱(不能正綱紀,政治混亂),治化不行,湯之弔伐(弔民伐罪,征討有罪的統治者),既異於堯舜讓善,亦異於禹、啟傳家,爲王者受命之創例。殷商新政,必有可觀。商人尚質(質樸),記載多略。"(見其《中國文學史》)杜謂殷之記載,見於《史記·殷本紀》者,有《湯征》、《女鳩》、《女房》、《湯誓》、《典寶》、《夏社》、《中虺(huǐ,同"虺")之[①]誥》、《湯誥》、《咸有一德》、《明居》、《伊訓》、《肆命》、《徂(cú)后》、《太甲訓》、《沃丁》、《咸艾》、《太戊》、《原命》、《盤庚》、《高宗訓》等。連《尚書》所載《微子》等篇,數實不少。惜所存者今惟《尚書·湯誓》一篇、《盤庚》三篇、《高宗肜日》一篇、《西伯戡黎》一篇、《微子》一篇,共七篇而已。史公作《殷本紀》,至專以書名爲章法,亦可見殷文之盛也。

盤庚上

盤庚遷于殷,民不適有居。率籲衆戚出矢言曰:"我王來,既爰宅于兹,重我民,無盡劉。不能胥匡以生,卜稽曰其如

① "之",原文作"作"。

台？先王有服，恪謹天命，兹猶不常寧；不常厥邑，于今五邦。今不承于古，罔知天之斷命，矧曰其克從先王之烈！若顛木之有由蘖，天其永我命于兹新邑，紹復先王之大業，底綏四方。”盤庚斆于民由乃在位，以常舊服正法度，曰："無或敢伏小人之攸箴。”王命衆悉至于庭。王若曰："格汝衆，予告汝訓汝，猷黜乃心；無傲從康。古我先王，亦惟圖任舊人共政，王播告之，修不匿厥指，王用丕欽；罔有逸言，民用丕變。今汝聒聒，起信險膚，予弗知乃所訟！非予自荒兹德，惟汝含德，不惕予一人。予若觀火，予亦拙謀作乃逸。若網在綱，有條而不紊。若農服田力穡，乃亦有秋。汝克黜乃心，施實德于民，至于婚友，丕乃敢大言，汝有積德。乃不畏戎毒于遠邇，惰農自安，不婚作勞，不服田畝，越其罔有黍稷。汝不和吉言于百姓，惟汝自生毒，乃敗禍姦宄，以自災于厥身。乃既先惡于民，乃奉其恫，汝悔身何及！相時憸民，猶胥顧于箴言，其發有逸口；矧予制乃短長之命！汝曷弗告朕而胥動以浮言，恐沈于衆？若火之燎于原，不可嚮邇，其猶可撲滅？則惟汝衆自作弗靖，非予有咎！遲任有言曰：'人惟求舊；器非求舊，惟新。'古我先王暨乃祖乃父胥及逸勤，予敢動用非罰？世選爾勞，予不掩爾善。兹予大享于先王，爾祖其從與享之。作福、作災，予亦不敢動用非德。予告汝于難，若射之有志。汝無老侮成人，無弱孤有幼；各長于厥居，勉出乃力，聽予一人之作猷。無有遠邇，用罪伐厥死，用德彰厥善。邦之臧，惟汝衆；邦之不臧，惟予一人有佚罰。凡爾衆，其惟致告：自今至于後日，各恭爾事，齊乃位，度乃口。罰及爾身，弗可悔！”

《史記·殷本紀》云："帝盤庚之時，殷已都河北，盤庚渡河南，復居成湯之故居，迺(乃)五遷，無定處，殷民咨(嗟歎)胥皆怨，不欲徙。盤庚乃告諭諸大臣曰:‘昔高后(對成湯的敬稱)成湯,與爾之先祖,俱定天下,法則可修,舍而弗施,何以成德?’乃遂涉河,南治亳(bó,地名),行湯之政,然後百姓由寧,殷道復興,諸侯來朝,以其咸(全、都)遵成湯之德也。帝盤庚崩,弟小辛立,是爲帝小辛。帝小辛立,殷復衰,百姓思盤庚,迺作《盤庚》三篇。”据此則《盤庚》三篇,乃盤庚死後其臣本於國史所書,追而述之,以諷時王及民衆之辭。

韓昌黎《進學解》云:“《周誥》、《殷盤》,詰屈聱牙(拗口、難理解)。”《盤庚》三篇之難讀,蓋自古已然矣。吾師唐蔚芝文治(唐文治,字穎侯,號蔚芝,晚號茹經,江蘇太倉人)先生云:“首四節爲民之矢言(誓言),一篇總冒(帽領、開頭)。據江、魏、姚三家説爲正,或作《盤庚》言者非第五節集衆於庭,爲一篇筋骨。六節‘王若曰’以下,乃盤庚代陽甲(盤庚前任殷王,祖丁之子,盤庚之兄)之辭,篇中以‘古我先王’雙提,至爲鄭重。以下文勢已乃益開展,復用‘汝爾予’三字盤旋作線索,文氣乃益緊。古書中善譬喻當以此篇爲權輿(權衡、標準)。曰‘若顛木’、‘若觀火’、‘若網在綱’、‘若農服田’、‘若火之燎於原’、‘若射之有志’,六若字極分明。而‘惰農自安’數句穿插其中,更有趣味。”

杜按原《盤庚》三篇之所以難讀,實以多用方言及通假字之故。由此可見今人主張方言白話及别字爲文之不足以行遠也。《説文》叙曰:“諸侯力政(以武力爲政),不統於王(天子。諸侯本天子分封而成),惡禮樂之害己,而皆去其典籍,分爲七國,田疇(田間的地溝)異晦(同“畝”),車涂異軌,律令異法,衣冠異制,言語異聲,文字異形,秦始皇帝初兼天下,丞相李斯(字通右,楚上蔡人,秦大臣)乃奏而同之,罷其不與秦文合者。”嘗謂秦之罪雖大,其統一中國,統一文字,厥功實最偉。漢後所用之字,雖非李斯之小篆,然亦多由小篆而變也。今吾國各省州縣之方音,畫然不同,儼如(儼然、好像)異國,識者正患之,欲提倡國語以統一語言,而方歎其收功之晚。然語言雖異,其所賴以收統一之功者,幸有文字之統一耳。今若以方言白話及别字入文,則彼邑一方言,此邑一方言;甲書一别字,乙書一别字;若是其勢不特各省異文,各縣異文,且將人人異文而後已。是他日分裂中國爲無數不同文字之小國者,必自提倡方言别字之説始矣。謂余不信,則《盤庚》三篇其小小之例證也。今《盤庚》三篇雖存,能讀之者幾人乎?

《尚書》所載殷文之外,《漢書·藝文志》,道家有《伊尹》五十一篇,小説家有《伊尹説》二十七篇,《天乙》三篇,然皆已亡,疑皆當爲散文。其小説家之《伊尹》二十一篇,《天乙》三篇,又疑皆後人所假託(僞託、附會)也。

第四節 周初散文

《記》(《禮記》)曰:"夏尚忠,殷尚質,周尚文。"(出《禮記·表記》,較原文有省略)觀上二章所述質忠之世,其文已如此,况周代尚文之世乎?孔子曰:"周監(視、較之)於二代(夏、商兩代),郁郁[1](本形容草木繁茂的樣子,借指文化繁榮發達的盛况)乎文哉,吾從(跟從、追隨)周。"(《論語·八佾》)又曰:"文王(周文王)既没(歿、死亡),文不在兹(此)乎?"(《論語·子罕》)周代治化之尚文,可知也。然則周代文學之盛,殆基於周初矣。文王之文,《易·彖辭》外鮮有足徵(足夠徵引、可以徵信)者。《彖辭》爲韻文,今亦不論。若周公之著,則《尚書》之中,先儒所指以爲周公所作者,曰《牧誓》,曰《金縢》,曰《大誥》,曰《多士》,曰《無逸》,曰《立政》,曰《康誥》,曰《梓材》,曰《召誥》,曰《洛誥》,凡十篇。唐蔚芝師則以《金縢》爲冊祝(將告

---

① 原文多一"郁"字。

神之辭書之於冊,誦讀之以告神)之辭,並非周公所自作,以其無自譽之理也。至於《大誥》、《康誥》、《無逸》、《立政》諸篇,則謂其忠厚懇摯,至誠感人,所以靖一時之變亂,垂八百年之丕基(基礎、根本),胥在於此。則其情文之盛可知矣。師又謂《大學》引《康誥》之辭最多,曰"克(克明、顧聽)明德(天之明命、德性)",曰"作新民",曰"如保赤子(嬰兒)",曰"惟命不於常",雖未賅(完備、囊括)《康誥》全篇之誼,可見《康誥》篇爲古聖賢所常誦之書。今録之如下。

康　誥

惟三月哉生魄,周公初基作新大邑于東國雒,四方民大和會,侯、甸、男、邦、采、衛、百工、播民,和見士于周。周公咸勤,乃洪大誥治。王若曰:"孟侯,朕其弟小子封。惟乃丕顯考文王克明德慎罰,不敢侮鰥寡,庸庸祇祇威威顯民,用肇造我區夏,越我一二邦,以脩我西土。惟時怙冒聞于上帝,帝休。天乃大命文王殪戎殷,誕受厥命,越厥邦厥民,惟時敘乃寡兄勖,肆女小子封在兹東土。"王曰:"烏呼!封,女念哉!今民將在!祇遹乃文考,紹聞衣德言。往敷求于殷先哲王,用保乂民;女丕遠惟商耇成人,宅心知訓;別求聞由古先哲王,用康保民。弘于天若德,裕乃身不廢在王命。"王曰:"烏呼!小子封,恫瘝乃身,敬哉!天畏棐忱,民情大可見,小人難保。往盡乃心,無康好逸豫,乃其乂民。我聞曰:'怨不在大,亦不在小。'惠不惠,懋不懋。已!女惟小子,乃服惟弘,王應保殷民,亦惟助王宅天命,作新民。"王曰:"烏呼!封,敬明乃罰。人有小罪,非眚,乃惟終,自作不典,式爾;有厥罪小,乃不可不殺。乃有大罪,非終,乃惟眚哉,適爾,既道極厥辜,時乃不可殺。"王曰:"烏呼!封,有敘時,乃大明服,惟民其勑懋和。若有疾,惟民其畢棄咎。若保赤子,惟民其康乂。非女封刑人殺人,無或刑人殺人;非女封又曰劓刵人,無或劓刵人。"王曰:"外事,女陳時臬司,師兹殷罰有倫。又曰:要囚,服念五六日,至于旬時,丕蔽要囚。"王曰:"女陳時臬事,罰蔽殷彝,用其義刑義殺,勿庸以次女封。乃女盡遜,曰時敘,惟曰未有遜事。已!女惟小子,未其有若女封之心,朕心朕德,惟乃知。凡民自得罪,寇攘姦宄,殺越人于貨,暋不畏死,罔不憝。"王曰:"封!元惡大憝,矧惟不孝不友,子弗祇服厥父事,大傷厥考心;于父不能字厥子,乃疾厥子。于弟弗念天顯,乃弗克恭厥兄;兄亦不念鞠子哀,大不友于弟。惟弔兹不于我政人得罪,天惟與我民彝大泯亂。曰:乃其速由文王作罰,刑兹無赦。不率大戛,矧惟外庶子、訓人惟厥正人越小臣諸節,乃别播敷,造民大譽,弗念弗庸,瘝厥君,時乃引惡,惟朕憝。已!女乃其速由兹義率殺。亦惟君惟長不能厥家人越厥小臣外正,惟威惟虐,大放王命,乃非德用乂,女亦罔不克敬典乃由。裕民惟文王之敬忌,乃裕民曰'我惟有及',則予一人以懌。"王曰:"封!爽惟民迪吉康,我時其惟殷先哲王德,用康乂民作求。矧今民罔迪,不適不迪,則罔政在厥邦。"王曰:"封!予惟不可監,告女德之説于罰之行。今惟民不靜,未戾厥心,迪屢未同;爽惟天其罰殛我,我其不怨,惟厥罪無在大,亦無在多,矧曰其尚顯聞于天?"王曰:"烏呼!封,敬哉!無作怨,勿用非謀非彝蔽時忱,丕則敏德。用康乃心,顧乃德,遠乃猷,裕乃以民寧,不女瑕殄。"王曰:"烏呼!肆女小子封,惟命不于常,女念哉!無我殄享。明乃服命,高乃聽,用康乂民。"王若曰:"往哉!封!勿替敬,典聽朕誥,女乃以殷民世享。"

此文氣象宏闊,緯絡萬千。全篇以天、命、民三字爲樞紐,意以謂天之所命,即在於民,實爲儒家之保民政治哲學之所本。惟篇首四十八字,當從吴汝綸(字摯甫,清安徽桐城人)説,定爲《大誥》篇末之錯簡(古書以竹簡按次串聯編成,竹簡前後次序錯亂是謂“錯簡”,後概指書中文字次序錯亂)耳。

此外《儀禮》、《周禮》,先儒亦以爲周公之書。《儀禮》一書,自韓昌黎已苦其難讀,然亦賞其奇辭奥旨。(韓愈《讀儀禮》)《周禮》一書,文既整麗(齊整而華麗),尤多奇字,兹以限於篇幅,不復録焉。

《周禮》至漢,缺《冬官》一篇,漢儒以《攷工記》補之,最爲得宜。陳澧(字蘭甫,號東塾,清末廣州人)云:“《考工記》實可補經,何必割裂五官[①](五官,指司徒、宗伯、司馬、司寇、司空五官)乎?作記者以一人而盡諳(諳習、熟悉)衆工之事,此人甚奇特。且所記皆有用之物,不可卑視之。惟其卑視工事,一任賤工爲之,以致中國之物,不如外國,此所關者甚大也。”柱謂由《攷工記》觀之,可知周初以前甚重工業,史官多精此學,不然執筆者必不能爲此文也。

《石遺室論文》云:“《攷工記》爲古今奇文,種種工作,不離乎數目字,而審曲面勢[②],説來但覺其造句巧妙,絶不覺數目字多,數目字之重複。廬人(造戈矛之柄的工匠)匠人,每節用凡字提起,有接至六七者。《樂記》亦然。慌(máng)氏(製造絲綢的工匠)疊用而某之而某之至於六七。梓人(木工的一種,專造飲器、箭靶和鐘磬的架子)爲筍簴(sǔn jù,一種樂器),先五疊某者某者,後又六疊以某鳴者以某鳴者。皆文理(紋理)之各種結構處。最後弓人(造弓箭的工匠)一職,尤爲精微。”柱按此言是也。而柱最喜輪人(製造車輪的工匠)爲輪一類。

---

① “官”,原文誤作“宫”。

② 《周禮·考工記序》:“或審曲面埶,以飭五材,以辨民器。”鄭玄注引鄭司農曰:“審曲面埶,審察五材曲直方面形埶之宜以治之及陰陽之面背是也。”孫詒讓正義:“鄭鍔云:‘審曲者,審其曲也。面埶者,面其埶也。材有曲直,直者不待審而可知,審其曲者,然後見其理之所在。埶有向背,背者不可向以爲用,面其埶然後順其體之所向。’……與先鄭異,亦通。”後據鄭注引申爲建築物和自然環境的情勢、外觀、位置。

輪人節録

輪人爲輪,斬三材,必以其時。三材既具,巧者和之。轂也者,以爲利輪也;輻也者,以爲直指也;牙也者,以爲固抱也。輪敝,三材不失職,謂之完。望而眡其輪,欲其幎爾而下迤也;進而眡之,欲其微至也;無所取之,取諸圜也。望其輻,欲其揱爾而纖也;進而眡之,欲其肉稱也;無所取之,取諸易直也。望其轂,欲其眼也;進而眡之,欲其幬之廉也;無所取之,取諸急也。眡其綆,欲其蚤之正也。察其菑蚤不齵,則輪雖敝不匡。

此記制輪之事,爲最機械,最無情之事,而寫出工人之爲,欲其器之工之情,躍躍如見。可見題材有文學情緒與否,實視作文者主觀而異。古今之文人,多不知機械之學,故以機械爲無情;而究機械之學者,又無文學之情緒,彼自視其身亦無異於機械也。故機械之爲物,遂似終與文學牴牾(dǐ wǔ,抵觸、矛盾)耳。今若使文學家能精究機械之學,則其視機械之軋軋(yà,象聲詞,形容機器車輪運作時發出的連續聲響)而鳴,豈遽(jù,就)不如秋蟲之唧唧而鳴,足以入詩人之吟詠哉!觀《攷工》之記制器,情文俱至,可爲例證矣。

周初散文存於古文《尚書》者,尚有《大誓》、《武成[①]》、《洪範》、《旅獒》、《君奭》、《多方》、《顧命》、《康王》之誥等,文皆美茂。若《漢書·藝文志》,道家尚有《太公》二百三十篇,《辛甲》二十九篇,《鬻子》二十二篇。墨家有《尹佚》二篇。小説家有《鬻子説》十九篇。其書皆已亡。《鬻子説》疑亦後人所託。

要而論之,周之四誥《酒誥》《召誥》《雒誥》《康誥》,文體詰詘(jié qū,曲折、艱澀),實倣自殷之《盤庚》;而《周禮·五官》及《考工記》之整飭,實又本於虞夏之《禹貢》,此文體之嬗變,尚可攷者也。

---

① "成",原文誤作"城"。

第三章　由治化時代而漸變爲學術時代之散文(春秋時代)

第一節　總　論

春秋時代之文學,要以孔子、老子、左丘明(相傳爲《左傳》作者)三人爲大宗師。而孔子尤爲前後之樞紐。蓋春秋以前,治化之文莫盛於六藝,而孔子實刪訂之。是集春秋以前治化之文之大成也。孔子贊(讚頌性質的總結性評論)《周易》,爲作《十翼》(即《易傳》,相傳是孔子對《易》的解釋,共十篇,故稱《十翼》),多精微之哲學。今之《十翼》雖未盡爲孔子原本,然亦必多出於孔子《論語》一書,爲孔子弟子記孔子與門弟子及時人(當時之人)問答之言,皆多鼓吹學術之説。孔子之文言(《十翼》中專釋乾、坤兩卦的一篇),老子之五千言(即《老子》,全書五千餘字,後世常以五千言代指《老子》),尤多駢偶之筆,已爲後人駢文之先河。其有學無位,不能見諸治化,專以闡明學術爲務,又爲春秋戰國諸子爲學術而文學之先河。孔子作《春秋》,左丘明据《魯史》(魯國所修的國史)作《傳》(《左傳》),又爲後世史家之先河。此三人者,其文學皆承前啟後,於吾國之學術與文學,最有關係者也。

第二節　學術大師孔老之散文

孔、老之學,同本於《易》。《易》言天地陰陽吉凶禍福,皆兩端相對者。孔子則執其兩端而用其中,老子則審其兩端而用其反。孔子曰:"執其兩端,用其中於民。"(《禮記・中庸》)老子曰:"反者道之動。"又曰:"與道反矣,乃至大順。"(見《老子》)孔子最重禮,曾問禮於老子,[1]則老子之深於禮可知。深於禮而薄(鄙薄)禮,正其用反之道。其少言禮,正孔子罕言命與仁(《論語·子罕》:"子罕言利與命與仁。")之比也。

孔子 《史記·孔子世家》:"孔子生魯昌平鄉陬邑,其先宋人也。魯襄公二十二年而生孔子。生而首上圩頂(頭上凹陷),故因名曰丘云,字仲尼,姓孔氏。孔子長九尺有六寸,人皆謂[2]之長人(身材高大的人)而異之。孔子之時,周室微而禮樂廢,《詩》《書》缺,追迹三代之禮,序《書傳》(《尚書傳》),上紀唐虞之際,下至秦繆(秦繆公,亦作秦穆公),編次其事,曰:'夏禮吾能言之,杞(杞國。杞國乃夏遺民之國)不足徵也;殷禮吾能言之,宋(宋國。宋國乃商遺民之國)不足徵也;足則吾能徵之矣。'觀夏殷所損益,曰:'雖百世可知也。'以一文一質,'周監二代,郁郁乎文哉,吾從周。'故《書傳》、《禮記》自孔子。孔子語魯大師(太師。魯國掌管音樂的大臣):'樂其可知也,始作翕如(盛大的樣子),縱之純如(純粹不雜的樣子),皦如(清晰分明的樣子),繹如(相續不絕的樣子)也以成。''吾自衛反(即"返",返回)魯,然後樂正,《雅》《頌》(朝中和祭祀時分别所用的音樂)各得其所。'古者《詩》三千餘篇[3],及至孔子,去其重[4],取可施於禮義,上采契(xiè,殷商的祖先)、后稷(周之祖先,曾掌農官),中述殷周之盛,至幽(周幽王)厲(周厲王)之缺,始於衽席(代指婦人禍國),故曰:《關雎》之亂(理)以爲《風》始,《鹿鳴》爲《小雅》始,《文王》爲《大雅》始,《清廟》爲《頌》始。三百五篇,孔子皆弦歌之,以求合《韶》《武》《雅》《頌》之音,禮樂自此可得而述,以備王道,成六藝。孔子

---

① 《禮記·曾子》、《史記·老子韓非列傳》、《莊子》之《知北遊》、《天道》、《天運》等篇均載孔子問禮於老子之事,然所記有出入。

② 原文多一"謂"字。

③ 原文作"《詩》三百篇",今據中華書局標點本《史記》校改。

④ 原文脱"去"字,今據中華書局標點本《史記》校改。

晚而喜《易》,序《彖》、《繫》、《象》、《説卦》、《文言》,讀《易》韋編三絶,曰:'假我數年,若是,我於《易》彬彬矣。'"

文言節録

潛龍勿用,陽氣潛藏。見龍在田,天下文明。終日乾乾,與時偕行。或躍在淵,乾道乃革。飛龍在天,乃位乎天德。亢龍有悔,與時偕極。乾元用九,乃見天則。乾、元者,始而亨者也。利、貞者,性情也。乾始能以美利利天下,不言所利,大矣哉!大哉乾乎!剛建中正,純粹精也。六爻發揮,旁通情也。時乘六龍,以御天也。雲行雨施,天下平也。君子以成德爲行,日可見之行也。潛之爲言也,隱而未見,行而未成,是以君子弗用也。君子學以聚之,問以辯之,寬以居之,仁以行之。《易》曰"見龍在田,利見大人",君德也。九三重剛而不中,上不在天,下不在田,故乾乾因其時而惕,雖危无咎矣。九四重剛而不中,上不在天,下不在田,中不在人,故"或"之。"或"之者,疑之也,故无咎。夫大人者,與天地合其德,與日月合其明,與四時合其序,與鬼神合其吉凶。先天而天弗違,後天而奉天時,天且弗違,而況於人乎?況於鬼神乎?"亢"之爲言也,知進而不知退,知存而不知亡,知得而不知喪,其惟聖人乎!知進退存亡,而不失其正者,其唯聖人乎!

此文時用韻語,且多偶句。阮元(字伯元,號雲臺,清江蘇儀征人)据之作《文韻説》及《文言説》(二篇均收入阮元《揅經室集》)。大旨謂必用韻用偶而後可以謂之文。其説蓋因後世古文家屏(摒棄)駢儷之文爲不足以語於古文,故務爲力反其説也。

孔子之著作,以《春秋》最爲重要。《史記·孔子世家》:"子曰:'弗弗乎,君子病没世而名不稱焉。吾道不行矣!吾何以自見於後世哉！'乃因《史記》(春秋時魯國的史書,並非後來司馬遷所撰《史記》)作《春秋》,上至隱公(魯隱公),下訖哀公(魯哀公)十四年,十二公,據魯親周,約其文辭而旨博。故吴楚之君自稱王,而《春秋》貶之曰子;踐土之會(晋文公大會諸侯於踐土)實召周天子,而《春秋》諱之曰天王狩於河陽。推此類以繩當世,貶損之義,後有王者舉而開之,《春秋》之義明,則天下亂臣賊子懼焉。孔子在位,聽訟文辭,有可與人共者,弗獨有也。至於爲《春秋》,筆則筆,削則削(该書寫的就書寫,該刪削的就刪削),游夏(子游、子夏,均爲孔子弟子)之徒,不能贊(議論)一辭。弟子受《春秋》,孔子曰:後世知丘者以《春秋》,而罪丘者亦以《春秋》。"

蓋《春秋》之書,正名(辨正名實)之書也。孔子曰:"名不正則言不順,言不順則事不成,事不成則禮樂不興,禮樂不興則刑罰不中,刑罰不中則民無所措手足。"《子路篇》《春秋》正名之要,於此知之矣。大之倫類之大名,小之則物類之先後,無所不慎。僖(魯僖公)十六年《經》(《春秋》本文爲經,《左傳》、《公羊傳》、《穀梁傳》均爲解釋《春秋》的傳)曰:

> 春,王正月。戊申,朔,隕石于宋,五。是月,六鷁退飛,過宋都。

《穀梁傳》(傳説子夏授之穀梁赤,至西漢時書之於冊,是爲《穀梁傳》)曰:

> 先隕而後石,何也?隕而後石也。"六鶂退飛,過宋都",聚辭也,目治也。子曰:"石,無知之物;鶂,微有知之物。"石無知,故日之;鶂微有知,故月之。君子之於物,無所苟而已。石、鶂且猶盡其辭,而况於人乎!

《公羊傳》(傳説子夏授之公羊高,至西漢時書之於冊,是爲《公羊傳》)曰:

> 曷爲先言霣而後言石?霣石記聞,聞其磌然;視之則石,察之則五。曷爲先言六而後言鷁?六鷁退飛,記見也,視之則六,察之則鷁,徐而察之則退飛。

其於言之無所苟(苟且、草率)如此。故太史公(司馬遷)曰:"有國者不可以不知《春秋》,前有讒(讒言)而弗見,後有賊而不知;爲人臣者不可以不知《春秋》,守經事(常任之事)而不知其宜(適宜、限度),遭變事(偶然之事、不常出現之事)而不知其權(權變、適度變通);爲人君父而不通於《春秋》之義者,必蒙首惡之名;爲人臣子而不通於《春秋》之義者必陷篡弑(篡位弑君)之誅,死罪之名。其實皆以爲善,爲之不知其義,被(蒙受、遭受)之空言(虚言、不實之言)而不敢辭(辯解、否認。句意謂被史書加上不實之罪而不敢予以否認和辯解)。"漢大儒之重視《春秋》如此。

然世之古文家(經古文學家)以反對《公》《穀》之故,遂倡言孔子不修《春秋》,孔子之《春秋》無微言大義,不過一本《魯史》舊文而已。不知孟子曰:"晋之《乘》(晋國國史),楚之《檮杌》(táo wù,楚國國史),魯之《春秋》,一也。其事則齊桓晋文(齊桓公、晋文公),其文則史(著史之文)。孔子曰:'其義則丘竊取之矣。'"(見《孟子·離婁下》)此明謂孔子未修之《春秋》,則與晋《乘》、楚《檮杌》相類。孔子修之則有微言大義矣。荀子曰:"《春秋》約(精約)而不速(速成)。"夫《春秋》既約矣,而何以不速?非以微言大義之難通而何?

《春秋》最重攘夷狄與大(鼓勵、贊許、推崇)復仇(爲君父報仇)之義。自《春秋》之學不講,而夷夏失防(防止、隔離),認賊作父,幾不復知人間有羞恥事矣。宋之岳飛(字鵬舉,宋相州湯陰人)、文天祥

(字履善,登第後改字宋瑞,號文山,南宋末吉州廬陵人),皆精《春秋》之學,故攘夷之決心最烈。此不可不知也。

老子 《史記·老子傳》:老子者,楚苦縣厲鄉曲仁里人也,姓李氏,名耳,字聃,周守藏室之史(管理藏書之官)也。居周久之,見周之衰,迺遂去,至關,關令尹喜曰:"子將隱矣,彊(强迫、必須)爲我著書。"於是老子乃著書上下篇,言道德之意五千餘言而去,莫知其所終。

太史談(司馬談,司馬遷之父,曾任西漢太史之職,故稱)《六家要旨》(全文見司馬遷《太史公自序》)論道家云:"其事易爲,其辭難知。"此最可以爲老子書之定評。"其事易爲",謂秉(秉持、把握)要執中,無爲而無不爲也。"其辭難知",則謂其辭涵義宏博,非可以一説盡也。

第一章

道,可道,非常道;名,可名,非常名。無名,天地之始;有名,萬物之母。故常無,欲以觀其妙;常有,欲以觀其徼。此兩者同出而異名,同謂之玄,玄之又玄,衆妙之門。

第二十八章

知其雄,守其雌,爲天下谿。爲天下谿,常德不離,復歸於嬰兒。知其白,守其黑,爲天下式。爲天下式,常德不忒,復歸於無極。知其榮,守其辱,爲天下谷。爲天下谷,常德乃足,復歸於樸。樸散則爲器,聖人用之,則爲官長,故大制不割。

世之讀《老子》者,只知其守雌一句,而忘卻其知雄一句,故由其説遂爲積弱之國也。不知老子知雄則必努力自求爲雄,而所以守雌者不自以爲雄而自以爲雌耳。又如大智若愚,世之讀者但以爲真求愚而已,而不知注意一若字。若注意一若字,則當知老子之必力求爲大智,愈智而愈不以智自居,故曰若愚也。

《老子》全書對偶最多,此豈有意作對仗哉?以其學理本如此耳。

《文言》與《老子》多對句矣,多韵語矣,然仍不可便謂之韵文,便謂之駢文也,謂爲駢文之祖可耳。至於用韵則諸子之論文亦往往有之,亦仍不得即謂爲韵文也。

第三節　史傳家左丘明之散文

《漢書·藝文志》云:"古之王者必有史官,所以慎言行,昭法式(準則、榜樣)也。左史記言,右史記事。事爲《春秋》,言爲《尚書》。帝王靡不同之。周室(周王室、周朝)既微,載籍(記載歷史的典籍)殘缺,仲尼思存前賢之業,乃稱曰:'夏禮吾能言之,杞不足徵也;殷禮吾能言之,宋不足徵也。文獻不足故也,足則吾能徵之矣。'(《論語·八佾》)以魯周公(周公封國在魯)之國,禮文備物(有關禮儀的文書和器物都很完備),史官有法,故與左丘明觀其史記(即魯國國史《春秋》),据行事,仍(依據)人道(人們口述),因興以立功,就敗以成罰,假(根據、依據)日月以定數(曆法),藉朝聘(朝見君王,聘任大臣)以正禮樂;有所褒諱貶損,不可以書見,口授弟子。弟子退而異言,丘明恐弟子各安其意,以失其真,故論本事(事情原委、本來事實)而作《傳》,明夫子不以空言説《經》也。《春秋》所貶損大人(有勢力、有影響之人)當世君臣有威權執力(勢力),其事實皆形於《傳》,是以隱其書而不宣,所以免時難(當時人的攻難)也。及末世(後世、近世)口説流行,故有《公羊》、《穀梁》、《鄒》、《夾》之書(鄒氏、夾氏之書也是《春秋》的傳)。四家之中,《公羊》、《穀梁》立於學官,鄒氏無師,夾氏未有書。"由此觀之,孔子之《春秋》,爲繼前古之史,而左氏之《傳》,又孔子《春秋》之本事也。

公、穀二《傳》爲專解《經》之文,左氏《傳》則解《經》之外,並以史證《經》,解《經》而兼爲史者也。丘明既爲《春秋》作《傳》,稱爲《内傳》;又分周、魯、齊、晋、鄭、楚、吴、越八國事,起穆王(周穆王),終於魯悼(魯悼公),别爲《國語》(書名,相傳爲左丘明所作),世稱《外傳》。唐劉知幾(字子玄,唐彭城人)分史體爲六家,一《尚書》家,二《春秋》家,三《左傳》家,四《國語》家,五《史記》家,六《漢書》家,(見其《史通》)六家中左氏占二家,則左氏之文體,其關係於文化,爲何如邪?

唐蔚芝師云:"《左傳》稱曰《内傳》。《國語》稱曰《外傳》。顧亭林(顧炎武,本名繼坤,改名絳,字忠清,後又改名炎武,字寧人,號亭林,明末清初南直隸蘇州府昆山人)先生謂左氏采列國之史而作,非出於一人之手。(見其《日知録》)余疑《内傳》爲丘明所編輯,《外傳》則采自列國,未加删削者也。夙(向來、一直)好以左氏《傳》與公、穀二《傳》互相比較,如左氏鄭伯克段于鄢一段,宜與《穀梁傳》對較;(魯隱公元年)晋獻公欲以驪姬爲夫人一段,宜與《穀梁傳》晋殺其大夫里克對較;(魯僖公四年)晋靈公不君(不行君道)一段,宜與《公羊傳》對較。(魯宣公二年)悟其文法之各異,而文思文境,乃可日進。又好以《内傳》與《外傳》參考,如《外傳·管子論軌里連鄉之法》、《敬姜論勞逸》、《優施教驪姬夜半而泣》諸篇,皆爲《内傳》所不載;而一則波瀾壯闊,一則豐裁嚴整;一則細語喁喁(yóng,象聲詞),委婉入聽,均各擅其勝。又如晋文請隧(隧葬,爲天子規格的葬禮),襄王(周襄王)不許,《内傳》曰(以下這段話爲周襄王回答之語):"王章(王制彰明顯著)也,未有代德(改朝换代)而有二王,亦叔父(晋國本出周王室,同爲姬姓,而晋文公輩分長於周襄王,故稱晋文公爲叔父)之所惡(厭惡)也。"(《左傳·僖公二十五年》)僅三語,懔(lǐn,嚴肅、令人畏懼)乎其不可犯;而《外傳》則衍成數百言,負聲振采(繪聲繪色、聲容並茂),琅琅錚錚,有令人不厭百回讀者矣。惟吴越語氣體句調均屬萎薾,疑與《内傳》末載智伯事(指智伯滅亡之事)相同,爲後人附益。司馬子長曰:'丘明懼弟子人人異端(持不同見解),各安其意,失其真,故因孔子《史記》具論其語,成《左氏春秋》。'又曰:'左丘失明,厥有《國語》。'然則二書之當並重無疑。"

杜謂《左傳》體奇而變,其流(衍流、演化)爲《太史公書》(即《史記》);《國語》體整而方,其流爲班氏之《漢書》(班固《漢書》)。今録僖公二十三年《左傳》記晋公子重耳(晋文公名)出亡事與《國語·晋語》所記爲比較如左:

左　傳

晋公子重耳之及於難也,晋人伐諸蒲城。蒲城人欲戰,重耳不可,曰:"保君父之命而享其生禄,於是乎得人。有人而校,罪莫大焉!吾其奔也。"遂奔狄,從者狐偃、趙衰、顛頡、魏武子、司空季子。狄人伐廧咎如,獲其二女,叔隗、季隗,納諸公子。公子取季隗,生伯儵、叔劉,以叔隗妻趙衰,生盾。將適齊,謂季隗曰:"待我二十五年,不來而後嫁。"對曰:"我二十五年矣,又如是而嫁,則就木焉。請待子。"處狄十二年而行。

過衛,衛文公不禮焉。

國　語

文公在狄十二年,狐偃曰:"日吾來此也,非以狄爲榮,可以成事也。吾曰:'奔而易達,困而有資,休以擇利,可以戾也。'今戾久矣,戾久將底,底著滯淫,誰能興之?盍速行乎!吾不適齊、楚,避其遠也。蓄力一紀,可以遠矣。齊侯長矣,而欲親晋。管仲殁矣,多讒在側。謀而無正,衷而思始。夫必追擇前言,求善以終,饜邇逐遠,遠人入服,不爲郵矣。會其季年,可也,兹可以親。"皆以爲然。

出於五鹿,乞食於野人,野人與之塊。公子怒,欲鞭之。子犯曰:天賜也。稽首受而載之。

乃行。過五鹿,乞食於野人。舉塊以與之,公子怒,將鞭之。子犯曰:"天賜也!民以土服,又何求焉!天事必象,十有二年,必獲此土。二三子志之,歲在壽星及鶉尾,其有此土乎!天以命矣,復於壽星,必獲諸侯。天之道也,由是始之。有此,其以戊申乎!所以申土也。"再拜稽首,受而載之。遂適齊。

及齊,齊桓公妻之,有馬二十乘。公子安之。從者以爲不可。將行,謀於桑下。蠶妾在其上,以告姜氏。姜氏殺之,而謂公子曰:"子有四方之志,其聞之者,吾殺之矣。"公子曰:"無之。"姜曰:"行也!懷與安,實敗名。"公子不可。姜與子犯謀,醉而遣之。醒,以戈逐子犯。

齊侯妻之,甚善焉。有馬二十乘,將死於齊而已矣,曰:"民生安樂,誰知其他?"桓公卒,孝公即位,諸侯叛齊。子犯知齊之不可以動,而知文公之安齊而有終焉之志也,欲行而患之,與從者謀於桑下。蠶妾在焉,莫知其在也。妾告姜氏,姜氏殺之,而言於公子曰:"從者將以子行,其聞之者,吾以除之矣。子必從之,不可以貳,貳無成命。《詩》云:'上帝臨女,無貳爾心。'先王其知之矣,貳將可乎?子去晋難而極於此,自子之行,晋無寧歲,民無成君。天未喪晋,無異公子,有晋國者,非子而誰?子其勉之!上帝臨子,貳必有咎。”公子曰:“吾不動矣,必死於此。”姜曰:“不然。《周詩》曰:‘莘莘征夫,每懷靡及。’夙夜征行,不遑啟處,猶懼無及,況其順身縱欲懷安,將何及矣!人不求及,其能及乎?日月不處,人誰獲安?西方之書有之曰:‘懷與安,實疚大事。’鄭詩云:‘仲可懷也,人之多言,亦可畏也。’昔管敬仲有言,小妾聞之,曰:‘畏威如疾,民之上也。從懷如流,民之下也。見懷思威,民之中也。畏威如疾,乃能威民。威在民上,弗畏有刑。從懷如流,去威遠矣,故謂之下。其在辟也,吾從中也。《鄭詩》之言,吾其從之。’此大夫管仲之所以紀綱齊國,裨輔先君,而成霸者也。子而棄之,不亦難乎?齊國之政敗矣,晋之無道久矣,從者之謀忠矣,時日及矣,公子幾矣。君國可以齊百姓,而釋之者,非人也。敗不可處,時不可失,忠不可棄,懷不可從,子必速行!吾聞晋之始封也,歲在大火,閼伯之星也,實紀商人。商之饗國三十一王,瞽史之紀曰:'唐叔之世,將如商數。'今未半也。亂不長世,公子唯子,子必有晋。若何懷安?"公子弗聽。姜與子犯謀,醉而載之以行。醒,以戈逐子犯,曰:"若無所濟,吾食舅氏之肉,其知饜乎!"舅犯走且對曰:"若無所濟,余未知死所,誰能與豺狼爭食?若克有成,公子無亦晋之柔嘉,是以甘食。偃之肉腥臊,將焉用之?"遂行。

過衛,衛文公有邢、狄之虞,不能禮焉。甯莊子言於公曰:"夫禮,國之紀也;親,民之結也;善,德之建也。國無紀不可以終,民無結不可以固,德無建不可以立,此三者,君之所慎也。今君棄之,無乃不可乎!晋公子,善人也,而衛親也,君不禮焉,棄三德矣。臣故云君其圖之。康叔,文之昭也。唐叔,武之穆也。周之大功在武,天祚將在武族。苟姬未絶周室,而俾守天聚者,必武族也。

武族唯晋實昌,晋胤公子實德。晋仍無道,天祚有德,晋之守祀,必公子也。若復而修其德,鎮撫其民,必獲諸侯,以討無禮。君弗蚤圖,衛而在討。小人是懼,敢不盡心!”公弗聽。

及曹,曹共公聞其駢脅,欲觀其裸。浴,薄而觀之。僖負羈之妻曰:“吾觀晋公子之從者,皆足以相國。若以相,夫子必反其國。反其國,必得志於諸侯。得志於諸侯,而誅無禮,曹其首也。子盍蚤自貳焉!”乃饋盤飧,寘璧焉。公子受飧反璧。

自衛過曹,曹共公亦不禮焉,聞其骿脅,欲觀其狀,止其舍,諜其將浴,設微薄而觀之。僖負羈之妻言於負羈曰:“吾觀晋公子,賢人也,其從者皆國相也,以相一人,必得晋國。得晋國而討無禮,曹其首誅也。子盍蚤自貳焉?”僖負羈饋饗,寘璧焉,公子受飧反璧。負羈言於曹伯曰:“夫晋公子在此,君之匹也,不亦禮焉?”曹伯曰:“諸侯之亡公子其多矣,誰不過此?亡者皆無禮者也,余焉能盡禮焉!”對曰:“臣聞之:愛親明賢,政之幹也。禮賓矜窮,禮之宗也。禮以紀政,國之常也。失常不立,君所知也。國君無親,以國爲親。先君叔振,出自文王,晋祖唐叔,出自武王,文、武之功,實建諸姬。故二王之嗣,世不廢親。今君棄之,不愛親也。晋公子生十七年而亡,卿材三人從之,可謂賢矣,而君蔑之,是不明賢也。謂晋公子之亡,不可不憐也;比之賓客,不可不禮也。失此二者,是不禮賓,不憐窮也。守天之聚,將施於宜,宜而不施,聚必有闕。玉帛酒食,猶糞土也,愛糞土以毁三常,失位而闕聚,是之不難,無乃不可乎?君其圖之。”公弗聽。

及宋,宋襄公贈之以馬二十乘。

公子過宋,與司馬公孫固相善,公孫固言於襄公曰:“晋公子亡,長幼矣,而好善不厭,父事狐偃,師事趙衰,而長事賈佗。狐偃,其舅也,而惠以有謀。趙衰,其先君之戎御趙夙之弟也,而文以忠貞。賈佗,公族也,而多識以恭敬。此三人者,實左右之。公子居則下之,動則諮焉,成幼而不倦,殆有禮矣。樹於有禮,必有艾。《商頌》曰:‘湯降不遲,聖敬日躋。’降,有禮之謂也。君其圖之。”襄公從之,贈以馬二十乘。

及鄭,鄭文公亦不禮焉。叔詹諫曰:“臣聞天之所啟,人弗及也。晋公子有三焉,天其或者將建諸,君其禮焉!男女同姓,其生不蕃。晋公子,姬出也,而至于今,一也。離外之患,而天不靖晋國,殆將啟之,二也。有三士,足以上人,而從之,三也。晋、鄭同儕,其過子弟固將禮焉,況天之所啟乎!”弗聽。

公子過鄭,鄭文公亦不禮焉。叔詹諫曰:“臣聞之:親有天,用前訓,禮兄弟,資窮困,天所福也。今晋公子有三祚焉,天將啟之。同姓不婚,惡不殖也。狐氏出自唐叔,狐姬,伯行之子也,實生重耳。成而儁才,離違而得所,久約而無釁,一也。同出九人,唯重耳在,離外之患,而晋國不靖,二也。晋侯日載其怨,外内棄之;重耳日載其德,狐、趙謀之,三也。在《周頌》曰:‘天作高山,大王荒之。’荒,大之也。大天所作,可謂親有天矣。晋、鄭兄弟也,吾先君武公,與晋文侯戮力一心,股肱周室,夾輔平王,平王勞而德之,而賜之盟質,曰:‘世相起也。’若親有天,獲三祚者,可謂大天。若用前訓,文侯之功,武公之業,可謂前訓。若禮兄弟,晋、鄭之親,王之遺命,可謂兄弟。若資窮困,亡在長幼,還軫諸侯,可謂窮困。棄此四者,以徼天禍,無乃不可乎?君其圖之。”弗聽。叔詹曰:“若不禮焉,則請殺之。諺曰：‘黍稷無成，不能爲榮。黍不爲黍，不能蕃廡。稷不爲稷，不能蕃殖。所生不疑，唯德之基。’”公弗聽。

及楚，楚子饗之，曰：“公子若反晋國，則何以報不穀？”對曰：“子女玉帛，則君有之；羽毛齒革，則君地生焉。其波及晋國者，君之餘也；其何以報君？”曰：“雖然，何以報我？”對曰：“若以君之靈，得反晋國。晋、楚治兵，遇於中原，其辟君三舍。若不獲命，其左執鞭、弭，右屬櫜鞬，以與君周旋。”子玉請殺之。楚子曰：“晋公子廣而儉，文而有禮。其從者肅而寬，忠而能力。晋侯無親，外内惡之。吾聞姬姓唐叔之後，其後衰者也，其將由晋公子乎！天將興之，誰能廢之？違天，必有大咎。”乃送諸秦。

遂如楚，楚成王以周禮享之，九獻，庭實旅百。公子欲辭，子犯曰：“天命也，君其饗之。亡人而國薦之，非敵而君設之，非天，誰啟之心！”既饗，楚子問於公子曰：“子若克復晋國，何以報我？”公子再拜稽首，對曰：“子女玉帛，則君有之。羽旄齒革，則君地生焉。其波及晋國者，君之餘也，又何以報？”王曰：“雖然，不穀願聞之。”對曰：“若以君之靈，得復晋國，晋、楚治兵，會于中原，其避君三舍。若不獲命，其左執鞭、弭，右屬櫜鞬，以與君周旋。”令尹子玉曰：“請殺晋公子。弗殺而反晋國，必懼楚師。”王曰：“不可。楚師之懼，我不修也。我之不德，殺之何爲！天之祚楚，誰能懼之？楚不可祚，冀州之士，其無令君乎？且晋公子敏而有文，約而不諂，三材侍之，天祚之矣。天

　　秦伯納女五人，懷嬴與焉。奉匜沃盥，既而揮之。怒，曰：“秦、晋匹也，何以卑我？”公子懼，降服而囚。他日，公享之。子犯曰：“吾不如衰之文也，請使衰從。”公子賦《河水》。公賦《六月》。趙衰曰：“重耳拜賜！”公子降拜稽首，公降一級而辭焉。衰曰：“君稱所以佐天子者命重耳，重耳敢不拜？”

之所興，誰能廢之？”子玉曰：“然則請止狐偃。”王曰：“不可。《曹詩》曰：‘彼己之子，不遂其媾。’郵之也。夫郵而效之，郵又甚焉。效郵，非禮也。”於是懷公自秦逃歸。秦伯召公子於楚，楚子厚幣以送公子于秦。

　　秦伯歸女五人，懷嬴與焉。公子使奉匜沃盥，既而揮之。嬴怒曰：“秦、晋匹也，何以卑我？”公子懼，降服囚命。秦伯見公子曰：“寡人之適，此爲才。子圉之辱，備嬪嬙焉，欲以成婚，而懼離其惡名。非此，則無故。不敢以禮致之，懽之故也。公子有辱，寡人之罪也。唯命是聽。”公子欲辭，司空季子曰：“同姓爲兄弟。黄帝之子二十五人，其同姓者二人而已，唯青陽與夷鼓皆爲己姓。青陽，方雷氏之甥也。夷鼓，彤魚氏之甥也。其同生而異姓者，四母之子，别爲十二姓。凡黄帝之子二十五宗，其得姓者十四人，爲十二姓，姬、酉、祁、己、滕、箴、任、荀、僖、姞、儇、依是也。唯青陽與蒼林氏同于黄帝,故皆爲姬姓。同德之難也如是。昔少典娶于有蟜氏,生黄帝、炎帝。黄帝以姬水成,炎帝以姜水成。成而異德,故黄帝爲姬,炎帝爲姜。二帝用師以相濟也,異德之故也。異姓則異德,異德則異類,異類雖近,男女相及,以生民也。同姓則同德,同德則同心,同心則同志,同志雖遠,男女不相及。畏黷敬也。黷則生怨,怨亂毓災,災毓滅姓,是故娶妻避其同姓,畏亂災也。故異德合姓,同德合義,義以導利,利以阜姓,姓利相更,成而不遷,乃能攝固,保其土房。今子於子圉,道路之人也,取其所棄,以濟大事,不亦可乎?"公子謂子犯曰:"何如?"對曰:"將奪其國,何有於妻!唯秦所命從也。"謂子餘曰:"何如?"對曰:"《禮志》有之曰:'將有請於人,必先有入焉。欲人之愛己也,必先愛人。欲人之從己也,必先從人。無德於人,而求用於人,罪也。'今將婚媾以從秦,受好以愛之,聽從以德之,懼其未可也,又何疑焉?”乃歸女而納幣,且逆之。他日,秦伯將享公子,公子使子犯從。子犯曰:“吾不如衰之文也,請使衰從。”乃使子餘從。秦伯享公子如享國君之禮,子餘相如賓。卒事,秦伯謂其大夫曰:“爲禮而不終,恥也。中不勝貌,恥也。華而不實,恥也。不度而施,恥也。施而不濟,恥也。恥門不閉,不可以封。非此,用師則無所矣。二三子敬乎!”明日,宴,秦伯賦《采菽》,子餘使公子降拜。秦伯降辭。子餘曰:“君以天子之命服命重耳,敢有安志,敢不降拜?”成拜卒登,子餘使公子賦《黍苗》。子餘曰:“重耳之仰君也,若黍苗之仰陰雨也。若君實庇廕膏澤之,使能成嘉穀,薦在宗廟,君之力也。君若昭先君之榮,東行濟河,整師以復彊周室,重耳之望也。重耳若獲集德而歸載,使主晉民,成封國,其何實不從。君若恣志以用重耳,四方諸侯其誰不惕惕以從命!”

秦伯嘆曰:"是子將有焉,豈專在寡人乎!"秦伯賦《鳩飛》,公子賦《河水》。秦伯賦《六月》,子餘使公子降拜。秦伯降辭。子餘曰:"君稱所以佐天子匡王國者以命重耳,重耳敢有惰心,敢不從德?"

内外傳文體繁簡之異,觀此可略覩一斑矣。近世今文家(經今文學家)或有以《左傳》爲劉歆(劉向之子,字子駿,西漢末人)本《國語》而編次以附於《春秋》者,不知左氏文體,剪裁嚴密,尚有非司馬氏(司馬遷)所及者,何論子駿①?

① "駿",原文作"峻"。

第四章　爲學術而文學時代之散文(戰國)

第一節　總　論

春秋以前之文,皆治化之文也,何也?其治化即學術,學術即治化也。凡傳於今之文,皆左史、右史之遺也,皆當時治化之跡也。故曰六經皆史也。自孔、老以後,學術始由官守(官位職守)而散於學者。於是戰國諸子,始各以其學術鳴。其所爲文莫非鼓吹學術之作。即屈平(屈原,名平)之《離騷》,"上稱帝嚳(kù。帝嚳即高辛氏,黄帝曾孫),下道齊桓,中述湯(商湯)武(周武王),以刺世事;明道德之廣崇,治亂之條貫,靡不畢(完全)見。"(《史記·屈原列傳》)亦思以其學術救時者也。故此時代之文學,可謂爲學術而文學,非爲文學而文學者也。昭明所謂以立意爲宗,不以能文爲本也。(見《昭明文選序》)然文學者,學術之華實也。有諸中者形諸外。故此一時代爲吾國學術最發達時代,而亦爲吾國文學最燦爛時代。

論諸子之學之所以興者有三:一曰本乎古學,二曰原(源)乎官守,三曰因(因應)乎時勢。

《莊子·天下篇》云:"不侈於後世(不以奢侈教導後人),不靡(靡費、浪費)於萬物,不暉(同"輝",炫耀、宣揚)於度數(禮法制度),而備世之患。古之道術(道理、學術)有在於是者,墨翟(墨子名)、禽滑釐(墨子弟子)聞其風而悦之。不累(牽累)於俗,不飾(同"飾",矯飾)於物,不苟①於人,不忮(zhì,違背)於衆,願天下之安寧,以活民命,

① "苟",原文作"拘"。

人我之養,畢(剛剛、僅僅)足而止,以此白心(以此爲全部心志、宗旨)。古之道術,有在於是者,宋鈃[①](xíng)、尹文聞其風而悦之。公而不當(同"黨",結黨),易(平易)而無私,決然無主(決去牽累而無所偏好),趣(同"趨",趨向、跟隨)物而不兩(兩意、不同一),不顧(顧慮、猶豫)於慮(智慮、考慮),不謀於知(智慧、知識),於物無擇,與之俱往。古之道術有在於是者,彭蒙、田駢、慎到聞其風而悦之。以本爲精,以物爲粗,以有積(積累、儲蓄)爲不足,澹然(寧靜安詳的樣子)獨與神明居(相處)。古之道術有在於是者,關尹、老聃聞其風而悦之。芴(同"忽")漠無形,變化無常,死與生與?天地竝(并)與?神明往與?芒乎何之?忽乎何適?萬物畢羅(網羅、囊括),莫足以歸。古之道術有在於是者,莊周(莊子名)聞其風而悦之。"此本乎古學之説也。

《漢書・藝文志》云:"儒家者流,蓋出於司徒之官(管理民衆和土地的官守)。道家者流,蓋出於史官。陰陽家者流,蓋出於羲和之官(負責天文曆法事務的官守)。法家者流,蓋出於理官(負責司法事務的官守)。墨家者流,蓋出於清廟之守(負責宗廟管理的官守)。從横家者流,蓋出於行人之官(負責邦國交往的官守)。雜家者流,蓋出於議官(諫官)。農家者流,蓋出於農稷之官(負責農業事務的官守)。小説家者流,蓋出於稗官(負責采風的官守)。"此原於官守之説也。

《淮南子・要略》云:"文王之時,紂爲天子,賦斂無度,殺戮無止,康梁(耽於享樂)沉湎(浸淫於酒),宫中成市,作爲炮烙之刑,刳(kū,剖開挖空)諫者,剔孕婦,天下同心而苦之。文王四世(指太王、季王、文王、武王四世)纍善(積累善德善行),修德行義,處岐周之間,地方不過百里,天下二垂(天地交接之處,喻指遠方)歸之,文王欲以卑弱制强暴,以爲天去殘除賊而成王道,故太公(姜尚)之謀生焉。文王業(進行、開展)之(指推翻商紂之事)而不卒,武王繼文王之業,用太

① "鈃",原文作"鈃"。

公之謀,悉索薄賦(傾盡全國微薄的軍事力量),躬擐(huàn,穿)甲胄,以伐無道,而討不義,誓師牧野,以踐(踐履、登上)天子之位。天下未定,海内未輯(安寧、平定),武王欲昭文王之命,德使夷狄,各以其賄(財物)來貢(朝貢),遼遠未能至,故治三年之喪,殯(大殮)文王於兩楹之間(堂柱之間),以俟(等待)遠方。武王立三年而崩(駕崩、死亡),成王(周成王)在襁緥(bǎo qiǎng,包裹嬰兒的被子、毯子)之中,未能用事(實際負責事務),蔡叔(名度)、管叔(名鮮。二人爲周武王之弟,與周公同爲輔助成王的三監)輔公子禄父(即武庚,商紂之子)而欲爲亂,周公繼文王之業,持天子之政,以股肱(輔佐、捍衛)周室,輔翼成王,懼爭道之不塞,臣下之危上也,故縱馬華山,放牛桃林,敗(敗壞、打破)鼓(戰鼓)折(折斷、折毀)枹(鼓槌),搢(jìn,插)笏(hù,笏板)而朝(朝見),以寧靜(安定)王室,鎮撫諸侯。成王既壯,能從政事,周公受封於魯,以此移風易俗。孔子脩成(周成王)康(周康王)之道,述周公之訓,以教七十子(《史記·仲尼弟子列傳》:"孔子曰:'受業身通者七十有七人。'"),使服其衣冠,脩其篇籍,故儒者之學生焉。墨子學儒者之業,受孔子之術,以爲其禮煩擾而不説(同"悦"),厚葬靡財而貧民(使民貧困),久服(儒家禮制規定的服喪時間甚長)傷生(傷害生靈)而害事,故背周道而用夏政。禹之時,天下大水,禹身執虆(léi,盛土的器具)垂(掘土的器具),以爲民先,剔(洩去)河(黄河)而道九岐(九處岔道、支流),鑿江(長江)而通九路,辟五湖而定東海。當此之時,燒(燒出的灰燼)不暇撌(排去),濡(rú,濕潤,此指衣服上的水)不給扢[1](gǔ,擦拭)。死陵者葬陵,死澤者葬澤,故節財、薄葬、閑服(日常衣服,代指衣著簡樸)生焉。齊桓公之時,天子卑弱,諸侯力征,南夷北狄交伐中國,中國之不絶如線。齊國之地,東負(背負、面臨)海而北障河,地狹田少,而民多智巧。桓公憂中國之患,苦夷狄之亂,欲以

① "扢",原文作"挖"

存亡繼絶,崇天子之位,廣文武之業,故管子之書生焉。齊景公内好聲色,外好狗馬,獵射亡(無)歸,好色無辯,作爲路寢之臺(指行宫);族(同“簇”,聚集)鑄大鐘,撞之庭下,郊雉皆呴(gòu,鳴叫),一朝(指滿朝大臣)用三千鐘(古代的計量單位,一鍾相當於十斛)贛(賜)。梁丘據、子家噲(二人爲齊景公大臣)導於左右,故晏子(即晏嬰)之諫生焉。晚世之時,六國諸侯,谿(谿水)異谷(山谷)别,水絶山隔,各自治其境内,守其分地,握其權柄,擅其政令,下無五伯(諸侯),上無天子,力征爭權,勝者爲右(上),恃(占恃、憑籍)連(聯合)與國(列國),約重致(重要的人質),剖信符(剖開象徵信用的符契),結遠援,以守其國家,持其社稷,故縱橫修短生焉。申子(申不害)者,韓昭釐(xī,韓昭釐王,名韓武)之佐(輔佐之臣)。韓,晋别國(晋國三分爲韓、趙、魏三國,故稱韓國爲晋之别國)也,地墽(qiāo,貧瘠)民險,而介於大國之間。晋國之故禮未滅,韓國之新法重出;先君之令未收,後君之命又下;新故相反,前後相繆,百官背亂,不知所用,故刑名之書生焉。秦國之俗,貪狼强力,寡義而趨利,可威(威嚇)以刑,而不可化以善,可勸以賞,而不可厲(鼓勵)以名,被險而帶河,四塞以爲固,地利形便,畜積殷富,孝公(秦孝公)欲以虎狼之勢,而吞諸侯,故商鞅之法生焉。”此因乎時勢之説也。

合此三者,其言乃備(完備)。而近人或專主時勢之説,而非官守之言,然《漢志》(《漢書·藝文志》)又云:“諸子十家,其可觀者九家而已,皆起於王道既微,諸侯力政,時君世主,好惡殊方,是以九家之説,蠭(同“蜂”,蜂湧、衆多)出竝作,各引一端,崇其所善;以此馳説,取合諸侯。”則諸子之學,關於時勢,班氏亦非不知之,而必原於官守者,古學在於官守,諸子之學,不能無其原也。

闡班氏(班固)時勢之説者,有劉師培(曾更名光漢,字申叔,號左盦,江蘇儀征人),其言曰:“班氏之言曰:‘時君世主,好惡無方,是以九家之説,蠭起並出。’由《班志》所言觀之,則諸家學術,悉隨時勢爲轉移。昔春秋時,世卿(世襲之卿)擅權,諸侯力征,故孔子譏世卿,惡征伐;墨子明尚賢(崇尚賢能),著(使……顯著、昭著)非攻;皆救時之要術,而濟世之良模也。雖然,孔、墨者悲天憫人之學也,殆其説不行,有心人目擊世風日下,由是閔(同"憫",悲憫、憐憫)世之義,易(變化、轉化)爲樂天(樂於順應天命、安於處境而無憂慮),如莊(莊子)、列(列禦寇,即列子)、楊朱之學是也。及舉世渾濁,世變愈危,憂時之士,知治世之不可期(期待),由是樂天之義,易爲厭世,如屈(屈原)、宋(宋玉)之流是也。而要之皆周末時勢激(激發、刺激)之使然,雖然,此皆學術之憑虛者也。有憑虛之學,即有徵實之學。戰國之時,諸侯以併吞爲務,非兵不能守國,由是有兵家之學。非得鄰國之援助,則國勢日孤,由是有縱横家之學。非務農積粟,不能進攻,由是有農家之學。是則戰國諸子,皆隨時俗之好尚,以擇術立言。儒學不能行於戰國,時爲之也。法家、兵家、縱横家行於戰國,亦時爲之也。古人謂學術可以觀時變,豈不然哉?"《國學發微》

諸子之學雖出於官守,亦自不能盡同於官守。章學誠曰:"諸子之書,多《周官》(《周禮》别名)之舊典,劉(劉歆)、班(班固)叙九流(即《漢書·藝文志》所述的諸子九家)之源(班固《漢書·藝文志》是根據劉歆《七略》作成),每云出於某官,或云某某之守,是也。古者治(治理)、學(學術)未分,官(職官,指國中負責具體行政事務之人)、師(老師、國師,國中負責教化之人)合一,故法具於官,而官守其書。然世世師傳講習討論,則有具於書而不必盡於書者,猶今官司掌故(舊制、慣例),習見常行,不必轉注傳授(轉爲註釋、解釋以教授後學),繁言曲解(以繁雜的語言來對原典進行解釋),其一端也。又有精微奥義,可意會而難以文字傳者,猶今百司(百官)執事(負責),隱微利弊,惟親其事者知之,而非文案簿書(檔案、書記薄之類)所具,又一端也。至於周末治學既分,禮失官廢,諸子思以其學用世(用於當世),莫不於人官物曲(事物的性能)之中,求其道而通(通用、通行)之,將以其道易天下,而非欲以文辭見(顯現、見諸於世)也。故其所著之書,則有官守舊文,與夫相傳遺意,雖不能無失,然不可謂全無所受也。故諸子之書雖極偏駁,而其中實有先王政教之遺,惟所存有多寡純駁之不同,而其著書之旨,則又各以私意爲之。蓋不肯自爲一官一曲(古代軍隊的編制單位)之長,而皆欲即(用、以)其一端以易天下,故莊生謂耳目口鼻,不能相通(見《莊子·天下篇》)是也。"《駁汪中墨子序》

論諸子之文者,則以劉彦和(劉勰,字彦和,南朝山東莒縣人,《文心雕龍》作者)爲最簡當。其言曰:"洽聞(多聞博識)之士,宜撮綱要,覽華而食實,棄邪而採正,極睇(dì。盡力看、注視、注目)參差,亦學家之壯觀也。研夫孟、荀所述,理懿(美)而辭雅;管、晏屬篇(指管子、晏子之書),事覈(徵實)而言練(簡練);列御寇之書(《列子》),氣偉而采奇;鄒子之説(鄒衍持大九州之説),心奢而辭壯;墨翟、隨巢(墨子弟子),意顯而語質;尸佼(尸子)、尉繚(尉繚子。均是刑名家的代表人物),術通而文鈍(形容文辭質樸);鶡(hé)冠(今傳有《鶡冠子》一書)緜緜,亟發深言;鬼谷(今傳有《鬼谷子》一書)眇眇,每環(每每環繞、環抱)奥義;情辨以澤(潤澤),文子(相傳爲老子弟子,今傳有《文子》一書)擅其能;辭約而精,尹文(今傳有《尹文子》一書)得其要;慎到(戰國時期趙國人)析密理之巧;韓非著博喻(廣泛運用比喻)之富;吕氏(吕不韋組織門客編撰的《吕氏春秋》一書)鑒遠而體周(周全、周密);淮南(西漢淮南王劉安組織門客編撰的《淮南子》一書,《淮南子》又名《淮南鴻烈》)汎採而文麗;斯則得百氏之華采,而辭氣之大略也。"《文心雕龍·諸子篇》

諸子之文,原於六藝,故班氏曰:"今異家者(諸子百家),各推所長(長處、優長),窮知究慮(窮盡知識、竭盡智慮),以明其旨。雖有短蔽,合其要歸,亦六經之支與流裔也。"(《漢書·藝文志》)然諸子之文,其原(源)既遠,其流亦長。漢之董仲舒(西漢廣川人)、劉向(字子政,西漢末人,劉歆之父),儒家兼陰陽家之文也。晁錯(西漢潁川人)、趙充國(字翁孫,西漢隴西人),法家兼兵家之文也。司馬談、遷父子,道家兼史家之文也。徐樂、嚴安,從横家之文也。楊王孫(西漢城固人),墨家之文也。淮南子,雜家之文也。

劉師培曰:"韓(韓愈)、李(李翺,字習之,唐隴西成紀人,韓愈弟子)之文,正誼明道(辨正義理、彰明大道),排斥異端,歐(歐陽脩,字永叔,號醉翁、六一居士,北宋吉州永豐人)、曾(曾鞏,字子固,北宋建昌南豐人)繼之,以文載道,儒家之文也。子厚(柳宗元字)之文,善言事物之情,出以形容之詞,而知人論世(通過品評人物來瞭解一個時代),復能探原立論,核覈刻深,名家之文也。明允(蘇洵,字明允,號老泉,北宋眉州眉山人)之文,最喜論兵,謀深慮遠,排兀雄奇,兵家之文也。子瞻(蘇軾,字子瞻,又字和仲,號東坡居士,北宋眉州眉山人)之文,以粲花(鮮豔的花朵,形容言論絶妙)之舌,運捭闔(bǎi hé,開合)之詞,往復卷舒,一如意中所欲出,而屬詞比事(連綴文辭,排比史事,泛指作文記事),翻空易奇(脱離窠臼、文筆奇特),縱横家之文也。介甫(王安石,字介甫,號半山,謚曰文,北宋撫州臨川人)之文,侈言(大言)法制,因時制宜,而文辭奇峭,推闡(推理闡明)入深,法家之文也。立言不朽,此之謂與?

"近代以還,文儒輩出。望溪(方苞,字鳳九,一字靈皋,號望溪,清代安徽桐城人)、姬傳(姚鼐,字姬傳,另字夢谷,清代安徽桐城人),文祖韓(韓愈)、歐(歐陽脩),闡明義理,趨步(追隨、跟隨)宋儒,此儒家之支派也。叔子(魏禧,字叔子,另字冰叔,號裕齋,明末清初江西寧都人)、崑繩(王源,字崑繩,另字或庵,明末清初直隸大興人),洞明兵法,推論古今之成敗,疊陳九土(九州土地、國土)之險夷,落筆千言,縱横奔肆,此兵家之支派也。子居(惲敬,字子居,清江蘇陽湖人,陽湖文派創始人)之文,取法半山(王安石號),安吴(包世臣,字慎伯,清安徽涇縣人。涇縣於東漢時曾分置安吴,包氏舊居接近其地,故學者稱其爲安吴先生)之文,洞陳時弊,兵農刑政,酌古準今,不諱功利之談,爰立後王之法,此法家之支派也。朝宗(侯方域字,明末清初河南商丘人,復社成員)之文,詞源横溢,簡齋(袁枚字)之作,逞博矜奇(以博爲能、炫博),若決江河,一瀉千里,此縱横家之支派也。雍齋(張侗書齋名。張侗,字同人,明末清初山東諸城人)、于庭(宋翔鳳字,一字虞庭,清江蘇長洲人)之文,雜糅讖緯(讖書和緯書的合稱,乃一種經學神學化的産物),靡麗瑰奇,此陰陽家之支派也。大紳(解縉字,另字縉紳,明初江西吉水人)、台山(葉向高,字進卿,號台山,明福建福清人)之文,妙善(愛好、擅長於)玄言(老莊之言),析理精微,此道家之支派也。維崧(陳維崧,字其年,清宜興人)、甌北(趙翼,字耘松,號甌北,清江蘇陽湖人)之文,體雜俳優,涉筆(下筆)或趣,此小説家之支派也。

"旨歸既别,夫豈强同,即古文所謂文章流别也。惟詩亦然。子建(曹植字)之詩,温柔敦厚(樸實厚道。《禮記·經解》:"温柔敦厚,《詩》教也。"),近於儒家。淵明(陶潛字,號五柳先生,東晋潯陽人)之詩,澹雅沖泊,近於道家。康樂(謝靈運襲封康樂公,故稱。東晋會稽人)之詩,琢磨研煉,近於名家。太沖(左思字,西晋淄博人)之詩,雄健英奇,近於縱横家。蓋在心爲志,發言爲詩,諷詠篇章,可以察前人之志矣。隋唐以下,詩家專集(詩集),浩如淵海,然詩格既判(判别、區别),詩心亦殊。少陵(杜甫,字子美,號少陵野老,唐河南鞏縣人)之詩,惓懷君父,希心稷(后稷)、契(殷契),是爲儒家之詩。太白(李白,字太白,號青蓮居士,唐劍南道綿州人)之詩,超然飛騰,不愧仙才,是爲縱横家之詩。襄陽(孟浩然,唐襄州襄陽人,故稱)之詩,逸韵天成;子瞻之詩,清言霏屑(碎屑飄揚):是爲道家之詩。儲(儲光羲,唐兖州人)王(王維,字摩詰,唐太原祁人)之詩,備陳穡事(農事),追擬《豳風》(《詩經》國風之一),是爲農家之詩。山谷(黄庭堅,字魯直,自號山谷道人,晚號涪翁,北宋洪州分寧人)之詩,峻厲倔强,爲西江(即江西)之冠,是爲法家之詩。

"由是言之,辨章學術(辨别學術派别及思想淵源),詩與文同矣。

要而論之,西漢之時,治學之士,侈言災異五行(以陰陽五行爲基礎的天人感應説,認爲天災和奇異事件等等是上天意志的表達),故西漢之文多陰陽家言。東漢之末,法學盛昌,故漢魏之文,多法家言。六朝之士,崇尚老莊,故六朝之文,多道家言。隋唐以來,以詩賦爲取士之具,故唐代之文,多小説家言。宋代之儒以講學相矜(崇尚),故宋代之文多儒家言。明末之時,學士大夫多抱雄才偉略,故明末之文,多縱橫家言。近代(清代)之儒,溺於箋注訓故之學(指清代考據學),故近代之文,多名家言。雖集部之書,不克(不能)與子書齊列,然因集部之目録,以推論其派别源流,知集部出於子部,則後儒有作,必有反(即"返")集爲子者,是亦區别學述之一助也。"《論文雜記》

第二節　陰陽家之散文

《漢書·藝文志》云:"陰陽家者流,蓋出於羲和之官,敬順昊天,歷象(觀測天體的運行)日月星辰,敬授民時,此其所長也。及拘(拘泥、拘謹)者爲之,則牽(牽制)於禁忌,泥(拘泥)於小數,舍人事而任鬼神。"司馬談《論六家要旨》云:"嘗竊觀陰陽之術大(同"太")祥(同"詳"),而衆(民衆、衆人)忌諱,使人拘而多所畏。然其序(排序、理順)四時之大順(順序),不可失也。"又云:"夫陰陽、四時、八位(春分、立夏、夏至、立秋、秋分、立冬、冬至等八個節氣)、十二度[①]、二十四節,各有教令,順之者昌,逆之者不死則亡,未必然也。故曰,使人拘而多畏。夫春生夏長,秋收冬藏,此天道之大經也,弗順則無以爲天下綱紀。故曰,四時之大順,不可失也。"

---

① 古代天文學爲了解釋日月五星運行和節氣變换,把黄道附近一周天由西向東分爲十二等分,稱十二次或十二度,包括星紀、玄枵、娵訾、降婁、大樑、實沉、鶉首、鶉火、鶉尾、壽星、大火、析木。

司馬氏謂不可失者即羲和官守之學也，是陰陽家之原也。司馬氏謂使人拘而多所畏者，即班氏所謂拘者之學也，是陰陽家之流也。《尚書、堯典》叙羲和一節，即古史記陰陽家之學者也，陰陽家最古之文也。莊周曰："《易》以道陰陽。"(《莊子·天下篇》)然則《易》者本陰陽家之學也，孔子贊之，爲作《十翼》，則以倫理説《易》，由陰陽家之神道設教(利用神鬼之道進行教化)，一改而爲儒家之人道設教矣。故今之《周易》，乃孔子之《易》，非陰陽家之《易》矣。《連山》《歸藏》(傳説二書亦爲以卦爻解釋宇宙萬物之書，與《周易》合稱"三《易》")，今不傳，斯其陰陽家之《易》乎？《漢書·藝文志》所列陰陽家之書，如《宋司星子韋》、《公檮生終始》之類，今皆不傳，然《大戴禮》之《夏小正》，《小戴禮》之《月令》，疑皆古代羲和官守之學，陰陽家正宗也。太史公書之《天官書》、《漢書》之《五行志》之類，其皆陰陽家之流派乎？兹節録《月令》及《天官書》於後，以見一斑焉。

月令節録孟春之月　　　　小戴禮

孟春之月，日在營室，昏參中，旦尾中。其日甲乙，其帝大皞，其神句芒，其蟲鱗，其音角，律中大蔟。其數八，其味酸，其臭羶，其祀户，祭先脾。東風解凍，蟄蟲始振，魚上冰，獺祭魚，鴻鴈來。天子居青陽左个，乘鸞路，駕倉龍，載青旂，衣青衣，服倉玉，食麥與羊，其器疏以達。是月也，以立春。先立春三日，大史謁之天子曰："某日立春，盛德在木。"天子乃齊。立春之日，天子親帥三公、九卿、諸侯、大夫以迎春於東郊，還反，賞公、卿、諸侯、大夫於朝。命相布德和令，行慶施惠，下及兆民。慶賜遂行，毋有不當。乃命大史守典奉法，司天日月星辰之行，宿離不貸，毋失經紀，以初爲常。是月也，天子乃以元日祈穀於上帝。乃擇元辰，天子親載耒耜，措之于參保介之御間,帥三公、九卿、諸侯、大夫,躬耕帝藉。天子三推,三公五推,卿諸侯九推。反,執爵于大寢,三公、九卿、諸侯、大夫皆御,命曰勞酒。是月也,天氣下降,地氣上騰,天地和同,草木萌動。王命布農事:命田舍東郊,皆修封疆,審端徑、術,善相邱陵、阪險、原隰土地所宜,五穀所殖,以教道民,必躬親之。田事既飭,先定準直,農乃不惑。是月也,命樂正入學習舞。乃修祭典,命祀山林川澤,犧牲毋用牝。禁止伐木。毋覆巢,毋殺孩蟲、胎、夭、飛鳥,毋麛,毋卵。毋聚大衆,毋置城郭。掩骼埋胔。是月也,不可以稱兵,稱兵必天殃。兵戎不起,不可從我始。毋變天之道,毋絶地之理,毋亂人之紀。孟春行夏令,則雨水不時,草木蚤落,國時有恐;行秋令,則其民大疫,猋風暴雨總至,藜、莠、蓬、蒿並興;行冬令,則水潦爲敗,雪霜大摯,首種不入。

天官書節録　　史記

察日月之行,以揆歲星順逆。曰東方木,主春,日甲乙。義失者,罰出歲星。歲星贏縮,以其舍命國。所在國不可伐,可以罰人。其趨舍而前曰贏,退舍曰縮。贏,其國有兵不復;縮,其國有憂,將亡,國傾敗。其所在,五星皆從而聚於一舍,其下之國可以義致天下。以攝提格歲:歲陰左行在寅,歲星右轉居丑。正月,與斗、牽牛晨出東方,名曰監德。色蒼蒼有光。其失次,有應見柳。歲早,水;晚,旱。歲星出,東行十二度,百日而止,反逆行;逆行八度,百日,復東行。歲行三十度十六分度之七,率日行十二分度之一,十二歲而周天。出常東方,以晨;入於西方,用昏。單閼歲:歲陰在卯,星居子。以二月與婺女、虚、危晨出,曰降入。大有光。其失次,有應見張。名曰降入,其歲大水。執徐歲:歲陰在辰,星居亥。以三月居與營室、東壁晨出,曰青章。青青甚章。其失次,有應見軫。曰青草,歲早,旱;晚,水。大荒駱歲:歲陰在巳,星居戌。以四月與奎、婁、胃昴晨出,曰跰踵。熊熊赤色,有光。其失次,有應見亢。敦牂歲:歲陰在午,星居酉。以五月與胃、昴、畢晨出,曰開明。炎炎有光。偃兵;唯利公王,不利治兵。其失次,有應見房。歲早,旱;晚,水。叶洽歲:歲陰在未,星居申。以六月與觜觿、參晨出,曰長列。昭昭有光。利行兵。其失次,有應見箕。涒灘歲:歲陰在申,星居未。以七月與東井、輿鬼晨出,曰大音。昭昭白。其失次,有應,見牽牛。作鄂歲:歲陰在酉,星居午。以八月與柳、七星、張晨出,曰爲長王。作作有芒。國其昌,熟穀。其失次,有應見危。曰大章,有旱而昌,有女喪,民疾。閹茂歲:歲陰在戌,星居巳。以九月與翼、軫晨出,曰天睢。白色大明。其失次,有應見東壁。歲水,女喪。大淵獻歲:歲陰在亥,星居辰。以十月與角、亢晨出,曰大章。蒼蒼然,星若躍而陰出旦,是謂正平。起師旅,其率必武;其國有德,將有四海。其失次,有應見婁。困敦歲:歲陰在子,星居卯。以十一月氐、房、心晨出,曰天泉。玄色甚明。江池其昌,不利起兵。其失次,有應在昴。赤奮若歲:歲陰在丑,星居寅。以十二月與尾、箕晨出,曰天皓。黫然黑色甚明。其失次,有應見參。當居不居,居之又左右摇,未當去去之,與他星會,其國凶。所居久,國有德厚。其角動,乍小乍大,若色數變,人主有憂。其失次舍以下,進而東北,三月生天棓,長四尺,末兑。進而東南,三月生彗星,長二丈,類彗。退而西北,三月生天攙,長四丈,末兑。退而西南,三月生天槍,長數丈,兩頭兑。謹視其所見之國,不可舉事用兵。其出如浮如沈,其國有土功;如沈如浮,其野亡。色赤而有角,其所居國昌。迎角而戰者,不勝。星色赤黄而沈,所居野大穰。色青白而赤灰,所居野有憂。歲星入月,其野有逐相;與太白鬭,其野有破軍。歲星一曰攝提,曰重華,曰應星,曰紀星。營室爲清廟,歲星廟也。

《天官書》雖成於司馬談父子,然其所采,疑本於司星子韋之徒者也。其紀天空之光景,真千古奇文。今日天文學之發明,已大非昔比,倘有能文者爲記述,其文章之彪炳陸離,更當何如邪?

第三節　墨家墨子之散文

《史記·孟子荀卿列傳》云:"墨翟,宋之大夫,善守禦,爲節用,或曰竝孔子時,或曰在其後。"《莊子·天下篇》云:"不侈於後世,不靡於萬物,不暉於數度,以繩墨自嬌,而備世之急。古之道術有在於是者,墨翟、禽滑釐聞其風而説之。爲之大(同"太")過,已之大(同"太")循(順),作爲《非樂》,命之曰《節用》,生不歌,死无服(喪服)。墨子汎愛兼利而非鬭(即非攻,反對戰爭),其道不怒(不怨怒於物);又好學而博,不異(欲以墨家思想統一萬物),不與先王同。毁古之禮樂,黄帝有《咸池》,堯有《大章》,舜有《大韶》,禹有《大夏》,湯有《大濩》,文王有《辟雍》之樂,武王、周公作《武》。古之喪禮,貴賤有儀(儀式),上下有等(等級、等差),天子棺槨七重,諸侯五重,大大三重,士再(二、兩)重。今墨子獨生不歌,死不服,桐棺三寸而無槨以爲法式。以此教人,恐不愛人;以此自行,固不愛己。未敗墨子道(墨子之道現在尚未失敗)。雖然,歌而非歌,哭而非哭,樂而非樂,是果類(人類)乎?其生也勤,其死也薄,其道大(同"太")觳(què,瘠薄、簡陋、儉薄),使人憂,使人悲。其行難爲也,恐其不可以爲聖人之道,反天下之心,天下不堪;墨子雖能獨任,奈天下何?離於天下,其去王也遠矣。墨子稱道曰:昔者禹之湮洪水,決江河而通四夷九州也,名山三百,支川三千,小者無數,禹親自操槖耜而九雜天下之川，腓无胈，脛无毛，沐甚雨，櫛疾風，置萬國。禹大聖也，而形勞天下也如此，使後世之墨者多以裘褐（粗陋的衣服）爲衣，以跂（qí，木）蹻（qiāo，草）爲服，日夜不休，以自苦爲極，曰：不能如此，非禹之道也，不足謂墨。相里勤之弟子，五侯之徒，南方之墨者，苦獲、已齒、鄧陵子之屬，俱誦墨經，而倍譎（相互分歧）不同，相謂別墨（墨家之别派），以堅白同異之辯相訾（詆毁、指責），以觭（同"奇"）偶不仵（wǔ，違逆、違背）之辭相應，以巨子爲聖人，皆願爲之尸（以爲師主），冀（冀望、期望）得爲其後世，至今不決（同"絶"）。墨翟、禽滑釐之意則是，其行則非也。將使後世之墨者必自苦以腓无胈，脛无毛，相進而已矣，亂之上也，治之下也。雖然，墨子真天下之好（好人）也，將求之不得也，雖枯槁不舍也，才士也夫！"此墨子文之内含也。若其外式（外在形式），則最注重名學（名辯之學），與公孫（公孫龍）一派專以名家著名者相爲敵論，蓋彼欲藉正名實以離名實，離名實以破名者也；而墨則反是，其目的乃欲正名實者也。故名家者流之名學，玄學之名學也；墨家者流之名學，實用之名學也。今録《小取篇》於後：

小取篇

夫辯者，將以明是非之分，審治亂之紀，明同異之處，察名實之理，處利害，決嫌疑焉。摹略萬物之然，論求群言之比。以名舉實，以辭抒意，以説出故。以類取，以類予。有諸己不非諸人，無諸己不求諸人。（第一章）

或也者，不盡也。假者，今不然也。效者，爲之法也；所效者，所以爲之法也。故中效，則是也；不中效，則非也。此效也。辟也者，舉他物而以明之也。侔也者，比辭而俱行也。援也者，曰：子然，我奚獨不可以然也？推也者，以其所不取之，同於其所取者，予之也。是猶謂也者同也，吾豈謂也者異也。

(第二章)

夫物有以同而不率遂同。辭之侔也,有所至而正。其然也,有所以然也;其然也同,其所以然不必同。其取之也,有所以取之;其取之也同,其所以取之不必同。是故辟、侔、援、推之辭,行而異,轉而危,遠而失,流而離本,則不可不審也,不可常用也。故言多方,殊類異故,則不可偏觀也。(第三章)

失物或乃是而然,或是而不然,或一周而一不周,或一是而一非也。白馬,馬也;乘白馬,乘馬也。驪馬,馬也;乘驪馬,乘馬也。獲,人也;愛獲,愛人也。臧,人也;愛臧,愛人也。此乃是而然者也。獲之親,人也;獲事其親,非事人也。其弟,美人也;愛弟,非愛美人也。車,木也;乘車,非乘木也。船,木也;入船,非入木也。盜,人也;多盜,非多人也;無盜,非無人也。奚以明之?惡多盜,非惡多人也;欲無盜,非欲無人也。世相與共是之。若若是,則雖盜人也,愛盜非愛人也,不愛盜非不愛人也,殺盜非殺人也。無難矣,此與彼同類。世有彼而不自非也,墨者有比而非之,無也故焉,所謂内膠外閉與?此乃是而不然者也。且讀書,非讀書也;好讀書,好書也。且鬬雞,非鬬雞也;好鬬雞,好雞也。且入井,非入井也;止且入井,止入井也。且出門,非出門也;止且出門,止出門也。若若是,且夭,非夭也;壽,非夭也。有命,非命也;非執有命,非命也。無難矣,此與彼同類。世有彼而不自非也,墨者有此而衆非之,無也故焉,所謂内膠外閉與?此乃不是而然者也。愛人,待周愛人,而後爲愛人。不愛人,不待周不愛人,不周愛,因爲不愛人矣。乘馬,不待周乘馬,然後爲乘馬也。有乘於馬,因爲乘馬矣。逮至不乘馬,待周不乘馬,而後爲不乘馬。此一周而一不周者也。居於國,則爲居國;有一宅於國,而不爲有國。桃之實,桃也;棘之實,非棘也。問人之病,問人也;惡人之病,非惡人也。人之鬼,非人也;兄之鬼,兄也。祭人之鬼,非祭人也;祭兄之鬼,乃祭兄也。之馬之目眇,則爲之馬眇;之馬之目大,而不謂之馬大。之牛之毛黄,則謂之牛黄。之牛之毛衆,而不謂之牛衆。一馬,馬也。二馬,馬也。馬四足者,一馬而四足也,非兩馬而四足也。白馬,馬也。馬或白者,二馬而或白也,非一馬而或白。此乃一是而一非者也。(第四章)

此篇分爲四章,第一章總論辯,第二章論論式(論辯形式)之組織,第三章論辟、侔、援、推(四種論辯方法)四物常偏不常偏之理,第四章專論侔辭以爲辯之應用。譚戒甫(譚作民,字戒甫,或作介甫,湖南湘鄉人,精墨學)所謂前三章多論術爲始條理之事,後一章多論學,爲終條理之事也。

由《小取篇》以觀墨子之辯學,可謂已窺一斑。通此以讀墨子之書,奥者如墨經已得其門徑,衍者如《天志》、《兼愛》諸論,亦已得立論之主指矣。《漢志》(《漢書·藝文志》)《墨子》書七十一篇,今存者五十三篇而已。

墨經大爲近世所重,然章炳麟(原名學乘,字枚叔,後易名爲炳麟,又改名爲絳,號太炎,浙江餘姚人)云:"孔子正名之術,即《荀子·正名篇》所説,領録大體,而未嘗瑣細分辨也,墨經上下(《墨子》之《經上》、《經下》),雖與惠施、公孫龍以辯服人之口者異意。然不論制名之則,而專以義定名。夫散名之施于人事物理者,其義無涯。墨經上下約二百條,既不周徧,又無部類,是何瑣碎之甚?且如云:'平同高也。圜,一中同長也。方柱隅四讙也。端體之無序而最前者也。纑閒虚也。臨鑑而立,景到,景不徙,景到在午有端與景長。'若斯之類,今人謂與形學(幾何學)、物理學合。然圜方觚(gū,棱角)橢(橢圓)勾股亭錐之屬,爲形衆多,物理亦不可殫(盡、竭盡)説。今但掎摭(zhí,選擇)數事,孑然不周,衹見其凌雜耳。于制名之樞,要蓋絶未一窺也。按《三朝記・小辨篇》①:'公曰:寡人欲學小辨以觀於政,其可乎? 子曰:不可,夫小辨破言,小言破義,小義破道,道小不通,通道必簡。是故循弦以觀於樂,足以辨風矣;《爾雅》以觀於古,足以辨言矣;傳言以象,反舌皆至,可謂簡矣。夫奕固十棊之變(圍棋博弈之法),猶不可既(窮盡)也,而況天下之言乎?'墨經之説,正當時所謂小辨者。墨去哀公未久,又是魯人,蓋承用其説,加以補綴耳。莊生云:'駢於辯者,纍瓦結繩竄句,游心於堅白異同之間,楊(楊朱)、墨是已。'(見《莊子・駢拇》)然則楊朱亦學小辨,非獨墨氏也。墨家至漢不傳,然後漢季宋諸賢(指東漢末的氣節之士和南宋末期的理學家),行過乎儉,其道大(推崇)觳,則墨亦並入于儒矣。其尊天敬鬼之義,散在黄巾道士(漢末黄巾軍),劉根作《墨子枕中記》(全名爲《太上墨子枕中記》,《文獻通考・經籍考》稱其書專載"匿形幻化之術"),《神仙傳》(東晋葛洪撰)封衡(字君達,號青牛道士,東漢末隴西狄道人)有《墨子隱形法》一篇,孫博、劉政(二人皆爲《神仙傳》中記載的"治墨子之術"者)皆治墨術,能使身成火,没入石壁,隱三軍爲林木,流爲幻師矣。"(《蓟漢昌言・連語一》)

第四節　儒家孟荀之散文

繼孔子之後,於戰國之世爲儒家之大作家者,當以孟荀二氏爲最。《史記・孟子荀卿列傳》云:"孟軻,鄒人也,受業子思(孔伋字,孔子嫡孫,受學於曾參)之門人。王劭本衍"人"字②道既通,游事齊宣王,宣王不能用。適梁(魏惠王時魏國遷都大梁),梁惠王(即魏惠王)

① 《孔子三朝記》原書已佚,有的學者認爲《大戴禮》中的《千乘》、《四代》、《虞戴德》、《誥志》、《小辨》、《用兵》、《少閑》七篇即是已亡佚的《孔子三朝記》。

② 《史記索隱》云:"王卲以'人'爲衍字,則以軻親受業孔伋之門也。今言'門人'者,乃受業於子思之弟子也。"

不果(聽從、採用)所言,則見以爲迂遠而闊於事情。當是時,秦用商君(即商鞅,衛國人,法家代表人物,幫助秦孝公施行改革),富國强兵;楚、魏用吴起(衛國人,法家代表人物),戰勝弱敵;齊威王、宣王用孫子(指孫臏)、田忌之徒,而諸侯東面朝齊:天下方務於合從連衡(戰國時,蘇秦遊説六國諸侯聯合拒秦稱爲合縱,而張儀遊説諸侯共事秦國稱爲連横),以攻伐爲賢,而孟軻乃述唐虞三代之德,是以所如者不合;退而與萬章(孟子弟子)之徒序《詩》、《書》,述仲尼之意,作《孟子》七篇。"据此,則《孟子》之書,本孟子與萬章之徒合作,非無孟子之文,而亦非盡孟子之文,雖非盡爲孟子之文,而亦不能不謂爲孟子之書也。

清人吴敏樹(字本深,清巴陵銅木半湖人)云:"余讀孟子之書,竊窺其所學,大要以性善踐形爲本,以集義養氣爲功。其推而出之爲先王不忍人之政,本末終始,條列秩然。其於當時縱横形勢之説(指縱横家之學説),堅白破碎之辨(指名家學説),皆未暇詰難,獨闢楊(指楊朱,道家代表人物)、墨(指墨子)以正人心,黜言利好戰之徒而崇王道。其言皆關萬世之患,愈久遠而益信。然使以孟子之道,而他人爲之書,將不勝其迂苦拘閡,深眇奥極,而天下後世卒莫知其所指也。今而讀孟子之書,如家人常語然,豈不以其文之善乎?然則所謂文以明道者,必如孟子而可焉。不然,吾恐道之未足以明而或且幽之也。其不然乎?其不然乎?自孟子外,荀卿之書最善,然文繁而理寡,去孟子固遠矣,微獨其道之多疵也。余喜學古文。古文之道由韓子(韓愈)。韓子推原孟子。故余於孟子之文尤盡心焉。然自宋以來,儒者益尊孟子,而近代用以課文造士,學者講而熟之,且急於諸經,以是愈不知讀孟子。余懼乎是,故别鈔爲書而時省誦焉,其章句合並數處微有異,章首'孟子曰'字皆置去不在録,意其舊當然。"《孟子别鈔後》吴氏之説,誠有卓識。

孟子之文下開韓昌黎,而上則實承《論語》,如《論語》云:

子貢問曰:“鄉人皆好之,何如?”子曰:“未可也。”“鄉人皆惡之,何如?”子曰:“未可也。不如鄉人之善者好之,其不善者惡之。”——《子路篇》

孟子本之則云:

左右皆曰賢,未可也。諸大夫皆曰賢,未可也。國人皆曰賢,然後察之;見賢焉,然後用之。左右皆曰不可,勿聽。諸大夫皆曰不可,勿聽。國人皆曰不可,然後察之;見不可焉,然後去之。左右皆曰可殺,勿聽。諸大夫皆曰可殺,勿聽。國人皆曰可殺,然後察之;見可殺焉,然後殺之。故曰國人殺之也,如此,然後可以爲民父母。

又如《論語》云:

逸民伯夷、叔齊、虞仲、夷逸、朱張、柳下惠、少連。子曰:“不降其志,不辱其身,伯夷、叔齊與?”謂:“柳下惠、少連,降志辱身矣,言中倫,行中慮,其斯而已矣。”謂:“虞仲、夷逸,隱居放言,身中清,廢中權。我則異於是,無可無不可。”——《微子》

而孟子本之則云:

孟子曰:“伯夷,目不視惡色,耳不聽惡聲。非其君不事,非其民不使。治則進,亂則退。橫政之所出,橫民之所止,不忍居也。思與鄉人處,如以朝衣朝冠坐於塗炭也。當紂之時,居北海之濱,以待天下之清也。故聞伯夷之風者,頑夫廉,懦夫有立志。伊尹曰:'何事非君?何使非民?'治亦進,亂亦進。曰:'天之生斯民也,使先知覺後知,使先覺覺後覺。予,天民之先覺者也;予將以此道覺此民也。'思天下之民匹夫匹婦有不與被堯舜之澤者,若己推而内之溝中,其自任以天下之重也。柳下惠,不羞汙君,不辭小官。進不隱賢,必以其道。遺佚而不怨,阨窮而不憫。與鄉人處,由由然不忍去也。'爾爲爾,我爲我,雖袒裼裸裎於我側,爾焉能浼我哉?'故聞柳下惠之風者,鄙夫寬,薄夫敦。孔子之去齊,接淅而行;去魯,曰:'遲遲吾行也。'去父母國之道也。可以速而速,可以久而久,可以處而處,可以仕而仕,孔子也。"——《萬章篇》

又云:

孟子曰:"伯夷,聖之清者也;伊尹,聖之任者也;柳下惠,聖之和者也;孔子,聖之時者也。孔子之謂集大成。集大成也者,金聲而玉振之也。金聲也者,始條理也;玉振之也者,終條理也。始條理者,智之事也;終條理者,聖之事也。智,譬則巧也;聖,譬則力也。由射於百步之外也,其至,爾力也;其中,非爾力也。"——《萬章篇》

《史記·孟子荀卿列傳》云:"荀卿,趙人,年五十,始來游學於齊。田駢之屬皆已死。齊襄王時,而荀卿最爲老師。齊尚脩列大夫之缺,而荀卿三爲祭酒焉。齊人或讒荀卿,荀卿乃適楚,而春申君以爲蘭陵令。春申君死而荀卿廢,因家蘭陵。李斯嘗爲弟子,已而相秦。荀卿嫉濁世之政,亡國亂君相屬,不遂(順應、信從)大道,而營於巫祝,信禨祥(災異祥瑞);鄙儒(拘執、不達事理的儒生)小拘(拘守小節)如莊周等,又滑稽亂俗。於是推儒墨道德之行事興壞,序列著數萬言而卒。"史公於論荀卿著書,提出一疾字,而於孟子則否,此荀卿文之所以異於孟子者也。《漢志》(《漢書·藝文志》)《荀卿》三十三篇,王應麟(字伯厚,號深寧,南宋慶元府人)考證謂當作三十二篇(王應麟《漢書藝文志考證》)。

荀卿之文下開李斯、韓非,而亦上承《論語》,如《論語》云:

學而時習之,不亦説乎?有朋自遠方來,不亦樂乎?人不知而不愠,不亦君子乎?——《學而篇》

又云:

古之學者爲己,今之學者爲人。——《憲問》

又云:

博學於文,約之以禮。——《雍也》

而《荀子》首篇爲《勸學篇》則云:

君子曰:學不可以已。青,取之於藍而青於藍;冰,水爲之而寒於水。木直中繩,輮以爲輪,其曲中規,雖有槁暴,不復挺者,輮使之然也。故木受繩則直,金就礪則利,君子博學而日參省乎己,則知明而行無過矣。故不登高山,不知天之高也;不臨深谿,不知地之厚也;不聞先王之遺言,不知學問之大也。干、越、夷、貉之子,生而同聲,長而異俗,教使之然也。《詩》曰:'嗟爾君子,無恒安息。靖共爾位,好是正直。神之聽之,介爾景福。'神莫大於化道,福莫長於無禍。吾嘗終日而思矣,不如須臾之所學也。吾嘗跂而望矣,不如登高之博見也。登高而招,臂非加長也,而見者遠;順風而呼,聲非加疾也,而聞者彰。假輿馬者,非利足也,而致千里;假舟檝者,非能水也,而絶江河。君子生非異也,善假於物也。南方有鳥焉,名曰蒙鳩,以羽爲巢,而編之以髮,繫之葦苕,風至苕折,卵破子死。巢非不完也,所繫者然也。西方有木焉,名曰射干,莖長四寸,生於高山之上,而臨百仞之淵;木莖非能長也,所立者然也。蓬生麻中,不扶而直。蘭槐之根是爲芷。其漸之滫,君子不近,庶人不服,其質非不美也,所漸者然也。故君子居必擇鄉,遊必就士,所以防邪僻而近中正也。物類之起,必有所始。榮辱之來,必象其德。肉腐出蟲,魚枯生蠹。怠慢忘身,禍災乃作。强自取柱,柔自取束。邪穢在身,怨之所構。施薪若一,火就燥也;平地若一,水就溼也。草木疇生,禽獸群焉,物各從其類也。故質的張而弓矢至焉,林木茂而斧斤至焉,樹成蔭而衆鳥息焉,醯酸而蜹聚焉。故言有召禍也,行有招辱也,君子慎其所立乎!積土成山,風雨興焉;積水成淵,蛟龍生焉;積善成德,而神明自得,聖心備焉。故不積蹞步,無以至千里;不積小流,無以成江海。騏驥一躍,不能十步;駑馬十駕,功在不舍。鍥而舍之,朽木不折;鍥而不舍,金石可鏤。螾無爪牙之利,筋骨之强,上食埃土,下飲黄泉,用心一也。蟹六跪而二螯,非虵蟺之穴無可寄託者,用心躁也。是故無冥冥之志者,無昭昭之明;無惛惛之事者,無赫赫之功。行衢道者不至,事兩君者不容。目不能兩視而明,耳不能兩聽而聰。螣蛇無足而飛,梧鼠五技而窮。《詩》曰:“尸鳩在桑,其子七兮。淑人君子,其儀一兮。其儀一兮,心如結兮!”故君子結於一也。昔者瓠巴鼓瑟而沈魚出聽,伯牙鼓琴而六馬仰秣。故聲無小而不聞,行無隱而不形。玉在山而草木潤,淵生珠而崖不枯。

爲善不積邪,安有不聞者乎?學惡乎始?惡乎終?曰:其數則始乎誦經,終乎讀禮;其義則始乎爲士,終乎爲聖人。真積力久則入,學至乎没而後止也。故學數有終,若其義則不可須臾舍也。爲之,人也;舍之,禽獸也。故《書》者,政事之紀也;《詩》者,中聲之所止也;《禮》者,法之大分,類之綱紀也。故學至乎《禮》而止矣。夫是之謂道德之極。《禮》之敬文也,《樂》之中和也,《詩》、《書》之博也,《春秋》之微也,在天地之間者畢矣。君子之學也,入乎耳,箸乎心,布乎四體,形乎動靜,端而言,蝡而動,一可以爲法則。小人之學也,入乎耳,出乎口。口耳之間則四寸耳,曷足以美七尺之軀哉!古之學者爲己,今之學者爲人。君子之學也,以美其身;小人之學也,以爲禽犢。

《荀子》此文自首至"所立者然也",言"學不可以已",即發揮"學而時習"之義,自"蓬生麻中"至"君子慎其所立乎",即發揮有朋之義;又"無冥冥之志者無昭昭之明"及"古之學者爲己"等語,即發揮"人不知而不愠"之旨;"其數則始乎誦經終乎讀禮"等語,即發揮"博文約禮"之旨。又如《論語》云:

言忠信,行篤敬,雖蠻貊之邦行矣;言不忠信,行不篤敬,雖州里行乎哉?——《衛靈公篇》

而《荀子》本之則云:

體恭敬而心忠信,術禮義而情愛人,横行天下,雖困四夷,人莫不貴。勞苦之事則爭先,饒樂之事則能讓,端慤誠信,拘守而詳,横行天下,雖困四夷,人莫不任。體倨固而心執詐,術順墨而精雜汙,横行天下,雖達四方,人莫不賤。勞苦之事則

偷儒轉脱,饒樂之事則佞兑而不曲,辟違而不慤,程役而不録,橫行天下,雖達四方,人莫不棄。——《修身篇》

要之,孟子之文富有古文化,爲後世之古文家之祖;荀卿之文富有駢文化,爲後世駢文家之祖。韓昌黎之抑揚頓挫學孟子,而句奇語重則法荀卿。

第五節 道家莊周之散文

《史記·老子韓非列傳》云:"莊子者,蒙人也,名周。周嘗爲蒙漆園吏,與梁惠王、齊宣王同時,其學無所不闚,然其要本歸於老子之言,故其著書十餘萬言,大抵率寓言也;作《漁父》、《盜跖》、《胠篋》以詆訿(詆毁)孔子之徒,以明老子之術;畏累虛、亢桑子(二人俱爲老子弟子)之屬,皆空語無事實:然善屬(zhǔ,撰寫、纂輯)書離辭,指事類情,用剽剥儒墨,雖當世宿學不能自解免也。其言洸(guāng)洋自恣以適己,故自王公大人,不能器(器重、任用)之。"《漢志》,《莊子》五十二篇。郭象(字子玄,西晋洛陽人)注存三十三篇。

《莊子·天下篇》云:"芴漠無形,變化无常。死與生與?天地並與?神明往與?芒乎何之?忽乎何適?萬物畢羅,莫足以歸。古之道術有在於是者,莊周聞其風而悦之。以謬悠之説,荒唐之言,無端崖之辭,時恣縱而不儻,不以觭(jī,通奇,單一、單獨)見之也;以天下爲沈濁,不可與莊語;以卮(zhī)言(自然隨意之言)爲曼衍,以重(zhòng)言(爲世人所尊重的言語)爲真,以寓言爲廣,獨與天地精神往來,而不敖倪於萬物,不譴是非,以與世俗處。其書雖瓌瑋(xiāng wěi。瓌、瑋分指不同種類的美玉,此處合指奇特之意)而連犿(fān。連犿,指婉轉、隨和之貌)无傷也;其辭雖參差,而諔(chù)詭可觀。彼其充實不可以已,上與造物者遊,而下與外死生无終始者爲友。其於本也宏大而辟,深閎而肆;其於宗也可謂稠適而上遂矣。雖然,其應於化而解於物也,其理不竭,其來不蜕。芒乎昧乎!未之盡者!”

由以上兩節觀之,《莊子》之文體可以見矣。《莊子》之文,説理至精而尤善設譬;如首篇《逍[1]遥游》篇有鯤(kūn,傳説中的一種大魚)鵬(傳説中的一種大鳥)蜩(tiáo,蟬)學(學鳩,即斑鳩)之喻,有姑射(山名)神人(得道之人)之喻,有大瓠(hù,葫蘆)大樹之喻,第二篇《齊物論》有人籟(郭象注:“籟,簫也。”人籟,即指人吹簫所發出的聲響)地籟(風吹大地孔穴所發出的聲響)之喻,第三篇《養生主》有庖丁解牛之喻,均以至淺之設譬,説至精之哲理者也。

齊物論　節録

南郭子綦隱几而坐,仰天而嘘,荅焉似喪其耦。顔成子游立侍乎前,曰:“何居乎?形固可使如槁木,而心固可使如死灰乎?今之隱几者,非昔之隱几者也。”子綦曰:“偃,不亦善乎而問之也!今者吾喪我,汝知之乎?汝聞人籟而未聞地籟,汝聞地籟而未聞天籟夫!”子游曰:“敢問其方。”子綦曰:“夫大塊噫氣,其名爲風。是唯无作,作則萬竅怒號。而獨不聞之翏翏乎?山林之畏佳,大木百圍之竅穴,似鼻,似口,似耳,似枅,似圈,似臼,似洼者,似污者;激者,謞者,叱者,吸者,叫者,譹者,宎者,咬者,前者唱于而隨者唱喁。冷風則小和,飄風則大和,厲風濟則衆竅爲虚。而獨不見之調調、之刁刁乎?”子游曰:“地籟則衆竅是已,人籟則比竹是已。敢問天籟?”子綦曰:“夫吹萬不同,而使其自已也,咸其自取,怒者其誰邪!”

---

① “逍”,原文誤作“消”。

此節涵義最深，兹略説之以見其文誼之妙。

人籟如蕭管，地籟如衆竅，以喻物各有是非；天籟則視之而不見其孔竅，聽之而不聞其聲音，以喻天人之無是非也。人籟因乎人事，地籟因乎風生；然所以爲聲，亦豈能外乎自然。自然者，天籟也。天不自有一天，合人地一切諸物以爲天。然指人以爲天，不可也；指地以爲天，亦不可也。天不自有一天，則天籟亦不自有一籟，乃合人籟地籟以爲天籟耳。然指群籟之一竅以爲天籟亦不可也。以喻人心之各有是非，亦猶人籟地籟之各有孔竅，均各由乎自己，稟乎天籟之所生耳。是非所稟之天籟，亦非别有一籟也。乃合衆心衆口以爲天籟耳。指一家一人之是非以爲天籟，亦不可也。必合衆口衆心而後可以謂之天籟，是齊物論之旨也。然則齊物論者，各還各之是非而不相强焉。各是其所是而非其所非，猶人籟地籟各竅之各因其大小之自然，自鳴其聲而已。而天人之心之口，則如天籟然，不别爲一心一口也。此節真誼，世之讀者鮮能明之，故其贊歎《莊子》此文之妙者，皆强不知以爲知者耳，爰特爲釋之。

莊子文之美者不可勝舉，兹節録《養生主》篇以見一斑。

庖丁解牛

庖丁爲文惠君解牛，手之所觸，肩之所倚，足之所履，膝之所踦，砉然嚮然，奏刀騞然，莫不中音。合於《桑林》之舞，乃中《經首》之會。文惠君曰："譆！善哉！技蓋至此乎?"庖丁釋刀對曰："臣之所好者道也，進乎技矣。始臣之解牛之時，所見无非牛者。三年之後，未嘗見全牛也。方今之時，臣以神遇，而不以目視，官知止而神欲行。依乎天理，批大卻，道大窾，因其固然。技經肯綮之未嘗，而況大軱乎！良庖歲更刀，割也；族庖月更刀，折也。今臣之刀十九年矣，所解數千牛矣，而刀刃若新發於硎。彼節者有間，而刀刃者无厚，以无厚入有間,恢恢乎其於遊刃必有餘地矣,是以十九年而刀刃若新發於硎。雖然,每至於族,吾見其難爲,怵然爲戒,視爲止,行爲遲。動刀甚微,謋然已解,如土委地。提刀而立,爲之四顧,爲之躊躇滿志,善刀而藏之。"文惠君曰:"善哉!吾聞庖丁之言,得養生焉。"

林傳甲云:"莊子之學出於老子,而文尤奇警;猶孟子之學出於孔子,而文尤奇警也。戰國之文恢譎雄偉,雖儒家之純實,道家之清淨,猶不免爲習俗所移。莊周識見高妙,性情滑稽,騁其筆鋒,神奇變化,匪常情所能測。《荀子·解蔽篇》謂莊子蔽於天而不知人,洵(誠然)爲定論。然《莊子》之文,亦不一致。閩南鄭氏《井觀瑣言》(鄭瑗撰。鄭瑗,字仲璧,明閩南人)曰:'古史謂《莊子·讓王》、《盜跖》、《説劍》諸篇,皆後人攙入者。今考其文字體制,信然。如《盜跖》之文,非惟不類先秦文字,亦不類西漢文字。然自太史公以前即有之,則有不可曉者。嘗觀《馬蹄》、《胠篋》諸篇,文意亦凡近,視《逍遥遊》、《大宗師》等篇殊不相侔。'閩中族人自西仲氏(林雲銘,字西仲,號損齋,清福建侯官人)作《莊子因》,仲懿氏(林仲懿,字山甫,清山東棲霞人)作《南華本義》,皆分段加評,逐句加注。西仲之書尤爲塾師所重,然近世名臣孫文定(孫嘉淦,字錫公,又字懿齋,號靜軒,謚文定,清山西興縣人)、曾文正(曾國藩謚文正)皆嗜《莊子》之文,文定《南華通》亦評其起承轉合,提掇呼應,使人易曉。世人忌(嫉妒)西仲之書,通行海内,多詆其淺陋,不知蒙學課本以淺顯爲主,固萬國所同也。"(見其《中國文學史》)

爲老子之學而前於莊周者有列禦寇,《漢志》《列子》八篇,注云:"名圄寇,先莊子。莊子稱之。"唯今所傳《列子》,蓋非漢人所見本矣,故略而不論。然柳宗元謂觀其辭亦可以通知古今多異術(柳宗元《辨列子》),學者亦不可不讀也。後世學《莊子》之文者,唯蘇子瞻最得其旨,如《赤壁賦》、《超然臺記》等是也;近世之張裕釗(字廉卿,號濂亭,清湖北鄂州人),亦力追之。

第六節　法家韓非之文

《漢書·藝文志》云:"法家者流,蓋出於理官;信賞必罰,以輔禮制。《易》曰:'先王以明罰飭法。'此其所長也。及刻者爲之,則無教化,去仁愛,專任刑法,而欲以致治;至於殘害至親,傷恩薄厚。"此所謂刻者,商鞅、韓非足以當之。

《史記·韓非列傳》云:"韓非者,韓之諸公子也,喜刑名法術之學,而其歸本於黄老(道家學派多僞託黄帝和老子,黄老也成爲道家學派的代稱)。非爲人口吃,不能道説,而善著書,與李斯俱事荀卿,斯自以爲不如非。非見韓之削弱,數以書諫韓王,韓王不能用。於是韓非疾治國不務修明其法制,執契(符契)以御(駕馭)其臣下,富國彊兵,而以求人任賢,反舉浮淫之蠹(迂闊無用之士)而加之於功實之上;以爲儒者用文亂法,而俠者以武犯禁,寬則寵名譽之人,急則用介胄之士(武士),今者所養非所用,所用非所養;悲廉直不容於邪枉之臣;觀往者得失之變,故作《孤憤》、《五蠹》、《内外儲》、《説林》、《説難》十餘萬言。然韓非知説之難,爲《説難》,書甚具,終死於秦,不能自脱。"史公於非之著書之故,一則曰疾,再則曰悲,可見韓非著書之動機,與其師荀卿之著書原出於發憤如一轍也。《漢志》,《韓子》五十五篇。

林傳甲云:"申韓(申不害、韓非)之學,本於黄老,蓋變本而加厲也。申不害之書不傳。觀《韓非子·定法篇》,似舉申不害、公孫鞅(即商鞅)二家之法術合而一之,皆以爲未善也。韓非子謂舜之救敗,是堯之失;賢舜則去堯之明察,聖堯則去舜之德化,不可兩得也。此老吏斷獄深文致罪之辭,韓非子敢施之堯舜,亦奇矣哉。然可以破古人矛楯之説,亦千古之特識也。《韓非子·八説篇》,凡仁人君子有行有俠之得民者,皆以爲匹夫之私譽,人主之大敗。實啟秦政坑儒臣殺功臣之端,而韓非子亦不能自免也。歷朝黨禁,竭天子之力以與匹夫爭,彼執法之臣,不得不柔媚以事上,苛察以制下,而刑律因以日繁。韓非之言曰:孔、墨不耕耨則國何得焉?曾(曾子)、史(史魚,字子魚,春秋時衛國大夫,以正直敢諫名)不戰攻則國何利焉?韓非子欲息文學而明法度,苟得其志,將盡天下之異己者而誅鋤之矣。吾讀韓非子之文,吾幸韓非子之不用也。”

又曰:“《韓非子》文之工整而深中事理者,如《安危篇》曰:安危在是非,不在强弱;存亡在虛實,不在衆寡。《外儲篇》云:利之所在民歸之,名之所彰士死之。韓非子最惡文學之士,其言曰:今脩文學習言談,則無耕之勞而有富之實,無戰之危而有貴之尊數語,亦對伏工整。其譬喻之精妙者,如以肉去蟻而蟻愈多,以魚驅蠅而蠅愈至。其駢語之古奥者,如椎鍛(錘子和打鐵用的砧石)平夷、榜檠(矯正弓弩的器具)矯直之類是也。又曰:椎鍛者所以平不夷也;榜檠者所以矯不直也。(《韓非子·外儲説右》)後世作駢文者於四字句删除虛字,自覺簡古矣。韓非之文,如云發囷(qūn,圓形穀仓)倉而賑貧窮者,是賞無功也;論囹圄而出薄罪者,是不誅過也。(《韓非子·難二》)則深刻而不近情矣。《内外儲説》實連珠體(一種文體,其辭句連續、互相發明、歷歷如貫珠)所昉,《淮南子·説山》即出於此;漢班固以後,遂遞相摹仿矣。”(見其《中國文學史》)

杜按:韓非子雖爲反對文學之人,而其文章實幾已無體不備矣。其文之美者不可勝舉,《五蠹》一篇可謂洋海大觀,《難勢》一篇可謂壁立千仞。今録其較短者《難勢》一篇於後:

難　勢

慎子曰:“飛龍乘雲,騰蛇遊霧,雲罷霧霽,而龍蛇與螾螘同矣,則失其所乘也。賢人而詘於不肖者,則權輕位卑也;不肖而能服於賢者,則權重位尊也。堯爲匹夫,不能治三人;而桀爲天子,能亂天下。吾以此知勢位之足恃,而賢智之不足慕也。夫弩弱而矢高者,激於風也;身不肖而令行者,得助於衆也。堯教於隸屬而民不聽,至於南面而王天下,令則行,禁則止。由此觀之,賢智未足以服衆,而勢位足以任賢者也。"

應慎子曰:飛龍乘雲,騰蛇遊霧,吾不以龍蛇爲不託於雲霧之勢也。雖然,夫擇賢而專任勢,足以爲治乎?則吾未得見也。夫有雲霧之勢而能乘遊之者,龍蛇之材美之也。今雲盛而螾弗能乘也,霧醲而螘不能遊也;夫有盛雲醲霧之勢而不能乘遊者,螾螘之材薄也。今桀、紂南面而王天下,以天子之威爲之雲霧,而天下不免乎大亂者,桀、紂之材薄也。且其人以堯之勢治天下,何以異桀之勢亂天下者也。夫勢者,非能必使賢者用已,而不肖者不用已也。賢者用之則天下治,不肖者用之則天下亂。人之情性,賢者寡而不肖者衆,而以威勢之利濟亂勢之不肖人,則是以勢亂天下者多矣,以勢治天下者寡矣。夫勢者,便治而利亂者也。故《周書》曰:"毋爲虎傅翼,將飛入邑,擇人而食之。"夫乘不肖人於勢,是爲虎傅翼也。桀、紂爲高臺深池以盡民力,爲炮烙以傷民性,桀、紂得乘肆行者,南面之威爲之翼也。使桀、紂爲匹夫,未始行一而身在刑戮矣。勢者,養虎狼之心、而成暴亂之事者也,此天下之大患也。勢之於治亂,本未有位也,而語專言勢之足以治天下者,則其智之所至者淺矣。夫良馬固車,使臧獲御之則爲人笑,王良御之而日取千里;車馬非異也,或至乎千里,或爲人笑,則巧拙相去遠矣。今以國位爲車,以勢爲馬,以號令爲轡,以刑罰爲鞭筴,使堯、舜御之則天下治,桀、紂御之則天下亂,則賢不肖相去遠矣。夫欲追速致遠不知任王良,欲進利除害不知任賢能,此則不知類之患也。夫堯、舜亦治民之王良也。

復應之曰:其人以勢爲足恃以治官。客曰“必待賢乃治”,則不然矣。夫勢者,名一而變無數者也。勢必於自然,則無爲言於勢矣;吾所爲言勢者,言人之所設也。今曰“堯、舜得勢而治,桀得勢而亂”,吾非以堯、桀爲不然也。雖然,非一人之所得設也。夫堯、舜生而在上位,雖有十桀、紂,不能亂者,則勢治也;桀、紂亦生而在上位,雖有十堯、舜,而亦不能治者,則勢亂也。故曰:“勢治者則不可亂,而勢亂者則不可治也。”此自然之勢也,非人之所得設也。若吾所言,謂人之所得設也,勢也而已矣。賢何事焉! 何以明其然也? 客曰:“人有鬻矛與楯者,譽其楯之堅:‘物莫能陷也。’俄而又譽其矛曰:‘吾矛之利,物無不陷也。’人應之曰:‘以子之矛,陷子之楯,何如?’其人弗能應也。”以爲不可陷之楯,與無不陷之矛,爲名不可兩立也。夫賢之爲勢不可禁,而勢之爲道也無不禁,以不可禁之勢,與無不禁之道,此矛楯之説也。夫賢勢之不相容亦明矣。且夫堯、舜、桀、紂,千世而一出,非比肩隨踵而生也;世之治者不絶於中,吾所以爲言勢者中也。中者,上不及堯、舜,而下亦不爲桀、紂,抱法處勢則治,背法去勢則亂。今廢勢背法而待堯、舜,堯、舜至乃治,是千世亂而一治也;抱法處勢而待桀、紂,桀、紂至乃亂,是千世治而一亂也。且夫治千而亂一,與治一而亂千也,是猶乘驥駬而分馳也,相去亦遠矣。夫棄隱栝之法,去度量之數,使奚仲爲車,不能成一輪;無慶賞之勸,刑罰之威,釋勢委法,堯、舜户説而人辯之,不能治三家。夫勢之足用亦明矣,而曰“必待賢”則亦不然矣。且夫百日不食,以待粱肉,餓者不活;今待堯、舜之賢乃治當世之民,是猶待粱肉而救餓之説也。夫曰“良馬固車,臧獲御之則爲人笑,王良御之則日取乎千里”,吾不以爲然。夫待越人之善海游者以救中國之溺人,越人善游矣,而溺者不濟矣。夫待古之王良以馭今之馬,亦猶越人救溺之説也,不可亦明矣。夫良馬固車,五十里而一置,使中手御之,追速致遠,可以及也,而千里可日致也,何必待古之王良乎！且御非使王良也,則必使臧獲敗之;治非使堯、舜也,則必使桀、紂亂之。此味非飴蜜也,必苦菜亭藶也。此則積辯累辭、離理失術、兩未之議也,奚可以難夫道理之言乎哉！客議未及此論也。

此篇分三大段,第一段引《愼子·論勢》之説,第二段設客難《愼子》之説,第三段爲韓非駁客難而申明愼子之説,段落最爲明白。而梁啟超(字卓如,一字任甫,號任公、飲冰室主人等,廣東新會人)《先秦思想史》乃以客難爲韓非之言,連第二段與第三段爲第一段,即合兩家反對之論以爲一人之言,而不知其矛盾也。

後世古文家學法家之文最著名者爲柳宗元、王安石,清之吴汝綸亦其次也。

第七節　名家公孫龍子之散文

《漢書·藝文志》云:"名家者流,蓋出於禮官。古者名位不同,禮亦異數。孔子曰:'必也正名乎？名不正則言不順,言不順則事不成。'此其所長也。及謷(jiào,揭發别人的短處、攻擊别人的陰私)者爲之,則苟鉤鈲(shèn,圓鐵)析亂而已。"此所謂謷者,惠施、公孫龍之足以當之。

《莊子·天下篇》云:"惠施多方,其書五車,其道舛駁,其言也不中。歷物(分别究析事物之理)之意曰:'至大无外,謂之大一;至小無内,謂之小一。无厚不可積也,其大千里,天與地卑,山與澤平,日方中方睨(nì,偏斜),物方生方死。大同而與小同異,此之謂小同異;萬物畢同畢異,此之謂大同異。南方无窮而有窮,今日適越而昔來,連環可解也。我知天下之中央,燕之北,越之南,是也;汜(泛)愛萬物,天地一體也。'惠施以此爲大,觀於天下而曉辯者,天下之辯者相與樂之。'卵有毛;雞三足;郢有天下;犬可以爲羊;馬有卵;丁子有尾;火不熱;山出口;輪不蹍地;目不見;指不至,至不絶;龜長於蛇;矩不方;規不可以爲圓;鑿(卯眼)不圍枘(榫頭);飛鳥之景未嘗動也,鏃矢之疾,而有不行不止之時;狗非犬;黄馬驪牛三;白狗黑;孤駒未嘗有母;一尺之捶日取其半,萬世不竭。'辯者以此與惠施相應,終身无窮。桓團、公孫龍辯者之徒,飾人之心,易人之意,能勝人之口,不能服人之心,辯者之囿也。惠施日以其知與人之辯,特與天下之辯者爲怪,此其柢(dǐ,根部、根本)也。然惠施之口談自以爲最賢。曰:天地其壯乎?施(惠施)存雄而无術。南方有倚(奇異)人焉,曰黄繚,問天地所以不墜不陷風雨雷霆之故。惠施不辭而應,不慮而對。徧爲萬物説,説而不休,多而无已,猶以爲寡,益之以怪。以反人爲實,而欲以勝人爲名。是以與衆不適也。弱於德,陳於物,其塗隩(彎曲)矣。由天地之道觀惠施之能,其猶一蚉一虻之勞者也。其於物也何庸?夫充一尚可,曰愈貴道幾矣。惠施不能以此自寧,散於萬物而不厭,卒以善辯爲名。惜乎惠施之才,駘(dài)蕩(無所局限,没有拘束,放縱)而不得,逐萬物而不反(即"返"),足窮響以聲,形與影競走也,悲夫。"此可以見惠施、公孫龍等文體之内容矣。惜乎惠施之書,今已不傳。《漢志》、《公孫龍子》十四篇,今唯存六篇而已。其《跡府》一篇,又爲後人所爲之傳略,實存《白馬論》、《指物論》、《通變論》、《堅白論》、《名實論》共五篇而已。

林傳甲云:"《論語》言正名,《中庸》言明辨,衰周諸子鄧析、尹文、惠施、公孫龍遂成名學一家之言。嚴子幾道(嚴復,字幾道,晚號愈壄老人,福建侯官人)譯《穆勒名學》(即 19 世紀英國人約翰・斯圖亞特·穆勒所著的《邏輯學體系》一書),即同此家數,同此文體。今鄧析、尹文皆非原書,惟公孫龍之書較爲完備。其書大指疾名器乖(背離、違背)實,乃假指物以混是非,借白馬而齊物我,冀時君有悟而正名實。《淮南子》謂公孫龍粲於辭而貿名(謀取名譽)。《揚子法言》(揚雄《法言》)亦稱公孫龍詭辭數萬(見《法言·吾子》)。蓋其持論雄贍,實足以與莊、列談空者抗。陳振孫(字伯玉,號直齋,南宋安吉人)以淺陋迂僻譏之(見陳振孫《直齋書録解題》),未允也。其《堅白論》(《公孫龍子》篇名)曰:'"堅白石三可乎?"曰:"不可。""二可乎?"曰:"可。謂目視石但見其白不見其堅則謂之白石,手觸石乃知其堅而不知其白則謂之堅石,是堅白終不可合爲一也。"'其明辨大抵如此。"(見其《中國文學史》)

公孫龍之文,最爲明辯而瘦削,五篇之文絶無華辭,然偶語卻甚不少,可見無純粹散而不駢之散文也。今録《白馬論》一篇於後:

白馬論

"白馬非馬,可乎?"曰:"可。"曰:"何哉?"曰:"馬者,所以命形也;白者,所以命色也。命色者,非命形也,故曰'白馬非馬'。"曰:"有白馬,不可謂無馬也。不可謂無馬者,非馬也?有白馬爲有馬,白之,非馬何也?"曰:"求馬,黄、黑馬皆可致;求白馬,黄、黑馬不可致。使白馬乃馬也,是所求一也。所求一者,白者不異馬也。所求不異,如黄、黑馬有可有不可,何也?可與不可,其相非,明。故黄、黑馬,一也,而可以應有馬,而不可以應有白馬,是白馬之非馬,審矣。"曰:"以馬之有色爲非馬,天下非有無色之馬也,天下無馬,可乎?"曰:"馬固有色,故有白馬。使馬無色,有馬如已耳,安取白馬?故白者非馬也。白馬者,馬與白也;馬與白,馬也。故曰'白馬非馬'也。"曰:"馬,未與白爲馬;白,未與馬爲白。合馬與白,復名白馬。是相與以不相與爲名,未可。故曰‘白馬非馬’,未可。”曰:“以有白馬爲有馬,謂有白馬爲有黄馬,可乎?”曰:“未可。”曰:“以有馬爲異有黄馬,是異黄馬於馬也。異黄馬於馬,是以黄馬爲非馬。以黄馬爲非馬,而以白馬爲有馬,此飛者入池而棺槨異處,此天下之悖言亂辭也。”曰:“有白馬不可謂無馬者,離白之謂也;不離者,有白馬不可謂有馬也。故所以爲有馬者,獨以馬爲有馬耳,非有白馬爲有馬。故其爲有馬也,不可以謂馬馬也。”曰:“白者不定所白,忘之而可也。白馬者,言白定所白也。定所白者,非白也。馬者無去取於色,故黄、黑皆所以應;白馬者,有去取於色,黄、黑馬皆所以色去,故唯白馬獨可以應耳。無去者非有去也,故‘白馬非馬’。”

《公孫龍子》之書最爲難讀,故學其文者絶少,惟六朝范縝(字子真,南朝南鄉舞陰人)、沈約(字休文,南朝吴興武康人)等之論難神滅(蕭梁時,范縝撰《神滅論》等文以攻佛教,而沈約則極力辯護),最爲上首。

第八節　雜家之散文

《漢書·藝文志》云:“雜家者流,蓋出於議官,兼儒墨,合名法,知國體之有此,見王治之無不貫,此其所長也。及盪者爲之,則漫羡(散漫無邊際)而無所歸心。”張爾田(一名采田,字孟劬,號遁庵居士、許村樵人,杭州人)申論之曰:“雜家者,宰相論經邦之術,亦史之支裔也。古代宰相,實維三公。鄭康成(鄭玄,字康成,東漢末北海高密人)注《尚書大傳》曰:‘坐而論道,謂之三公,通職名,無正官名。’漢《百官表》(《漢書·百官公卿表》)曰:‘太師、太傅、太保,是爲三公。’蓋參天子坐而議政,無不總統,不以一職爲官名。惟其無正官名,而又職司議政,故漢、隋兩《志》(《漢書·百官公卿表》和《隋書・百官志》)均稱之爲議官。議官之道,上以佐理天子,知國體之有此,下則總統百官,見王治之無不貫①。道家爲天子南面之術,儒、墨、名、法爲百官典守之遺,是故雜家無不歸本於道家,又無不兼儒墨合名法。昔高誘(東漢涿郡人,注《吕氏春秋》)序《吕氏春秋》曰:'此書所尚以道德爲標的,以無爲爲綱紀,以忠義爲品式,以公方爲檢格,與孟軻、孫卿(即荀卿,荀子)、淮南、揚②雄相表裏也。'而序《淮南》則曰:'其旨近老子,淡泊無爲,蹈虚守静,出入經道。言其大也則燾天載地,説其細也則淪於無垠。及古今治亂存亡禍福,世間詭異瓌奇之事,其義也著,其文也富,物事之類無所不載。然其大較歸之於道。'是則雜家之宗旨,古人已先我論定矣。中略然則雜家之爲術也,範圍天地之化而不過,曲成萬物而不遺,進退百家以放之乎道德之域,真宰相之所以論道經邦者也,豈後世子鈔子纂(諷指後世鈔纂之書)之流同類而等視哉?彼以集衆修書,雜糅不純爲雜家,蓋失之矣。"《史微・原雜》然則雜家之文體,蓋雜合衆議而折衷於道家君人南面之術者也。古雜家之書,惟《吕氏春秋》最爲完備,在漢有《淮南子》,皆招致賓客辨士所作者也。

《史記・吕不韋列傳》:"吕不韋者,陽翟大賈也,往來販賤賣貴,家累千金。莊襄(秦莊襄王)元年,以吕不韋爲丞相,封爲文信侯。莊襄王即位三年薨,太子政(即秦王嬴政)立爲王,尊吕不韋爲相國,號稱'仲父'。是時有諸侯多辨士,如荀卿之徒著書布天下。吕不韋乃使其客人著所聞,集論以爲《八覽》、《六論》、《十二紀》,二十餘萬言,以爲備天下萬物古今之事,曰《吕氏春秋》,布咸陽市門,懸千金其上,延諸侯游士賓客有能增損一字者予千金。"《漢志》,《吕氏春秋》二十六篇,謂《十二紀》、《八覽》、《六論》也。沈

① "貫",原文作"冠"。
② "揚",原文作"楊"。

欽韓(字文起,號小宛,清江蘇吴縣人)云:"《十二紀》紀各五篇,《八覽》覽各八篇,《六論》論各六篇,凡百六十篇。第一覽少一篇。"(見其《兩漢書疏證》)兹録《吕氏春秋》一篇,以見文體焉。

貴　生

聖人深慮天下,莫貴於生。夫耳目鼻口,生之役也。耳雖欲聲,目雖欲色,鼻雖欲芬香,口雖欲滋味,害於生則止。在四官者不欲,利於生者則弗爲。由此觀之,耳目鼻口不得擅行,必有所制。譬之若官職不得擅爲,必有所制。此貴生之術也。堯以天下讓於子州支父,子州支父對曰:"以我爲天子猶可也。雖然,我適有幽憂之病,方將治之,未暇在天下也。"天下,重物也,而不以害其生,又況於它物乎! 惟不以天下害其生者也,可以託天下。越人三世殺其君,王子搜患之,逃乎丹穴。越國無君,求王子搜而不得,從之丹穴。王子搜不肯出,越人薰之以艾,乘之以王輿。王子搜援綏登車,仰天而呼曰:"君乎,獨不可以舍我乎!"王子搜非惡爲君也,惡爲君之患也。若王子搜者,可謂不以國傷其生矣,此固越人之所欲得而爲君也。魯君聞顔闔得道之人也,使人以幣先焉。顔闔守閭,鹿布之衣,而自飯牛。魯君之使者至,顔闔自對之。使者曰:"此顔闔之家邪?"顔闔對曰:"此闔之家也。"使者致幣,顔闔對曰:"恐聽繆而遺使者罪,不若審之。"使者還反審之,復來求之,則不得已。故若顔闔者,非惡富貴也,由重生惡之也。世之人主多以富貴驕得道之人,其不相知,豈不悲哉! 故曰:道之真以持身,其緒餘以爲國家,其土苴以治天下。由此觀之,帝王之功,聖人之餘事也,非所以完身養生之道也。今世俗之君子,危身棄生以徇物,彼且奚以此之也? 彼且奚以此爲也? 凡聖人之動作也,必察其所以之,與其所以爲。今有人於此,以

> 隨侯之珠彈千仞之雀,世必笑之。是何也?所用重,所要輕也。夫生豈特隨侯珠之重也哉!子華子曰:"全生爲上,虧生次之,死次之,迫生爲下。"故所謂尊生者,全生之謂。所謂全生者,六欲皆得其宜也。所謂虧生者,六欲分得其宜也。虧生則於其尊之者薄矣。其虧彌甚者也,其尊彌薄。所謂死者,無有所以知,復其未生也。所謂迫生者,六欲莫得其宜也,皆獲其所甚惡者,服是也,辱是也。辱莫大於不義,故不義,迫生也,而迫生非獨不義也,故曰迫生不若死。奚以知其然也?耳聞所惡,不若無聞;目見所惡,不若無見。故雷則揜耳,電則揜目,此其比也。凡六欲者,皆知其所甚惡,而必不得免,不若無有所以知。無有所以知者,死之謂也,故迫生不若死。嗜肉者,非腐鼠之謂也;嗜酒者,非敗酒之謂也;尊生者,非迫生之謂也。

此蓋衍道家貴生之旨者也。包世臣(字慎伯,晚號倦翁,清安徽涇縣人)云:"文之奇宕至韓非,平實至《呂覽》(《呂氏春秋》别名),斯極天下能事矣。其源皆出於荀子。蓋韓子親受業而呂子集論諸儒多荀子之徒也,荀子外平實而内奇宕,其平實過孟子,而奇宕不減孫武。然甚難學。不如二子之門徑分而塗轍可循也。蒯通(漢初范陽人)、賈生(即賈誼)出於韓(二人俱長於權變之論,接近法家),晁錯、趙充國(字翁孫,漢初隴西人)出於呂;至劉子政(劉向)乃合二子而變其體勢,以上追荀子,外奇宕而内平實,遂爲文家鼻祖。蓋文與子分,自子政始也。中略夫韓非囚秦,《説難》《孤憤》,不韋遷蜀,世傳《呂覽》,史公次之《易象》《春秋》,引以自方,其愛而重之至矣。史公推勘事理,興酣韻流,多近韓;序述話言,如聞如見,則入呂尤多;淄澠之辨(傳説淄水、澠水二河之水味各不同,混之則難以分辨),固非後世撏(xián,摘取、摘録)撦(chě,同"扯")規撫者所能與已。子厚《封建論》、永叔《朋黨論》,推演《呂覽》數語,遂以雄視千秋。"(見其

《藝舟雙楫》)包氏可謂能讀吕氏書者矣。漢之《淮南》,體例同吕,而文辭益雄麗矣。

第九節　縱横家蘇張之散文

《淮南子·要略》云:"晚世之時,六國諸侯,谿異谷别,水絶山隔,各自治其境内,守其分地,握其權柄,擅其政令,下無方伯,上無天子,力征爭權,勝者爲右,恃連與國,約重致,剖信符,結遠援以守其國家,持其社稷,故縱横修短生焉。"《漢書·藝文志》云:"縱横家者流,蓋出於行人之官。孔子曰:'誦《詩》三百,使於四方,不能專對,雖多,亦奚以爲?'又曰:'使乎使乎!'言當權事制宜,受命而不受辭(指應當接受命令的旨意而不是命令的文辭)。此其所長也。及邪人爲之,則上詐諼(xuān。欺詐、欺騙)而棄其信。"

班氏推原縱横家出於古行人之官,是也。古行人之官,必通詩。章學誠曰:"比興之旨,諷喻之義,固行人之所肄也。縱横者流,推而衍之,是以委折而入事情,婉微而善諷也。"《詩教上》縱横之詞既本於詩,而賦者又古詩之流也,故從横家之言,實多可謂無韻之賦。章學誠曰:"京都諸賦(指張衡《二京賦》、班固《兩都賦》等等以都城爲題材的文賦),蘇(蘇秦,字季子,戰國雒陽人)張(張儀,戰國魏國人)縱横,六國侈談形勢之遺也;《上林》(司馬相如《上林賦》)、《羽獵》(揚雄《羽獵賦》),安陵之從田(指安陵君從楚共王田獵,因阿諛楚共王而受封安陵之事,見《戰國策·楚策》),龍陽之同釣也(指龍陽君從魏安釐王垂釣並阿諛魏安釐王之事,見《戰國策·魏策》)。"《詩教上》其言可謂有見。姚惜抱(即姚鼐)《古文辭類纂》,以《國策·淳于髡諷齊威王》、《楚人以弋説頃襄王》、《莊辛説襄王》三篇選入辭賦類。姚氏云:"辭賦固當有韻,然古人亦有無韻者,以義在託諷,亦謂之賦耳。"《古文類纂序》由章、姚二氏之言觀之,縱横家之文,蓋與辭賦極相近。無韵之辭賦,即縱世駢文家之所自出。則縱横家之散文,與駢文關係之深,可略知矣。

戰代(戰國時代)縱横家之列於《漢志》者,有《蘇子》三十一篇、《張子》十篇、《龐煖》二篇、《闕子》一篇、《國筮子》十七篇、《秦零陵令信》一篇、《蒯子》五篇,今皆不傳。然今所傳《戰國策》,疑皆戰國時縱横家之講稿也。

縱横家之鉅子,當推蘇秦、張儀,其言存於《戰國策》者尤衆。

《史記・蘇秦列傳》云:"蘇秦者,東周雒陽人也,東事師於齊而習之於鬼谷先生,出游數載,大困而歸。兄弟嫂妹妻妾皆笑之曰:周人之俗,治産業,力工商,逐什二以爲務;今子釋本而事口舌,困不亦宜乎?蘇秦聞之而慙自傷。於是得周書《陰符》伏而讀之,期年以出揣摩,曰:此可以説當世之君矣。"

《張儀傳》云:"張儀者,魏人也,始嘗與蘇秦俱事鬼谷先生,學術,蘇秦自以爲不及張儀。張儀已學而游説諸侯,嘗從楚相飲,已而楚相亡璧,門下意張儀,曰:'儀貧无行(没有德行、没有節操),必此盜相君之璧。'共執張儀掠笞數百,醳(通"釋")之。其妻曰:'嘻!子毋讀書游説,安得此辱乎?'張儀謂其妻曰:'視吾舌尚在不?'其妻笑曰:'舌在也。'儀曰:'足矣。'"

蘇秦、張儀二人行事大抵相類,而張儀尤無恥。然蘇秦之言,其於六國亦實有足采者,今節録《韓策》蘇秦爲楚合縱説韓王(出《戰國策》)之文如下:

蘇秦説韓王

蘇秦爲楚合從説韓王曰:"韓北有鞏、洛、成皋之固,西有宜陽、常阪之塞,東有宛、穰、洧水,南有陘山,地方千里,帶甲數十萬。天下之强弓勁弩,皆自韓出。谿子、少府、時力、距來,皆射六百步之外。韓卒超足而射,百發不暇止,遠者達胸,近者掩心。韓卒之劍戟,皆出於冥山、棠谿、墨陽、合伯膊。鄧師、宛馮、龍淵、大阿,皆陸斷馬牛,水擊鵠鴈,當敵即斬。堅甲盾、鞮鍪、鐵幕,革抉、㕹芮,無不畢具。以韓卒之勇,被堅甲,蹠勁弩,帶利劍,一人當百,不足言也。夫以韓之勁,與大王之賢,乃欲西面事秦,稱東藩,築帝宫,受冠帶,祠春秋,交臂而服焉。夫羞社稷而爲天下笑,無過此者矣。是故願大王之熟計之也。大王事秦,秦必求宜陽、成皋。今茲效之,明年又益求割地。與之,即無地以給之;不與,則棄前功而後更受其禍。且夫大王之地有盡,而秦之求無已。夫以有盡之地,而逆無已之求,此所謂市怨而買禍者也,不戰而地已削矣。臣聞鄙語曰:'寧爲雞口,無爲牛後。'今大王西面交臂而臣事秦,何以異於牛後乎?夫以大王之賢,挾强韓之兵,而有牛後之名,臣竊爲大王羞之。"韓王忿然作色,攘臂按劍,仰天太息,曰:"寡人雖死,必不能事秦。今主君以楚王之教詔之,敬奉社稷以從。"

此文寫東西南北之形勝,實爲兩都(班固《兩都賦》)、二京(張衡《二京賦》)之所本。而其言韓之割地與秦云:"今茲效之,明年又復求割地:與則無地以給之,不與則棄前功而受後禍。且大王之地有盡,而秦之求無已。以有盡之地而逆無已之求,此所謂市怨結禍者也。不戰而地已削矣。"倘六國之君,皆能明蘇秦此語,而不以地與秦,則六國之亡,當不若是之速也。爲强鄰所侵而割地以求苟安者,不可不讀此言。

張儀説韓王

張儀爲秦連横説韓王曰:"韓地險惡,山居,五穀所生,非麥而豆。民之所食,大抵豆飯藿羹。一歲不收,民不饜糟糠。地方不滿九百里,無二歲之所食。料大王之卒,悉之不過三十萬,而廝徒負養在其中矣。爲除守徼亭鄣塞,見卒不過二十萬而已矣。秦帶甲百餘萬,車千乘,騎萬匹,虎摯之士,跿跔科頭、貫頤奮戟者,至不可勝計也。秦馬之良,戎兵之衆,探前趹後,蹄間三尋者,不可稱數也。山東之卒,被甲冒胄以會戰,秦人捐甲徒裎以趨敵,左挈人頭,右挾生虜。夫秦之卒與山東之卒也,猶孟賁之與怯夫也,以重力相壓,猶烏獲之與嬰兒也。夫戰孟賁、烏獲之士,以攻不服之弱國,無以異於墮千鈞之重,集於鳥卵之上,必無幸矣。諸侯不料兵之弱,食之寡,而聽從人之甘言好辭,比周以相飾也,皆言曰:'聽吾計則可以强霸天下。'夫不顧社稷之長利,而聽須臾之説,詿誤人主者,無過於此者矣。大王不事秦,秦下甲據宜陽,斷絶韓之上地;東取成皋、宜陽,則鴻臺之宫,桑林之菀,非王之有已。夫塞成皋,絶上地,則王之國分矣。先事秦則安矣,不事秦則危矣。夫造禍而求福,計淺而怨深,逆秦而順楚,雖欲無亡,不可得也。故爲大王計,莫如事秦。秦之所欲,莫如弱楚。而能弱楚者莫如韓。非以韓能强於楚也,其地勢然也。今王西面而事秦以攻楚,爲敝邑,秦王必喜。夫攻楚而私其地,轉禍而説秦,計無便於此者也。是故秦王使使臣獻書大王御史,須以決事。"韓王曰:"客幸而教之,請比郡縣,築帝宫,祠春秋,稱東藩,效宜陽。"

以蘇秦與張儀之言兩相比讀,則蘇秦爲理直氣壯矣。而六國之君,竟不能久行秦(蘇秦)之言而爲張儀所賣,則人之不智,狃(因襲、拘泥)於目前之安樂,而忽於將來之巨禍,豈不哀哉?

第十節 鐘鼎文學家之散文

凡研究古代金石文字之學,謂之金石學。研究古代金石文字之學者,謂之金石學家。是二名者後世始有,周秦之前無有也。然古之爲金石文者,必有其專家之學,故周秦間之金石文,與諸家之文絶異。即以李斯而論,頌秦功德之作,與《諫逐客書》、《論督責》等文迥殊,幾判若二人之作焉。則其文體之不同,自爲專家之學明矣。今嗜[①](嗜好)爲鐘鼎文者曰鐘鼎文學家。

鐘鼎文類多有韵,故多可謂之韵文;然亦時有不韵者,故亦有可謂爲散文者,今擇其近於散文者論之。

鐘鼎文之有韵者,當與詩之頌體爲一類。其長篇時韵時不韵者可稱散文,可與《尚書》爲一類。吾嘗謂《尚書·堯典》、《皋陶謨》兩篇,篇首皆著"粤若稽古"四字,明爲孔子本古史所删述,《中庸》所謂祖述堯舜者也。其餘如《大誥》、《康誥》之類,多詰詘聱牙,與後世所傳古代鐘鼎文極相似,皆當時史氏之文也。

吾嘗選漢以後之詩爲《續風續雅》;又嘗歎《古尚書》百篇,今只存二十九篇,亡佚者如是之多,既失而不可復得,爰欲選古代鐘鼎文之佳者爲續《尚書》,先拓(zhí,拾取、摘録)其原文,後爲釋文。則孔壁之《古文尚書》雖不可見,[②]而得此一篇,亦正無異乎見其昆弟(兄弟)矣?孔子曰:"質勝文則野,文勝質則史。"(《論語·雍也》)周尚文則周史之文可知。然吾謂《周史記》等,史之質者也;鐘鼎文辭,則史之文者也。

後世論古文最重義法,文之義法實從史法而生。《史》《漢》以上之史法,《尚書》而外見於今者蓋罕矣。其多而足考者則莫如金石文。嘗謂周秦諸子皆爲學術而文學,非爲文學而文學也;爲文學而文學者,鐘鼎文學家而已。而向來之論文者尠(xiǎn,同"鮮",少、少有)及焉,則亦其疏也。

---

① "嗜",原文作"諡"。

② 漢景帝末年,魯恭王劉餘毁壞孔子舊宅,在牆壁内發現了大量古文經書,包括古文《尚書》。

自周初以至秦,各國皆有鐘鼎文。文字既不盡同,作風尤多派別。大别之則可分南北兩派,大氐北派多肅勁,南派多奇麗。

毛公鼎

王若曰:父厝,丕顯文武,皇天弘厭厥德。配我有周,膺受大命。率懷不庭方,無不閈于文、武之耿光。唯庯集厥命,亦唯先正甼辪厥辟,晉勤大命,肆皇天無斁,臨保我有周,丕鞏先王配命,愍天疾畏,司余小子弗及,邦庯害吉,䎛䎛四方,大從不靜,烏虖,懼余小子家湛于蘿,永恐先王。王曰:父厝,余唯肇經先王命,命汝辪我邦、我家内外,惷于小大政,豊朕位。虩虩許許,上下若否粵四方,屍毋𨌥余一人在位,弘唯乃智,余非庸又昏,汝毋敢荒寧。虔夙夜惠我一人,擁我邦小大猷,毋折緘,告余先王若德,用印昭皇天。𤕌䎛大命,康能四國,欲我弗作先王頫。王曰:父厝,粵之庶出入事,于出敷命,政執小大胥賦,無唯正昏,弘其唯王智,迺唯是喪我國,曆自今,出入敷命于外,厥非先告父厝,父厝舍命,毋有敢惷敷命于外。王曰:父厝,今唯𤕌先王命,命汝極一方,弘我邦我家,毋顀于政,勿雝建光□密,毋敢龏橐。迺敄鰥寡,善效乃友正,毋敢湎于酒,汝毋敢隊在乃服,䎛夙夜,虔念王畏不賜,汝毋敢勿帥用先王作明井,欲汝弗以乃辟陷于蘿。王曰:父厝,已曰,及兹卿事寮、大史寮,于父即尹,命汝備司公族,粵參有司、小子、師氏、虎臣,粵朕褻事,以乃族敔王身,取徵卅鋝,錫汝秬鬯一卣、鄭圭鬲寶,朱韍、悤衡、玉環、玉鉦、金車、賁縟較、朱鞹靷䩼、虎韔、纁裹、右厄、畫轉、畫輯、金甬、錯衡、金踵、金柅、飾屡、金簟茀、魚箙、馬四匹、鋚勒、金鬛、金膺、朱旂二鈴,錫汝玄兵,用鉞用征。毛公厝對揚天子皇休,用作尊鼎,子子孫孫永寶用。

黄公渚(黄孝紓)云:“此①成王(周成王)冊命毛公之辭,從文(周文王)武(周武王)開基及周(周公)召(召公)諸先正同心翊(通“翼”)輔説起,轉到守成不易,匡濟需才,然後入題,分三扇鋪叙。大氏命汝辥我邦我家以下,叙公爲卿士之事。自命汝極一方以下,叙公爲諸侯之事。命汝備司公族以下,叙公爲司馬之事。毛公蓋諸侯入爲王正卿者。通篇以先王文武爲標榜,以命字爲線索。文之委曲周詳,無過於此。末叙頒賜諸物,亦莫多於此。全篇凡四百九十七字,鐘鼎之中之巨製也。據《左傳》,毛爲文王之子封國,《通鑑》武王封庶弟叔鄭於毛,是厝爲叔鄭之後。吴氏窸(kè)齋(吴大澂,初名大淳,字止敬,又字清卿,號恒軒,晚年又號窸齋,清江蘇省吴縣人)謂毛公厝即《左傳》之毛聃,合二國爲一,未知孰是?庸害吉士二句,必有所指,殆指周公爲流言所傷,三叔及淮夷叛亂之事,辭意與《周頌・小毖》相似。”(見其《周秦金石文選評注》)

录公鐘

唯王四月,辰在庚寅。昷勛美陵春公之孫,欒叔之子,作朕乙祖楚录公寶鐘,以追孝皇祖录公,皇妣录娰。錫紷公曰:汝及余師于異,東邦人厝奪爲敵,陳榦襄野。汝楚忠惠,肇征𤔲旅,𢦏伐龔師,攻戰無敵,用綏保利億,資艾文武休命。魯勛,辟宗冊釐,諸牧輿誓。信辜孵號,迺衆錫秬鬯相稱。匡寇章,古祖拜𩒨首,受玄衮赤韍琱戈彤勒,佩出,皇祖假大寇唯荆之率,皇妣其貞淑,聿從聖齊,呼師民,用保衛邦之宴。迺禾卣网攻毖,獲從公邞茶,恢祭廣亯,人襄執豆,宗姬鬻奠,旅人賓醴,祝酒内饋,史顴作冊,即事用章。獵犺羌濮,撫鄉郭善,吉

---

① 指毛公鼎。西周毛公所鑄鼎,鼎上文字甚多,清道光年間出土於陝西岐山,今收藏於台北故宫博物院。

觸明禋，迺及君無咎毋疚，脂載道東，奉盦胤廣，考公殷格，厥夜顯慶命，用蘄侯氏永高，作其龢鐘，庶休揚丕顯，綏福我後叡眉壽，世世子孫，永以爲寶。

黄公渚云："此孫爲祖作器，中述天子冊命，用以彰录公武烈之美。然亦不盡是冊命原文。大抵自諸牧以下，已將冊命化作論譔(zhuàn，同撰)。皇妣以下，美录姒從公助祭岐周之事。文如雅頌，竟可作雅頌讀也。此篇駢散皆具，文勢起伏，如龍蟠虎躍，不可捉摸；細案之則叙次不紊，章法井然，金文中之傑作也。秬鬯(chàng)言錫，衮韍(fú)言受，首尾自相銜接，呼應一氣。叙錫秬鬯，帶出諸牧會師克龔一事；叙受衮韍，帶出公平匡寇一事。史傳非數百字不了者，金文以十數字了之。此其所以超绝也。通篇簡練矜覈，無一泛語。後半清辭麗句，絡繹而來，雋采殊尤。此楚器南派文字，别具一種豐韻，不與其他諸作同，讀者當自辨之。"(見其《周秦金石文選評注》)

此等文或有韵或無韵，然其體仍當屬散文，不能以其有用韵之語句遂謂其非散文也。猶周秦諸子之文，亦時有韵語，而不得以其爲韵文也。

第五章　反文化時代之散文(秦)

第一節　總　論

秦自古僻近西戎。自繆公時,戎王使由余於秦。由余,其先晋人也,亡入戎,能晋言,聞繆公賢,故使由余觀秦。秦繆公示以宫室積聚,由余曰:“使鬼爲之則勞神矣;使人爲之,亦苦民矣。”繆公怪之,問曰:“中國以詩、書、禮、樂、法、度爲政,然尚時亂;今戎狄無此,何以爲治?不亦難乎?”由余曰:“此乃中國所以亂也。夫自上聖黄帝作爲禮、樂、法、度,身以先之,僅以小治;及其後世,日以驕淫,阻法度之威以責督於下,下罷極則以仁義怨望于上。上下交爭怨而相纂弑,至於滅宗。皆以此類也。夫戎夷不然,上含淳德,以遇(遇合、對待)其下,下懷信以事其上,一國之政,猶一身之治,不知所以治。此真聖人之治也。”於是繆公退而問内史廖曰:“孤聞鄰國有聖人,敵國之憂也。今由余賢,寡人之害,將奈之何?”内史廖曰:“戎王處辟匿(偏僻之處),未聞中國之聲,君試遺(贈送)其女樂(歌舞伎),以奪其志,爲由余請以疏其間(向戎王請求讓由余延期回國,以使戎王和由余的關係逐漸疏遠),留而莫遣(遣返)以失其期(讓由余不能在預定的日期返回)。戎王怪之,必疑由余。君臣有間,乃可虜也。且戎王好樂,必怠於政。”繆公曰:“善。”因與由余曲席而坐,傳器而食,問其地形與其兵勢,盡詧(chá,同“察”),而後令内史廖以女樂二八(即十六人)遺戎王,戎王受而説(同“悦”)之,終年不還。於是秦乃歸由余,由余數諫不聽。繆公又數使人間要(離間和要挾)由余,由余遂去降秦。繆公以客禮禮之。問伐戎之形。《史記・秦本紀》由余反對教化與文學如此,而繆公以爲賢而禮之,則秦之反文學自繆公時已始基之矣。《秦本紀》(《史記·秦本紀》)曰:"孝公之時,周室微,諸侯力政爭相併,秦僻在雍州,不與中國諸侯之會盟,夷翟(通"狄")遇之。"是秦古無文化,向爲中國所忽視也。及孝公用商鞅變法令,反對禮教文學益甚矣。《商君書·農戰篇》云:"豪傑務學詩書,隨從外權(外面的强大勢力),要靡(社會地位低微的人)事商賈,爲技藝,皆以避農戰,民以此爲教,則粟焉得無少?而兵焉得無弱也?"又云:"國力摶者强,國好言談者削,故曰:農戰之民千人,而有詩書辯慧者一人焉,千人者皆怠於農戰矣;農戰之民百人,而有技藝者一人焉,百人者皆怠於農戰矣。"其惡詩書文學如此。故韓非之書,謂商君教孝公焚書也。及秦始皇之時,韓非祖述商君之學,益嫉文學。《五蠹篇》(《韓非子》篇名)曰:"工文學者非所用,用之則亂法。"又曰:"今修文學習言談則無耕之勞,而有富之實,無戰之危而有貴之尊,則人孰不爲也?"《六反篇》(《韓非子》篇名)亦曰:"學道立方(立德)離法之民也,而世主尊之曰文學之士。"韓非雖不用於秦,然其説實用於秦。《史記·韓非傳》云:"喜刑名法術之學,而歸本於黄老,與李斯俱事荀卿,斯自以爲不如非。"又云:"人或傳其書至秦,秦王見《孤憤》、《五蠹》之書,曰:嗟乎,寡人得見此人,與之游,死不恨矣!"韓非之書爲秦王所傾倒如此,蓋深合其國性也。非死於秦後,李斯治秦實多本於韓非之學者,觀李斯之《論督責》,殆莫不一本於韓非之言,斷可知矣。

孔子曰:"周監於二代,郁郁乎文哉。"(《論語·八佾》)周本尚文,故周末之文大盛。韓子曰:"儒以文亂法。"故秦一反周之所尚而極端反文焉。物極則必反,豈不然歟?

第二節　反文學者李斯之散文

李斯爲佐秦始皇焚詩書坑儒之功臣,蓋反對文學最力之人也。

然其人實最擅長文學。《史記・李斯傳》曰:"李斯者,楚上蔡人也,年少時爲郡小吏,見吏舍廁中鼠食不潔,近人犬,數驚恐之;斯入倉,觀倉中鼠食積粟,居大廡(wǔ,堂下周圍的走廊、廊廡),不見人犬之憂;於是李斯乃歎曰:人之賢不肖,譬如鼠矣!在所自處耳。乃從荀卿學帝王之術。"李斯既學荀卿帝王之術,而荀卿擅長文學,工辭賦,其散文亦多對偶,爲後世駢文之祖。故李斯之文辭亦甚華麗,爲後世駢文之宗。其《諫逐客書》曰:

臣聞吏議逐客,竊以爲過矣。昔繆公求士,西取由余於戎,東得百里奚於宛,迎蹇叔於宋,來丕豹、公孫支於晋。此五子者,不産於秦,而繆公用之,并國二十,遂霸西戎。孝公用商鞅之法,移風易俗,民以殷盛,國以富彊,百姓樂用,諸侯親服,獲楚、魏之師,舉地千里,至今治彊。惠王用張儀之計,拔三川之地,西并巴蜀,北收上郡,南取漢中,包九夷,制鄢、郢,東據成皋之險,割膏腴之壤,遂散六國之從,使之西面事秦,功施到今。昭王得范雎,廢穰侯,逐華陽,彊公室,杜私門,蠶食諸侯,使秦成帝業。此四君者,皆以客之功。由此觀之,客何負於秦哉!向使四君卻客而不内,疏士而不用,是使國無富利之實,而秦無彊大之名也。今陛下致昆山之玉,有隨、和之寶,垂明月之珠,服太阿之劍,乘纖離之馬,建翠鳳之旗,樹靈鼉之鼓。此數寶者,秦不生一焉,而陛下説之,何也?必秦國之所生然後可,則是夜光之璧不飾朝廷,犀象之器不爲玩好,鄭衛之女不充後宫,而駿良駃騠不實外廄,江南金錫不爲用,西蜀丹青不爲采。所以飾後宫、充下陳、娱心意、説耳目者,必出於秦然後可,則是宛珠之簪,傅璣之珥,阿縞之衣,錦繡之飾不進於前,而隨俗雅化,佳冶窈窕趙女不立於側也。夫擊甕叩缶,彈箏搏髀,而歌呼嗚嗚快耳目者,真秦之聲也;《鄭》、《衛》、《桑間》、《昭》、《虞》、《武》、《象》者，異國之樂也。今棄擊甕叩缶而就《鄭》《衛》，退彈箏而取《昭》《虞》，若是者何也？快意當前，適觀而已矣。今取人則不然。不問可否，不論曲直，非秦者去，爲客者逐。然則是所重者在乎色樂珠玉，而所輕者在乎人民也。此非所以跨海内制諸侯之術也。臣聞地廣者粟多，國大者人衆，兵彊則士勇。是以太山不讓土壤，故能成其大；河海不擇細流，故能就其深；王者不卻衆庶，故能明其德。是以地無四方，民無異國，四時充美，鬼神降福，此五帝三王之所以無敵也。今乃棄黔首以資敵國，卻賓客以業諸侯，使天下之士退而不敢西向，裹足不入秦，此所謂"藉寇兵而齎盜糧"者也。夫物不產於秦，可寶者多；士不產於秦，而願忠者衆。今逐客以資敵國，損民以益讎，内自虛而外樹怨於諸侯，求國無危，不可得也。

此文自今陛下致崑山之玉至快意當前適觀而已一段，何等華麗？或乃譏其非對君上之言，而不知此乃戰代策士游說之長技。故卒能使秦王除逐客之令，復其官，用其言，以統一天下也。

然李斯此時身雖在秦，而秦尚未統一天下，故斯之文學猶是楚國之作風也；及至相秦，一統天下，而其文體遂大變矣。不特散文瘦削，無往日之華麗，即所爲韻文，亦極瘦削不尚辭采矣。

秦琅邪臺刻石

維二十六年，皇帝作始。端平法度，萬國之紀。以明人事，合同父子。聖智仁義，顯白道理。東撫東土，以省卒士。事已大畢，乃臨于海。皇帝之功，勸勞本事。上農除末，黔首是富。普天之下，摶心揖志。器械一量，同書文字。日月所照，舟輿所載。皆終其命，莫不得意。應時動事，是維皇帝。

匡飾異俗,陵水經地。憂恤黔首,朝夕不懈。除疑定法,咸知所辟。方伯分職,諸治經易。舉錯必當,莫不如畫。皇帝之明,臨察四方。尊卑貴賤,不踰次行。姦邪不容,皆務貞良。細大盡力,莫敢怠荒。遠邇辟隱,專務肅莊。端直敦忠,事業有常。皇帝之德,存定四極。誅亂除害,興利致福。節事以時,諸産繁殖。黔首安寧,不用兵革。六親相保,終無寇賊。驩欣奉教,盡知法式。六合之内,皇帝之土。西涉流沙,南盡北户。東有東海,北過大夏。人迹所至,無不臣者。功蓋五帝,澤及牛馬。莫不受德,各安其宇。維秦皇兼有天下,立名爲皇帝,乃撫東土,至於琅邪。列侯武成侯王離、列侯通武侯王賁、倫侯建成侯趙亥、倫侯昌武侯成、倫侯武信侯毋擇、丞相隗林、丞相王綰、卿李斯、卿王戊、五大夫趙嬰、五大夫楊樛,從與議於海上。曰:"古之帝者,地不過千里,諸侯各守其封域,或朝或否,相侵暴亂,殘伐不止,猶刻金石,以自爲紀。古之五帝三王,知教不同,法度不明,假威鬼神,以欺遠方,實不稱名,故不久長。其身未没,諸侯倍叛,法令不行。今皇帝并一海内,以爲郡縣,天下和平。昭明宗廟,體道行德,尊號大成。群臣相與誦皇帝功德,刻于金石,以爲表經。"

此篇自首至"各安其宇"爲頌詩,韻文也。自"維秦皇兼有天下"至末爲叙文,乃散文也。然頌詩與叙文皆甚樸質。李兆洛謂秦相他文無不詄麗,頌德立石,一變爲渾樸,知體要也。(見其《駢體文鈔》)斯言固然。然李斯至此時受秦反文之風氣,習染已深,異日焚書坑儒,使民以吏爲師,而此則先以法令爲文辭也。至二世時李斯有《論督責書》云:

夫賢主者,必且能全道而行督責之術者也。督責之,則臣不敢不竭能以徇其主矣。此臣主之分定,上下之義明,則天下賢不肖莫敢不盡力竭任以徇其君矣。是故主獨制於天下,而無所制也。能窮樂之極矣,賢明之主也,可不察焉!故申子曰"有天下而不恣睢,命之曰以天下爲桎梏"者,無他焉,不能督責,而顧以其身勞於天下之民,若堯、禹然,故謂之"桎梏"也。夫不能修申、韓之明術,行督責之道,專以天下自適也,而徒務苦形勞神,以身徇百姓,則是黔首之役,非畜天下者也,何足貴哉!夫以人徇己,則己貴而人賤;以己徇人,則己賤而人貴。故徇人者賤,而人所徇者貴,自古及今,未有不然者也。凡古之所爲尊賢者,爲其貴也;而所爲惡不肖者,爲其賤也。而堯、禹以身徇天下者也,因隨而尊之,則亦失所爲尊賢之心矣夫!可謂大繆矣。謂之爲"桎梏",不亦宜乎?不能督責之過也。故韓子曰"慈母有敗子,而嚴家無格虜"者,何也?則能罰之加焉必也。故商君之法,刑棄灰於道者。夫棄灰,薄罪也,而被刑,重罰也。彼唯明主爲能深督輕罪。夫罪輕且督深,而況有重罪乎?故民不敢犯也。是故韓子曰"布帛尋常,庸人不釋,鑠金百溢,盜跖不搏"者,非庸人之心重,尋常之利深,而盜跖之欲淺也;又不以盜跖之行,爲輕百溢之重也。搏必隨手刑,則盜跖不搏百溢;而罰不必行也,則庸人不釋尋常。是故城高五丈,而樓季不輕犯也;泰山之高百仞,而跛牂牧其上。夫樓季也而難五丈之限,豈跛牂也而易百仞之高哉?陗塹之勢異也。明主聖王之所以能久處尊位,長執重勢,而獨擅天下之利者,非有異道也,能獨斷而審督責,必深罰,故天下不敢犯也。今不務所以不犯,而事慈母之所以敗子也,則亦不察於聖人之論矣。夫不能行聖人之術,則舍爲天下役何事哉?可不哀邪!且夫儉節仁義之人立於朝,則荒肆之樂輟矣;諫説論理之臣閒於側,則流漫之志詘矣;烈士死節之行顯於世,則淫康之虞廢矣。故明主能外此三者,而獨操主術以制聽從之臣,而修其明法,故身尊而勢重也。凡賢主者,必將能拂世摩俗,而廢其所惡,立其所欲,故生則有尊重之勢,死則有賢明之謚也。是以明君獨斷,故權不在臣也。然後能滅仁義之塗,掩馳説之口,困烈士之行,塞聰掩明,内獨視聽,故外不可傾以仁義烈士之行,而内不可奪以諫説忿爭之辯。故能犖然獨行恣睢之心而莫之敢逆。若此,然後可謂能明申、韓之術,而脩商君之法。法脩術明而天下亂者,未之聞也。故曰“王道約而易操”也。惟明主爲能行之。若此則謂督責之誠,則臣無邪,臣無邪則天下安,天下安則主嚴尊,主嚴尊則督責必,督責必則所求得,所求得則國家富,國家富則君樂豐。故督責之術設,則所欲無不得矣。群臣百姓救過不給,何變之敢圖?若此則帝道備,而可謂能明君臣之術矣。雖申、韓復生,不能加也。

此文與《諫逐客書》比較,一華美,一樸質,相去幾如天淵矣。而中間實多本於韓非之言,以是知韓非之學,爲李斯用之於秦,既以强秦,亦以亡秦也。國無禮教與文學之不足立國,於秦可覩矣。

第二編　駢文漸成時代之散文(兩漢三國)

第一章　總　論

漢繼秦反文之治而爲崇文之國,雖漢高祖馬上得天下,薄儒生,溺儒冠,(《史記·酈生列傳》:"沛公不好儒,諸客冠儒冠來者,沛公輒解其冠,溲溺其中。")而《大風》一歌,實爲開國之至文。厥後楚元王(劉邦之弟劉交,字游)學《詩》,惠帝除挾書(私藏書籍)之律,文帝使鼂錯受《尚書》,使博士作王制,又置《爾雅》、《孝經》、《孟子》博士。《漢書·藝文志》云:"迄於孝武(漢武帝),書缺簡脱,禮壞樂崩,聖上喟然而稱曰:朕甚閔焉。於是建藏書之策,置寫書之官,下及諸子傳説,皆充秘府。至成帝時以書頗散亡,使謁者陳農求遺書於天下。"故自孝武以來,益彬彬多文學之士矣。

漢之文學淵源於戰國者爲最多,辭賦既原於屈(屈原)宋(宋玉)荀卿,而京都(張衡《二京賦》、班固《兩都賦》等等以都城爲題材的文賦)一類,侈陳形勢,亦本於蘇秦、張儀之游説。凡此韻文之屬,今姑勿論。若漢之散文,則莫盛於書、疏。此亦本於《戰國策》之書説。姚姬傳(姚鼐)《古文辭類纂》,於奏議類列楚莫敖子華(即屈章)《對威王》,張儀、司馬錯(戰國秦國將領)《議伐蜀》,蘇子(蘇秦)《説齊閔王》,虞卿(戰國趙國人,主張合縱抗秦)《議割六城與秦》,中旗(戰國秦國大臣)《説秦昭王》,信陵君(戰國魏國公子無忌,封在信陵)《諫與秦攻韓》,李斯《諫逐客書》諸篇,於賈山(漢初潁川人)《至言》、賈誼《陳政事疏之上》;於書説類列陳軫(戰國齊國人,主張合縱抗秦)《爲齊説昭陽》,及蘇秦、蘇代(蘇秦族弟)、淳於髡(戰國齊國人)游説諸篇,與范雎(秦昭王丞相)《獻書昭王》,樂毅(戰國燕國將領)《報惠王書》,汗明(戰國楚國春申君舍人)《説春申君》等篇,於鄒陽(西漢吴王劉濞門客)《諫吴王書》、《獄中上梁王書》,枚叔(枚乘,字叔,西漢淮陰人)《説吴王書》,司馬子長《報任安書》之上:可謂明文體之源流者矣。

漢人最重辭賦。班固《兩都賦序》曰:"或曰賦者,古詩之流也。昔成康没而頌聲寢(停止、平息),王澤竭而詩不作。大漢初定,日不暇給。至於武(漢武帝)宣(漢宣帝)之世,乃崇禮官,考文章,内設金馬石渠(召待賢人之處)之署,外興樂府協律之事,以興廢繼絶,潤色鴻業。是以衆庶悦豫,福應尤盛,白麟、赤雁、芝房、寶鼎(均爲祥瑞之物)之歌,薦於郊廟;神雀、五鳳、甘露、黄龍(均爲祥瑞之物)之瑞,以爲年紀(紀年之號)。故言語侍從之臣,若司馬相如、虞丘壽王(西漢鄭人)、東方朔、枚皋(字少孺,枚乘庶子)、王褒(字子淵,西漢人)、劉向之屬,朝夕論思,日月獻納。而公卿大臣御史大夫倪寬(字仲文,西漢千乘人),太常孔臧(西漢人)、太中大夫董仲舒、宗正劉德(西漢河間獻王)、太子太傅蕭望之(字長倩,西漢東海蘭陵人,蕭何六世孫)等,時時間作。或以抒下情而通諷諭,或以宣上德而盡忠孝,雍容揄揚,著於後嗣,抑亦雅頌之亞也。故孝成(漢成帝)之世,論而録之。蓋奏御者千有餘篇,而後大漢之文章,炳焉與三代同風。"此以文章二字專指辭賦而言,則漢人之重視辭賦可知矣。

《楚辭》原於三百篇(《詩經》),漢賦又原於《楚辭》,而漢人之散文,實皆多受辭賦化。柳宗元《西漢文類序》曰:"殷周以前,其文簡而野。魏晋以降,則盪而靡。得其中者漢氏。漢氏之東(東漢建都洛陽,洛陽在長安東面),則既衰矣。當文帝(漢文帝)時始得賈生明儒術,武帝尤好焉,而公孫弘①(字季,西漢初菑川人)、董仲舒、司馬

① "弘",原文作"宏"。

遷、相如之徒作,風雅益盛,敷施天下。自天子至公卿大夫士庶人,咸通焉。於是宣於詔策,達於奏議,諷於辭賦,傳於歌瑶。由高帝以訖於哀(漢哀帝)平(漢平帝)王莽(字巨君,簒漢建新)之誅,四方文章,蓋爛然矣。"此言西漢文章之盛,而文質得中也。其所以如此者,蓋不特辭賦爲漢文之特色,爲受《楚辭》之影響而已;即其書疏等散文,亦莫不漸受辭賦之影響,而日趨於富麗,如賈生、司馬相如之徒之所爲是也。

故西漢之散文,爲李兆洛《駢體文鈔》所選者,如漢景帝後六年《令二千石修職詔》,漢武帝元朔元年《議不舉孝廉者罪詔》,元狩二年《報李廣詔》、賈山《至言》、賈生《過秦論》、枚叔《上書諫吴王》、鄒陽《獄中上書吴王》、《獄中上書自明》、司馬長卿《上書諫獵》、《難蜀父老》、《喻巴蜀檄》、鼂錯《對賢良文學策》、公孫弘[1]《對賢良文學策》、司馬子長《報任安書》、劉子政《上災異封事》、《訟陳湯疏》,劉子駿(劉歆)《移太常博士》等篇,雖不能即謂爲駢文,然而不能不謂爲已將成駢文之體勢者也。由西漢而漸進至東漢,由東漢而漸進至於三國,若子桓、子建兄弟,遂爲六朝駢體之宗師矣。

西漢武帝時代之散文已有與駢文無異者,今録鄒陽、枚乘各一篇如下:

鄒陽　獄中上書

臣聞忠無不報,信無不疑,臣常以爲然,徒虚語耳。昔荆軻慕燕丹之義,白虹貫日,太子畏之;衛先生爲秦畫長平之事,太白蝕昂,而昭王疑之。夫精誠變天地,而信不諭兩主,豈不哀哉!今臣盡忠竭誠,畢議願知,左右不明,卒從吏訊,爲世所

① "弘",原文作"宏"。

疑,是使荆軻、衛先生復起,而燕、秦不悟也。願大王熟察之。昔玉人獻寶,楚王誅之;李斯極忠,胡亥極刑。是以箕子佯狂,接輿避世,恐遭此患也。願大王察玉人、李斯之意,而後楚王、胡亥之聽,無使臣爲箕子、接輿所笑。臣聞比干剖心,子胥鴟夷,臣始不信,今乃知之。願大王熟察,少加憐焉。語曰:“白頭如新,傾蓋如故。”何則? 知與不知也。故樊於期逃秦之燕,藉荆軻首以奉丹之事;王奢去齊之魏,臨城自剄,以卻齊存魏。夫王奢、樊於期非新於齊、秦而故於燕、魏也,所以去二國而死兩君者,行合於志,而慕義無窮也。是以蘇秦不信於天下,而爲燕尾生;白圭戰亡六城,爲魏取中山。何則? 誠有以相知也。蘇秦相燕,人惡之於燕王,燕王按劍而怒,食以駃騠;白圭顯於中山,人惡之於魏文侯,文侯賜以夜光之璧。何則? 兩主二臣,剖心析肝相信,豈移於浮辭哉! 故女無美惡,入宫見妬;士無賢不肖,入朝見嫉。昔司馬喜臏脚於宋,卒相中山;范睢摺脅折齒於魏,卒爲應侯。此二人者,皆信必然之畫,捐朋黨之私,挾孤獨之交,故不能自免於嫉妬之人也。是以申徒狄蹈雍之河,徐衍負石入海。不容身於世,義不苟取,比周於朝,以移人主之心。故百里奚乞食於道路,繆公委之以政;甯戚飯牛於車下,桓公任之以國。此二人者,豈素宦於朝,借譽於左右,然後二主用之哉? 感於心,合於意,堅如膠漆,昆弟不能離,豈惑於衆口哉? 故偏聽生奸,獨任成亂。昔魯聽季孫之説逐孔子,宋信子冉之計囚墨翟。夫以孔、墨之辯,不能自免於讒諛,而二國以危。何則? 衆口鑠金,積毁銷骨也。秦用戎人由余而霸中國,齊用越人子臧而彊威、宣。此二國,豈拘於俗,牽於世,繫奇偏之浮辭哉? 公聽並觀,垂明當世。故意合則胡越爲兄弟,由余、子臧是矣;不合,則骨肉爲讎敵,朱、象、管、蔡是矣。今人主誠能用齊、秦之明,後宋、魯之聽,則五伯不足侔，而三王易爲比矣。是以聖主覺悟，捐子之之心，而不説田常之賢；封比干之後，修孕婦之墓，故功業覆於天下。何則？欲善無厭也。夫晉文公親其讎，而彊霸諸侯；齊桓用其仇，而一匡天下。何則？慈仁殷勤，誠加於心，不可以虛辭借也。至夫秦用商鞅之法，東弱韓、魏，立彊天下，而卒車裂之；越用大夫種之謀，禽勁吴而霸中國，遂誅其身。是以孫叔敖三去相而不悔，於陵子仲辭三公爲人灌園。今人主誠能去驕傲之心，懷可報之意，披心腹，見情素，隳肝膽，施德厚，終與之窮達，無愛於士，則桀之犬可使吠堯，而跖之客可使刺由；何況因萬乘之權，假聖王之資乎？然則荆軻沈七族，要離燔妻子，豈足爲大王道哉！臣聞明月之珠，夜光之璧，以暗投人於道，衆莫不按劍相眄者。何則？無因而至前也。蟠木根柢，輪囷離奇，而爲萬乘器者。何則？以左右先爲之容也。故無因而至前，雖出隋珠和璧，祇結怨而不見德。故有人先游，則枯木朽株，樹德而不忘。今夫天下布衣窮居之士，身在貧羸，雖蒙堯、舜之術，挾伊、管之辯，懷龍逢、比干之意，而素無根柢之容，雖竭精神欲開忠於當世之君，則人主必襲按劍相眄之跡矣。是使布衣之士，不得爲枯木朽株之資也。是以聖王制世御俗，獨化於陶鈞之上，而不牽乎卑亂之語，不奪乎衆多之口。故秦皇帝任中庶子蒙嘉之言，以信荆軻而匕首竊發；周文王獵涇、渭，載吕尚歸以王天下。秦信左右而亡，周用烏集而王。何則？以其能越拘攣之語，馳域外之議，獨觀於昭曠之道也。今人主沈諂諛之詞，牽帷牆之制，使不羈之士與牛驥同皁，此鮑焦所以憤於世也。臣聞盛飾入朝者，不以私污義；砥礪名號者，不以利傷行。故里名勝母，曾子不入；邑號朝歌，墨子迴車。今欲使天下寥廓之士，籠於威重之權，脅於位勢之貴，故回面汙行，以事諂諛之人，而求親近於左右，則士有伏死掘穴巖藪之中耳,安有盡忠信而趨闕下者哉!

枚乘諫吴王書

臣聞得全者全昌,失全者全亡。舜無立錐之地,以有天下。禹無十户之聚,以王諸侯。湯、武之土,不過百里,上不絶三光之明,下不傷百姓之心者,有王術也。故父子之道,天性也。忠臣不避重誅以直諫,則事無遺策,功流萬世。臣乘願披腹心而效愚忠,唯大王少加意念惻怛之心於臣乘言。夫以一縷之任,係千鈞之重,上縣無極之高,下垂不測之淵,雖甚愚之人,猶知哀其將絶也。馬方駭鼓而驚之,係方絶又重鎮之。係絶於天不可復結,墜入深淵難以復出。其出不出,間不容髮。能聽忠臣之言,百舉必脱。必若所欲爲,危於累卵,難於上天。變所欲爲,易於反掌,安於泰山。今欲極天命之壽,敝無窮之樂,究萬乘之勢,不出反掌之易,以居泰山之安,而欲乘累卵之危,走上天之難,此愚臣之所以爲大王惑也。人性有畏其景而惡其跡者,卻背而走,跡愈多,景愈疾,不知就陰而止,景滅跡絶。欲人勿聞,莫若勿言。欲人勿知,莫若勿爲。欲湯之滄,一人炊之,百人揚之,無益也,不如絶薪止火而已。不絶之於彼,而救之於此,譬猶抱薪而救火也。養由基,楚之善射者也,去楊葉百步,百發百中。楊葉之大,加百中焉,可謂善射矣。然其所止,乃百步之内耳,比於臣乘,未知操弓持矢也。福生有基,禍生有胎。納其基,絶其胎,禍何自來?泰山之霤穿石,單極之絖斷幹。水非石之鑽,索非木之鋸,漸靡使之然也。夫銖銖而稱之,至石必差。寸寸而度之,至丈必過。石稱丈量,徑而寡失。夫十圍之木,始生如蘖,足可搔而絶,手可擢而拔,據其未生,先其未形也。磨礱底厲,不見其損,有時而盡。種樹畜養,不見其益,有時而大。積德累行,不知其善,有時而用。棄義背理,不知其惡,有時而亡。臣願大王熟計而身行之,此百世不易之道也。

此二篇比物連類,雖後世極麗之駢文,何以過之?故曰:兩漢之世爲駢文漸成之時代也。至於三國,遂幾於駢文時代文。

第二章　由學術時代而漸變爲文學時代之散文(兩漢)

第一節　總　論

自《春秋》以上之諸史,皆爲治化而爲文;周秦諸子,則皆爲學術而爲文;無專以文爲事者。屈平、宋玉爲韵文專家,似專以文爲事矣;而實亦本於憂時怨生而作,亦不能謂專以文爲事者也;蓋其不欲以文見者,其素志也;其不得不專以文名者,其不幸也。至漢之賈誼,擅長奏疏,而不得行其志,始爲賦以弔屈原(賈誼《弔屈原賦》),又自傷壽不得長,爲《鵩鳥賦》,是爲漢代辭賦開山之大家。然揣其始志,亦未嘗欲以賦家名於世也,不得已而爲勞者之自歌耳。故太史公書以誼與屈原同傳(《史記·屈原賈生列傳》),均不幸而以辭賦名者也。至枚乘、司馬相如之徒出,始專以辭賦爲務。承其流者有枚皋、王褒、揚[1]雄之徒,刻意摹儗,均專欲以文爭勝。太史公作《司馬相如列傳》(《史記·司馬相如列傳》),盡録其《子虛》、《上林》諸賦;班孟堅作《揚(校:原文作"揚")雄傳》(《漢書·揚雄傳》),盡録其《羽獵》、《反離騷》等文,蓋即後世文苑傳之所自仿(後世正史中多有《文苑傳》以紀以文名世者),而文學與學術離而爲二之所由起也。又太史公傳儒林(《史記·儒林列傳》),嘗以文學與儒者同稱。及班固《兩都賦序》,乃專以文章屬辭賦。且班氏所稱諸家如司馬相如、虞丘壽王、東方朔、枚皋、王褒、劉向、倪寬、孔臧、董仲舒、劉德、蕭望之等,今諸人之賦,皆多殘亡,唯司馬相如、劉向之賦,尚有存者,劉向之《九歎》,亦不爲世所重。疑此輩皆多以經術

---

① "揚",原文作"楊"。

家追逐時好而作辭賦,諒非其長,故不能工,而不能傳於後世。唯司馬相如史不稱其精湛他學,唯以辭賦見稱,實爲文學家與學術家分家之始祖。自是而後,漢之學者,乃有專爲文學而文學者矣。

《後漢書·文苑傳》,自杜篤(字季雅,東漢初京兆杜陵人)、王烈(字彦方,東漢末太原人)凡二十二人,皆專以文學名者。范蔚宗(范曄,字蔚宗,南朝劉宋順陽人)贊之曰:"情志既動,篇章爲貴;抽心呈貌,非雕非蔚;殊狀共體,同聲異氣;言觀麗則,永監淫費。"(范曄《後漢書·文苑列傳》贊語)蓋彼等皆純粹之文士矣。

第二節 辭賦家之散文

漢代辭賦家可謂至衆,不可殫(盡、竭盡)述,兹擇最著者二人以略見一斑焉:曰賈誼、曰司馬相如。其他如揚雄、班固、張衡之倫,其所爲散文,亦莫不受辭賦影響,不能具論焉。

《史記·賈生列傳》云:"賈生名誼,雒陽人也,年十八,以能誦詩屬書聞於郡中。吴廷尉爲河南守,聞其秀才(才華俊秀、出衆),召置門下,甚幸愛。孝文皇帝初立,聞河南守吴公治平爲天下第一,故與李斯同邑,而常學事焉,乃徵爲廷尉。廷尉乃言賈生年少,頗通諸子百家之書。文帝召以爲博士。是時賈生年二十餘,最少,每詔令議下,諸老先生不能言,賈生盡爲之對,人人各如其意所欲出,諸生乃自以爲不能及也。孝文帝説之,超遷(越級升遷),一歲至太中大夫(掌議論之官)。賈生以爲漢興至孝文二十餘年,天下和洽,而固當改正朔(更改曆法),易服色(改變車馬和祭祀牲畜的顔色),法制度,定官名。乃悉草具其事儀法,色尚黄(顔色崇尚黄色),數用五,爲官名,悉更秦之法(法律、法令)。[①] 孝文帝初即位,謙讓未遑也。

① 秦自以爲得水德,故色尚黑,數用六,而賈誼以爲漢得土德,故據此而更改色、數、法律等。

諸律令所更定及列侯悉就國,其説皆自賈生發之。於是天子議以爲賈生任公卿之佐。絳(絳侯,即周勃)、灌(潁陰侯灌嬰)、東陽侯(張相如)、馮敬(時爲御史大夫)之屬盡害之。乃短(指摘缺點、揭發過失)賈生曰:'雒陽之人,年少初學,專欲擅權,紛亂諸事。'於是天子後亦疏之,不用其議,乃以賈生爲長沙王太傅。賈生既辭往行,聞長沙卑溼(地勢低下潮濕),自以爲壽不得長,又以適(通"謫",貶謫)去,意不自得,及度湘水,爲賦以弔屈原,其辭云云。賈生爲長沙王太傅,三年有鴞(xiāo,貓頭鷹)飛入賈生舍,止於坐隅(座位旁邊),楚人命鴞曰服,賈生既以適居長沙,長沙卑濕,自以爲壽不得長,傷悼之,乃爲賦以自廣,其辭曰云云。"

賈生實爲漢代最早之賦家。其辭賦作品,可謂追踪屈(屈原)、宋(宋玉),縮長篇爲短章,雖祖述屈、宋而不蹈襲屈、宋。漢之賦家如司馬(司馬相如)、揚(揚雄)、班(班固)雖以富麗勝,而論氣格則未能或之先也。然賈生之散文亦爲漢代之冠。張溥(初字乾度,後改字天如,明末太倉人)輯一百三家有《賈長沙集》一卷。今選録其《過秦論》上篇如下:

過秦論

秦孝公據崤函之固,擁雍州之地,君臣固守,以窺周室,有席卷天下,包舉宇内,囊括四海之意,并吞八荒之心。當是時,商君佐之,内立法度,務耕織,修守戰之備,外連衡而鬬諸侯,於是秦人拱手而取西河之外。孝公既没,惠、文、武、昭襄蒙故業,因遺策,南取漢中,西舉巴蜀,東割膏腴之地,收要害之郡。諸侯恐懼,會盟而謀弱秦,不愛珍器重寶肥饒之地,以致天下之士,合從締交,相與爲一。當此之時,齊有孟嘗,趙有平原,楚有春申,魏有信陵。此四君者,皆明智而忠信,寬厚愛人,尊賢重士,約從離衡,兼韓魏燕趙齊楚宋衛中山之衆。於是六國之士，有寧越、徐尚、蘇秦、杜赫之屬爲之謀，齊明、周最、陳軫、昭滑、樓緩、翟景、蘇厲、樂毅之徒通其意，吴起、孫臏、帶佗、兒良、王廖、田忌、廉頗、趙奢之倫制其兵。嘗以十倍之地，百萬之衆，叩關而攻秦。秦人開關延敵，九國之師逡巡遁逃而不敢進。秦無亡矢遺鏃之費，而天下諸侯已困矣。於是從散約解，爭割地而奉秦。秦有餘力而制其敝，追亡逐北，伏尸百萬，流血漂鹵。因利乘便，宰割天下，分裂河山。彊國請服，弱國入朝。延及孝文王、莊襄王，享國日淺，國家無事。及至秦王，奮六世之餘烈，振長策而馭宇内，吞二周而亡諸侯，履至尊而制六合，執棰柎以鞭笞天下，威振四海。南取百越之地，以爲桂林、象郡，百越之君俛首係頸，委命下吏。乃使蒙恬北築長城而守藩籬，卻匈奴七百餘里，胡人不敢南下而牧馬，士不敢彎弓而報怨。於是廢先王之道，焚百家之言，以愚黔首。墮名城，殺豪傑，收天下之兵，聚之咸陽，銷鋒鑄鐻，以爲金人十二，以弱天下之民。然後踐華爲城，因河爲池，據億丈之城，臨不測之淵以爲固。良將勁弩，守要害之處，信臣精卒，陳利兵而誰何，天下已定。秦王之心，自以爲關中之固，金城千里，子孫帝王萬世之業也。秦王既没，餘威震於殊俗。陳涉，甕牖繩樞之子，甿隸之人，而遷徙之徒也，才能不及中人，非有仲尼、墨翟之賢，陶朱、倚頓之富，躡足行伍之間，而倔起什伯之中，率罷散之卒，將數百之衆，而轉攻秦。斬木爲兵，揭竿爲旗，天下雲集響應，贏糧而景從，山東豪俊遂並起而亡秦族矣。且夫天下非小弱也，雍州之地，崤函之固自若也。陳涉之位，非尊于齊楚燕趙韓魏宋衛中山之君；鉏櫌棘矜，非銛於鈎戟長鎩也；謫戍之衆，非抗於九國之師；深謀遠慮，行軍用兵之道，非及曩時之士也。然而成敗異變，功業相反也。試使山東之國與陳涉度長絜大，比權量力，則不可同年而語矣。然秦以區區之地,致萬乘之權,招八州而朝同列,百有餘年矣。然後以六合爲家,崤函爲宫,一夫作難而七廟墮,身死人手,爲天下笑者,何也?仁義不施,而攻守之勢異也。

此文排比敷張,實有辭賦色采,自"且夫天下非小弱也"至末即爲班固《東都賦》末一段所本。其文云:

且夫僻界西戎,險阻四塞,修其防禦。孰與處乎土中,平夷洞達,萬方輻湊?秦嶺、九嵕,涇、渭之川。曷若四瀆、五嶽,帶河泝洛,圖書之淵?建章、甘泉,館御列仙。孰與靈臺明堂,統和天人?太液、昆明,鳥獸之囿。曷若辟雍海流,道德之富?游俠踰侈,犯義侵禮。孰與同履法度,翼翼濟濟也?子徒習阿房之造天,而不覩京洛之有制也;識函谷之可關,而不知王者之無外也。

陳石遺先生云:"論辨一類,古今以賈誼《過秦論》爲稱首。其名爲過秦(論秦之過),始見於《新書》,太史(司馬遷)引作《秦始皇本紀論贊》,本只一篇,後人分作三篇。首篇《過秦始皇》,次篇《過二世》,三篇《過子嬰》。其實如此巨製無他妙巧,不外開合擒縱而已。縱之愈遠,擒之愈見有力也。首篇首言秦之數世,種種强盛,次言六國之謀臣策士,合從(合縱)併力而無如秦何。又次言秦盛,六國益復種種强盛,天下益無如之何矣。皆開也,縱也。而陳涉以匹夫亡之,然僅比一合一擒,未免過於簡單。故又用且夫一段推開,將陳涉與六國層層比較,山之峰巒迴抱,水之港汊瀠洄(水迴旋貌)矣。"(陳衍《石遺室論文》)

賈生之奏議,有《陳政事疏》,爲漢人奏議中第一長篇文字,實爲後世萬言書之祖。其文亦最多排偶,今以文長不録。

《史記·司馬相如列傳》云:"司馬相如者,蜀郡成都人也,字長卿,少時好讀書,學擊劍,故其親名之曰犬子。相如既學,慕藺相如之爲人,更名相如。以貲(zī,錢財)爲郎。事孝景帝。爲武騎常侍(《史記索隱》:"張揖曰:'秩六百石,常侍從格猛獸。'"),非其好也。會景帝不好辭賦,是時梁孝王來朝,從游説之士,齊人鄒陽、淮陰枚乘、吴莊忌夫子(莊忌,西漢會稽人,世尊稱其爲夫子)之徒,相如見而説之。因病免(免除官職),客游梁,梁孝王令與諸生同舍,相如得與諸生游士居數歲,乃著《子虚》之賦。"又云:"蜀人楊得意爲狗監(《史記集解》:"郭璞曰:'主獵犬也。'")侍上,上讀《子虚賦》而善之,曰:'朕獨不得與斯人同時哉?'得意曰:'臣邑人司馬相如自言爲此賦。'上驚,乃召問相如。相如曰:'有是,然此乃諸侯之事,未足觀也;請爲天子游獵賦。'賦成,奏之,上許令上書給筆札。相如以子虚,虚言也,爲楚稱;烏有先生者,烏有此事也,爲齊難;無是公者,無是人也,明天子之義。故空籍此三人爲辭,以推天子諸侯之苑囿,其卒章歸之節儉,因以風(通"諷")諫。奏之天子,天子大説。"是爲漢賦第一篇富麗之作,實亦原本宋玉之《高唐》也。一百三家集有《司馬文園集》一卷。相如既爲辭賦大家,故擅[1]長辭令,雍容嫻雅,兹録其《諭巴蜀檄》如下:

諭巴蜀檄

告巴蜀大守:蠻夷自擅,不討之日久矣。時侵犯邊境,勞士大夫。陛下即位,存撫天下,輯安中國。然後興師出兵,北征匈奴,單于怖駭,交臂受事,詘膝請和。康居西域,重譯請朝,稽首來享。移師東指,閩越相誅,右弔番禺,太子入朝。南夷之君,西僰之長,常效貢職,不敢怠墮,延頸舉踵,喁喁然,皆

① "擅",原文作"壇"。

爭歸義,欲爲臣妾,道里遼遠,山川阻深,不能自致。夫不順者已誅,而爲善者未賞,故遣中郎將往賓之,發巴蜀士民各五百人,以奉幣帛,衛使者不然,靡有兵革之事,戰鬬之患。今聞其乃發軍興制,驚懼子弟,憂患長老,郡又擅爲轉粟運輸,皆非陛下之意也。當行者或亡逃自賊殺,亦非人臣之節也。夫邊郡之士,聞烽舉燧燔,皆攝弓而馳,荷兵而走,流汗相屬,唯恐居後,觸白刃,冒流矢,義不反顧,計不旋踵,人懷怒心,如報私讎。彼豈樂死惡生,非編列之民,而與巴蜀異主哉?計深慮遠,急國家之難,而樂盡人臣之道也。故有剖符之封,析珪而爵,位爲通侯,居列東第。終則遺顯號於後世,傳土地於子孫,行事甚忠敬,居位甚安佚,名聲施於無窮,功烈著而不滅。是以賢人君子,肝腦塗中原,膏液潤野草而不辭也。今奉幣役至南夷,即自賊殺,或亡逃抵誅,身死無名,謚爲至愚,恥及父母,爲天下笑。人之度量相越,豈不遠哉!然此非獨行者之罪也。父兄之教不先,子弟之率不謹,寡廉鮮恥,而俗不長厚也。其被刑戮,不亦宜乎?陛下患使者有司之若彼,悼不肖愚民之如此,故遣信使,曉喻百姓以發卒之事,因數之以不忠死亡之罪,讓三老孝弟以不教誨之過。方今田時,重煩百姓,已親見近縣,恐遠所谿谷山澤之民不偏聞,檄到,亟下縣道,使咸知陛下之意,唯毋忽也。

其文亦甚多排偶,賈生以氣勝,長卿以韵勝也。《石遺室論文》云:"《史記·陸賈傳》載賈説南越王趙佗説,司馬相如本之以爲《諭巴蜀檄》。檄之北征匈奴,單于怖駭,交臂受事,屈膝請和云云,即陸賈之鞭笞天下,劫略諸侯云云也。檄之攝弓而馳,荷戈而走,人懷怒心,如報私讎云云,即陸賈之將欲移兵云云也。檄之陛下患使者有司之若彼,悼不肖愚民之若此,即陸賈之天子憐百姓云云也。檄之發軍興制,驚懼子弟云云,即陸賈之以新造未成之越屈彊于此云云也。檄之身死無名謚爲至愚云云,即陸賈之掘燒先人冢,夷滅宗族云云也。但陸説尤質直耳。"師説(陳衍乃陳柱老師)可謂深悉文章嬗變之跡。今録《史記·陸賈傳》賈説南越王佗原文如下,俾得參照。

陸賈者,楚人也。以客從高祖定天下,名爲有口辯士,居左右,常使諸侯。及高祖時,中國初定,尉佗平南越,因王之。高祖使陸賈賜尉佗印,爲南越王。陸生至,尉佗魋結,箕倨見陸生。陸生因進説佗曰:"足下中國人,親戚昆弟墳,墓在真定。今足下反天性,棄冠帶,欲以區區之越,與天子抗衡爲敵國,禍且及身矣。且夫秦失其政,諸侯豪傑並起,唯漢王先入關,據咸陽。項羽倍約,自立爲西楚霸王,諸侯皆屬,可謂至彊。然漢王起巴蜀,鞭笞天下,劫略諸侯,誅項羽,滅之。五年之間,海内平定,此非人力,天之所建也。天子聞君王王南越,不助天下誅暴逆,將相欲移兵而誅王,天子憐百姓新勞苦,故且休之,遣臣授君王印,剖符通使。君王宜郊迎,北面稱臣,迺欲以新造未集之越,屈彊於此。漢誠聞之,掘燒王先人冢,夷滅宗族,使一偏將將十萬衆臨越,則越殺王降漢,如反覆手耳。"於是尉佗迺蹶然起坐,謝陸生曰:"居蠻夷中久,殊失禮義。"因問陸生曰:"我孰與蕭何、曹參、韓信賢?"陸生曰:"王似賢。"復曰:"我孰與皇帝賢?"陸生曰:"皇帝起豐沛,討暴秦,誅彊楚,爲天下興利除害,繼五帝三皇之業,統理中國。中國之人以億計,地方萬里,居天下之膏腴,人衆車輿,萬物殷富,政由一家,自天地剖泮,未始有也。今王衆不過數十萬,皆蠻夷,崎嶇山海間,譬若漢一郡,王何迺比於漢?"尉佗大笑曰:"吾不起中國,故王此。使我居中國,何渠不若漢!"迺大說陸生,留與飲數月。曰:"越中無足與語,至生來,令我日聞所不聞。"賜陸生橐中裝直千金,佗送亦千金。陸生卒拜尉佗爲南越王,令稱臣,奉漢約。歸報,高祖大悦。

第三節　經世家之散文

漢人書疏,傳於今者幾盡爲經世之學。就中文之尤工者爲賈誼、鼂錯、趙充國、賈讓(西漢末人)、劉向之徒。賈文前已論及,劉文容後言之。今略論鼂、趙二家焉。

《漢書·鼂錯傳》曰:"鼂錯,潁川人也,學申商刑名於軹(zhǐ)張恢生(顔師古注:"軹縣之儒生姓張名恢,錯從之受申商法也。")所。錯爲人陗直刻深。孝[1]文時天下亡治《尚書》者,獨聞齊有伏生(一作伏勝,字子賤,西漢初經學家),故秦博士,治《尚書》,年九十餘,老不可徵。迺詔太常(掌禮之官)使人受之。太常遣錯受書伏生所。還因上書稱說,詔以爲太子舍人門大夫(顔師古注:"初爲舍人,又爲門大夫。"),遷博士,拜爲太子家令,以其辯得幸太子,太子家號曰智囊,是時匈奴彊盛,數寇邊,上發兵以禦之,錯上言兵事。"兹録其文如下:

上言兵事書

臣聞漢興以來,胡虜數入邊境,小入則小利,大入則大利。高后時再入隴西,攻城屠邑,毆略畜産。其後復入隴西,殺吏卒,大寇盜。竊聞戰勝之威,民氣百倍。敗兵之卒,没世不復。自高后以來,隴西三困於匈奴矣,民氣破傷,亡有勝意。今之隴西之吏,賴社稷之神靈,奉陛下之明詔,和輯士卒,底厲其節,起破傷之民,以當乘勝之匈奴,用少擊衆,殺一王,敗其衆,

---

① "孝",原文作"考"。

而大有利。非隴西之民有勇怯,迺將吏之制巧拙異也。故兵法曰:“有必勝之將,無必勝之民。”繇此觀之,安邊境,立功名,在於良將,不可不擇也。臣又聞用兵臨戰合刃之急者三:一曰得地形,二曰卒服習,三曰器用利。兵法曰:丈五之溝,漸車之水,山林積石,經川邱阜,草木所在,此步兵之地也,車騎二不當一;土山丘陵,曼衍相屬,平原廣野,此車騎之地也,步兵十不當一;平陵相遠,川谷居間,仰高臨下,此弓弩之地也,短兵百不當一;兩陳相近,平地淺草,可前可後,此長戟之地也,劍楯三不當一;萑葦竹蕭,草木蒙蘢,支葉茂接,此矛鋌之地也,長戟二不當一;曲道相伏,險阸相薄,此劍楯之地也,弓弩三不當一;士不選練,卒不服習,起居不精,動靜不集,趨利弗及,避難不畢,前擊後解,與金鼓之音相失,此不習勒卒之過也,百不當十;兵不完利,與空手同;甲不堅密,與袒裼同;弩不可以及遠,與短兵同;射不能中,與亡矢同;中不能入,與亡鏃同;此將不省兵之禍也,五不當一。故兵法曰:器械不利,以其卒予敵也。卒不可用,以其將予敵也。將不知兵,以其主予敵也。君不擇將,以其國予敵也。四者,兵之至要也。臣又聞大小異形,强弱異勢,險易異備。夫卑身以事彊,小國之形也。合小以攻大,敵國之形也。以蠻夷攻蠻夷,中國之形也。今匈奴地形技藝與中國異。上下山阪,出入溪澗,中國之馬弗與也。險道傾仄,且馳且射,中國之騎弗與也。風雨罷勞,饑渴不困,中國之人弗與也:此匈奴之長技也。若夫平原易地,輕車突騎,則匈奴之衆易撓亂也。勁弩長戟,射疏及遠,則匈奴之弓弗能格也。堅甲利刃,長短相雜,遊弩往來,什五俱前,則匈奴之兵弗能當也。材官騶發,矢道同的,則匈奴之革笥木薦弗能支也。下馬地鬬,劍戟相接,去就相簿,則匈奴之足弗能給也:此中國之長技也。以此觀之,匈奴之長技三,中國之長技五。陛下又興數十萬之衆,以誅數萬之匈奴,衆寡之計,以十擊一之術也。雖然,兵,凶器。戰,危事也。以大爲小,以强爲弱,在俛仰之間耳。夫以人之死爭勝,跌而不振,則悔之無及也。帝王之道,出於萬全。今降胡義渠蠻之屬來歸誼者,其衆數千,飲食長技與匈奴同,可賜之堅甲絮衣,勁弓利矢,益以邊郡之良騎。令明將能知其習俗和輯其心者,以陛下之明約將之。即有險阻,以此當之。平地通道,則以輕車材官制之。兩軍相爲表裏,各用其長技,衡加之以衆,此萬全之術也。傳曰:"狂夫之言,而明主擇焉。"臣錯愚陋,昧死上狂言,惟陛下財擇。

《石遺室論文》云:"景帝時鼂錯號智囊,平日於兵刑錢穀諸要務,大概無不簡練揣摩。其所讀必不出《孫吴兵法》(即《孫子兵法》)、《管子》、《商君》諸書。故其《言兵事》一篇,文字與《孫子》第二編第六篇、第七篇、第九篇、《商君》之《算地》、《戰法》、《兵守》、《徠民》、《境内》各篇甚爲相似。不但立説用意之有所本已也。凡人學問,於何等書用功最深,一旦下筆,不必字摹句仿,自有不覺相似之處,似在神理也。錯尚有《募民徙塞下》、《論守邊備塞》二篇,亦多與《管子》作内政寄軍令之言(《管子·中匡》)相近。"

又云,"其筆意與鼂家令相近者,有趙充國。充國有《陳兵利害書》,不過尋常奏議體。其《屯田奏》三首,則皆斬釘截鐵,無一躲閃語,無一支曼語;然亦時有約束照顧,使閲者易於明白,斯爲本色文字。"其説甚是,今將趙充國《上屯田奏》第二編録後:

上屯田奏　二

臣聞帝王之兵,以全取勝,是以貴謀而賤戰。戰而百勝,非善之善也,故先爲不可勝,以待敵之可勝。蠻夷習俗雖殊於禮義之國,然其欲避害就利,愛親戚,畏死亡,一也。今虜亡其美地薦草,愁於寄託遠遯,骨肉離心,人有畔志,而明主般師罷兵,萬人留田,順天時,因地利,以待可勝之虜,雖未即伏辜,兵決可期月而望。羌虜瓦解,前後降者萬七百餘人,及受言去者凡七十輩,此坐支解羌虜之具也。臣謹條不出兵留田便宜十二事。步兵九校,吏士萬人,留屯以爲武備,因田致穀,威德並行,一也。又因排折羌虜,命不得歸肥饒之墜,貧破其衆,以成羌虜相畔之漸,二也。居民得並田作,不失農業,三也。軍馬一月之食,度支田士一歲,罷騎兵以省大費,四也。至春省甲士卒,循河湟,漕穀至臨羌,以眎羌虜,揚威武,傳世折衝之具,五也。以閒暇時,下所伐材,繕治郵亭,充入金城,六也。兵出,乘危徼幸不出,令反畔之虜竄於風寒之地,離霜露疾疫瘃墮之患,坐得必勝之道,七也。亡經阻遠追死傷之害,八也。內不損威武之重,外不令虜得乘間之勢,九也。又亡驚動河南大开、小开,使生它之憂,十也。治湟陿中道橋,令可至鮮水,以制西城,信威千里,從枕席過師,十一也。大費既省,繇役豫息,以戒不虞,十二也。留屯田得十二便,出兵失十二利。臣充國材下,犬馬齒衰,不識長冊,惟明詔博詳公卿議臣採擇。

《漢書·趙充國傳》云:"趙充國字翁孫,隴西上邽人也,復徙金城令居,始爲騎士,以六郡良家子善騎射,補羽林,爲人沈勇有大略,少好將帥之節,通知四夷事。"翁孫之文,削除支葉,嚴潔峻勁,宋王荆公(王安石封舒國公,後改封荆國公)之《三經義序》,即從此出而稍變其體。

第四節 史學家之散文

兩漢史學家以馬(司馬遷)、班(班固)爲鉅子。《史記·太史公自序》云:“談(司馬談)爲太史公。太史公學天官(天文曆法)於唐都(西漢初天文學家),受《易》於楊何(字叔元,西漢初淄川人,曾受《易》於田何),習道論於黄子(《史記集解》:“徐廣曰:‘《儒林傳》曰黄生,好黄老之術。’”)。太史公仕於建元、元封(均爲漢武帝年號)之間,愍(mǐn,憂傷、憐憫)學者之不達(通達、理解)其意而師悖(疑惑、誖亂),乃論六家之要旨。太史公既掌天官,不治民,有子曰遷(司馬遷)。遷生龍門(今山西河津),耕牧河山之陽(《史記正義》:“河之北,山之南也。案:在龍門山南也。”),年十歲則誦古文,二十而南游江淮,上會稽,探禹穴(傳説大禹巡守至會稽而崩,遂葬於此),闚九疑(傳説舜帝曾南巡至此。九疑山别名九嶷山、蒼梧山,在今湖南永州境内),游於沅(沅江)、湘(湘江),北涉汶(汶水)、泗(泗水),講業齊魯之都,觀孔子之遺風,鄉射(古代射箭飲酒的禮儀)鄒嶧(齊魯鄒縣的嶧山),戹困鄱、薛、彭城(均爲齊魯地名),過梁、楚以歸。於是遷仕爲郎中,奉使西征巴蜀以南,南略邛、筰、昆明,(《史記集解》:“元鼎六年,平西南夷,以爲五郡。”巴、蜀、邛、筰、昆明均爲西南夷名)還報命。

“是歲天子(漢武帝)始建漢家之封(封禪泰山),而太史公留滯周南(洛陽),不得與從事(不得參與、跟從封禪之事),故發憤且卒;而子遷適使反,見父于河(黄河)洛(洛河)之間,太史公執遷手而泣曰:‘余先周室之太史(三代官名,掌史記與天文曆法)也。自上世常顯功名於虞(虞舜)夏,典(執掌)天官事;後世中衰,絶於予乎?汝復爲太史,則續吾祖矣。今天子接千歲之統,封泰山而予不得從行,是命也夫,命也夫!余死,汝必爲太史;爲太史,無忘吾所欲論著矣。且夫孝始於事親,中於事君,終於立身,揚名於後世,以顯父母,此孝之大者。夫天下稱頌周公,言其能論歌文武之德,宣周(周公)召(召公)之風,達太王(周文王之祖古公亶父的尊號)、王季(古公亶父第三子,故稱王季,周文王之父)之思慮,爰及公劉(周朝祖先,后稷之後),以尊后稷也。幽(周幽王)厲(周厲王)之後,王道缺,禮樂衰。孔子修舊起廢,論《詩》《書》,作《春秋》,則學者至今則(以爲法則、準則,仿效)之。自獲麟(《春秋》止於魯哀公十四年獲麟之事)以來四百有餘歲,而諸侯相兼(兼併),史記放絶。今漢興,海内一統,明主賢君,忠臣死義之士,余爲太史令,而弗論載,廢天下之史文,余甚懼焉!汝其念哉!'遷俯首流涕曰:'小子不敏,請悉論先人所次(編次、編纂)舊聞弗敢闕。'

"卒三歲,遷爲太史令。七年而太史公遭李陵之禍(司馬遷因爲李陵辯護而受牽連之事),幽(囚禁)於縲紲(監獄),乃喟然而歎曰:'是余之罪也。夫是余之惡也夫!身毁不用矣!'退而深惟(思考、思慮)曰:'夫《詩》《書》隱約者,欲遂(完成、成功)其志之思也。昔西伯(周文王)拘羑里(殷商監獄名),演《周易》;孔子戹陳蔡,作《春秋》;屈原放逐,著《離騷》;左丘失明,厥有《國語》;孫子臏(剔去膝蓋骨的酷刑)腳,而論《兵法》;不韋遷蜀,世傳《吕覽》;韓非囚秦,《説難》《孤憤》(《韓非子》篇名),《詩》三百篇大概賢聖發憤之所爲作也。此人皆意有所鬱結,不得通其道也。故述往事,思來者。於是卒陶(臯陶)唐(唐堯)以來,至於麟(漢武帝捕獲麒麟之事)止,自黄帝始。"

《後漢書・班彪傳》云:"班彪,字叔皮,扶風安陵人也。彪性沈重好古,才高而好述作,遂專心史籍之間。武帝時,司馬遷著《史記》,自太初(漢武帝年號)以後,闕而不録,後好事者頗或綴集時事,然多鄙俗不足以踵繼其書。彪乃繼採前史遺事,傍貫異聞,作後傳數十篇。"

又云:"固字孟堅,年九歲能屬文(作文),誦詩賦;及長,遂博貫載籍;九流百家之言,無不窮究;所學無常師,不爲章句(剖析章句之學),舉大義而已,性寬和容衆,不以才能高人,諸儒以此慕之。父彪卒,歸鄉里,固以彪所續前史未詳,乃潛精研思,欲就其業,既而有人上書顯宗(即東漢明帝),告固私改作國史者,有詔下郡,收固繫京兆獄,盡取其家書。先是,扶風人蘇朗,僞言圖讖事,下獄死。固弟超(班超,字仲升,班固之弟)恐固爲郡所覈考,不能自明,乃馳詣闕上書,得召見,具言固所著述意。而郡亦上其書,顯宗甚奇之,召諸校書部,除蘭臺(宫廷藏書處)令史,與前睢陽令陳宗,長陵令尹敏(字幼季,南陽人),司隸從事孟異,共成《世祖本紀》。遷爲郎,典校秘書,固又撰功臣、平林、新市(平林、新市均爲農民起義軍首領)、公孫述(西漢末扶風茂陵人,稱帝於蜀)事,作列傳載記二十八篇奏之。帝乃復使終成前所著書。固以爲漢紹堯運,以建帝業,至於六世史臣,乃追述功德,私作本紀,編於百王之末,廁於秦(秦始皇)、項(項羽)之列,太初以後,闕而不録,故探撰前記綴集所聞,以爲《漢書》。起元高祖,終於孝、平、王莽之誅,十有二世,二百三十年,綜其行事,傍貫五經,上下洽通,爲《春秋》考紀、表、志、傳,凡百篇。固自永平(東漢明帝年號)中,始受詔,潛精積思,二十餘年,至建初(東漢章帝年號)中乃成。當世甚重其書,學者莫不諷誦焉。"

杜嘗著《馬班異同論》,以司馬氏父子本《春秋》之義,發明通史之例;班氏父子,本《尚書》之義,發明斷代史之例。其本紀紀大綱,列傳爲細目,後人合之爲鋼鑑編年體之史,於吾國史學實爲最大貢獻。大抵司馬氏尚奇,班氏尚正;司馬氏文體近散,班氏文體近駢。習駢文者必宗班,故《昭明文選》選班氏之文獨多,選司馬氏之文只一篇而已。學古文者宗司馬氏,故古文家韓愈數漢代能文者屢稱司馬而不及班氏也。今各録其叙文一篇,以見異同。

史記・游俠列傳序

韓子曰:"儒以文亂法,而俠以武犯禁。"二者皆譏,而學士多稱於世云。至如以術取宰相卿大夫,輔翼其世主,功名俱著於春秋,固無可言者。及若季次、原憲,閭巷人也,讀書懷獨行君子之德,義不苟合當世,當世亦笑之。故季次、原憲終身空室蓬户,褐衣疏食,不厭。死而已,四百餘年,而弟子志之不倦。今游俠,其行雖不軌於正義,然其言必信,其行必果,已諾必誠,不愛其軀,赴士之阸困,既已存亡死生矣,而不矜其能,羞伐其德,蓋亦有足多者焉。且緩急,人之所時有也。太史公曰:昔者虞舜窘於井廩,伊尹負於鼎俎,傅説匿於傅險,吕尚困於棘津,夷吾桎梏,百里飯牛,仲尼畏匡,菜色陳、蔡。此皆學士所謂有道仁人也,猶然遭此菑,況以中材而涉亂世之末流乎?其遇害何可勝道哉!鄙人有言曰:"何知仁義,已饗其利者爲有德。"故伯夷醜周,餓死首陽山,而文武不以其故貶王;跖、蹻暴戾,其徒誦義無窮。由此觀之,"竊鉤者誅,竊國者侯,侯之門仁義存",非虚言也。今拘學或抱咫尺之義,久孤於世,豈若卑論儕俗,與世沈浮,而取榮名哉!而布衣之徒,設取予然諾,千里誦義,爲死不顧世,此亦有所長,非苟而已也。故士窮窘而得委命,此豈非人之所謂賢豪間者邪?誠使鄉曲之俠,予季次、原憲比權量力,效功於當世,不同日而論矣。要以功見言信,俠客之義,又曷可少哉!古布衣之俠,靡得而聞已。近世延陵、孟嘗、春申、平原、信陵之徒,皆因王者親屬,藉於有土卿相之富厚,招天下賢者,顯名諸侯,不可謂不賢者矣。此如順風而呼,聲非加疾,其勢激也。至如閭巷之俠,修行砥名,聲施于天下,莫不稱賢,是爲難耳。然儒、墨皆排擯不載。自秦以前,匹夫之俠,湮滅不見,余甚恨之。以余所聞,漢興有朱家、田仲、王公、劇孟、郭解之徒,雖時扞當世之文罔,然其私義廉潔退讓,有足稱者。名不虚立,士不虚附。至如朋黨宗彊比周,設財役貧,豪暴侵淩孤弱,恣欲自快,游俠亦醜之。余悲世俗不察其意,而猥以朱家、郭解等令與暴豪之徒同類而共笑之也。

漢書·游俠列傳叙

古者天子建國,諸侯立家,自卿大夫以至於庶人,各有等差,是以民服事其上,而下無覬覦。孔子曰:"天下有道,政不在大夫。"百官有司,奉法承令,以修所職,失職有誅,侵官有罰。夫然,故上下相順,而庶事理焉。周室既微,禮樂征伐自諸侯出。桓、文之後,大夫世權,陪臣執命。陵夷至於戰國,合從連衡,力政爭彊。繇是列國公子,魏有信陵,趙有平原,齊有孟嘗,楚有春申,皆藉王公之勢,競爲游俠,雞鳴狗盜,無不賓禮。而趙相虞卿,棄國捐君,以周窮交魏齊之厄。信陵、無忌,竊符矯命,戮將專師,以赴平原之急:皆以取重諸侯,顯名天下。搤掔而游談者,以四豪爲稱首。於是背公死黨之議成,守職奉上之義廢矣。及至漢興,禁網疏闊,未之匡改也。是故代相陳豨,從車千乘,而吴濞、淮南,皆招賓客以千數。外戚大臣,魏其、武安之屬,競逐於京師,布衣游俠劇孟、郭解之徒,馳騖于閭閻,權行州域,力折公侯。衆庶榮其名迹,覬而慕之。雖其陷於刑辟,自與殺身成名,若季路、仇牧,死而不悔也。故曾子曰:"上失其道,民散久矣。"非明王在上,視之以好惡,齊之以禮法,民曷繇知禁而反正乎?古之正法:五伯,三王之辠人也。而六國,五伯之辠人也。夫四豪者,又六國之辠人也。況於郭解之倫,以匹夫之細,竊殺生之權,其辠已不容於誅矣!觀其温良泛愛,振窮周急,謙讓不伐,亦皆有絶異之姿。惜乎不入於道德,苟放縱於末流,殺身亡宗,非不幸也。自魏其、武安、淮南之後,天子切齒,衛、霍改節。然郡國豪桀,處處各有,京師親戚,冠蓋相望,亦古今常道,莫足言者。唯成帝時,外家王氏,賓客爲盛,而樓護爲帥。及王莽時,諸公之間,陳遵爲雄,閭里之俠,原涉爲魁。

兩家思想文派之不同如此。至叙事之文,雖各有不同,然孟堅生子長之後,亦未嘗不步趨太史氏也。《石遺室論文》云:"《漢書·李廣傳》後之《李陵傳》,即欲繼美太史公之《李廣傳》也。中叙陵苦戰一大段,直逼《史記·淮陰侯傳》、《項羽本紀》。傳末悽惋處,直兼伍子胥、屠岸賈(晋國大臣,欲誅趙氏,後被趙氏攻滅)二事情景。"

又云:"千古傷心人無如伍子胥,李陵。子胥猶得報仇洩憤,李陵則長此終古,非得班孟堅奇文傳之,其事亦淹没不彰。惟于别蘇武(字子卿,西漢杜陵人)詩稍寄悲慨之一二而已。《文選》有《李陵答蘇武書》,端係六朝人贋作,即全本《班書·李陵傳》(即班固《漢書·李陵傳》)翻演成者,東坡嗤爲齊梁小兒之言(見蘇軾《答劉沔書》),不誣也,昭明選之,可謂無識矣。以中國有名人而降外國,李陵外有庾信(字小山,小字蘭成,北周南陽新野人)、哥舒翰(突厥人,唐玄宗時著名將領)其最著者也。然其冤慘皆不如陵。陵名家子(李陵乃西漢初名將李廣之孫),其將才可以大破匈奴,立功塞外,徒以自恃太過,一誤以不願屬貳師,不得騎再誤不聽軍吏言,敗後求道徑還歸,致身敗家族,致足悲矣。孟堅《漢書》,原不必爲陵特立佳傳,然難得此好題目,可與史遷競勝,又代史遷發一大牢騷,故爲特附一傳于《李廣傳》後。孟堅平日於史遷文字,自己爛熟胸中,如伍子胥之父兄被誅,倉皇亡命,百計復仇;趙氏之族滅于屠岸賈,程嬰、公孫杵臼(此二人救護趙氏之孤),生死存孤:皆極人世傷心之故。但事情各異,只能得其嘻嘘悲慟神情。獨有項籍,百戰百勝,而垓下被圍之後,以寡敵衆,終至敗亡。羽之力戰至死,與陵之力戰以至于降,情景極爲相似。故陵以步兵五千人,敵單于八萬餘騎,猶羽麾下壯士騎從者僅八百餘人,而騎將灌嬰以五千騎追之也。陵麾下及成安侯校各八百人爲前行,猶羽渡淮騎能屬者僅百餘人也。陵與韓延年俱上馬,壯士從者十餘人,虜騎數千追之;猶羽至東城迺有二十八騎,漢騎追者數千人也。陵便衣獨步出營,猶項羽夜起飲帳中也。陵太息曰兵敗死矣,曰天明坐受縛矣;猶羽自度不得脱也。軍使言將軍威振匈奴,天命不遂;猶羽自言身七十餘戰,所當者破,所擊者服,未嘗敗北,今率困于此,此天之亡我也。軍吏勸陵求道徑還歸,陵曰公止,吾不死,非壯士也,及無面目報陛下云云;猶烏江亭長勸羽渡江,羽曰天之亡我,我何渡爲,且籍與江東子弟八千人渡江而西,今無一人還,縱江東父兄憐而王我,我何面目見之云云也,陵抵大澤葭葦(蘆葦)中,猶羽至陰陵(楚邑)迷失道陷大澤中也。其尤似者力戰之勇,孟堅叙陵以少繫衆曰擊殺千人,曰斬首三千餘級,曰復殺千人,曰復傷殺虜二千餘人,皆陵五千人所手刃;猶史公叙羽曰,大呼馳下,漢軍皆披靡,遂斬漢一將,曰復斬漢一都尉,殺數十百人,曰獨藉所殺漢軍數百人。羽令騎下馬步行,持短兵接戰;陵則徒斬車輻而持之,軍吏持尺刃。羽謂其騎曰吾爲公取彼一將;陵則止左右毋隨我,大丈夫一取單于耳。羽有美人名虞,悲歌慷慨;陵則軍中有女子,鼓聲不起。其他管敢具告陵軍無後救,射矢且盡,單于大喜;似韓信使人間視陳餘(秦末大梁人),知不用廣武君(即李左車,被封爲廣武君,戰國趙國名將李牧之孫,楚漢戰爭時爲趙國謀臣)策,信大喜。陵居谷中,虜在山上一段,似孫臏引龐涓入馬陵道時。陵縱火自救,發連弩射單于,單于遮道攻陵,四面矢如雨下,疾呼曰,李陵、韓延年(西漢郟城人,與李陵同擊匈奴,戰敗而死,封成安侯)趣降;龐涓追孫臏時亦言舉火,言萬弩夾道而伏,言萬弩俱發,言斬樹白而書之曰龐涓死於此樹之下,又其不僅以《項羽本紀》者矣。"

又云:"班孟堅《王貢兩龔鮑傳》,首先歷舉古來自潔之士,次歷舉當時清名之士,以爲王吉(字子陽,西漢時琅琊皋虞人,清名極諫之士)輩發端,傳中插入邴漢、邴曼容(均爲西漢末琅邪人,二人爲叔侄,都是清行名士)等,傳末復旁及諸清名之士,此班書之規模《史記·孟荀列傳》者。"

第五節　經學家之散文

漢自武帝崇尚儒術,通經之士日衆,漢之能文者幾于無不通經,今論其犖犖(顯著、傑出)大者董仲舒、劉向二人,以爲代表焉。

《漢書·董仲舒傳》,"董仲舒,廣川人也,少治《春秋》。孝景時爲博士。下帷講誦(於帷幕中講課授業),弟子傳以久次相授業(程度較低的弟子由高才弟子去講解指導),或莫見其面,蓋三年不窺田園,其勤如此。進退容止(儀容舉止),非禮不行,學士皆師尊之,武帝即位,舉賢良文學之士,前後百數,而仲舒對賢良策焉。"一百三家集有《董膠西集》一卷。

賢良策對一

制曰:朕獲承至尊休德,傳之亡窮,而施之罔極,任大而守重,是以夙夜不皇康寧,永惟萬事之統,猶懼有闕。故廣延四方之豪儁,郡國諸侯公選賢良修絜博習之士,欲聞大道之要,至論之極。今子大夫褎然爲舉首,朕甚嘉之。子大夫其精心致思,朕垂聽而問焉。蓋聞五帝三王之道,改制作樂,而天下洽和,百王同之。當虞氏之樂,莫盛於《韶》,於周莫盛於《勺》。聖王已没,鐘鼓筦弦之聲未衰,而大道微缺,陵夷至虖桀、紂之行,王道大壞矣。夫五百年之間,守文之君,當塗之士,欲則先王之法,以戴翼其世者甚衆,然猶不能反,日以仆滅,至後王而後止,豈其所持操或誖繆而失其統與?固天降命不可復反,必推之於大衰而後息與?烏虖,凡所爲屑屑,夙興夜寐,務法上古者,又將無補與?三代受命,其符安在?災異之變,何緣而起?性命之情,或夭或壽,或仁或鄙,習聞其號,未燭厥理。伊欲風流而令行,刑輕而姦改,百姓和樂,政事宣昭,何修何飭而膏露降,百穀登,悳潤四海,澤臻草木,三光全,寒暑平,受天之祜,享鬼神之靈,悳澤洋溢,施虖方外,延及群生? 子大夫明先聖之業,習俗化之變,終始之序,講聞高誼之日久矣,其明以諭朕。科别其條,勿猥勿并,取之於術,慎其所出。迺其不正不直,不忠不極,枉於執事,書之不泄,興於朕躬,毋悼後害。子大夫其盡心,靡有所隱,朕將親覽焉。

仲舒對曰:陛下發德音,下明詔,求天命與情性,皆非愚臣之所能及也。臣謹案《春秋》之中,視前世已行之事,以觀天人相與之際,甚可畏也。國家將有失道之敗,而天迺先出災害以譴告之,不知自省,又出怪異以警懼之,尚不知變,而傷敗迺至。以此見天心之仁愛人君,而欲止其亂也。自非大亡道之世者,天盡欲扶持而全安之,事在彊勉而已矣。彊勉學問,則聞見博而知益明;彊勉行道,則德日起而大有功:此皆可使還至而立有效者也。《詩》曰"夙夜匪解",《書》云"茂哉茂哉",皆彊勉之謂也。道者,所繇適於治之路也,仁義禮樂皆其具也。故聖王已没,而子孫長久,安寧數百歲,此皆禮樂教化之功也。王者未作樂之時,迺用先王之樂宜於世者,而以深入教化於民。教化之情不得,雅頌之樂不成,故王者功成作樂,樂其德也。樂者,所以變民風,化民俗也。其變民也易,其化人也著。故聲發於和而本於情,接於肌膚,臧於骨髓。故王道微缺,而筦弦之聲未衰也。夫虞氏之不爲政久矣,然而樂頌遺風,猶有存者,是以孔子在齊而聞《韶》也。夫人君莫不欲安存而惡危亡,然而政亂國危者甚衆,所任者非其人,而所繇者非其道,是以政日以仆滅也。夫周道衰於幽、厲,非道亡也,幽、厲不繇也。至於宣王,思昔先王之德,興滯補弊,明文、武之功業,周道粲然復興,詩人美之而作,上天祐之,爲生賢佐,後世稱誦,至今不絶。此夙夜不解行善之所致也。孔子曰

"人能弘道,非道弘人"也。故治亂廢興在於己,非天降命不可得反,其所操持誖謬,失其統也。臣聞天之所大奉使之王者,必有非人力所能致,而自至者,此受命之符也。天下之人同心歸之,若歸父母,故天瑞應誠而至。《書》曰"白魚入於王舟,有火復於王屋,流爲烏",此蓋受命之符也。周公曰"復哉復哉",孔子曰"德不孤,必有鄰",皆積善絫德之效也。及至後世,淫佚衰微,不能統理群生,諸侯背畔,殘賊良民,以爭壤土,廢德教而任刑罰。刑罰不中,則生邪氣。邪氣積於下,怨惡畜於上。上下不和,則陰陽繆盭,而妖孽生矣。此災異所緣而起也。臣聞命者天之令也,性者生之質也,情者人之欲也。或夭或壽,或仁或鄙,陶冶而成之,不能粹美,有治亂之所生,故不齊也。孔子曰:"君子之德風也,小人之德草也,草上之風必偃。"故堯舜行德,則民仁壽,桀、紂行暴,則民鄙夭。夫上之化下,下之從上,猶泥之在鈞,惟甄者之所爲。猶金之在镕,惟冶者之所鑄。"綏之斯俫,動之斯和",此之謂也。臣謹案《春秋》之文,求王道之端,得之於正。正次王,王次春。春者,天之所爲也。正者,王之所爲也。其意曰,上承天之所爲,而下以正其所爲,正王道之端云爾。然則王者欲有所爲,宜求其端於天。天道之大者在陰陽。陽爲德,陰爲刑。刑主殺,而德主生。是故陽常居大夏,而以生育養長爲事。陰常居大冬,而積於空虛不用之處。以此見天之任德不任刑也。天使陽出布施於上而主歲功,使陰入伏於下而時出佐陽。陽不得陰之助,亦不能獨成歲。終陽以成歲爲名,此天意也。王者承天意以從事,故任德教而不任刑。刑者不可任以治世,猶陰之不可任以成歲也。爲政而任刑,不順於天,故先王莫之肯爲也。今廢先王德教之官,而獨任執法之吏治民,毋迺任刑之意與?孔子曰:"不教而誅謂之虐。"虐政用於下,而欲德教之被四海,故難成也。臣謹案《春秋》謂一元之意,一者萬物之所從始也,元者辭之所謂大也。謂一爲元者,視大始而欲正本也。《春秋》深探其本,而反自貴者始。故爲人君者,正心以正朝廷,正朝廷以正百官,正百官以正萬民,正萬民以正四方。四方正,遠近莫敢不壹於正,而亡有邪氣奸其間者。是以陰陽調而風雨時,群生和而萬民殖,五穀熟而草木茂,天地之間被潤澤而大豐美,四海之内,聞盛德而皆徠臣,諸福之物,可致之祥,莫不畢至,而王道終矣。孔子曰:"鳳鳥不至,河不出圖,吾已矣夫。"自悲可致此物,而身卑賤不得致也。今陛下貴爲天子,富有四海,居得致之位,操可致之勢,又有能致之資,行高而恩厚,知明而意美,愛民而好士,可謂誼主矣。然而天地未應而美祥莫至者,何也?凡以教化不立,而萬民不正也。夫萬民之從利也,如水之走下,不以教化隄防之,不能止也。是故教化立而姦邪皆止者,其隄防完也。教化廢而奸邪並出,刑罰不能勝者,其隄防壞也。古之王者明於此,是故南面而治天下,莫不以教化爲大務。立太學以教於國,設庠序以化於邑,漸民以仁,摩民以誼,節民以禮,故其刑罰甚輕,而禁不犯者,教化行而習俗美也。聖王之繼亂世也,掃除其迹,而悉去之,復修教化而崇起之。教化已明,習俗已成,子孫循之,行五六百歲尚未敗也。至周之末世,大爲亡道,以失天下。秦繼其後,獨不能改,又益甚之,重禁文學,不得挾書,棄損禮誼而惡聞之,其心欲盡滅先聖之道,而顓爲自恣苟簡之治,故立爲天子,十四歲而國破亡矣。自古以來,未曾有以亂濟亂,大敗天下之民如秦者也。其遺毒餘烈,至今未滅,使習俗薄惡,人民嚚頑,抵冒殊扞,熟爛如此之甚者也。孔子曰:"腐朽之木不可彫也,糞土之牆不可圬也。"今漢繼秦之後,如朽木、糞牆矣,雖欲善治之,亡可奈何。法出而姦生,令下而詐起,如以湯止沸,抱薪救火,愈甚亡益也。竊譬之琴瑟不調,甚者必解而更張之,迺可鼓也。爲政而不行,甚者必變而更化之,迺可理也。當更張而不更張,雖有良工,不能善調也。當更化而不更化,雖有大賢,不能善治也。故漢得天下以來,常欲善治而至今不可善治者,失之於當更化而不更化也。古人有言曰:"臨淵羨魚,不如退而結網。"今臨政而願治,七十餘歲矣,不如退更化。更化則可善治,善治則災害日去,福禄日來。《詩》云:"宜民宜人,受禄於天。"爲政而宜於民者,固當受禄於天。夫仁誼禮知信,五常之道,王者所當修飭也。五者修飭,故受天之祐,而享鬼神之靈,德施於方外,延及群生也。

陳澧《東塾讀書記》云:"董生(董仲舒)之學,深邃者在《春秋》及陰陽之説,其大有功於世者,則班固所云切當世,施朝廷者也。班氏云:'自武帝初立,魏其、武安侯爲相,而隆儒矣,及仲舒對策,推明孔氏,抑黜百家,立學校之言,州郡舉茂材、孝廉,皆仲舒發之。'(《漢書·董仲舒傳》)澧謂孔子、孟子,不能行其道於天下,至董生乃能施之發之。"

《石遺室論文》云:"漢代文章,世稱賈(賈誼)茂董(董仲舒)醇。茂,盛也,即樹木枝葉暢茂之意,賈生之策論,根本盛大,枝葉扶疏,茂不難解也。董之醇在何處乎?均是此意此言,在他人言之透露,而董言之含蓄;他人言之激烈,而董言之委婉,不肯求其簡捷。三策(董仲舒《天人三策》)原以災異作主,而第一篇開口曰以觀天人相與之際,曰天盡欲扶持而安全之,曰事在彊勉而已矣,曰可使還至而立有效者也,皆説得親切近情。曰非道亡也,幽厲不繇也,曰非天降命,不可得反其所操持誖謬失其統也,委婉中又説得鄭重,視'天難諶(chén,相信),命靡常(無常、没有一定規律)'(《尚書·咸有一德》)者較親切矣。曰刑罰不中,則生邪氣云云,曰天任德不任刑,曰陽不得陰之助云云,曰故先王不肯爲也,皆頗有至理。曰四方正遠近莫敢不一於正而亡有邪氣奸其間者,則煞句頗峭,以其上正心以正朝廷各句已堂堂正正説之,此處正收太平,故反足一句;又足以陰陽調,風雨時,至王道終矣一段,以鼓舞修德之心,文氣可謂厚矣;又反足以鳳鳥不至,至不得致也數句,厚之至也。曰自古以來未嘗有以亂濟亂大敗天下之民如秦者也,文氣已足矣;又重之曰,其遺毒餘烈,至今未滅,使習俗薄惡,人民嚚頑抵冒殊扞孰爛如此之甚者也,皆文氣之厚處;又肯説多餘話,而説來不討厭,使人動聽,如人君莫不欲安存而惡危亡云云是也。"

《漢書·楚元王傳》云:"向(劉向)字子政,本名更生,年十二,以父德任爲郎。既冠,以行修飭擢爲諫大夫。"一百三家集有《劉子政集》一卷。今録其《諫起昌陵疏》如下:

諫起昌陵疏

臣聞《易》曰:"安不忘危,存不忘亡,是以身安而國家可保也。"故賢聖之君,博觀終始,窮極事情,而是非分明。王者必通三統,明天命所授者博,非獨一姓也。孔子論《詩》,至於"殷士膚敏,祼將于京",喟然歎曰:"大哉天命。善不可不傳于子孫,是以富貴無常。不如是,則王公其何以戒慎,民萌何以勸勉?"蓋傷微子之事周,而痛殷之亡也。雖有堯舜之聖,不能化丹朱之子。雖有禹湯之德,不能訓末孫之桀紂。自古及今,未有不亡之國也。昔高皇帝既滅秦,將都雒陽,感寤劉敬之言,自以德不及周,而賢于秦,遂徙都關中,依周之德,因秦之阻。世之長短,以德爲效,故常戰慄,不敢諱亡。孔子所謂"富貴無常",蓋謂此也。孝文皇帝居霸陵,北臨廁,意悽愴悲懷,顧謂群臣曰:"嗟乎,以北山石爲椁,用紵絮斮陳漆其間,豈可動哉?"張釋之進曰:"使其中有可欲,雖錮南山猶有隙。使其中無可欲,雖無石椁,又何戚焉?"夫死者無終極,而國家有廢興,故釋之之言,爲無窮計也。孝文寤焉,遂薄葬,不起山墳。《易》曰:"古之葬者,厚衣之以薪,藏之中野,不封不樹。後世聖人易之以棺椁。"棺椁之作,自黄帝始。黄帝葬於橋山,堯葬濟陰,邱隴皆小,葬具甚微。舜莽蒼梧,二妃不從。禹葬會稽,不改其列。殷汤無葬處。文、武、周公葬于畢,秦穆公葬于雍橐泉宫祈年館下,樗里子葬于武庫,皆無邱隴之處。此聖帝明王賢君智士遠覽獨慮無窮之計也。其賢臣孝子亦承命順意而薄葬之,此誠奉安君父,忠孝之至也。夫周公,武王弟也,葬兄甚微。孔子葬母于防,稱古墓而不墳,曰:"丘,東西南北之人也,不可不識也。"爲四尺墳,遇雨而崩。弟子修之,以告孔子,孔子流涕曰:"吾聞之,古者不修墓。"蓋非之也。延陵季子適齊而反,其子死,葬於嬴、博之間,穿不及泉,斂以時服,封墳掩坎,其高可隱,而號曰:"骨肉歸復于土,命也,魂氣則無不之也。"夫嬴、博去吴千有餘里,季子不歸葬。孔子往觀曰:"延陵季子于禮合矣。"故仲尼孝子,而延陵慈父,舜禹忠臣,周公弟弟,其葬君親骨肉,皆微薄矣。非苟爲儉,誠便于體也。宋桓司馬爲石椁,仲尼曰:"不如速朽。"秦相吕不韋集知略之士而造《春秋》,亦言薄葬之義,皆明于事情者也。逮至吴王闔閭,違禮厚葬,十有餘年,越人發之。及秦惠文、武、昭、嚴襄五王,皆大作丘隴,多其瘞藏,咸盡發掘暴露,甚足悲也。秦始皇帝葬于驪山之阿,下錮三泉,上崇山墳,其高五十餘丈,周回五里有餘。石椁爲游館,人膏爲燈燭,水銀爲江海,黄金爲鳧雁。珍寶之藏,機械之變,棺椁之麗,宫館之盛,不可勝原。多殺官人,生薶工匠,計以萬數。天下苦其役而反之,驪山之作未成,而周章百萬之師至其下矣。項籍燔其宫室營宇,往者咸見發掘,其後牧兒亡羊,羊入其鑿,牧者持火照求羊,失火燒其藏椁。自古及今,葬未有盛如始皇者也,數年之間,外被項籍之災,内罹牧豎之禍,豈不哀哉!是故德彌厚者葬彌薄,知愈深者葬愈微。無德寡知,其葬愈厚,邱隴彌高,宫廟甚麗,發掘必速。由是觀之,明暗之效,葬之吉凶,昭然可見矣。周德既衰而奢侈,宣王賢而中興,更爲儉宫室,小寢廟。詩人美之,《斯干》之詩是也,上章道宫室之如制,下章言子孫之衆多也。及魯嚴公刻飾宗廟,多築臺囿,後嗣再絶,《春秋》刺焉。周宣如彼而昌,魯、秦如此而絶,是則奢儉之得失也。陛下即位,躬親節儉,始營初陵,其制約小,天下莫不稱賢明。及徙昌陵,增埤爲高,積土爲山,發民墳墓,積以萬數,營起邑居,期日迫卒,功費大萬百餘。死者恨于下,生者愁于上,怨氣感動陰陽,因之以饑饉,物故流離以十萬數,臣甚愍焉。以死者爲有知,發人之墓,其害多矣。若其無知,又安用大?謀之賢知則不説,以示衆庶則苦之。若苟以説(悦)愚夫淫侈之人,又何爲哉!陛下慈仁篤美甚厚,聰明疏達蓋世,宜弘漢家之德,崇劉氏之美,光昭五帝三王,而顧與暴秦亂君競爲奢侈,比方邱隴,説愚夫之目,隆一時之觀,違賢知之心,亡萬世之安,臣竊爲陛下羞之。惟陛下上覽明聖黄帝、堯、舜、禹、湯、文、武、周公、仲尼之制,下觀賢知穆公、延陵、樗里、張釋之之意。孝文皇帝去墳薄葬,以儉安神,可以爲則。秦昭、始皇增山厚藏,以侈生害,足以爲戒。初陵之橅,宜從公卿大臣之議,以息衆庶。

《石遺室論文》云:"劉向《論起昌陵疏》,首段言自古無不亡之國,厚葬無益,可謂敢言,以一唱三歎,極有風神。其警語云:'王者必通三統(顔師古注:"天、地、人,是爲三統。"),明天命所授者博,非獨一姓也。'又云:'雖有堯、舜之聖,不能化丹朱(堯之子)之子;雖有禹、湯之德,不能訓末孫之桀、紂。自古及今,未有不亡之國也。'次段歷舉古來薄葬之人,皆有特識,亦以淡宕之筆出之。其警語云:'夫死者無終極,而國家有廢興,故釋之(張釋之,字季,西漢南陽堵陽人)之言,張釋之對漢文帝曰:"使其中有可欲,雖錮南山,猶有隙。使其中無可欲,雖無石椁,又何慼焉?"爲無窮計也。又云:'此聖帝明王賢君智士遠覽獨慮無窮之計也。其賢臣孝子亦承命順意而薄葬之,此誠奉安君父忠孝之至也。'三段乃詳言厚葬之害,以甚足悲也,豈不哀哉,分兩次作煞筆,亦出以唱歎。末段始反復總以痛切之言,其警語云:'是故德彌厚者葬彌薄,知愈深者葬愈微;無德寡知,其葬愈厚;邱隴(墓冢)彌高,宮廟甚麗,發掘必速。由是觀之,明暗之效,葬之吉凶,昭然可見矣。又云:'陛下始營初陵,其制約小,天下莫不稱賢明;及徙昌陵,增埠爲高,積土爲山,發民墳墓,積以萬數,以死者爲有知,發人之墓,其害多矣;若其無知,又焉用大?謀之賢知則不説(悦),以示衆庶則苦之,若苟以説(悦)愚夫淫侈之人,又何爲哉?'子政文章,筆皆平實,此篇獨多姿態。"

董、劉之文,其根據經術剴切深厚如此。柱嘗謂漢之散文,可分四大派,一辭賦派,二經世派,三經術派,四史學派,其餘可爲附庸而已。辭賦派以司馬相如、揚雄爲宗,其後流而爲駢文,後世古文家韓退之時或宗之;經世派以賈誼、鼂錯爲魁,其流而爲駢文者陸宣公(陸贄,字敬輿,唐蘇州嘉興人,謚曰宣)爲最,後世古文家三蘇(即北宋蘇洵、蘇軾、蘇轍父子)等宗之;經術派以董仲舒、劉向爲首,而後世古文家李翺、曾鞏、王安石輩宗之;史學家以司馬遷、班固爲祖,而後世古文家韓退之、歐陽脩之徒,多宗司馬氏。

此外公孫弘、匡衡(字稚圭,西漢東海承人)亦以經術爲文,若京房(西漢人,楊何弟子,治《易》)、翼奉(字少君,西漢下邳人,治齊《詩》)、李尋(字子長,西漢平陵人,治《尚書》)等雖經學專家而散文非其所長矣,至於東漢無一不文以經術焉。

第六節　訓詁派之散文

西漢經學家之於經也,大抵通大義,不事章句,如賈(賈誼)、董(董仲舒)、劉向、揚雄之徒皆是也。至東漢儒者,遂爲之一變,事章句,工訓詁(對古書字詞句的解釋),如鄭興(字少贛,東漢初開封人,先治《春秋》公羊學,後改治左氏學)、鄭衆(字仲師,鄭興之子,治左氏學)、賈逵(字景伯,東漢扶風平陵人,古文經學家)、馬融(字季長,東漢扶風茂陵人,著名經學家)、鄭玄之徒是也。西漢儒者求通大義,故多工文;東漢儒者局促于訓詁,故尠能文者;惟馬融之辭賦,最爲富麗,足以上方揚、班而已。今略論鄭玄、許慎(字叔重,東漢汝南召陵人,《説文解字》作者)二家,以見一斑焉。

《後漢書・鄭玄傳》云:"玄字康成,北海高密人也。少爲鄉嗇夫(古代主管勞役的一種鄉官),得休歸,常詣學官,不樂爲吏,父數怒之,不能禁;遂造太學受業,師事京兆第五元先。(東漢京兆人。一説"先"字爲衍字)始通《京氏易》、《公羊春秋》、《三統曆》、《九章算術》。又從東郡張恭祖受《周官》、《禮記》、《左氏春秋》、《韓詩》(韓嬰所創的《詩經》學派)、《古文尚書》。以山東無足問者,乃西入關因涿郡盧植(字子幹,西漢涿郡涿人),師事扶風馬融。融門徒四百余人,升堂進者五十餘生。融素驕貴,玄在門下,三年不得見,乃使高業弟子傳受於玄。玄日夜尋誦,未嘗怠倦,會融集諸生考論圖緯(圖讖和緯書),聞玄善算,乃召見於樓上。玄因從質諸疑義,問畢辭歸,融喟然謂門人曰:'鄭生今去,吾道東矣。'玄自遊學十餘年乃歸鄉里。家貧,客耕(租種别人的田地)東萊,學徒相隨已數百千人。及黨事起,乃與同郡孫嵩等四十餘人俱被禁錮,遂隱脩經業,杜門不出。時任城何休(字邵公,東漢任城樊人)好《公羊》學,遂著《公羊墨守》、《左氏膏肓》、《穀梁廢疾》。玄乃發《墨守》,鍼《膏肓》,起

《廢疾》。休見而歎曰：‘康成入吾室操吾矛以伐我乎？’初，中興(東漢恢復漢室)之後，范升(字辯卿，東漢代郡人)、陳元(字長孫，東漢蒼梧廣信人)、李育(字元春，東漢扶風漆人)、賈逵之徒，爭論古今學(經今文學和古文學)，後馬融答北地太守劉瓌，及玄答何休，義據通深，由是古學(古文經學)遂明。”今録其《戒子書》如下：

戒子益恩

吾家舊貧，不爲父母昆弟所容，去廝役之吏，游學周秦之都，往來幽、并、兗、豫之域，獲覲乎在位通人，處逸大儒，得意者咸從捧手，有所授焉。遂博稽六藝，粗覽傳記，時覩秘書緯術之奥。年過四十，乃歸供養，假田播殖，以娱朝夕。遇閹尹擅勢，坐黨禁錮，十有四年，而蒙赦令，舉賢良方正有道，辟大將軍三司府。公車再召，比牒併名，早爲宰相。惟彼數公，懿德大雅，克堪王臣，故宜式序。吾自忖度，無任於此，但念述先聖之元意，思整百家之不齊，亦庶幾以竭吾才，故聞命罔從。而黄巾爲害，萍浮南北，復歸邦鄉。入此歲來，已七十矣。宿業衰落，仍有失誤。案之禮典，便合傳家。今我告爾以老，歸爾以事，將閑居以安性，覃思以終業。自非拜國君之命，問族親之憂，展敬墳墓，觀省野物，胡嘗扶杖出門乎！家事大小，汝一承之。咨爾煢煢一夫，曾無同生相依。其勖求君子之道，研鑽勿替，敬慎威儀，以近有德。顯譽成於僚友，德行立於己志。若致聲稱，亦有榮於所生，可不深念邪？可不深念邪？吾雖無紱冕之緒，頗有讓爵之高。自樂以論贊之功，庶不遺後人之羞。末所憤憤者，徒以亡親墳壟未成，所好群書率皆腐敝，不得於禮堂寫定，傳與其人。日西方暮，其可圖乎？家今差多於昔，勤力務時，無恤饑寒。菲飲食，薄衣服，節夫二者，尚令吾寡憾。若忽忘不識，亦已焉哉！

《後漢書·儒林傳》云:“許慎字叔重,汝南召陵人也。性淳篤,少博學經籍,馬融常推敬之。時人爲之語曰‘五經無雙許叔重’。爲郡功曹(官名),舉孝廉,再遷除洨長,卒於家。初,慎以五經傳説(經學之傳的説法、議論)臧否不同,於是撰爲《五經異義》,又作《説文解字》十四篇,皆傳於世。”今録其《説文解字叙》於後:

説文解字叙

叙曰:古者庖犧氏之王天下也,仰則觀象於天,俯則觀法於地,視鳥獸之文,與地之宜,近取諸身,遠取諸物,於是始作《易》八卦,以垂憲象。及神農氏結繩爲治,而統其事。庶業其繁,飾僞萌生。黄帝之史倉頡,見鳥獸蹏迒之跡,知分理之可相别異也,初造書契。百工以乂,萬品以察。蓋取諸夬,“夬,揚于王庭”,言文者宣教明化於王者朝廷,君子所以施禄及下,居德明忌也。倉頡之初作書,蓋依類象形,故謂之文;其後形聲相益,即謂之字。文者,物象之本;字者,言孳乳而寖多也。著於竹帛請之書,書者,如也。以迄五帝三王之世,改易殊體,封于泰山者,七十有二代,靡有同焉。周禮:八歲入小學,保氏教國子,先以六書。一曰指事。指事者,視而可識,察而見意,二、二是也。二曰象形。象形者,畫成其物,隨體詰詘,日、月是也。三曰形聲。形聲者,以事爲名,取譬相成,江、河是也。四曰會意。會意者,比類合誼,以見指撝,武、信是也。五曰轉注。轉注者,建類一首,同意相受,考、老是也。六曰假借。假借者,本無其字,依聲託事,令、長是也。及宣王大史籀,著大篆十五篇,與古文或異。至孔子書六經,左丘明述《春秋》傳,皆以古文,厥意可得而説。其後諸侯力政,不統於王。惡禮樂之害己,而皆去其典籍。分爲七國,田疇異畮,車涂異軌,律令異法,衣冠異制,言語異聲,文字異形。秦始皇帝初兼天下,丞相李斯乃奏同之,罷其不與秦文合者。斯作《倉頡篇》,中車府令趙高作《爰歷篇》,大史令胡毋敬作《博學篇》,皆取史籀大篆,或頗省改,所謂小篆者也。是時,秦燒經書,滌除舊典,大發吏卒,興戍役,官獄職務繁。初有隸書,以趣約易,而古文由此絶矣。自爾秦書有八體:一曰大篆,二曰小篆,三曰刻符,四曰蟲書,五曰摹印,六曰署書,七曰殳書,八曰隸書。漢興,有草書。尉律:學僮十七已上,始試。諷籀書九千字,乃得爲吏。又以八體試之,郡移大史并課,最者以爲尚書史。書或不正,輒舉劾之。今雖有尉律,不課。小學不修,莫達其説久矣。孝宣皇帝時,召通《倉頡》讀者,張敞從受之。涼州刺史杜業、沛人爰禮、講學大夫秦近,亦能言之。孝平皇帝時,徵禮等百餘人,令説文字未央廷中,以禮爲小學元士。黄門侍郎楊雄,采以作《訓纂篇》。凡《倉頡》已下十四篇,凡五千三百四十字,群書所載,略存之矣。及亡新居攝,使大司空甄豐等校文書之部,自以爲應制作,頗改定古文。時有六書:一曰古文,孔子壁中書也;二曰奇字,即古文而異者也;三曰篆書,即小篆;四曰佐書,即秦隸書,秦始皇帝使下杜人程邈所作也;五曰繆篆,所以摹印也;六曰鳥蟲書,所以書幡信也。壁中書者,魯恭王壞孔子宅,而得《禮記》、《尚書》、《春秋》、《論語》、《孝經》。又北平侯張倉獻《春秋左氏傳》。郡國亦往往於山川得鼎彝,其銘即前代之古文,皆自相似,雖叵復見遠流,其詳可得略説也。而世人大共非訾,以爲好奇者也,故詭更正文,鄉壁虚造不可知之書,變亂常行,以耀於世。諸生競逐説字解經誼,稱秦之隸書爲倉頡時書,云:“父子相傳,何得改易?”乃猥曰:“馬頭人爲長,人持十爲斗;蟲者,屈中也。”廷尉説律,至以字斷法,苛人受錢,苛之字止句也。若此者甚衆,皆不合孔氏古文,謬於史籀,俗儒鄙夫,翫其所習,蔽所希聞,不見通學,未嘗覩字例之條。怪舊藝而善野言,以其所知爲秘妙,究洞聖人之微恉。又見《倉頡篇》中"幼子承詔",因曰"古帝之所作也,其辭有神僊之術焉",其迷誤不諭,豈不悖哉!《書》曰"予欲觀古人之象",言必遵修舊文,而不穿鑿。孔子曰:"吾猶及史之闕文,今亡矣夫!"蓋非其不知而不問,人用己私,是非無正,巧説邪辭,使天下學者疑。蓋文字者,經藝之本,王政之始,前人所以垂後,後人所以識古。故曰"本立而道生","知天下之至嘖而不可亂也"。今叙篆文,合以古籀。博采通人,至於小大。信而有證,稽譔其説。將以理群類,解謬誤,曉學者,達神恉。分别部居,不相雜廁也。萬物咸覩,靡不兼載。厥誼不昭,爰明以諭。其偁《易》,孟氏;《書》,孔氏;《詩》,毛氏;《禮》,《周官》;《春秋》,左氏;《論語》、《孝經》:皆古文也。其於所不知,蓋闕如也。

康成之文,信筆而書,甚不費力,近於自然派之散文,爲後來陶淵明(又名潛,字元亮,東晋潯陽柴桑人)一派所宗。叔重之文,鏤心鐫賢,頗近駢文。東漢訓詁家之散文,以二子爲最傑出矣。

第七節　碑文家之散文

兩漢金石家之文,多不著譔者姓名,蓋古例也。然其文極渾厚朴茂,唐韓愈碑文,最爲後世稱頌,而不知多本於漢碑也。漢金文如槃銘等多屬韵文,今不録。惟碑則有銘有叙,銘雖韵文,而叙文則散文也。故今略録一二,以見其爲周秦金石文之流變焉。

漢碑用字固多俗體,以其爲隸(隸書)變也。然時亦多存古字,且緣殷周鐘鼎文字之例,多用通假字,故讀漢碑不特可見文體之流變,且可以見字體之流變焉。

國三老袁君碑

君諱良,字厚卿,陳國扶樂人也。厥先舜苗,世爲封君。周之興,虞閼父典陶正,嗣滿爲陳侯。至玄孫濤塗,初氏父字,立姓曰袁。魯僖公四年爲大夫,哀十一年,頗為司徒。其末或適齊楚,而袁生□獨留陳。當秦之亂,隱居河洛。高祖破項,實從其策。天下既定,還宅扶樂。孝武征和三年,生曾孫幹,斬賊公先勇,拜黄門郎,封關内侯,食遺鄉六百户。後錫金紫,僊脩城之鄣。幹薨,子經嗣。經薨,子山嗣。傳國三世,至王莽而絶。君即山之曾孫,纘神明之洪族,資天德之清則。惇綜《易》、《詩》,而悦《禮》、《樂》。舉孝廉郎中、謁者、將作大匠、丞相令、廣陵太守。討江賊張路等,威震徐方。謝病歸家,孝順初政,咨□□白,三府舉君,徵拜議郎、符節令。時元子光,博平令;中子騰,尚書郎;少子璋,謁者。詔書□□可父事,群司以君父子俱列三臺,夫人結髮,上爲三老。使者持節安車,親□几杖之尊,袒割之養,君實饗之。後拜梁相,帝御九龍殿,引君對覲。與飯酒,賜飲宴,冊曰:"頃者連遇運害,災條備至,陰陽不和,寒暑不節。昔孔子制義,承奉則有興盛之福,慢期即致來咎之變。朕以妙身,襲裘繼業,二九之戒,今直其際。圖記占□,慎在藩國。自先帝至德,猶有七國之謀。蓋治世者不諱其難,朕追藭社稷之重,恐有交會諸國王侯,開導以驕滿之漸,令姦邪因緣生慝。相以顯選,簡練内升,昔掌苻竟,惠撫我民。故連拔授,不問勛次。典郡職重,親執經緯,隱栝在手。往者王尊,發縱於平陽,清約藩輔,其節衎然。忠臣之義,有獻善去否,其加精微,測切防絶。朕疚心以戒。今特賜錢十萬,雜繒三十匹,玉具劍珮、書刀、繡文印衣、無極手巾,各一。往悉乃心,勉崇協同,便宜數上。"君子曰:"優賢之寵,於斯盛矣。宰縣治郡,無民不思。"載八十五,以病致仕。永建六年二月戊辰卒。居罔室廬,殯于假館。昔行父平仲,小國之卿,其儉猶稱。況漢大夫,父子同升,而無環堵,不遭丘明實録之時,使前喆孤名,而君獨立。於是厥孫衛尉滂、司徒掾弘圉,遹刊石作銘。其辭曰:

飛清邈,紛其厲。跨高山,鋪雲際。作帝父,振[illegible]穢。登華龍,眺天空。酌不揮,凱以邁。民被澤,邦畿乂。才本德,曜其碣。圍煌煌,數萬世。

郎中鄭君碑

君諱固,字伯堅,著君元子也。含中和之淑質,履上仁之清操。孝友著乎閨門,至行立乎鄉黨。初受業於歐陽,遂窮究于典籍。膺游、夏之文學,襄冉、季之政事。弱冠,仕郡吏諸曹掾史、主簿、督郵、五官掾功曹。入則腹心,出則爪牙。忠以衛上,清以自脩。犯顔謇愕,造膝佹辭。加以好成方類,推賢達善,逡遁退讓,當世以此服之。群後珍瑋,以爲儲舉。先屈計掾,奉我方貢。清眇冠乎群彦,德能簡乎聖心。延熹元年二月十九日,詔拜郎中。非其好也,以疾錮辭。未滿期限,從其本規。乃遘凶愍,年卅二,其四月廿四日遭命隕身,痛如之何!先是,君大男孟子有楊烏之才,善性形於岐嶷,□□見於垂髦。年七歲而夭,大君、夫人所共哀也,故建兆共墳,配食斯壇,以慰考妣之心。琦瑶延以爲至德,不紀則鐘鼎奚銘? 昔姬[illegible]□武弟述其兄,綜極徽猷行於篋陋,獨曷敢忘! 乃刊石以旌遺芳。其辭曰:

於惟郎中,實天生德。頤親誨弟,虔恭竭力。教我義方,導我禮則。傳宣孔業,作世模則。從政事上,忠以自勖。貢計王庭,華夏歸服。帝用嘉之,顯拜殊特。將從雅意,色斯自得。乃遭氛災,隕命顛沛。家失所怙,國亡忠直。俯哭誰訴? 卬嘑焉告？嗟嗟孟子，茁而弗毓。奉我元兄，修孝罔極。魂而有靈，亦歆斯勒。

吾嘗謂金石文實可謂爲純粹之美術文，金石字亦可謂純粹之美術字，蓋欲藉此以壽世者也。西漢以前之金石文多不著姓名，多不見於各家之專集（專門集録文字之書），以當時尚無集也。故今於周秦與兩漢之金石文特爲專章以論之。

吴闓生（原名啟孫，字辟疆，號江北，清末安徽桐城人）云："文章之事，以金石刻爲最重，其體亦最難。自退之韓氏外，殆莫有能爲之者。柳州（柳宗元）猶不失法度。至歐公（歐陽脩）而後，則盡篾（輕視、鄙棄）古初，率意自爲，名爲誌銘，筆勢與他文無異。三蘇不喜爲碑刻，世亦知其不工。於是獨歐公碑銘至多，而尤擅大名。吾嘗謂歐公所爲碑文，皆論序傳狀（均爲文體名）類耳，實於金石體裁無與。夫文各有體要，今序書傳而用箴頌，作章奏而仿歌詩，可乎？歐公銘志之文，何以異是。

"嗚乎，法之不明也久矣。兒時讀韓文，喜其驚刱（同"創"）瑰奇，以爲退之偉才，故獨闢蹊徑如是，後來者所當步趨，而莫外也。及覩《蔡中郎集》（蔡邕撰。蔡邕字伯喈，東漢陳留圉人），乃知碑刻之體，刱自中郎；退之特踵其法爲之，未嘗立異，顧其才高，遂乃出奇無窮耳。後得洪文惠（即洪適，字景伯，號盤洲老人，南宋饒州鄱陽人，謚文惠。與歐陽脩、趙明誠並稱宋代金石三大家）所輯《漢碑刻》，益詫爲平生所未見，反覆研誦，彌月（滿月）不能去手。乃知漢人碑頌，其高文至多，崇閎儁偉，非中郎一家所能概，而退之不能出其範圍。中郎雖負盛名，亦因當時風氣而爲之，非其特刱者，而金石之文固而導源於此也。

"蓋三代以上，銘功德於彝鼎，其詞尚簡，今存者雖多而不盡可識；石刻之文，惟岐陽之鼓（即石鼓文），後世亦未能盡解，顧其體可意而知也。秦皇(秦始皇)倔起,褒功立石,皆丞相斯(李斯)爲之,原本雅頌,一變而爲金石之體,法律(創作文章時所遵循的格式和規矩)森嚴,足以範圍百世;後儒或以爲破除詩書,自我作古者,非也。事未有無法而可以自立者,彼李斯寧獨異哉?繼斯而作者則孟堅《燕然山銘》,皆軒天拔地,壁立萬仞;豈獨二子才雄,抑金石之作,其道固若是也。碑銘如於東漢,作者不盡知其何人,要皆遵遁成軌,製作瑋異,其氣其辭,與三代彝鼎石鼓秦皇刻石肹(xī,通肸)蠁(xiǎng。肹蠁,連綿不絕之意)相通,無支離隔絕之誚,所存今不可多見,見者莫不光氣炯然,皆天地之鴻寶也。論者不察,輒病東漢靡弱,謂其氣薾然(萎靡不振的樣子)而盡,是豈可謂知言乎?曹氏代漢,相去未幾,所爲大饗、受禪諸碑,皆當時朝廟鉅典,而氣既剽輕,詞亦窳(yǔ,粗陋)陋,良由操(曹操)、丕(曹丕)否德(没有道德),亦簒逆之朝,執筆者固無弘毅之士也。自是以降,六朝碑志,陳陳相因,一流於騈儷浮冗,無可觀覽;至退之而後起衰振懦,敻絶前載,而規橅意度,則一秉東漢之遺,可覆按也。今學者皆知韓文之奇,而於漢代諸碑熟視若無覩焉;譬如敬人之子孫,而忘其父祖,可乎?"(見其《漢碑文範序》)

第三章　爲文學而文學時代之散文(漢魏之際)

第一節　總　論

《文心雕龍·時序篇》云:“自哀(西漢哀帝)平(西漢平帝)陵替(衰落、衰敗),光武(東漢光武帝)中興,深懷圖讖,頗略文華。然杜篤(字季雅,東漢初京兆杜陵人)獻誄以免刑①,班彪參奏以補令②,雖非旁求,亦不遐(疏遠)棄。及明帝(東漢明帝)③疊耀,崇愛儒術,肄禮璧堂(明堂、辟雍)④,講文虎觀(漢章帝親自主持討論經學之義的白虎觀會議),孟堅珥(插)筆於國史(指班固撰《漢書》一事),賈逵給札于瑞頌⑤,東平(東漢東平憲王劉蒼)擅其懿文⑥,沛王(東漢沛獻王劉輔)振其通論⑦,帝

---

① 《後漢書·杜篤傳》:“(杜篤)居美陽,與美陽令遊,數從請托,不諧,頗相恨。令怒,收篤送京師。會大司馬吴漢薨,光武詔諸儒誄之,篤於獄中爲誄,辭最高,帝美之,賜帛免刑。”

② 《後漢書·班彪傳》:“(竇)融徵還京師,光武問曰:‘所上章奏,誰與參之?’融對曰:‘皆從事班彪所爲。’帝雅聞彪材,因召入見,舉司隸茂才,拜徐令。”

③ 因後即“疊耀”二字,且下文述及漢章帝時之事,故有學者認爲“帝”當作“章”,即指漢明帝和漢章帝。

④ 黄叔琳注云:“辟雍,明堂也。《通鑒》明帝永平二年,上帥群臣躬養三老五更於辟雍。禮畢,上自爲下説。諸儒執經問難於前。冠帶縉紳之士,圜橋門而觀聽者,以億萬計。”

⑤ 《後漢書·賈逵傳》:“(漢明帝永平)時有神雀集宫殿官府,冠羽有五采色。帝異之,以問臨邑侯劉復,復不能對。薦逵博物多識,帝乃召見逵。問之,對曰:‘昔武王終父之業,鸑鷟在岐,宣帝威懷戎狄,神雀仍集,此胡降之徵也。’帝敕蘭臺給筆札,使作《神雀頌》。”

⑥ 《後漢書·東平憲王蒼傳》:“(劉)蒼因上《光武受命中興頌》,(漢明)帝甚善之,以其文典雅,特令校書郎賈逵爲之訓詁。”

⑦ 《後漢書·沛獻王輔傳》:“(劉)輔矜嚴有法度,好經書,善説《京氏易》、《孝經》、《論語》傳及圖讖,作《五經論》,時號之曰《沛王通論》。”

則藩儀(皇帝和藩王所創立的準則、儀制),輝光相照矣。自安(東漢安帝)和(東漢和帝)已下,迄至順(東漢順帝)桓(東漢桓帝),則有班(班固)傅(傅毅,字武仲,東漢扶風茂陵人)三崔(指崔駰、崔瑗、崔寔祖孫三人。崔駰,字亭伯,東漢涿郡安平人;崔瑗,字子玉;崔寔,字子真,一名台,字元始),王(王延壽,字文考,東漢南郡宜城人)馬(馬融)張(張衡)蔡(蔡邕),磊落鴻儒,才不時乏,而文章之選,存而不論。

"然中興(東漢建立)之後,群才稍改前轍,華實所附,斟酌經辭;蓋歷[1]政講聚,故漸靡儒風者也。降及靈帝(東漢靈帝),時好辭制,造《羲皇》之書(《後漢書·蔡邕傳》稱漢靈帝"自造《皇羲篇》五十章"),開鴻都(指鴻都門,是漢代藏書置學之所,靈帝曾在此招集文士)之賦;而樂松(漢靈帝時負責招集文士到鴻都門之人)之徒,招[2]集淺陋;故楊賜(字伯獻,東漢弘農華陰人)號爲驩兜(傳説中的壞人)[3],蔡邕比之俳優[4],其餘風遺文,蓋蔑如(微細、不足道)也。

"自獻帝(漢獻帝)播遷(遷徙、流離),文學蓬轉(蓬草隨風而動,比喻事物變化迅速);建安(漢獻帝年號)之末,區宇(境域、天下)方輯(和悦、安寧);魏武(魏武帝曹操)以相王(曹操曾爲漢獻帝丞相,後又進封魏王)之尊,雅愛詩章;文帝(魏文帝曹丕)以副君(建安十六年,曹丕爲五官中郎將副丞相)之重,妙善辭賦;陳思(陳思王曹植)以公子之豪,下筆琳琅;並體貌英逸,故俊才雲蒸(喻指盛多)。仲宣(王粲字,東漢末山陽高平人,建安七子之一)委質(歸順)於漢南(漢水之南,指東漢末劉表父子所統治的荆州,王粲曾在此避難),孔璋(陳琳字,東漢末廣陵射陽人,建安七子之一)歸命於河北(黄河之北,指漢末袁紹父子統治的冀州,陳琳

---

① "歷",原文作"曆"。

② "招",原文作"拓"。

③ 《後漢書·楊賜傳》載楊賜上書漢靈帝曰:"鴻都門下招會群小,造作賦説,以蟲篆小技見寵於時,如驩兜、共工更相薦説。"

④ 《後漢書·蔡邕傳》載蔡邕上書曰:"諸生競利,作者鼎沸,其高者頗引經訓風喻之言,下則連偶俗語,有類俳優。"

曾供職於袁紹門下)，偉長(徐幹字，東漢末北海人，建安七子之一)從宦(或作"宦")於青土(指青州，東漢時爲徐幹原籍北海郡)，公幹(劉楨字，東漢末東平人，建安七子之一)狥質(意同委質)於海隅(海邊，代指其原籍東平)，德璉(應瑒字，東漢末汝南人，建安七子之一)綜其斐然之思，元瑜(阮瑀字，東漢末陳留人，建安七子之一)展其翩翩之樂，文蔚(路粹字，東漢末曹魏陳留人)、休伯(繁欽字，東漢末曹魏潁川人)之儔(輩、同類)，于叔(邯鄲淳字，東漢末曹魏潁川人)、德祖(楊修字，東漢末曹魏華陰人)之侶，(上述諸人均爲建安著名作家)傲雅觴(酒杯)豆(盛肉的容器。觴豆，代指宴席)之前，雍容衽席(床席)之上，灑筆以成酣歌，和墨以藉談笑。觀其時文，雅好慷慨，良由世積亂離，風衰俗怨，並志深而筆長，故梗概而多氣也。

"至明帝(魏明帝曹叡，字元仲)纂戎(繼承光大先人業績，代指繼位)，制詩度曲(賦詩作曲)，徵篇章之士，置崇文之觀(魏明帝置崇文觀以召集文士)，何(何晏，字平叔，曹魏南陽人)劉(劉劭，字孔才，曹魏廣平邯鄲人)群才，迭相照耀。少主(指魏明帝之後的齊王曹芳、高貴鄉公曹髦、陳留王曹奂等人，諸人即位時都很年輕，在位的時間也很短，故稱少主)相仍，唯高貴(高貴鄉公曹髦，字彦士)英雅，顧盼合章("合章"當作"含章"，即包含美質之意)，動言成論。于時正始(魏齊王曹芳的年號)餘風，篇體輕澹(清淡無味)，而嵇(嵇康，字叔夜，曹魏譙國銍人)阮(阮籍，字嗣宗，曹魏陳留尉氏人)應(應璩，字休璉，曹魏南頓人)繆(繆襲，字熙伯，曹魏東海人)，並馳文路矣。"劉師培謂此篇述東漢三國文學變遷，至爲明晰，(見其《中國中古文學史》)誠學者所宜參考也。

劉師培云:"東漢之文，均尚和緩，其奮筆直書，以氣運詞，實自禰衡(字正平，東漢末平原郡人)始。《鸚鵡賦序》(禰衡作《鸚鵡賦》并自序之)謂衡因爲賦，筆不停輟，文不加點，知他文亦然。是以漢魏文士，多尚聘辭，或慷慨高厲，或溢氣坌湧，孔融《薦禰衡疏》語此皆衡文開之先也。"孔融引重衡文，即以此啟，故融之所作多範伯階，惟薦衡表則效衡體,與他篇文氣不同(見其《中國中古文學史》)劉説固是。然亦本於《文心雕龍》。《神思篇》云:"相如(司馬相如)含筆(古人寫作前常以口潤筆,兼行構思)而腐豪(毫代指毛筆。指毛筆都腐爛了,喻指構思時間之長),揚雄輟翰(停筆、擱筆)而驚夢[①],桓譚(字君山,東漢沛國相人)疾感於苦思[②],王充(字仲任,東漢會稽上虞人)氣竭於思慮[③],張衡研京(《西京賦》和《東京賦》,合稱《二京賦》)以十年[④],左思(字太沖,西晋臨淄人)練都(《三都賦》)以一紀[⑤],雖有巨製,亦思之緩也。淮南(淮南王劉安)崇(終)朝而賦騷[⑥],枚皋應召而成賦[⑦],子建(曹植字)援(援引)櫝(木櫝、木簡,代指書籍)如口誦[⑧],仲宣舉筆似宿構(頭一晚已預先構思完畢)[⑨],阮瑀據鞌(同"鞍")而制書[⑩],禰衡當食而草奏[⑪],雖有短篇,亦思之速也。"彦和(劉勰字)所舉捷速諸人,多屬建安者,可見西漢遲緩之文,至漢末而一變矣。

---

① 《藝文類聚》:"桓譚《新論》曰:'子雲亦言,成帝上甘泉,詔使作賦。爲止卒暴,及倦卧,夢其五藏出在地,以手收内,及覺大少氣。疾一歲而亡。'"

② 《藝文類聚》:"桓譚《新論》曰:'余少時見揚子雲之麗文高論,不自量,年少新進,而猥欲逮。及嘗激一事而作小賦,用精思太劇,而立發疹。'"

③ 《後漢書·王充傳》:"(王充)著《論衡》八十五篇,二十餘萬言……年漸七十,志力衰耗。"

④ 《後漢書·張衡傳》:"時天下承平日久,自王侯以下,莫不逾侈。衡乃擬班固《兩都》,作《二京賦》,因以諷諫。精思傅會,十年乃成。"

⑤ 《文選·三都賦序》李善注引《晋書》云:"(左思)欲作《三都賦》,乃詣著作郎張華訪岷邛之事。遂構思十稔,門庭藩溷,皆著紙筆,遇得一句,即疏之。……賦成,張華見而諮嗟,都邑豪貴,竟相傳寫。"

⑥ 高誘《淮南子叙》:"(劉)安爲辨達,善屬文。皇帝爲從父,數上書召見,孝文皇帝甚重之。詔使爲《離騷賦》,自旦受詔,日早食已。上愛而秘之。"

⑦ 《漢書·枚皋傳》:"上有所感,輒使賦之。爲文疾,受詔輒成,故所賦者多。"

⑧ 楊修《答臨淄侯箋》:"(曹植)握櫝持筆,有所造作,若成誦在心。"

⑨ 《三國志·魏志·王粲傳》:"(王粲)舉筆便成,無所改定,時人常以爲宿構。"

⑩ 《三國志·魏志·王粲傳》注引《典略》云:"太祖嘗使瑀作書與韓遂,時太祖適近出,瑀隨從,因於馬上具草,書成呈之。太祖攬筆欲有所定,而竟不能增損。"

⑪ 《後漢書·禰衡傳》:"人有獻鸚鵡者,射舉卮於衡曰:'願先生賦之以娱嘉賓。'衡覽筆而作,文無加點,辭采甚麗。"

又云:"建安文學,革易前型,遷蜕之由,可得而説。兩漢之世,户習七經,雖及子家,必緣經術。魏武治國,頗雜刑名,文體因之,漸趨清峻,一也;建武(光武帝年號)以還,士民秉禮,迨及建安,漸尚通(放達)侻(簡易),侻則侈陳哀樂,通則漸藻玄思,二也;獻帝之初,諸方棋峙(如棋局般的相持之勢),乘時之士,頗慕縱横,騁詞之風,肇專於此,三也;又漢之靈帝,頗好俳詞,見楊賜、蔡邕等傳下習其風,益尚華靡,雖迄魏初,其風未革,四也。"(見劉師培《中國中古文學史》)

又云:"《文心雕龍》諸書,或以魏代文學,與漢不異,不知文學變遷,因自然之勢,魏文與漢不同者蓋有四焉。書檄之文,騁詞以張勢,一也;論説之文,漸事校練(考核)名理,二也;奏疏之文,質直而屏華,三也;詩賦之文,益事華靡,多慷慨之音,四也。凡此四者,概與建安以前有異,此則研究者所當知也。"《中古文學史》劉氏此論最精。蓋文章之體,各有所宜,至此時而辨别始嚴。魏文帝《典論》文云:"夫文本同而末異,蓋奏議宜雅,書論宜理,銘誄尚實,詩賦欲麗,此四科不同,故能之者偏也。"

兩漢之世,專欲爲文人者惟辭賦家耳,若著散文者則以奏疏爲最工,此則以政教爲本,而非專欲爲文者也。故兩漢之世,尚未至於爲文學而文學時代。迄乎曹魏,則文學之風始大盛,故論文之篇,子桓、子建,均有佳製,非崇尚文學,曷克臻此?以是之故,詩賦之外,宜文宜質,亦極有體裁矣。

第二節　三曹之散文

沈約《宋書・謝靈運傳》云:"三祖(魏武帝曹操、魏文帝曹丕、魏明帝曹叡)陳王(陳思王曹植),咸蓄(積蓄、含有)盛藻(華美的辭藻),甫(開始、起初)乃以情緯文,以文被質。"三祖者,武帝操、文帝丕、明帝叡也。陳王者,陳思王植也。四人之中,以操、丕及植爲優。

曹操　字孟德,沛國譙人,舉孝廉爲郎,黄巾起,拜騎都尉,歷官至丞相,由魏國公晋封王,謚曰武,子丕受漢碑禪,尊爲太祖武皇帝。《魏志》(《三國志·魏志》)曰:"漢末天下大亂,豪雄並起,而袁紹(字本初,東漢末汝南汝陽人)虎視四州,彊盛莫敵。太祖運籌演謀,鞭撻(駕馭、征服)宇内,擥申商之法術,該(具備)韓白(韓信、白起。二人均爲名將)之奇策,官方授材,各因其器,矯情任算(進行謀算、施用計謀),不念舊惡,總御皇機,克成洪業者,惟其明略最優也,抑可謂非常之人,超世之士矣。"申商、韓白二語,可以見魏武之學術,即可以見魏武之文章,亦足以觀漢魏之際之文風矣。魏武之四言詩,既籠罩一切,於三百篇外獨樹一幟,非漢人步趨三百篇者所能及;其散文亦雄偉悲壯,虎步(稱雄)百代。一百三家集有《魏武帝集》一卷。

讓縣自明本志令

孤始舉孝廉,年少,自以本非巖穴知名之士,恐爲海内人之所見凡愚,欲爲一郡守,好作政教,以建立名譽,使世士明知之。故在濟南,始除殘去穢,平心選舉,違迕諸常侍,以爲彊豪所忿,恐致家禍,故以病還。去官之後,年紀尚少,顧視同歲中,年有五十,未名爲老,内自圖之,從此卻去二十年,待天下清,乃與同歲中始舉者等耳。故以四時歸鄉里,於譙東五十里,築精舍,欲秋夏讀書,冬春射獵,求底下之地,欲以泥水自蔽,絶賓客往來之望,然不能得如意。後徵爲都尉,遷典軍校尉,意遂更欲爲國家討賊立功,欲望封侯,作征西將軍,然後題墓道,言'漢故征西將軍曹侯之墓',此其志也。而遭值董卓之難,興舉義兵。是時合兵,能多得耳,然常自損,不欲多之。所以然者,多兵意盛,與彊敵爭,倘更爲禍始。故汴水之戰數千,後還到揚州更募,亦復不過三千人,此其本志有限也。後領兗州,破降黄巾三十萬衆。又袁術僭號於九江,下皆稱臣,名門曰建號門,衣被皆爲天子之制,兩婦預爭爲皇后。志計已定,人有勸術使遂即帝位,露布天下,答言'曹公尚在,未可也'。後孤討禽其四將,獲其人衆,遂使術窮亡解沮,發病而死。及至袁紹據河北,兵勢彊盛,孤自度勢,實不敵之。但計投死爲國,以義滅身,足垂於後。幸而破紹,梟其二子。又劉表自以爲宗室,包藏奸心,乍前乍卻,以觀世事,據有荆州,孤復定之,遂平天下。身爲宰相,人臣之貴以極,意望已過矣。今孤言此,若爲自大,欲人言盡,故無諱耳。設使國家無有孤,不知當幾人稱帝,幾人稱王。或者人見孤彊盛,又性不信天命之事,恐私心相評,言有不遜之志,妄相忖度,每用耿耿。齊桓、晋文,所以垂稱至今日者,以其兵勢廣大,猶能奉事周室也。《論語》云:"三分天下有其二,以服事殷,周之德,可謂至德矣。"夫能以大事小也。昔樂毅走趙,趙王欲與之圖燕,樂毅伏而垂泣,對曰:"臣事昭王,猶事大王。臣若獲戾,放在他國,没世然後已。不忍謀趙之徒隸,況燕後嗣乎?"胡亥之殺蒙恬也,恬曰:"自吾先人及至子孫,積信於秦三世矣。今臣將兵三十餘萬,其勢足以背叛,然自知必死而守義者,不敢辱先人之教,以忘先王。"孤每讀此二人書,未嘗不愴然流涕也。孤祖父以至孤身,皆當親重之任,可謂見信者矣,以及子植兄弟,過於三世矣。孤非徒對君説此也,常以語妻妾,皆令深知此意。孤謂之言:"顧我萬年之後,汝曹皆當出嫁,欲令傳道我心,使他人皆知之。"孤此言皆肝鬲之要也。所以勤勤懇懇敘心腹者,見周公有《金縢》之書以自明,恐人不信之故。然欲孤便爾委捐所典兵衆,以還執事,歸就武平侯國,實不可也。何者? 誠恐己離兵爲人所禍也。既爲子孫計,又己敗則國家傾危,是以不得慕虚名而處實禍,此所不得爲也。前朝思封三子爲侯,固辭不受,今更欲受之,非欲復以爲榮,欲以爲外援,爲萬安計。孤聞介推之避晋封,申胥之逃楚賞,未嘗不舍書而歎,有以自省也。奉國威靈,仗鉞征伐,推弱以克彊,處小而禽大,意之所圖,動無違事,心之所慮,何向不濟,遂蕩平天下,不辱主命,可謂天助漢室,非人力也。然封兼四縣,食户三萬,何德堪之。江湖未静,不可讓位。至於邑土,可得而辭。今上還陽夏、柘、苦三縣户二萬,但食武平萬户,且以分損謗議,少減孤之責也。

曹丕　字子桓,武帝太子,仕漢爲五官中郎將,操歿,嗣爲丞相,魏王受漢禪,改元黄初(魏文帝曹丕年號),薨,謚曰文。《魏志》云:"帝好文學,以著述爲務,自所勒成垂(將近)百篇。又使[①]諸儒撰集經傳,隨類相從,凡千餘篇,號曰《皇覽》。"又曰:"文帝天資文藻,下筆成章,博聞彊識,才藝兼該。"一百三家集有《魏文帝集》一卷。

自　叙

初平之元,董卓殺主鴆后,蕩覆王室。是時,四海既困中平之政,兼惡卓之凶逆,家家思亂,人人自危。山東牧守,咸以《春秋》之義,"衛人討州吁于濮",言人人皆得討賊。于是大興義兵,名豪大俠,富室强族,飄揚雲會,萬里相赴。兖、豫之師,戰于滎陽,河内之甲,軍于孟津。卓遂遷大駕,西都長安。而山東大者連郡國,中者嬰城邑,小者聚阡陌,以還相吞併。會黄巾盛于海嶽,山寇暴于并、冀,乘勝轉攻,席卷而南。鄉邑望煙而奔,城郭覩塵而潰,百姓死亡,暴骨如莽。余時年五歲,上以四方擾亂,教余學射,六歲而知射,又教余騎馬,八歲而能

---

① "使",原文作"傳"。

騎射矣。以時之多難,故每征,余常從。建安初,上南征荆州,至宛,張繡降。旬日而反,亡兄孝廉子修、從兄安民遇害。時余年十歲,乘馬得脱。夫文武之道,各隨時而用,生于中平之季,長于戎旅之間,是以少好弓馬,于今不衰。逐禽輒十里,馳射常百步,日多體健,心每不厭。建安十年,始定冀州,濊、貊貢良弓,燕、代獻名馬。時歲之暮春,句芒司節,和風扇物,弓燥手柔,草淺獸肥,與族兄子丹獵于鄴西,終日手獲麞鹿九,雉兔三十。後軍南征,次曲蠡,尚書令荀彧奉使犒軍,見余談論之末,彧言:"聞君善左右射,此實難能。"余言:"執事未覩夫項發口縱,俯馬蹄而仰月支也。"彧喜,笑曰:"乃爾。"余曰:"埒有常徑,的有常所,雖每發輒中,非至妙也。若夫馳平原,赴豐草,要狡獸,截輕禽,使弓不虚彎,所中必洞,斯則妙矣。"時軍祭酒張京在坐,顧彧拊手曰"善"。余又學擊劍,閲師多矣,四方之法各異,唯京師爲善。桓、靈之間,有虎賁王越善斯術,稱于京師。河南史阿言昔與越游,具得其法,余從阿學之精熟。嘗與平虜將軍劉勳、奮威將軍鄧展等共飲,宿聞展善有手臂,曉五兵,又稱其能空手入白刃,余與論劍良久,謂言將軍法,非也,余顧嘗好之,又得善術,因求與余對。時酒酣耳熱,方食甘蔗,便以爲杖,下殿數交,三中其臂,左右大笑。展意不平,求更爲之。余言吾法急屬,難相中面,故齊臂耳。展言願復一交,余知其欲突以取交中也,因僞深進,展果尋前,余卻腳鄛,正截其顙,坐中驚視。余還坐,笑曰:"昔陽慶使淳于意去其故方,更授以秘術,今余亦願鄧將軍捐棄故伎,更受要道也。"一坐盡歡。夫事不可自謂己長,余少曉持複,自謂無對。俗名雙戟爲坐鐵室,鑲楯爲蔽木户。後從陳國袁敏學,以單攻複,每爲若神,對家不知所出,告曰若逢敏于狹路,直決耳。余于他戲弄之事少所喜,唯彈棊略盡其巧,少爲之賦。昔京師先工有馬合鄉侯、東方安世、張公子,常恨不得與彼數子者對。上雅好詩書文籍,雖在軍旅,手不釋卷,每定省從容,常言人少好學則思專,長則善忘,長大而能勤學者,唯吾與袁伯業耳。余是以少誦《詩》、《論》,及長而備歷五經、四部,《史》、《漢》、諸子百家之言,靡不畢覽。所著書論詩賦凡六十篇。至若智而能愚,勇而能怯,仁以接物,恕以及下,以付後之良史。

子桓文修飭(嚴整、規範)安閑,與乃父之憤筆疾書,作風大別矣。他如《典論·論文》、《與吴質》等書,尤爲清麗卓約,吾嘗以謂魏文帝之詩文,與王右軍(王羲之,字逸少,王導之子,曾領右軍,故稱)之書法,可同類共賞。

曹植　字子建,丕弟,年十歲餘,誦讀詩論及辭賦數十萬言,善屬文。太祖嘗視其文,謂植曰:"汝倩人(請托他人)邪?"植跪曰:"言出爲論,下筆成章,顧當面試,奈何倩人?"時鄴(曹操曾定都於此)銅爵臺新成,太祖悉將諸子登臺,使各爲賦,植援筆立成可觀。太祖甚異之。(見《三國志·魏志·曹植傳》)黄初三年進侯爲鄄城王,徙封東阿,又封陳,謚曰思。涵芬樓《四部叢刊》影印明活字《曹子建集》十卷。

籍田説

春耕於籍田,郎中令侍寡人焉。顧而謂之曰:"昔者神農氏始嘗萬草,教民種植。今寡人之興此田,將欲以擬乎治國,非徒娱耳目而已也。夫營疇萬畝,厥田上下,經以大陌,帶以横阡;奇柳夾路,名果被園;宰農實掌,是謂公田,此亦寡人之封疆也。日殄没而歸館,晨未昕而即野,此亦寡人之先下也。菽藿特疇,禾黍異田,此亦寡人之理政也。及其息泉湧,庇重陰,懷有虞,撫素琴,此亦寡人之所習樂也。蘭、蕙、荃、蘅,植之近疇,此亦寡人之所親賢也。刺藜、臭蔚,棄之乎遠疆,此亦寡人之所遠佞也。若年豐歲登,果茂菜滋,則臣僕小大,咸取驗焉。”

封人有能以輕鑿修鈎,去樹之蝎者,樹得以茂繁。中舍人曰:“不識治天下者亦有蝎者乎?”寡人告之曰:“昔三苗、共工、鯀、驩兜,非堯之蝎歟?”問曰:“諸侯之國,亦有蝎乎?”寡人告之曰:“齊之諸田,晋之六卿,魯之三桓,非諸侯之蝎歟?然三國無輕鑿修鈎之任,終於齊篡魯弱,晋國以分,不亦痛乎?”曰:“不識爲君子者亦有蝎乎?”寡人告之曰:“固有之也。富而慢,貴而驕,殘仁賊義,甘財悦色,此亦君子之蝎也。天子勤耘,以牧一國;大夫勤耘,以收世禄;君子勤耘,以顯令德。夫農者,始於種,終於獲,澤既時矣,苗既美矣,棄而不耘,則改爲荒疇。蓋豐年者期於必收,譬修道亦期於殁身也。”

夫凡人之爲圃,各植其所好焉。好甘者植乎薺,好苦者植乎荼,好香者植乎蘭,好辛者植乎蓼。至於寡人之圃,無不植也。

此寓言之文,上承莊列,而秦漢已少見之;後世古文家,韓柳亦嘗爲之,柳宗元所爲,尤與子建爲近。

第三節 建安七子之散文

魏文帝《典論·論文》云:“今之文人,魯國孔融(字文舉,東漢魯國人,孔子二十世孫)文舉,廣陵陳琳孔璋,山陽王粲仲宣,北海徐幹偉長,陳留阮瑀元瑜,汝南應瑒德璉,東平劉楨公幹,斯七子者于學無所遺,于辭無所假,咸以自騁驥騄(良馬)於千里,仰齊足而並馳(並駕齊驅),以此相服,亦良難矣。”又云:“王粲長于辭賦,徐幹時有齊氣(文風舒緩),然粲之匹也。如粲之《初征》、《登樓》、《槐賦》、《征思》,幹之《玄猿》、《漏巵》、《圓扇》、《橘賦》,雖張(張衡)蔡(蔡邕)不過也。然于他文,未能稱是。琳、瑀之章表書記,今之雋(超卓)也。應瑒和而不壯。劉楨壯而不密。孔融體氣高妙,有過人者,然不能持論,理不勝詞,以至乎雜以嘲戲,及其所善,揚[1]、班儔也。"

又《與吴質書》云:"觀古今文人,類不護(護衛、顧忌)細行,鮮能以名節自立,而偉長獨懷文抱質,恬淡寡欲,有箕山之志(傳説許由不受堯禪而隱居箕山,喻指隱居不仕),可謂彬彬君子者矣;著《中論》二十餘篇,成一家之言,辭意典雅,足傳于後,此[2]子爲不朽矣。德璉常斐然有述作之意,其才學足以著書,美志不遂,良可痛惜。間者歷覽諸子之文,對之抆(擦拭)淚,既痛逝者,行自念也。孔璋章表殊健,微爲繁富。公幹有逸氣,但未遒(强勁)耳,其五言詩之善者妙絶時人。元瑜書記翩翩,致足樂也。仲宣獨自善於辭賦,惜其體弱,不足起其文,至於所善,古人無以遠過。昔伯牙絶絃於鍾期[3],仲尼覆醢(倒去肉醬)於子路[4],痛知音之難遇,傷門人之莫逮;諸子但爲未及古人,自一時之雋也。"

曹植《與楊德祖書》亦曰:"昔仲宣獨步於漢南,孔璋鷹揚於河朔,偉長擅名於青土,公幹振藻於海隅,德璉發跡於此魏,足下高視於上京,當此之時,人人自謂握靈蛇之珠(即隨侯珠,與和氏璧並稱的稀世之寶,後喻指錦繡文才),家家自謂抱荆山之玉(即和氏璧),吾王(指曹操)於是設天網以該之,頓(整頓)八紘(即八方,喻指天下)以掩

---

① "揚",原文作"楊"。

② "此",原文作"比"。

③ 《吕氏春秋·本味》:"伯牙鼓琴,鍾子期聽之。方鼓琴,而志在太山,鍾子期曰:'善哉乎鼓琴,巍巍乎若太山!'少選之間,而志在流水,鍾子期又曰:'善哉乎鼓琴,湯湯乎若流水!'鍾子期死,伯牙破琴絶絃,終身不復鼓琴,以爲世無足復爲鼓琴者。"

④ 《禮記·檀弓上》:"孔子哭子路於中庭,有人吊者,而夫子拜之。既哭,進使者而問故。使者曰:'醢之矣。'遂命覆醢。"謂孔子痛子路被醢于衛,不忍食其相似之物,故命棄之。

之,今悉集兹國矣。然此數子猶復不能飛軒(輕車)絶跡,一舉千里。以孔璋之才,不閑於辭賦,而多自謂能與司馬長卿同風。譬畫虎不成,反爲狗也。前書嘲之,反作論盛道僕讚其文。夫鍾期不失聽,于今稱之,吾亦不能妄歎者,畏後世之嗤余也。"

觀此三篇所論,則七子之作風可知矣。七子者,《典論》所列孔融、陳琳、王粲、徐幹、阮瑀、應瑒、劉楨,後人所號爲建安七子者也。

孔融 字文舉,孔子二十世孫。少有俊才,獻帝時爲北海相,立學校,表儒術,尋拜大中大夫。性寬容少忘,喜誘益後進,及退閑職,賓客日盈其門。常歎曰:"座上客常滿,尊(盛酒的容器)中酒不空,吾無憂矣。"融聞人之善若出諸己,言有可採,必演而成之;面告其短,而退稱所長;薦賢達(推舉、舉薦)士,多所獎進;知而未言,以爲己過。故海内英俊,皆信服之。爲曹操所忌,被誅。一百三家集有《孔少府集》一卷。

王粲 字仲宣,山陽高平人。獻帝西遷,粲徙長安,左中郎將蔡邕見而奇之。時邕學顯著,貴重朝廷,常車騎填巷,賓客盈坐;聞粲在門,倒履迎之;粲至,年既幼弱,容狀短小,一坐盡驚,邕曰:"此王公(王暢,字叔茂,王粲祖父)孫也,有異才,吾不如也;吾家書籍文章,盡當與之。"粲善屬文,舉筆便成,無所改定,時人常以爲宿構。一百三家集有《王侍中集》一卷。

徐幹 字偉長,北海人,爲司空軍謀祭酒掾屬,五官將文學。

陳琳 字孔璋,廣陵人,前爲何進(字遂高,東漢末南陽宛人)主簿;避難冀州,袁紹使典文章;袁氏敗,歸太祖。一百三家集有《陳記室集》一卷。

阮瑀 字元瑜,陳留人。少受學於蔡邕。建安中都護曹洪(字子廉,曹操從弟)欲使掌書記,瑀不爲屈。太祖並以琳、瑀爲司空軍謀祭酒管記室。軍國書檄,多琳、瑀所作也。一百三家集有《阮元瑜集》一卷。

應瑒　字德璉,汝南人,一百三家集有《應德璉集》一卷。

劉楨　字公幹,東平人。瑒、楨被太祖辟爲丞相掾屬。瑒轉爲平原侯(即曹植。曹植曾封平原侯)庶子(教育諸侯公卿子弟的官職),後爲五官將文學。一百三家集有《劉公集》一卷。

七子之散文,自以孔融爲最高,魏文(魏文帝)稱爲氣體高妙,誠可當之而無媿(無愧);王粲次之;陳琳又次之;餘則難以伯仲矣。

汝潁優劣論

孔　融

汝南戴子高,親止千乘萬騎,與光武皇帝共揖於道中;潁川士雖抗節,未有頡頏天子者也。汝南許子伯,與其友人共説世俗將壞,因夜起,舉聲號哭;潁川士雖頗憂時,未有能哭世者也。汝南許掾教太守鄧晨圖開稻陂,灌數萬頃,累世獲其功,夜有火光之瑞;韓元長雖好地理,未有成功見效如許掾者也。汝南張元伯身死之後,見夢范巨卿;潁川士雖有奇異,未有鬼神能靈者也。汝南應世叔,讀書五行俱下;潁川士雖多聰明,未有能離婁並照者也。汝南李洪爲太尉掾,弟殺人當死,洪自劾,詣閣乞代弟命,便飲酖而死,弟用得全;潁川士雖尚節義,未有能殺身成仁如洪者也。汝南翟文仲爲東郡太守,始舉義兵以討王莽;潁川士雖疾惡,未有能破家爲國者也。汝南袁公著爲甲科郎中,上書欲治梁冀;潁川士雖慕忠讜,未有能投命直言者也。

爲劉荆州與袁譚書

王　粲

天降災害,禍難殷流。初交殊族,卒成同盟。使王室震盪,彝倫攸斁。是以智達之士,莫不痛心入骨,傷時人不能相忍也。然孤與太公,志同願等,雖楚、魏絶邈,山河迥遠,戮力乃心,共奬王室。使非族不干吾盟,異類不絶吾好,此孤與太公無貳之所致也。功績未卒,太公殂隕,賢胤承統,以繼洪業。宣奕世之德,履丕顯之祚。摧嚴敵於鄴都,揚休烈於朔土。顧定疆宇,虎視河外;凡我同盟,莫不景附。何悟青蠅飛於竿旌,無忌游於二壘,使股肱分成二體,胸膂絶爲異身。初聞此問,尚謂不然。定聞信來,乃知閼伯、實沈之忿已成,棄親即讎之計已決。旃旆交於中原,暴尸累於城下。聞之哽咽,若存若亡。昔三王五伯,下及戰國,君臣相弑,父子相殺,兄弟相殘,親戚相滅,蓋時有之。然或欲以成王業,或欲以定霸功,皆所謂逆取順守,而徼富强於一世也。未有棄親即異,兀其根本,而能全軀長世者也。昔齊襄公報九世之讎,士匄卒荀偃之事,故《春秋》美其義,君子稱其信。夫伯游之恨於齊,未若太公之忿於曹也;宣子之臣承業,未若仁君之繼統也。且君子違難不適讎國,交絶不出惡聲。泥忘先人之讎,棄親戚之好,而爲萬世之戒,遺同盟之恥哉?蠻夷戎狄,將有誚讓之言,況我族類,而不痛心邪?夫欲立竹帛於當時,全宗祀於一世,豈宜同生分謗,爭校得失乎?若冀州有不弟之慠,無慙順之節,仁君當降志辱身,以濟事爲務。事定之後,使天下平其曲直,不亦爲高義邪?今仁君見憎於夫人,未若鄭莊之於姜氏;昆弟之嫌,未若重華之於象傲。然莊公卒從大隧之樂,象傲終受有鼻之封。願捐棄百痾,追攝舊義,復爲母子昆弟如初。今整勒士馬,瞻望鵠立。

諫何進召外兵

陳　琳

《易》稱"既鹿無虞",諺有"掩目捕雀"。夫微物尚不可欺以得志,況國之大事,其可以詐立乎? 今將軍總皇威,握兵要,龍驤虎步,高下在心。以此行事,無異於鼓洪爐以燎毛髮。但當速發雷霆,行權立斷,違經合道,天人順之。而反釋其利器,更徵於他。大兵合聚,彊者爲雄,所謂倒持干戈,授人以柄。必不成功,祇爲亂階。

諫曹植書

劉　楨

家丞刑顒,北土之彦,少秉高節,玄靜澹泊,言少理多,真雅士也。楨誠不足同貫斯人,並列左右。而楨禮遇殊特,顒反疏簡,私懼觀者將謂君侯習近不肖,禮賢不足,採庶子之春華,忘家丞之秋實。爲上招謗,其罪不小,以此反側。

要而論之,魏代散文,約分兩派。一曰悲壯派,此派自魏武(魏武帝曹操)開之,陳思(陳思王曹植)繼之,益以富麗;凡王粲、陳琳、吴質(字季重,曹魏濟陰人)之屬隨之,而皆望塵不及者也。凡六朝陸機(字士衡,西晋吴郡人)、徐(徐陵,字孝穆,南朝東海剡人)、庾(庾信)等尚氣勢者均自此出。二曰清麗派,此派魏文(魏文帝曹丕)倡之,凡阮籍、繁欽(字休伯,東漢末潁川人)之徒隨之。凡六朝之潛氣内轉,尚氣韵一派,均從此出。

第四節　吴蜀之散文

吴蜀文學,遠不及魏。然蜀之諸葛亮(字孔明,三國琅邪陽都人),有前後《出師表》,實千古最有名之文字。吴文之爲人傳誦者,則幾於無有。唯有韋曜(本名昭,後史因避司馬昭諱改爲曜,字弘嗣,三國吴郡雲陽人)之《博奕論》,與諸葛恪(字元遜,諸葛亮之兄諸葛瑾長子)《與丞相陸遜書》等不過數篇而已。

諸葛亮 字孔明,琅琊陽都人,蜀漢丞相,封武鄉侯。《蜀志》(《三國志·蜀志》)云:"亮性長於巧思,損益連弩,木牛流馬,皆出其意;推衍兵法,作《八陣圖》,咸得其要;教言書奏多可觀,别爲一集。"一百三家集有《諸葛亮丞相集》三卷。

諸葛恪 字元遜,瑾長子也。孫權(字仲謀,孫策弟)嘗問恪曰:"卿父(指諸葛瑾)與叔父諸葛亮孰賢?"對曰:"臣父爲優。"權問其故。對曰:"臣父知所事,叔父不知。"爲吳撫越將軍領丹陽太守,拜太傅。

前出師表

諸葛亮

臣亮言:先帝創業未半,而中道崩殂。今天下三分,益州疲弊,此誠危急存亡之秋也。然侍衛之臣不懈於内,忠志之士忘身於外者,蓋追先帝之殊遇,欲報之於陛下也。誠宜開張聖聽,以光先帝遺德,恢宏志士之氣,不宜妄自菲薄,引喻失義,以塞忠諫之路也。宫中府中,俱爲一體,陟罰臧否,不宜異同。若有作姦犯科及爲忠善者,宜付有司,論其刑賞,以昭陛下平明之治,不宜偏私,使内外異法也。侍中侍郎郭攸之、費禕、董允等,此皆良實,志慮忠純,是以先帝簡拔以遺陛下。愚以爲宫中之事,事無大小,悉以諮之,然後施行,必能裨補闕漏,有所廣益。將軍向寵,性行淑均,曉暢軍事,試用於昔日,先帝稱之曰能,是以衆議舉寵爲督。愚以爲營中之事,事無大小,悉以諮之,必能使行陣和穆,優劣得所也。親賢臣,遠小人,此先漢所以興隆也;親小人,遠賢臣,此後漢所以傾頹也。先帝在時,每與臣論此事,未嘗不歎息痛恨於桓、靈也。侍中尚書長史參軍,此悉貞亮死節之臣也,願陛下親之信之,則漢室之隆,可計日而待也。臣本布衣,躬耕於南陽,苟全性命於亂世,不求聞達於諸侯。先帝不以臣卑鄙,猥自枉屈,三顧臣於草廬之中,諮臣以當世之事。由是感激,遂許先帝以驅馳。後值傾覆,受任於敗軍之際,奉命於危難之間,爾來二十有一年矣。先帝知臣謹慎,故臨崩寄臣以大事也。受命以來,夙夜憂歎,恐託付不效,以傷先帝之明。故五月渡瀘,深入不毛。今南方已定,兵甲已足,當獎帥三軍,北定中原。庶竭駑鈍,攘除姦凶,興復漢室,還於舊都。此臣之所以報先帝而忠陛下之職分也。至於斟酌損益,進盡忠言,則攸之、禕、允之任也。願陛下託臣以討賊興復之效;不效,則治臣之罪,以告先帝之靈。若無興德之言,則責攸之、禕、允之咎,以彰其慢。陛下亦宜自課,以諮諏善道,察納雅言,深追先帝遺詔。臣不勝受恩感激!今當遠離,臨表涕泣,不知所云。

與丞相陸遜書

諸葛恪

楊敬叔傳述清論,以爲方今人物彫盡,守德業者不能復幾,宜相左右,更爲輔車,上熙國事,下相珍惜。又疾世俗好相謗毁,使已成之器,中有損累,將進之徒,意不歡笑。聞此喟然,誠獨擊節。愚以爲君子不求備於一人。自孔氏門徒,大數三千,其見異者七十二人。至於子張、子路、子貢等七十之徒,亞聖之德,然猶各有所短,師辟由喭,賜不受命,豈況下此而無所闕?且仲尼不以數子之不備而引以爲友,不以人所短棄其所長也。加以當今取士,宜寬於往古,何者?時務從横,而善人單少,國家職司,常苦不克。苟令性不邪惡,志在陳力,便可獎就,騁其所任。若於小小宜適,私行不足,皆宜闊略,不足縷責。且士誠不可纖論苛克,苛克則彼聖賢猶將不全,況其出入者邪？故曰以道望人則難，以人望人則易，賢愚可知。自漢末以來，中國士大夫如許子將輩，所以更相謗訕，或至於禍，原其本起，非爲大讎，惟坐克己不能盡如禮，而責人專以正義。夫己不如禮，則人不服。責人以正義，則人不堪。内不服其行，外不堪其責，則不得不相怨。相怨一生，則小人得容其間。得容其間，則三至之言，浸潤之譖，紛錯交至，雖使至明至親者處之，猶難以自定，況已爲隙，且未能明者乎？是故張、陳至於血刃，蕭、朱不終其好，本由於此而已。夫不舍小過，纖微相責，久乃至於家户爲怨，一國無復全行之士也。

《石遺室論文》云："《前出師表》中段，的是三國時文字，上變漢京(漢朝)之樸茂，下開六朝之雋爽(優美明快)，其氣韵少能辨之者。此表云：'臣本布衣，躬耕於南陽'至'此臣之所[①]以報先帝而忠陛下之職分也'，悲壯蒼涼，所謂聲情激越矣。《三國志注》引《魏武故事》，載建安十五年《曹操令》(曹操《述志令》)云：'孤始舉孝廉，年少欲爲一郡守，好作政教，以建立名譽。故在濟南始除殘去穢，違迕(違背、抵觸、觸犯)諸常侍，以爲彊豪所忿，恐致家禍。去官之後，年紀尚少，顧視同歲中，年有五十，未名爲老，内自圖之，從此卻走二十年，待天下清，乃與同歲中始舉者等耳。故以四時歸鄉里，於譙(地名)東五十里築精舍(學舍、書齋)，欲秋夏讀書，冬春射獵，求底下之地，欲以泥水自蔽，絶賓客往來之望，然不能得如意。後徵爲都尉，遷典軍校尉，意遂更欲爲國家討賊立功，欲望封侯，作征西將軍，然後題墓道(墓室前的甬道)，言，漢故征西將軍曹侯之墓，此其志也。而遭值董卓(字仲穎，東漢末隴西臨洮人)之難，興舉義兵。後領兖州，破降黄巾三十萬衆。又袁術(字公路，東漢末汝南汝

① "所"，原文誤作"新"。

陽人,袁紹弟)僭號於九江,後孤討擒其四將,獲其人衆,遂使術窮亡解沮(瓦解),發病而死。及至袁紹據河北,兵勢强盛,幸而破紹,梟(斬首)其二子。又劉表(字景升,東漢末山陽高平人)自以爲宗室(劉表乃漢魯恭王劉餘之後),包藏奸心,乍前乍卻(時進時退),以觀世事,據有荆州,孤復定之。遂平天下,身爲宰相,人臣之貴已極,意望已過矣。設使國家無孤,不知當幾人稱帝?幾人稱王?或者人見孤彊盛,又性不信天命之事,恐私心相評,言有不遜(不順從、傲慢無禮)之志,妄相忖(cǔn)度(推測、思量),每(常常)用(因此)耿耿(心中不平)。齊桓(齊桓公)晋文(晋文公),所以垂稱(著稱、垂名、稱頌)至今日者,以其兵勢廣大,猶能奉事周室也。《論語》云:"三分天下有其二,以服事殷,周之德可謂至德矣。"(《論語·泰伯》)夫能以大事小也。然欲使孤便爾(就此)委捐(放棄、交出)新典(掌管)兵衆,以還執事(具體負責之官員),歸就(回到)武平侯國(此時曹操封武平侯),實不可也。何者?誠恐已離兵,爲人新禍,既爲子孫計,又己敗則國家傾危,是以不得慕虚名,而處實禍。'老横中又時有慷慨悲歌之意。下至孫權,其《與曹公牋》,亦有'春水方生,公宜速去。足下不死,孤不得安'等語,見《吴曆》。可見當時文章風氣大同小異如此。"

林傳甲云:"蜀漢昭烈帝備(劉備),當漢祚(君位、國統)已移,擁梁(梁州)益(益州)一隅,稱尊號(即稱帝),規模未備,文物無足稱,後世史臣,每尊蜀漢爲正統者,則因武侯(諸葛亮封武鄉侯,謚忠武)《出師表》而重也。親賢臣,遠小人,諮諏(zōu,詢問)善道,察納雅言,皆儒者純粹之精語。《後出師表》所謂漢賊不兩立,王業不偏安,鞠躬盡瘁,死而後已,成敗利害,非所逆覩(預知、預見),非社稷之臣而能若是乎?武侯自知才弱敵强,惟不安於坐以待亡,故冒險進取,光明磊落,可揭以告萬世。孔明將没,自表後主,言臣死之日,不使内有餘帛,外有盈財,以負陛下。嗚呼,此其所以爲孔明歟?魏臣華歆(字子魚,曹魏平原高唐人)、王朗(字景興,曹魏東海郡人)、陳群(字長文,曹魏潁川許昌人)、諸葛璋(時爲曹魏謁者僕射)各有書與孔明,陳天命人事,欲使舉國稱藩,孔明不報書,作正議,其大義昭(昭示、昭明)於天日矣。"

又云:"江左六朝(即東吴、東晋和南朝宋、齊、梁、陳,共六朝),建國金陵,阻長江爲天塹,自孫氏(孫吴)始。孫堅蓋孫武之後,(《三國志·吴志·孫堅傳》:"孫堅,字文臺,吴郡富春人,蓋孫武之後也。")其子策始有江左,皆轉戰無前,驍健尚武。策始用文士張紘(字子綱,東吴廣陵人),爲書絶袁術。孫權襲父兄之業,稱帝號,其文筆古雅,《責諸葛瑾之詔》、《讓孫皎之書》,所見皆卓爾不群。其子孫休(孫休,字子烈,孫權第六子)繼立爲景帝(吴景帝),其《答張布詔》曰:'孤之涉學,群書略備,所見不少也。'由此觀之,南朝天子好讀書,孫氏實啟之矣。《虞翻諫獵書》之簡要,《駱統理張温表》之詳暢,《諸葛恪與丞相陸遜書》、《上孫奮牋》之明敏條達,吴人文之可傳者也。吴楚多才,如嚴畯(字曼才,東吴彭城人)之好《説文》,闞澤(字德潤,東吴會稽山陰人)、陸續(字智初,東吴會稽吴人)之善曆[1]數,薛綜(字敬文,東吴人)滑稽,出口成文,亦西蜀秦宓(字子勑,蜀漢廣漢緜竹人)之流亞(同類的人物)也。《周瑜傳》中《諫以荆州資劉備疏》、《薦魯肅疏》皆非完璧,而雄直之氣,略可見也。吴之末造(末世),賀邵《諫孫皓書》、韋曜之《博奕論》、華覈(字永先,吴郡武進人)《請救蜀表》,漸近偶儷,亦皆質而不俚,足以自競於漢魏之間。孰謂南朝文士柔弱乎?"(見其《中國文學史》)

① "曆",原文作"歷"。

第三編　駢文極盛時代之散文(晋及南北朝)

第一章　總　論

自西晋至南北朝可謂駢文詩賦極盛時代,亦即爲文學而文學之極盛時代也。晋之著名作家,有陸機、陸雲(字士龍,陸遜孫,陸機弟,西晋吴郡人)、潘岳(字安仁,西晋滎陽中牟人)、潘尼(字正叔,潘嶽之侄)、張載(字孟陽,西晋安平人)、張協(字景陽,張載弟)、張亢(字季陽,張協弟)、左思。鍾嶸(字仲偉,南朝潁川長社人)《詩品》所謂"晋太康(晋武帝年號)中,三張二陸,兩潘一左,勃爾復興,踵武前王,風流未沫,亦文章之中興也。"晋宋之際,則有謝混(字叔源,陳郡陽夏人,謝安之孫,謝琰之子)、陶潛、湯惠休(字茂遠)。

宋則顔延之(字延年,琅邪臨沂人)、謝靈運、傅亮(字季友,北地靈州人)、范曄、袁淑(字陽源,陳郡陽夏人)、謝瞻(字宣遠,一名檐,字通遠,陳郡陽夏人)、謝惠連(謝靈運族弟)、謝莊(字希逸,陳郡陽夏人)、鮑照(字明遠,東海人)。齊則有王儉(字仲寶,琅琊臨沂人)、王僧虔(字簡穆,琅琊臨沂人)、王融(字元長,琅邪臨沂人)、謝朓(字玄暉,陳郡人)。齊梁之際,則有沈約、范雲(字彦龍,南鄉舞陰人)、江淹(字文通,濟陽考城人)、丘遲(字希範,吴興烏程人)、任昉(字彦昇,樂安博昌人)、劉孝綽(本名冉,字孝綽,彭城人)、劉峻(字孝標,平原人)、王筠(字元禮,一字德柔,瑯邪臨沂人)、柳惲(字文暢,河東解人)、吴均(字叔庠,吴興故鄣人)、何遜(字仲言,東海郯人)。陳則有徐陵(字孝穆,東海剡人)、江總(字總持,濟陽考城人)之輩。

文人之盛,難以更僕數(一一加以列論)。然自來論六朝文學者,莫不以詩賦駢文爲主,而忽其散文。而不知六朝之散文,亦甚有足稱者。且當時文筆(有韻者爲文,無韻者爲筆)分途,《晉書·蔡謨傳》云:"文筆議論,有集行世。"《南史·顔延之傳》:"宋文帝(劉義隆)問延之(字延年,琅邪臨沂人)諸子能。延之曰:'竣(字士遜)得臣筆,測(字不詳)得臣文。'"劉勰《文心雕龍》云:"今之常言,有文有筆,以爲無韵者筆也,有韵者文也。"梁元帝(蕭繹,字世誠,小字七符,自號金樓子)《金樓子》云:"至如不便爲詩如閻纂(字不詳,西晋巴西人),善爲章奏如伯松(諸葛喬字,諸葛瑾次子),若是之流,泛謂之筆;吟詠風瑶,流連哀思者謂之文。"然則當時之所謂文,猶今人所謂詩賦也;當時所謂筆,猶後人所謂文也。廣義言之,當時之所謂文者,猶後世所謂詩賦駢文也;當時所謂筆者,猶後世所謂散文也。唯當時之五言詩,特爲發達,駢文亦登峰造極,辭賦則由兩漢之板重(刻板而厚重)而變爲雋永(意味深長),由兩漢之繁富而變清豔,故論西晋六朝之文者,莫不重詩賦而忽其散文焉。

第一節　藻麗派之散文

晉代文家之最尚藻麗而能爲散文者,莫如潘、陸(潘岳、陸機)。《晉書·潘岳傳》:"岳字安仁,滎陽中牟人也。少以才穎見稱鄉邑,號爲奇童,謂終(終軍,字子雲,西漢濟南人)賈(賈誼)之儔也。"又云:"岳美姿儀,辭藻絶麗,尤善爲哀誄之文。"一百三家集有《潘黄門集》一卷。又《陸機傳》云:"陸機字士衡,吴郡人也。身長七尺,其聲如雷;少有異才,文章冠世,伏膺(服膺、欽慕)道術,非禮不動。"又曰:"機天才秀逸,辭藻宏麗,張華(字茂先,晋范陽方城人)嘗謂之曰:'人之爲文,常恨才少,而子更患其多。'弟雲嘗與書曰:'君苗(應瑒從弟)見兄文,輒欲焚其筆硯。'後葛洪(字稚川,東晋丹陽句容人)著書,稱機文猶玄圃(傳説中崑崙山頂的神仙居處)之積玉(精華所聚),無非夜光焉;五河之吐流,泉源如一焉。其弘麗妍贍,英鋭漂逸,亦一代之絶乎?其爲人所推服如此。"《四部叢刊》影印明正德(明武宗年號)覆宋本《陸士衡文集》十卷。

潘陸之文,多屬駢文。然亦有可以入於散文者,兹各録一篇如下:

閒居賦序

潘　岳

岳嘗讀《汲黯傳》,至司馬安四至九卿,而良史書之以巧宦之目,未嘗不慨然廢書而歎曰:嗟乎!巧誠有之,拙亦宜然。顧常以爲士之生也,非至聖無軌微妙玄通者,則必立功立事,效當年之用。是以資忠履信以進德,修辭立誠以居業。僕少竊鄉曲之譽,忝司空大尉之命,所奉之主,即太宰魯武公其人也,舉秀才爲郎。逮事世祖武皇帝,爲河陽懷令,尚書郎,廷尉平。今天子諒闇之際,領大傅主薄。府主誅,除名爲民。俄而復官,除長安令。遷博士,未召拜,親疾,輒去官免。自弱冠涉乎知命之年,八徙官而一進階,再免,一除名,一不拜職,遷者三而已矣。雖通塞有遇,抑亦拙者之效也。昔通人和長輿之論余也,固謂拙於用多。稱多則吾豈敢,言拙信而有徵。方今俊乂在官,百工惟時,拙者可以絶意乎寵榮之事矣。太夫人在堂,有羸老之疾,尚何能違膝下色養,而屑屑從斗筲之役乎?於是覽止足之分,庶浮雲之志,築室種樹,逍遥自得。池沼足以魚釣,舂稅足以代耕。灌園粥蔬,以供朝夕之膳;牧羊酤酪,以俟伏臘之費。孝乎惟孝,友于兄弟,此亦拙者之爲政也。乃作《閒居賦》,以歌事遂情焉。

弔魏武帝文序

陸　機

元康八年，機始以臺郎出補著作，游乎秘閣，而見魏武帝遺令，愾然歎息，傷懷者久之。客曰："夫始終者，萬物之大歸；生死者，性命之區域。是以臨喪殯而後悲，覩陳根而絶哭。今乃傷心百年之際，興哀無情之地，意者無乃知哀之可有，而未識情之可無乎？"機答之曰："夫日食由乎交分，山崩起於朽壤，亦云數而已矣。然百姓怪焉者，豈不以資高明之質，而不免卑濁之累；居長安之勢，而終嬰傾離之患故乎？夫以迴天倒日之力，而不能振形骸之内；濟世夷難之智，而受困魏闕之下。已而格上下者，藏於區區之木；光于四表者，翳乎蕞爾之土。雄心摧於弱情，壯圖終於哀志。長算屈於短日，遠跡頓於促路。嗚呼！豈特瞽史之異闕景，黔黎之怪頹岸乎？觀其所以顧命冢嗣，貽謀四子，經國之略既遠，隆家之訓亦弘。又云：'吾在軍中，持法是也。至於小忿怒，大過失，不當效也。'善乎達人之讜言矣！持姬女而指季豹以示四子曰：'以纍汝！'因泣下。傷哉！曩以天下自任，今以愛子託人。同乎盡者無餘，而得乎亡者無存。然而婉孌房闥之内，綢繆家人之務，則幾乎密與！又曰：'吾婕妤妓人，皆著銅爵臺。於臺堂上施八尺牀，繐帳，朝晡上脯糒之屬。月朝十五，輒向帳作妓。汝等時時登銅雀臺，望吾西陵墓田。'又云：'餘香可分與諸夫人。諸舍中無所爲，學作履組賣也。吾歷官所得綬，皆著藏中。吾餘衣裘，可别爲一藏。不能者兄弟可共分之。'既而竟分焉。亡者可以勿求，存者可以勿違，求與違不其兩傷乎？悲夫！愛有大而必失，惡有甚而必得；智慧不能去其惡，威力不能全其愛。故前識所不用心，而聖人罕言焉。若乃繫情累於外物，留曲念於閨房，亦賢俊之所宜廢乎？於是遂憤懣而獻弔云爾。”

此兩文抑塞悲怨,言愈斂而愈情張,其文法純從太史公來;文情之烈,亦後人所難到也。章炳麟謂“雄心摧於弱情,壯圖終於哀志,長算屈於短日,遠跡頓於促路”云云,雖爲弔文,抑何似謗書也?但燾(字植之,湖北赤壁人)云:“士衡家世在吴,累葉(累世)將相,羽翼吴運。士衡以瑚璉俊才(治國安邦之才),值國滅家喪,不能展用佐時,既以孫皓(字元宗,孫權之孫,東吴末帝,降西晋)舉土委魏,作《辨亡論》以著其得失;其發憤譏評武帝(魏武帝曹操),正言若反,非無病而呻也。”(但燾《蓟漢雅言札記》,載《制言》1936年第25期)

第二節　帖學家之散文

吾國美術,莫高於書法。而自古以書法兼文章名者,於周秦莫如李斯,於漢莫如蔡邕,於漢以後莫如王羲之。然李、蔡之書存於石刻,凡石刻之文,必爲極矜意之作,與三代鐘鼎之文正復相類;作者(作文者)、書者(書寫者)、刻者(刻畫者)無不極人工之巧而爲之也。帖學(法貼之學)則不然,書者隨意寫之,作者隨意出之,原不期人之刻之也,故其字與文一任天而行,極自然之致,與鐘鼎石刻之文學家適極端相反。吾既愛人工之巧,而尤愛天然之妙也。故特述此章焉。

兩晋六朝之帖學書家,以王羲之爲最。《晋書·王羲之傳》:“羲之字逸少,幼訥(nè,語言遲鈍)於言,人未之奇。年十三,嘗謁周顗(字伯仁,汝南安成人),顗察而異之。及長,辯贍(雄辯),以骨鯁稱。尤善隸書,爲古今冠。”此所謂隸書,當指楷書也。羲之楷書之最著名者爲《樂毅論》,行書之最著名者爲《蘭亭集序》,草書之最著名者爲《十七帖》。《十七帖》之文則尤吾所謂任天而行者也。一百三家集有《王右軍集》二卷。

十七帖　節録

十七日,先書,郗司馬未去。即日得足下書爲慰。先書以具示復數字。

吾前東,粗足作佳觀。吾爲逸民之懷久矣。足下何以方復及此,似夢中語邪?無緣言面,爲歎書何能悉?

龍保等平安也,謝之甚遲。見卿舅可耳,至爲簡隔也。

知足下行至吴,念違離不可居,叔當西邪,遲知問。

計與足下别,廿六年於今,雖時書問,不解闊懷,省足下先後二書,但增歎慨。頃積雪凝寒,五十年中所無。想頃如常,冀來夏秋間,或復得足下問耳。比者悠悠,如何可言。

吾復食久,猶爲劣劣,大都比之年時,爲復可可。足下保愛爲上,臨書但有惆悵。

得足下旃罽胡桃藥二種,知足下至,戎鹽乃要也。是服食所須,知足下謂須服食,方回返之,未許。吾此志知我者希,此有成言,無緣見卿,以當一笑。

彼所須藥草,可示當致。

青李來禽櫻桃日給滕,子皆囊盛爲佳,函封多不生。

足下所疏云:"此菓佳,可爲致子,當種之,此種彼胡桃皆生也。"吾篤喜種菓,今在田里,唯以此爲事,故遠及。足下致此子者大惠也。

瞻近無緣,省苦但有悲歎,足下小大悉平安也。云卿當來居此,喜遲不可言,想必果,言苦有期耳。亦度卿當不居京,此既避,又節氣佳,是以欣卿來也,此信旨還,具示問。

省足下别疏,具彼土山川諸奇,楊雄《蜀都》,左太沖《三都》,殊爲不備悉。彼故爲多奇,益令其遊目意足也。可得果當告卿求迎,少足耳。至時示意,遲此期,真以日爲歲。

想足下鎮彼土,未有動理耳,要欲及卿在彼,登汶領峨眉而旋,實不朽之盛事。但言此,心以馳於彼矣,諸從𬀩數有問,粗平安,唯修載在遠,音問不數。懸情司州,疾篤不果西,公私可恨。足下所云,皆盡事勢,吾無間然。諸問。想足下别具,不復一一。

云譙周有孫,高尚不出。今爲所在,其人有以副此志不?令人依依,足下具示。

嚴君平、司馬相如、楊子雲,皆有後不?

此文絶不修飾,而味之雋永,乃古今無兩。惜今閣帖(《淳化秘閣法帖》的簡稱)中所存諸帖,悉多斷簡,不能盡句讀耳。然其文亦似有所本。

軍策令

魏武帝

孤先在襄邑,有起兵意,與工師共作卑手刀。時北海孫賓碩來候孤,譏孤曰:“當慕其大者,乃與工師共作刀耶?”孤答曰:“能小復能大,何害?”

袁本初鎧萬領,吾大鎧二十領。本初馬鎧二百具,吾不能有十具。見其少,遂不施也。吾遂出奇破之,是時士卒練甲不與今時等也。

夏侯淵今月賊燒卻鹿角,鹿角去本營十五里,淵將四百兵行鹿角,因使士補之。賊山上望見,從谷中卒出。淵使兵與鬭,賊遂繞出其後。兵退而淵未至,甚可傷!淵本非能用兵也,軍中呼爲白地將軍。爲督帥尚不當親戰,況補鹿角乎?

詔群臣

魏文帝

三世長者知被服,五世長者知飲食,此言被服飲食非長者不别也。

夫珍玩必中國。夏則縑緫綃繐,其白如雪,冬則羅紈綺縠,衣疊鮮文,未聞衣布服葛也。

前後每得蜀錦,殊不相似,比適可訝,而鮮卑尚復不愛也。自吴所織如意,虎頭,連璧錦,亦有金薄,蜀薄,來至洛邑皆下惡,是爲下工之物,皆有虚名。

江東爲葛,寧可比羅紈綺縠。

前於闐王山習,所上孔雀尾萬枝,文彩五色,以爲金根車蓋,遥望耀人眼目。飲食一物,南方有橘,酢正裂人牙,時有甜耳。

新城孟太守道蜀豬肫雞鶩味皆澹,故蜀人作食,喜著飴蜜,以助味也。

真定御梨大若拳,甘若蜜,脆若菱,可以解煩釋渴。

南方有龍眼、荔枝,寧比西國蒲萄、石蜜乎? 酢且不如中國。今以荔枝賜將吏噉之,則知其味薄矣,凡棗莫若安邑御棗也。

中國珍果甚多,且復爲蒲萄説。當其朱夏涉秋,尚有餘暑,醉酒宿酲,掩露而食,甘而不餲,脆而不酢,冷而不寒,味長汁多,除煩解渴,又釀以爲酒,甘於鞠蘖,善醉而易醒。道之已流涎咽唾,況親食之邪? 他方之果,寧有匹之者?

魏武父子此等作品,其行文在有意無意之間,疑爲右軍之所本也。

《晉書》謂:“羲之雅好服食(指服用丹藥)養性,不樂在京師;初渡浙江,便有終焉之志;會稽有佳山水,名士多居之,謝安(字安石,東晋陳郡陽夏人)未仕時亦居焉,孫綽(字興公,東晋中都人)、李充(字弘度,東晋江夏人)、許詢(字玄度,東晋高陽人)、支遁(字道林,東晋陳留人,著名高僧)等皆以文義冠世,並築室東土(指會稽),與羲之同好。嘗與同志宴集於會稽山陰之蘭亭,羲之自爲序,以申其志。"今録其文如下:

蘭亭集序

永和九年,歲在癸丑,暮春之初,會于會稽山陰之蘭亭,修禊事也。群賢畢至,少長咸集。此地有崇山峻嶺,茂林修竹,又有清流激湍,暎帶左右,引以爲流觴曲水,列坐其次,雖無絲竹管絃之盛,一觴一詠,亦足以暢叙幽情。是日也,天朗氣清,惠風和暢。仰觀宇宙之大,俯察品類之盛,所以遊目騁懷,足以極視聽之娱,信可樂也。夫人之相與,俯仰一世。或取諸懷抱,悟言一室之内;或因寄所託,放浪形骸之外。雖趣舍萬殊,静躁不同,當其欣於所遇,暫得於己,快然自足,曾不知老之將至。及其所之既倦,情隨事遷,感慨係之矣。向之所欣,俛仰之間,以爲陳迹,猶不能不以之興懷;況修短隨化,終期於盡。古人云:"死生亦大矣。"豈不痛哉!每攬昔人興感之由,若合一契,未嘗不臨文嗟悼,不能喻之於懷。固知一死生爲虚誕,齊彭、殤爲妄作。後之視今,亦由今之視昔。悲夫!故列叙時人,録其所述。雖世殊事異,所以興懷,其致一也。後之覽者,亦將有感於斯文。

此文雖不如《十七帖》之隨意着筆,然不事文彩,味自雋永也。《石遺室論文》云:"六朝間散文之絶無僅有者,不過王右軍、陶靖節(陶淵明,門人私謚靖節)之作數篇。而右軍《蘭亭序》,《昭明文選》及後世諸選本皆不收。論者以爲篇中連用絲竹管絃四字，絲竹即管絃爲重複。然此四字實本《漢書・張禹傳》。傳云：'後堂理絲竹絃管。'前人已據而辯之，又引《莊子》我無糧我無食爲證矣。其實《昭明文選》，多可訾議，佳篇遺漏者甚多，不足爲憑。其序《陶淵明集》，指其《閑情》一賦，以爲白璧微瑕，乃於《高唐》、《神女》、《好色》、《洛神》諸賦，則無不選入，此何説哉？且題曰《閑情》，乃言防閑情之所至也。何所用其疵點乎？後世選家不選，殆自謂所選皆有關人心世道之文，合於立德立功之旨。乃歸有光(字熙甫，一字開甫，號震川、項脊生，明江蘇崑山人)《寒花葬誌》，自寫與妻婢調笑情狀，頗不莊雅，而姚惜抱(姚鼐，其室名惜抱軒，故稱)選入《古文辭類纂》，曾滌生(曾國藩)選入《經史百家雜鈔》，謂之何哉？豈知晋代承魏，何晏、王衍(字夷甫，西晋瑯琊臨沂人)諸人風尚，競務清談(魏晋時崇尚老莊、空談玄理的風尚)，大概老莊宗旨，右軍雅志高尚，稱疾去郡，誓於父母墓前，與東土人士，窮名山，泛蒼海，優游無事，弋釣(射鳥釣魚)爲娱，宜其所言，於老莊玄旨，變本加厲矣；而此序臨河興感，知一死生爲虚誕，齊彭(彭祖，傳説中的長壽仙人)殤(未及成年而死)爲妄作，即仲尼樂行憂違(《易・乾卦》文言："樂則行之，憂則違之。")，在川上而有逝者如斯之歎也(《論語・子罕》："子在川上曰：'逝者如斯夫！不舍晝夜。'")。世人薰心富貴，顛倒得失，宜其不足以知此。昭明舍右軍而采顔延年(顔延之)、王元長(王融)二作，則偏重駢麗之故，與《平淮西碑》舍昌黎而取段文昌(字墨卿，一字景初，唐西河人)者，(韓愈先作《平淮西碑》，因其文觸犯權貴，故後被磨滅，重令段文昌作之並刻石)命意略同也。"

第三節　自然派之散文

晋宋間之文學，最放異彩者爲陶淵明。其詩世多知之，文則駢文家既以其不穠麗而鮮及之,古文家亦以其不矜意而少選之。而不知其雅澹自然之致與其詩無二,不尚修飾,妙合自然,非深於文者不能爲也。原其所祖,則上本匡(匡衡)劉(劉向),近祖康成(鄭玄)。今録其《與子儼等疏》於後:

與子儼等疏

告儼、俟、份、佚、佟:天地賦命,生必有死,自古聖賢,誰能獨免?子夏有言:"死生有命,富貴在天。"四友之人,親受音旨,發斯談者,將非窮達不可外求,壽夭永無外請故耳。吾年過五十,少而窮苦,每以家弊,東西遊走。性剛才拙,與物多忤。自量爲己,必貽俗患,僶俛辭世,使汝等幼而飢寒。余嘗感孺仲賢妻之言,敗絮自擁,何慙兒子?此既一事矣。但恨鄰靡二仲,室無萊婦,抱兹苦心,良獨内愧。少學琴書,偶愛閒靜,開卷有得,便欣然忘食。見樹木交蔭,時鳥變聲,亦復歡然有喜。常言:五六月中,北窗下卧,遇涼風暫至,自謂是羲皇上人。意淺識罕,謂斯言可保。日月遂往,機巧好疏,緬求在昔,眇然如何?病患以來,漸就衰損,親舊不遺,每以藥石見救,自恐大分將有限也。汝輩稚小家貧,每役柴水之勞,何時可免?念之在心,若何可言!然汝等雖不同生,當思四海皆兄弟之義。鮑叔、管仲,分財無猜;歸生、伍舉,班荆道舊。遂能以敗爲成,因喪立功。他人尚爾,況司父之人哉!潁川韓元長,漢末名士,身處卿佐,八十而終。兄弟同居,至於没齒。濟北氾稚春,晋時操行人也,七世同財,家人無怨色。《詩曰》:"高山仰止,景行行止。雖不能爾,至心尚之。"汝其慎哉!吾復何言。

《石遺室論文》曰:"三國六朝散體文可論者甚少。鄭康成本漢末人,至三國尚存,其《戒子書》中有云:'顯譽成於僚友,德行立於己志,若致聲稱(名聲、名譽),亦有榮於所生,可不深念邪?可不深念邪?'末云:'家今差多於昔,勤力務時,無恤飢寒,菲(微薄)飲食,薄衣服,節夫二者,尚令吾寡憾,若忽忘不識,亦已焉哉!'著墨不多,而自親切有味。康成湛深(深於、精通於)經學,故文字氣息醇茂,不務爲崢嶸氣勢,極似西漢匡(匡衡)劉(劉向)諸作。且此篇乃對子之言,尤貴樸實,自道毫無假飾,在東漢末視蔡中郎(蔡邕,曾拜左中郎將)、孔北海(孔融)輩之膚廓(文辭空泛而不切實際),迥不相侔矣。晉陶淵明《與子儼、俟、份、佚、佟疏》,筆意頗相近,以其恬退不仕,與世無競同也。兩文前半篇自叙生平,尤爲相似,自係陶之著意效鄭,而絶無一字蹈襲處。惟陶作較有詞采,中一段云:'少學琴書,偶愛閒情,開卷有得,便欣然忘食。見樹木交蔭,時鳥變聲,亦復歡然有喜。常言五六月中,北窗下臥,遇涼風暫至,自謂是羲皇上人(即伏羲)。意淺識罕,謂斯言可保。日月遂往,機巧遂疏,緬求(遠求)在昔,渺然如何?'蓋淵明工詩,故興趣横生,而又不落纖仄(文辭纖巧而不正),所以可貴。"

淵明散文之美者尚有《五柳先生傳》、《桃花源記》、《孟府君傳》等。其韵文之佳者則有《歸去來辭》、《士不遇賦》、《閑情賦》。《南史·隱逸傳》云;"陶潛字淵明,或云字深明,名元亮,尋陽柴桑人。少有高志。家貧親老。起爲州祭酒,不堪吏職,少日自解歸。州召主簿,不就。躬耕自資。後爲鎮軍建威參軍,謂親朋曰:'聊欲絃歌(代指出仕)爲三徑[①]之資,可乎(指陶淵明願謀爲地方長令,積蓄俸禄以爲隱居之資)?'執事者聞之,以爲彭澤令。義熙(東晋晋安帝年號)末,徵爲著作郎,不就。"《四部叢刊》影印宋巾箱本《箋注陶淵

① 唐李善注《昭明文選》引《三輔决録》曰:"蔣詡,字元卿,舍中三徑,唯羊仲、求仲從之遊,皆挫廉逃名不出。"三徑代指隱居者的家園。

明集》十卷。淵明自然派之散文,後世惟唐白居易(字樂天,號香山居士、醉吟先生,唐太原人)最爲近之。

第四節　論難派之散文

魏晋之間學重名理,故晋儒魯勝(字叔時,西晋代郡人)已注《墨辯》(《墨子》篇名,論説辯論之術)。迄於齊、梁,佛法益盛,辯難之風更熾。如宋何承天(東海郯人)之《達性論》、《報應問》、《答宗居士書》、顧愿(字子恭,吴郡人)《定命論》等,均論辯精微,無媿名家之作。而范縝之《神滅論》、沈約之《難神滅論》,尤爲佳製。《公孫龍子》而後,僅見之文也。

范縝　《南史·范縝傳》:字子真,南鄉舞陰人。縝少孤貧,事母孝謹。年未弱冠(《禮記·曲禮》:"二十曰弱冠。"),從沛國劉瓛(字子珪,沛國相人)學,瓛甚奇之,親爲之冠。在瓛門下積年(多年、累年),恒芒屩(草鞋)布衣,徒行於路。瓛門下多車馬貴游,縝在其間,聊無恥媿。及長,博通經術,尤精三禮(《周禮》、《儀禮》、《禮記》合稱三禮)。性質直,好危言高論,不爲士友所安。唯與外弟蕭琛(字彦瑜,蘭陵人)善,琛名曰口辯,每服縝簡詣。仕齊爲尚書殿中郎。

沈約　字休文,吴興武康人。年十三而遭家難,潛竄,會赦乃免。既而流寓孤貧,篤志好學,晝夜不釋卷。母恐其以勞生疾,常遣(使、讓)減油滅火。而晝之所讀,夜輒誦之。遂博通群籍,善屬文。仕齊官至司徒左長史、征虜將軍、南清河南太守。梁高祖(蕭衍)在西邸(官舍名)與約游舊[1]。建康城平,引爲驃騎司馬將軍如故。後以勸進定策(勸蕭衍受齊禪讓,即幫助蕭衍篡齊)功,高祖受禪,

---

[1] 《梁書·武帝紀上》:"竟陵王子良開西邸,招文學,高祖與沈約、謝朓、王融、蕭琛、范雲、任昉、陸倕等竝遊焉,號曰八友。"

封建昌候,官至侍中少保。一百三家集有《沈隱侯集》一卷。

神滅論

范　縝

或問予云:"神滅,何以知其滅也?"答曰:"神即形也,形即神也。是以形存則神存,形謝則神滅也。"問曰:"形者無知之稱,神者有知之名。知與無知,即事有異;神之與形,理不容一。形神相即,非所聞也。"答曰:"形者神之質,神者形之用。是則形稱其質,神言其用,形之與神,不得相異也。"問曰:"神故非質,形故非用,不得爲異,其義安在?"答曰:"名殊而體一也。"問曰:"名既已殊,體何得一?"答曰:"神之於質,猶利之於刀;形之於用,猶刃之於利。利之名非刃也,刃之名非利也。然而捨利無刃,舍刃無利。未聞刃没而利存,豈容形亡而神在?"問曰:"刃之與利,或如來説;形之與神,其義不然。何以言之?木之質無知也,人之質有知也。人既有如木之質,而有異木之知;豈非木有其一,人有其二邪?"答曰:"異哉言乎!人若有如木之質以爲形,又有異木之知以爲神,則可如來論也。今人之質,質有知也,木之質,質無知也。人之質非木質也,木之質非人質也。安有知木之質而復有異木之知哉?"問曰:"人之質所以異木質者,以其有知耳。人而無知,與木何異?"答曰:"人無無知之質,猶木無有知之形。"問曰:"死人之形骸,豈非無知之質耶?"答曰:"是無知之質也。"問曰:"若然者,人果有如木之質,而有異木之知矣。"答曰:"死者有如木之質,而無異木之知;生者有異木之知,而無如木之質也"。問曰:"死者之骨骼,非生之形骸邪?"答曰:"生形之非死邪,死形之非生形,區已革矣。安有生人之形骸而有死人之骨骼哉!"問曰:"若生者之形骸非死者之骨骼,非死者之骨骼則應不由生者之形骸。不由生者之死骸,則此骨骼從何而至此邪?”答曰:“是生者之形骸,變爲死者之骨骼也。”問曰:“生者之形骸,雖變爲死者之骨骼,豈不從生而有死?則知死體猶生體也?”答曰:“如因榮木變爲枯木,枯木之質寧是榮木之體。”問曰:“榮體變爲枯體,枯體即是榮體;絲體變爲縷體,縷體即是絲體,有何别焉?”答曰:“若枯即是榮,榮即是枯,應榮時凋零,枯時結實也。又榮木不應變爲枯木,以榮即是枯,無所復變也。又榮枯是一,何不先枯後榮?要先榮後枯,何也?絲縷之義,亦同此破。”問曰:“生形之謝,便應豁然都盡,何故方受死形,綿歷未已邪?”答曰:“生滅之體,要有其次故也。夫欻而生者必欻而滅,漸而生者必漸而滅。欻而生者,飄驟是也。漸而生者,動植是也。有欻有漸,物之理也。”問曰:“形即是神者,手等亦是邪?”答曰:“皆是神之分也。”問曰:“若皆是神之分,神既能慮,手等亦應能慮也。”答曰:“手等亦應能有痛癢之知,而無是非之慮。”問曰:“知慮爲一爲異?”答曰:“知即是慮,淺則爲知,深則爲慮。”問曰:“若爾,應有二乎?”答曰:“人體惟一,神何得二?”問曰:“若不得二,安有痛癢之知,復有是非之慮?”答曰:“如手足雖異,總爲一人;是非痛癢,雖復有異,亦總爲一神矣。”問曰:“是非之慮,不關手足,當關何處?”答曰:“是非之意,心器所主。”問曰:“心器是五藏之心,非邪?”答曰:“是也。”問曰:“五藏有何殊别,而心獨有是非之慮乎?”答曰:“七竅亦復何殊,而司用不均?”問曰:“慮思無方,何以知是心器所主?”答曰:“五藏各有所司,無有能慮者,是以心爲慮本。”問曰:“何不寄在眼等分中?”答曰:“若慮可寄於眼分,何故曰不寄於耳分邪?”問曰:“慮體無本,故可寄之眼分。眼目有本,不假寄於他分也。”答曰:“眼何故有本而慮無本?苟無本於我形,而可徧寄於異地,亦可張甲之情寄王乙之軀,李丙之性託趙丁之體。然乎哉?不然也。”問曰:“聖人形猶凡人之形,而有凡聖之殊,故知形神異矣。”答曰:“不然。金之精者能昭,穢者不能昭。有能昭之精金,寧有不昭之穢質?又豈有聖人之神而寄凡人之器?亦無凡人之神而託聖人之體?是以八采、重瞳,勛、華之容,龍顔、馬口,軒、皞之狀,此形表之異也。比干之心,七竅列角;伯約之膽,其大若拳,此心器之殊也。是知聖人定分,每絶常區,非惟道革群生,乃亦形超萬有。凡聖均體,所未敢安。”問曰:“子云聖人之形必異於凡者,敢問陽貨類仲尼,項籍似大舜,舜、項、孔、陽,智革形同,其故何耶?”答曰:“珉似玉而非玉,雞類鳳而非鳳,物誠有之,人故宜爾。項、陽貌似而非實似,心器不均,雖貌無益。”問曰:“凡聖之殊,形器不一,可也。聖人貫極,理無有二,而丘、旦殊姿,湯、文異狀,神不侔色,於此益明矣。”答曰:“聖同於心,器形不必同也,猶馬殊毛而齊逸,玉異色而均美。是以晉棘、荆和,等價連城,驊騮、騄驪,俱致千里。”問曰:“形神不二,既聞之矣。形謝神滅,理固宜然。敢問經云‘爲之宗廟,以鬼饗之’何謂也?”答曰:“聖人之教然也,所以弭孝子之心,而厲偷薄之意。神而明之,此之謂矣。”問曰:“伯有被甲,彭生豕見,墳索著其事,寧是設教而已邪?”答曰:“妖怪茫茫,或存或亡。彊死者衆,不皆爲鬼。彭生、伯有,何獨能然?乍爲人豕,未必齊、鄭之公子也。”問曰:“《易》稱‘故知鬼神之情狀,與天地相似而不違’,又曰‘載鬼一車’,其義云何?”答曰:“有禽焉,有獸焉,飛走之别也。有人焉,有鬼也,幽明之别也。人滅而爲鬼,鬼滅而爲人,則未之知也。”問曰:“知此神滅,有何利用邪?”答曰:“浮屠害政,桑門蠹俗,風驚霧起,馳蕩不休,吾哀其弊,思拯其溺。夫竭財以赴僧,破産以趨佛,而不恤親戚,以憐窮匱者何?良由厚我之情深,濟物之意淺。是以圭撮涉於貧友,吝情動於顔色。千鍾委於富僧,歡意暢於容髮。豈不以僧有多稌之期,友無遺秉之報,務施闕於周急,歸德必於在己?又惑以茫昧之言,懼以阿鼻之苦,誘以虚誕之辭,欣以兜率之樂。故捨逢掖,襲横衣,廢俎豆,列缾缽,家家棄其親愛,人人絶其嗣續。致使兵挫於行間,吏空於官府,粟罄於惰遊,貨殫於泥木。所以姦宄弗勝,頌聲尚擁,惟此之故,其流莫已,其病無限。若陶甄稟於自然,森羅均於獨化,忽焉自有,怳爾而無;來也不禦,去也不追,乘夫天理,各安其性。小人甘其壟畝,君子保其恬素,耕而食,食不可窮也;蠶而衣,衣不可盡也。下有餘以奉其上,上無爲以待其下,可以全生,可以匡國,可以霸君,用此道也。”

難范縝神滅論

沈　約

來論云:形即是神,神即是形。又云:人體是一,故神不得二。若如雅論,此二物不得相離,則七竅百體無處非神矣。七竅之用既異,百體所營不一,神亦隨事而應,則其名亦應順事而改。神者,對形之名,而形中之形各有其用,則應神中之神亦應各有其名矣。今舉形則有四肢百體之異,屈伸聽受之别,各有其名,各有其用。言神唯有一名,而用分百體,此深所未了也。若形與神對,片不可差,何則形之名多,神之名寡也?若如來論,七尺之神,神則無處無形,形則無處非神矣。刀則唯刃,猶利非刃則不受利名。故刀是舉體之稱,利是一處之目。刀之與利既不同矣,形之與神豈可妄合邪?又,昔日之刀,今鑄爲劍,劍利即是刀利,而刀形非劍形。於利之用弗改,而質之形已移,與夫前生爲甲,後生爲丙,夫人之道或異,往識之神猶傳,與夫劍之爲刀,刀之爲劍,有何異哉?又,一刀之資分爲二刀,形已分矣,而各有其利。今取一牛之身而剖之爲兩,則飲齕之生即謝,任重之爲不分,又何得以刀之爲利,譬形之與神邪? 來論謂:刀之與利,即形之有神。刀則舉體是一利,形則舉體是一神。神用於體,則有耳目手足之别。手之用不爲足用,耳之用不爲眼用。而利之爲用,無所不可,亦可斷蛟蛇,亦可截鴻鴈,非一處偏可割東陵之瓜,一處偏可割南山之竹。若謂利之爲用亦可得分,則足可以執物,眼可以聽聲矣。若謂刀背亦有利,兩邊亦有利,但未鍛而銛之耳。利若遍施四方,則利體無處復立,形方形直,並不得施利,利之爲用,正存一邊毫毛處耳。神之與形,舉體若合,又安得同乎? 刀若舉體是利,神用隨體則分,若使刀之與利,其理若一,則胛下亦可安眼,背上亦可施鼻,可乎? 不可也。若以此譬爲盡邪? 則不盡。若謂本不盡邪? 則不可以爲譬也。若形即是神,神即是形,二者相資,理無偏謝,則神亡之日,形亦應消。而今有知之神亡,無知之形在,此則神本非形,形本非神,又不可得强令如一也。若謂總百體之質謂之形,總百體之用謂之神,今百體各有其分,則眼是眼形,耳是耳形,眼形非耳形,耳形非眼形,則神亦隨百體而分,則眼有眼神,耳有耳神,耳神非眼神,眼神非耳神也。而偏枯之體,其半已謝,已謝之半,事同木石。譬彼僵尸,永年不朽,此半同滅,半神既滅,半體猶存,形神俱謝,彌所駭惕。若夫二負之尸,經億載而不毁;單開之體,尚餘質於羅浮。神形若合,則此二士不應神滅而形存也。來論又云:欻而生者,欻而滅者;漸而生者,漸而滅者。試借子之衝,以攻子之城。漸而滅,謂死者之形骸始乎無知,而至于朽爛也。若然,則形之與神,本爲一物。形既病矣,神亦告病;形既謝矣,神亦云謝。漸之爲用,應與形俱。形以始亡末朽爲漸,神獨不得以始末爲漸邪? 來論又云:生者之形骸,變爲死者之骨骼。

按如來論,生之神明,生之形骸,既化爲骨骼矣,則生之神明獨不隨形而化乎?若附形而化,則應與形同體。若形骸即是骨骼,則死之神明不得異生之神明矣。向所謂死,定自未死也。若形骸非骨骼,則生神化爲死神。生神化爲死神,即是三世,安謂其不滅哉?神若隨形,形既無知矣。形既無知,神本無質。無知便是神亡,神亡而形在,又不經通。若形雖無知,神尚有知,形神既不得異,則向之死形,翻復非枯木矣。

史稱"謝玄暉(謝朓,字玄暉,陳郡陽夏人)善爲詩,任彦昇(任昉,字彦昇,樂安博昌人)工於筆,約(沈約)兼而有之,然不能過也。"(《梁書·沈約傳》)當時以詩賦儷辭爲文,以質實直書者爲筆,約蓋兼文筆之長者也。今再選沈約文二首於下,以見當時文體之嚴。

修竹彈甘蕉文

長兼淇園貞幹臣修竹稽首:臣聞芟夷藴崇,農夫之善法;無使滋蔓,翦惡之良圖。未有蠹苗害稼,不加窮伐者也。切尋蘇臺前甘蕉一叢,宿漸雲露,荏苒歲月,擢木盈尋,垂蔭含丈。階緑寵渥,銓衡百卉,而予奪乖爽,高下在心。每叨天功,以爲己力。風聞籍聽,非復一塗。猶謂愛憎異説,所以掛乎嚴網。今月某日,有臺西階澤蘭、萱草到園同訴,自稱雖慚杞梓,頗異蒿蓬,陽景所臨,由來無隔。今月某日,巫岫斂雲,秦樓開照,乾光弘普,罔幽不矚。而甘蕉攢莖布影,獨見障蔽,雖處臺隅,遂同幽谷。臣謂偏辭難信,敢察以情。登攝甘蕉左近杜若、江籬,依源辨覆。兩草各處,異列同款,既有證據,羌非風聞。切尋甘蕉出自藥草,本無芬馥之香,柯條之任,非有松柏後彫之心,蓋闕葵藿傾陽之識。憑藉慶會,稽絶倫等,而得人之譽靡即,稱平之聲寂寞。遂使言樹之草,忘憂之用莫施;無絶之芳,當門之弊斯在。妨賢敗政,孰過於此!而不除戮,憲章安用?請以見事,徙根翦葉,斥出臺外,庶懲彼將來,謝此衆屈。

宋書　謝靈運傳論

史臣曰:民稟天地之靈,含五常之德,剛柔迭用,喜愠分情。夫志動於中,則歌詠外發。六義所因,四始攸繫,升降謳謡,紛披風什。雖虞夏以前,遺文不覩,稟氣懷靈,理無或異。然則歌詠所興,宜自生民始也。周室既衰,風流彌著,屈平、宋玉,導清源於前;賈誼、相如,振芳塵於後。英辭潤金石,高義薄雲天。自兹以降,情志愈廣。王褒、劉向、揚、班、崔、蔡之徒,異軌同奔,遞相師祖。雖清辭麗曲,時發乎篇,而蕪音累氣,固亦多矣。若夫平子豔發,文以情變,絶唱高蹤,久無嗣響。至于建安,曹氏基命,三祖陳王,咸蓄盛藻,甫乃以情緯文,以文被質。自漢至魏,四百餘年,辭人才子,文體三變。相如工爲形似之言,二班長於情理之説,子建、仲宣以氣質爲體,竝標能擅美,獨映當時。是以一世之士,各相慕習。源其飆流所始,莫不同祖《風》、《騷》。徒以賞好異情,故意製相詭。降及元康,潘、陸特秀,律異班、賈,體變曹、王,縟旨星稠,繁文綺合。綴平臺之逸響,采南皮之高韻,遺風餘烈,事極江右。在晋中興,玄風獨扇,爲學窮於柱下,博物止乎七篇。馳騁文辭,義殫乎此。自建武暨于義熙,歷載將百,雖比響聯辭,波屬雲委,莫不寄言上德,託意玄珠,遒麗之辭,無聞焉耳。仲文始革孫、許之風,叔源大變太元之氣。爰逮宋氏,顔、謝騰聲,靈運之興會標舉,延年之體裁明密,竝方軌前秀,垂範後昆。若夫敷衽論心,商榷前藻,工拙之數,如有可言。夫五色相宣,八音協暢,由乎玄黄律吕,各適物宜。欲使宫羽相變,低昂舛節,若前有浮聲,而後須切響。一簡之内,音韻盡殊;兩句之中,輕重悉異。妙達此旨,始可言文。至於先士茂製,諷高歷賞,子建、函京之作,仲宣、灞岸之篇,子荆零雨之章,正長朔風之句,竝直舉胸情,非傍詩史,正以音律調韻,取高前式。自靈均以來,多歷年代,雖文體稍精,而此秘未覩。至於高言妙句,音韻天成,皆暗與理合,匪由思至。張、蔡、曹、王,曾無先覺,潘、陸、顔、謝,去之彌遠。世之知音者,有以得之,此言非謬。如曰不然,請待來哲。

觀此所選沈文三首,《難神滅論》純乎筆者也,《彈甘蕉文》純乎文者也,《謝靈運傳論》介於文與筆之間者也。《難神滅論》專主乎理勝,言貴精刻,無取乎華辭,故宜乎筆也;《彈甘蕉文》乃寓意抒情之作,味貴深長,不宜過於質直,故宜乎文也;至於《靈運傳論》,意在論文,直抒匈臆,故貴乎文筆之間也。六朝文人,明於文章之體用如此,豈可以宗師唐宋古文之故,而遂盡斥六朝文爲靡麗哉?

第五節　寫景派之散文

六朝散文最放異彩而爲前此所絶少者,尚有寫景之文焉。吾國寫景之詩甚早,《詩》三百篇中已甚多有,而寫景之文則屈、宋之韵文以外,周秦諸子,亦頗少見。兩漢散文,則以論事記事爲最優,寫景文則唯東漢馬第伯(字不詳,東漢光武帝侍從)《封禪儀記》爲最善。

《石遺室論文》曰:“東漢馬第伯《封禪儀記》,記光武封泰山事,爲古今雜記中奇偉之作。原書已亡,後人據《續漢志》(班彪著)、《水經注》(酈道元注。酈道元,字善長,北魏范陽人)、《北堂書鈔》(虞世南撰。虞世南,字伯施,唐越州餘姚人)、《藝文類聚》(歐陽詢纂。歐陽詢,字信本,唐潭州臨湘人)、《初學記》(徐堅等撰。徐堅,字元固,唐湖州長城人)、《白孔六帖》(唐白居易撰)、《太平御覽》(李昉等纂。李昉,字明遠,宋深州饒陽人)諸書所引,采緝成編,但以意爲先後,中必有殘闕失次處,未遑細攷,故往往難於句讀;然無礙於其文之佳也。

"中一大段云:'至中觀(居中的屋宇),去平地二十里,南向極望無不覩。仰望天闕,如從谷底,卻觀抗峰;其爲高也如視浮雲;其峻也石壁窅(yǎo,眼睛瞘進去,喻深遠)窱(tiǎo,深遠、深邃貌),如無道徑;遥望其人,端端如杆升,或以爲小白石,或以爲冰雪,久之,白者移過樹,乃知是人也;殊不可上,四布僵臥石上,有頃復蘇,亦賴齋酒脯,處處有泉水,目輒爲之明;復勉强相將,行到天闕,自以已至也;問道中人,言尚十餘里;其道旁山脅(山峽),大者廣八九尺,狹者五六尺;仰視巖石松樹,鬱鬱蒼蒼,若在雲中;俯視谿谷,碌碌不可見丈尺;遂至天門之下,仰視天門,窔(yào,幽深)遼如從穴中視天;直上七里,賴其羊腸逶迤,名曰環道,往往有絙(huán,大繩索)索,可得而登也;兩從者扶掖,前人相牽,後人見前人履底,前人見後人項,如畫重累人矣;所謂磨胸捍(yú,同"舁",抬,舉起)石捫(撫摸)天之難也。初上此道,行十餘步一休,稍疲,咽脣焦,五六步一休,蹀蹀(缓慢行走)據頓地(手按在地上),不避溼(溝瀆)闇(昏暗、不明亮,此指黑暗的山洞),前有燠(光亮)地,目視而兩腳不隨。'皆摹寫逼肖(逼真、惟妙惟肖)處。'"

訖乎魏晋六朝,寫景之詩賦日工,而寫景之散文則亦日進矣。於晋則有廬山諸道人《游石門詩序》(東晋高僧釋慧遠所作),宋晋之間則陶淵明之《桃花源記》,齊代有陶弘①景(字通明,丹陽秣陵人),梁有吴均(字叔庠,吴興故鄣人),北魏則酈道元之《水經注》,尤爲巨

① "弘",原文作"宏"。

製焉。

《南史·隱逸傳》,"陶弘景,字通明,丹陽秣陵人也;幼有異操,得葛洪《神仙傳》,晝夜研尋,便有養生之志。止(棲息、居住)于句容之句曲山。"一百三家集有《陶隱居集》一卷。

《南史·文學傳》,"吴均,字叔庠,吴興故障人也;家世貧賤,至均好學,有俊才。文體清拔,好事者效之,謂爲吴均體。"一百三家集有《吴朝清集》一卷。

《北史·酷吏傳》,"酈道元,字善長,范陽人也;歷覽奇書,撰注《水經》四十卷,《本志》十三篇,又爲《七聘》及諸文,皆行於世。"

游石門詩序

廬山諸道人

石門在精舍南十餘里,一名障山。基連大嶺,體絶衆阜。闢三泉之會,並立而開流。傾巖玄映其上,蒙形表於自然。故因以爲名。此雖廬山之一隅,實斯地之奇觀。皆傳之於舊俗,而未覩者衆。將由懸瀨險峻,人獸迹絶,逕迴曲阜,路阻行難,故罕經焉。釋法師以隆安四年仲春之月,因詠山水,遂杖錫而遊。於時交徒同趣三十餘人,咸拂衣晨征,悵然增興。雖林壑幽邃,而開塗競進;雖乘危履石,並以所悦爲安。既至,則援木尋葛,歷險窮崖,猿臂相引,僅乃造極。於是擁勝倚巖,詳觀其下,始知七嶺之美,藴奇於此。雙闕對峙其前,重巖映帶其後;巒阜周迴以爲障,崇巖四營而開宇。其中有石臺石池宫館之象,觸類之形,致可樂也。清泉分流而合注,渌淵鏡淨於天池。文石發彩,焕若披面,檉松芳草,蔚然光目。其爲神麗,亦已備矣。斯日也,衆情奔悦,矚覽無厭。游觀未久,而天氣屢變。霄霧塵集,則萬象隱形;流光迴照,則衆山倒影。開闢之際,狀有靈也,而不可測也。乃其將登,則翔禽拂翮,鳴猿厲響。歸雲迴駕,想羽人之來儀;哀聲相和,若玄音之有寄。雖髣髴猶聞,而神以之暢;雖樂不期歡,而欣以永日。當其沖豫自得,信有味焉,而未易言也。退而尋之,夫崖谷之閒,會物無主,應不以情而開興。引人致深若此,豈不以虛明朗其照,閒邃篤其情耶?並三復斯談,猶昧然未盡。俄而太陽告夕,所存已往,乃悟幽人之玄覽,達恒物之大情。其爲神趣,豈山木而已哉!於是徘徊崇嶺,流目四矚,九江如帶,邱阜成垤。因此而推,形有巨細,智亦宜然。迺喟然歎宇宙雖遐,古今一契;靈鷲邈矣,荒途日隔。不有哲人,風迹雖存,應深悟遠。慨焉長懷,各欣一遇之同歡,感良辰之難再,情發於中,遂共詠之云爾。

桃花源記

陶　潛

晋太元中,武陵人捕魚爲業,緣溪行,忘路之遠近。忽逢桃花林,夾岸數百步,中無雜樹,芳草鮮美,落英繽紛。漁人甚異之。復前行,欲窮其林。林盡水源,便得一山。山有小口,髣髴若有光,便捨船從口入。初極狹,纔通人,復行數十步,豁然開朗。土地平曠,屋舍儼然,有良田、美池、桑竹之屬。阡陌交通,雞犬相聞,其中往來種作,男女衣著,悉如外人。黄髮垂髫,並怡然自樂。見魚人,乃大驚,問所從來,具答之。便要還家,設酒、殺雞作食。村中聞有此人,咸來問訊。自云先世避秦時亂,率妻子邑人來此絶境,不復出焉,遂與外人間隔。問今是何世,乃不知有漢,無論魏晋。此人一一爲具言所聞,皆歎惋。餘人各復延至其家,皆出酒食。停數日,辭去。此中人語云:“不足爲外人道也。”既出,得其船,便扶向路,處處誌之。及郡下,詣太守,説如此。大守即遣人隨其往,尋向所誌,遂迷,不復得路。南陽劉子驥,高尚士也。聞之,欣然規往,未果,尋病終。後遂無問津者。

答謝中書書

陶弘景

山川之美,古來共談。高峰入雲,清流見底。兩岸石壁,五色交輝。青林翠竹,四時俱備。曉霧將歇,猿鳥亂鳴。夕日欲頹,沉鱗競躍。實是欲界之仙都。自康樂以來,未復有能與其奇者。

與宋元思書

吴　均

風煙俱淨,天山共色。從流飄蕩,任意東西。自富陽至桐廬,一百許里,奇山異水,天下獨絕。水皆縹碧,千丈見底;游魚細石,直視無礙。急湍甚箭,猛浪若奔。夾岸高山,皆生寒樹,負勢競上,互相軒邈,爭高直指,千百成峰。泉水激石,泠泠作響。好鳥相鳴,嚶嚶成韵。蟬則千轉不窮,猿則百叫無絕。鳶飛戾天者,望風息心;經綸世務者,窺谷忘反。橫柯上蔽,在晝猶昏;疏條交映,有時見日。

巫　峽

水經注

自三峽七百里中,兩岸連山,略無闕處。重巖疊嶂,隱天蔽日,自非停午夜分,不見曦月。至於夏水襄陵,沿泝阻絕。或王命急宣,有時早發白帝,暮宿江陵,其間千二百里,雖乘奔御風,不以疾也。春冬之時,則素湍緑潭,迴清倒影,絕巘多生怪柏,懸泉瀑布,飛漱其間,清榮峻茂,良多趣味。每至晴初霜旦,林寒澗肅,常有高猿長嘯,屬引淒異,空谷傳響,哀轉久絶。

凡此皆可見六朝人寫景文之工美矣,《石門詩序》頗與《蘭亭序》氣格相同,文體在乎駢散之間。《桃花源記》則無駢文氣味,純乎散文矣。《水經注》文筆清雋,與陶弘景、吴均一派爲近,駢多於散者也。後之古文家惟柳宗元諸記爲最優,化駢爲散者也。

第四編　古文極盛時代之散文(唐宋)

第一章　總　論

凡事盛極必衰,矯枉者必過正,此必然之勢也。文至六朝而駢儷極盛矣。誠如沈休文(沈約)《謝靈運傳論》所謂"五色(青、赤、白、黄、黑)相宣,八音(金、石、絲、竹、匏、土、革、木)協暢,由乎玄黄(《易·坤》:"夫玄黄者,天地之雜也,天玄而地黄。")律吕[1],各適物宜,欲使宫羽(古音中的宫調和羽調,此代指音律)相變,低昂舛(相互、交錯)節;若前有浮聲,則後須切響,一簡之内,音韵盡殊,兩句之中,輕重悉異,妙達此旨,始可言文"者。

由齊梁以至於初唐,益駢儷日甚矣。故北周有蘇綽之復古(蘇綽曾提倡復古之樸實,强烈抨擊當時的浮華文風),北齊有顔之推(字介,琅邪臨沂人)之折衷[2],隋文帝(楊堅)時有李諤(字士恢,趙郡人)上書云:"臣聞古賢哲王之化人也,必變其視聽,防其嗜欲,塞其邪放之心,示以淳和之路。五教(五常之教,即指父義、母慈、兄友、弟恭、子孝)六行(孝、友、睦、姻、任、恤),爲訓人之本;《詩》、《書》、《禮》、《易》,爲道義之門。故能家復孝慈,人知禮讓;正俗調風,莫大於此。其有上書獻賦,制誄鐫銘,皆以褒德序賢,明勳證理,苟非懲勸,義不

① 即古代的十二律:黄鐘、大吕、太簇、夾鐘、古洗、仲吕、蕤賓、林鐘、夷則、南吕、無射、應鐘。

② 顔之推《顔氏家訓·音辭》:"音韻鋒出,各有土風,遞相非笑,指馬之喻,未知孰是。共以帝王都邑,參校方俗,考核古今,爲之折衷。"

徒然。降及後代,風教漸落。江左齊梁,其弊彌甚。貴賤賢愚,唯務吟詠;遂遺理存異,尋虛逐微,競一韻之奇,爭一字之功。連篇累牘,不出月露之形;積案盈箱,唯是風雲之狀。世俗以此相高;朝廷據茲擢士。禄利之路既開;愛尚之情愈篤。於是閭里(里巷,代指平民)童昏(童蒙之年,兒童、少年),貴游總丱(guàn,古時兒童束髮的兩角,此代指兒童、少年),未窺六甲[①](六甲詩,一種詩歌形式。"未窺六甲",意指尚未熟悉既有詩歌體裁)[②],先製五言(五言詩)。至如羲皇、舜、禹之典,伊(伊尹)、傅(傅説)、周、孔之説,不復關心,何嘗入耳?以傲誕爲清虛,以緣情(指作詩)爲勳績(功勳、業績),指儒素(儒者的素質)爲古拙,用詩賦爲君子。故文筆日繁,其政日亂。良由棄大聖之規模,構無用以爲用也。"(《隋書·李諤傳》)

而王通(字仲淹,隋河汾人,門人私謚文中子)之《文中子·事君篇》(《文中子》即《中説》),亦云:"子謂荀悦(字仲豫,東漢末潁川人),史乎史乎(贊其爲史才)!謂陸機,文乎文乎!皆思過半矣。子謂文士之行可見:'謝靈運,小人哉!其文傲,君子則謹。沈休文,小人哉!其文冶,君子則典。鮑昭(字明遠,南朝宋東海人)、江淹,古之狷(偏激、固執)者也,其文急以怨。吴筠[③]、孔珪(字德璋,南朝會稽山陰人),古之狂者也,其文怪以怒。謝莊、王融,古之纖人也?其文碎。徐陵、庾信,古之夸人也,其文誕。'或問孝綽(劉孝綽)兄弟?子曰:'鄙人也,其文淫。'或問湘東王(南朝齊世祖之子蕭子建)兄弟?子曰:'貪人也,其文繁。''謝朓,淺人也,其文捷。江總,詭人也,其文虛。皆古之不利人也。'子謂顔延之、王儉、任昉,有君子之心

---

① "甲",原文作"義"。

② 南朝沈炯有《六甲詩》凡十聯,共二十句,每聯首字以甲、乙、丙、丁、戊、己、庚、辛、壬、癸十天干爲序,是爲六甲詩之代表。

③ 宋阮逸注《文中子》云:"《南史》無吴筠,疑是吴均,文之誤也。均字叔庠,文體古怪。又疑是王筠,字元禮,爲文好押强韻,多而不精,一官一集。"

焉,其文約以則。"又曰:"君子哉思王也(指諸葛亮《出師表》),其文深以典。'房玄齡(字喬,齊州臨淄人)問史,子曰:'古之史也辯道;今之史也耀文。'問文,子曰:'古之文也約以達(約理明變);今之文也繁以塞。'"

此皆六朝時代爲文學者反今復古之言論,而爲唐代古文派之先驅者也。迄至有唐,陳子昂(字伯玉,唐梓州射洪人)、蕭穎士(字茂挺,唐穎州汝陰人)、李華(字遐叔,唐趙郡人)、元結(字次山,號漫叟、聱叟,唐瀼州人)輩出,益漸爲復古之説;而元結尤毅然獨立。韓、柳以前工爲古文者,元結其最者已。

雖然,所謂古文者,非真復古,摹擬古人之謂也。去六朝之排偶聲律及其穠麗,而一復兩漢之淳樸與其奇偶並用之自由而已。若句摹篇擬,陳陳相因,正古文家之大戒也。韓退之云:"惟陳言之務去。"(見其《答李翊書》)又云:"能者非他,能自樹立,不因循者皆是也。"(見其《答劉正夫書》)皆貴創作戒摹倣之言。

自韓、柳諸古文家未興之前,無所謂古文也。爲文者皆隨時尚而已。自韓、柳盛倡古文,李翺、孫樵(字可之,又字隱之,唐關東人)之徒繼之,至宋而歐陽(歐陽脩)、王(王安石)、曾(曾鞏)、三蘇(蘇洵、蘇軾、蘇轍父子)六家出,而古文之道益尊。自是以後,駢文、古文遂判爲二塗,其尊古文之甚者,且卑視駢文以爲不得與於文之例矣。故此時代,可謂之古文極盛之時代。

第一節　古文家先鋒元結之散文

唐人倡爲古文,早於韓、柳,而成就甚偉者,莫如元結。結字次山,河南人,《新唐書》云:"少不羈,十七乃折節向學,事元德秀(字紫芝,元結族兄)。"《四部叢刊》影印明正德本《元次山集》十卷,附《拾遺》。湛若水(字元明,號甘泉,明廣東增城人)序其集云:"夫太上有質而無文,其次有質而有文,其次文浮其質。文浮其質,道之敝也。故林放(春秋魯人)問禮之本,孔子大之,(《論語·八佾》:"林放問禮之本,子曰:'大哉問!'")物之生也先質而後文。故質也者生乎天者也;文也者生乎人者也。質也者先天而作者也;文也者後天而述者也。故人之於斯文也,不難於文而難於質,不難於華而難於朴,不難於巧而難於拙。余自北遊觀藝於燕冀之都(即北京),得元子(元結)而異焉,欲質不欲野,欲朴不欲陋,欲拙不欲固,卓然自成其家者也。"

《四庫全書總目》亦謂:"結頗近于古之狂。然制行高潔,而深抱閔時憂國之心。文章戛(jiá)戛(獨特)自異,變排偶綺靡之習。杜甫嘗和其《春陵行》,稱其可爲天地萬物吐氣,晁公武(字子止,南宋鉅野人)謂其文如古鐘磬(見其《郡齋讀書志》),不諧俗耳,高似孫(字續古,號疎寮,南宋鄞人)謂其文章奇古,不蹈襲,(見其《子略》)蓋唐文在韓愈以前,毅然自爲者自結始,亦可謂耿介拔俗之姿矣。皇甫湜(字持正,唐睦州新安人)嘗題其《浯溪中興頌》曰:'次山有文章,可惋只在碎;然長於指叙,約結有餘態;心語適相應,出句多分外;於諸作者間,拔戟成一隊。'其品題亦頗近實也。"杜嘗以謂韓、柳散文,純爲文集習氣;次山之作,則尚有子書之遺。近人章炳麟之文頗出於此。次山言論文,多嫉時懟(duì,怨恨)俗,今録其《時化》一首如下:

時　化

元子聞浪翁説化,化無窮極。因論諭曰:"翁亦未知時之化也多於此乎?"曰:"時焉何化?我未之記。"元子曰:"於戲!時之化也,道德爲嗜欲,化爲險薄;仁義爲貪暴,化爲凶亂;禮樂爲耽淫,化爲侈靡;政教爲煩急,化爲苛酷。翁能記於此乎?時之化也,夫婦爲溺惑所化,化爲犬豕;父子爲惛慾所化,化爲禽獸;兄弟爲猜忌所化,化爲讎敵;宗戚爲財利所化,化爲行路;朋友爲世利所化,化爲市兒。翁能記於此乎?時之化也,大臣爲威權所恣,忠信化爲姦謀;庶官爲禁忌所拘,公正化爲邪佞;公族爲猜忌所限,賢哲化爲庸愚;人民爲征賦所傷,州里化爲禍邸;姦兇爲恩幸所迫,廝皂化爲將相。翁能記於此乎?時之化也,山澤化爲井陌,或曰盡於草木;原野化爲狴犴,或曰殫於鳥獸;江湖化爲鼎鑊,或曰暴於魚鼈;祠廟化爲官寢,或曰數於祠禱。翁能記於此乎?時之化也,情性爲風俗所化,無不作狙狡詐誑之心;聲呼爲風俗所化,無不作諂媚僻淫之亂;顏容爲風俗所化,無不作姦邪蹙促之色。翁能記於此乎?"

次山記事文尤簡古有法,兹録其《大唐中興頌序》如下:

中唐中興頌序

天寶十四載,安禄山陷洛陽。明皇陷長安,天子幸蜀,太子即位於靈武。明年皇帝移軍鳳翔。其年復兩京,上皇還京師。於戲!前代帝王有盛德大業者,必見於歌頌。若今歌頌大業,刻之金石,非老於文學,其誰宜爲!

《石遺室論文》云:"唐承六朝之後,文皆駢儷。至韓、柳諸家出,始相率爲散體文,號稱起衰復古。然元次山結、杜子美甫已嘗爲之。次山《大唐中興頌序》最工,蓋學《左氏傳》而神似者。《左傳》中最有法度而無一長語者莫如開卷先經起例五十餘言,云:'惠公(魯惠公)元妃孟子。孟子卒,繼室以聲子,生隱公。宋武公生仲子。仲子生而有文在其手,曰:爲魯夫人。故仲子歸於我(魯國),生桓公而惠公薨。是以隱公立而奉之。'首言元妃孟子,元妃正夫人,孟子子姓,宋國長女。古者諸侯嫁女於他國,以娙(侄女)

娣(妹妹)從,以備妾媵,故有孟子遂有聲子,孟子卒,故以聲子爲繼室。古者繼室非正夫人,《左傳》齊少姜爲晋侯繼室,其證也。隱公,繼室子,本非太子;無太子則立之,有太子則不得立;適宋武公又生仲子,而有爲魯夫人之手文,此特别異兆,宋魯兩國君皆信之,故歸惠公而爲正夫人。諸侯不再娶,此變禮也其子桓公,雖少當立,故復由仲之生叙起。婦人爲嫁曰歸,言其歸於我,明其爲嫁而非媵也。桓公既生,惠公遂薨,桓公幼,隱公於是乎攝位,一如周公攝成王故事。周公居攝,鄭氏説以爲攝位,非僅攝政也。

"此傳五十餘字中,所叙之人凡七:曰惠公,曰孟子,曰聲子,曰隱公,曰宋武公,曰仲子,曰桓公;其名號凡三,曰元妃,曰繼室,曰魯夫人。子以母貴,母之名正,其子之貴賤自明。其生卒凡五,曰孟子卒,曰生隱公,曰生仲子,曰桓公生,曰惠公薨。舉魯宋兩國數十年之夫婦妻妾、父子兄弟、父女姊妹譜系,朗若列眉,可謂簡而有法矣。

"元次山《序》云:'天寶(唐玄宗年號)十四年,安禄山陷洛陽,明年陷長安,天子(唐玄宗)幸蜀(逃到蜀中)。太子(唐肅宗李亨)即位於靈武。明年,皇帝(唐肅宗)移京(遷都)鳳翔,其年復兩京(西京長安和東都洛陽),上皇(唐玄宗)還京師(長安)。'僅四十餘字,凡言年者四,曰十四年,曰明年者二,曰其年者一;言地者七,曰洛陽,曰長安,曰蜀,曰靈武,曰鳳翔,曰兩京,曰京師;其人二而名號四,曰天子,曰太子,太子即位而稱皇帝矣,既有皇帝而向之天子,稱上皇矣。其名稱之鄭重分明,非《左傳》稱元妃繼室魯夫人之義法乎?善學者之異曲同工如此。

"又案《左傳》與次山此《序》,即孔子正名之義,否則名不正而言不順也。尚有前(更好、更優)於《左傳》者,《儀禮》周公所作,觀於《士昏禮》,壻(女婿)在家,初稱主人;注:主人壻也,壻爲婦主至女氏(女方)親迎則稱賓;至御婦車則稱壻;乘其車先亦稱壻;婦至,揖婦以入,則又稱主人;入於室乃稱夫;以後乃皆稱主人。女在女氏立於房中南面時稱女;至奠雁(獻雁爲贄禮)時則稱婦;由壻稱之也以後壻御婦車,婦乘以几,婦至,揖婦以入,婦尊西南面等,到底稱婦矣。昏禮以壻家爲主也《公羊傳》女在其國稱女,在塗稱婦,入國稱夫人,即此義。作文所以貴通經也。”

第二節　古文大家韓柳之散文

唐之古文,至韓柳而大盛。論唐之古文,不能不數韓、柳;猶論漢之史家,不能不數馬(司馬遷)班(班固);論戰代之辭賦,不能不數屈、宋也。

《新唐書》云:“韓愈,字退之,鄧州南陽人,生三歲而孤,隨伯兄會(韓會,字不詳)貶官嶺表(嶺外、嶺南),會卒,嫂鄭鞠(撫育)之。愈自知讀書,日記數百千言,比長,盡能通六經百家學。性明鋭,不詭隨,與人交,始終不少(通“稍”)變。成就後進士[①],往往知名;經愈指授,皆稱韓門弟子。每言文章自漢司馬相如、太史公、劉向、揚雄後,作者不世出;故愈探本元,卓然樹立,成一家言。其《原道》、《原性》、《師説》等數十篇,皆奥衍宏深,與孟軻、揚[②]雄相表裏[③],而佐佑六經云。至它文[④]造端置辭,要爲不蹈襲前人者,然惟愈爲之沛然若有餘。至其徒李翺、李漢(字南紀,李唐宗室)、皇甫湜從而效之,遽不及遠甚。從愈游者若孟郊(字東野,武康人)、張籍(字文昌,吴縣人),亦皆自名於時。”《四部叢刊》影印元刊有朱文公校《昌黎先生文集》四十卷,《外集》十卷,《遺文》一卷。

---

① 原文作“成進士後”,今據中華書局標點本《新唐書》校改。

② “揚”,原文作“楊”。

③ 原文脱“相”字,今據中華書局標點本《新唐書》校改。

④ “文”原文作“人”。

杜嘗謂韓退之之文,可分爲三類。其一爲文從字順各識職(各司其職、得當),此如五原(《原性》、《原道》、《原毁》、《原人》、《原鬼》)及《答李翊書》、《與孟尚書書》之類,皆理足辭充,沛然莫禦,故語不必求奇,字不必求險,而文義深粹,自爲傑作,所謂誠於中形於外者也;此從孟子得來,韓文此類於文爲最高。其二則怪怪奇奇詰詘聱牙,此如碑銘諸作,凡譽墓(在墓誌中説一些揄揚過實的話)之文多屬之。言之既多無物,故不能不雕辭琢句,以險怪爲工;此從漢碑得來,世人稱韓文者多以此類,而亦多昧其本原。其三爲實用類,此如《黄家賊事宜狀》、《論淮西事宜狀》之類,期在時人通曉,不欲以文傳世,而文亦甚工;此從魏晋得來,魏晋言事奏疏,亦多絶去華辭也。後世實用之文最宜法此。文各有體,淺深各異,不可一律,觀昌黎之文,各殊其體,豈非深知文之體用者乎?吾嘗見今人有上書當道(執政者),而效法漢人所爲封禪典引之文句,自以爲足以頡頏(較量、傲視)昌黎者,豈非不知文體之尤(突出)者乎?

答李翊書

六月二十六日愈白。李生足下:生之書辭甚高,而其問何下而恭也!能如是,誰不欲告生以其道?道德之歸也有日矣,況其外之文乎?抑愈所謂望孔子之門牆而不入于其宫者,焉足以知是且非邪?雖然,不可不爲生言之。生所謂立言者是也,生所爲者與所期者甚似而幾矣。抑不知生之志蘄勝於人而取於人邪?將蘄至於古之立言者邪?蘄勝於人而取於人,則固勝於人而可取於人矣;將蘄至於古之立言者,則無望其速成,無誘於勢利,養其根而竢其實,加其膏而希其光。根之茂者其實遂,膏之沃者其光曄;仁義之人,其言藹如也。抑又有難者:愈之所爲,下自知其至猶未也,雖然,學之二十餘年矣。始者非三代兩漢之書不敢觀,非聖人之志不敢存,處若忘,行若遺,儼乎其若思,茫乎其若迷。當其取於心而注於手也,惟陳言之務去,戛戛乎其難哉!其觀於人,不知其非笑之爲非笑也。如是者亦有年,猶不改,然後識古書之正僞,與雖正而不至焉者,昭昭然白黑分矣,而務去之,乃徐有得也。當其取於心而注於手也,汩汩然來矣。其觀於人也,笑之則以爲喜,譽之則以爲憂,以其猶有人之説者存也。如是者亦有年,然後浩乎其沛然矣。吾又懼其雜也,迎而距之,平心而察之,其皆醇也,然後肆焉。雖然,不可以不養也。行之乎仁義之途,游之乎《詩》、《書》之源,無迷其途,無絶其源,終吾身而已矣。氣,水也;言,浮物也。水大而物之浮者大小畢浮,氣之與言猶是也,氣盛則言之短長與聲之高下者皆宜。雖如是,其敢自謂幾於成乎?雖幾於成,其用於人也奚取焉?雖然,待用於人者,其肖於器邪?用與舍屬諸人。君子則不然:處心有道,行己有方,用則施諸人,舍則傳諸其徒,垂諸文而爲後世法:如是者,其亦足樂乎?其無足樂也?有志乎古者希矣!志乎古必遺乎今,吾誠樂而悲之。亟稱其人,所以勸之,非敢褒其可褒而貶其可貶也。問於愈者多矣,念生之言不志乎利,聊相爲言之。愈白。

《石遺室論文》云:“《答李翊書》乃自道其文字得力所在,用蘄至於古之立言者,須合《進學解》參觀之,乃得韓文真相。而皇甫湜所撰《韓文公墓志銘》,不免推崇太過;李翺所撰《行狀》,於文章第渾括數語,未詳其工力所自也。昌黎天資近鈍,而畢生致功至深,其云‘無望其速成’至‘其觀於人不知其非笑之爲非笑也,如是者有年’,皆困勉實在情形,並非故作謙言。其言‘養其根而竢(sì,等待)其實,加其膏(燃燈用的膏油)而希其光,根之茂者其實遂,膏之沃者其光曄’,即《進學解》之‘貪多務得,細大不捐,沈浸醲郁,含英咀華,作爲文章,其書滿家,上規(效法、模擬)姚姒(相傳舜爲姚姓,禹爲姒姓,此代指《尚書》中的《虞書》和《夏書》),渾渾無涯,《周誥》《殷盤》(《尚書》篇名),佶屈聱牙,《春秋》謹嚴,左氏浮夸,《易》奇而法,《詩》正而葩,下逮《莊》《騷》,太史(司馬遷)所録,子雲(揚雄)相如,同工異曲';皇甫湜所謂'及其酣放,豪曲快字,凌[1]紙怪發,鯨鏗(班固《東都賦》:"於是發鯨魚,鏗華鐘。"形容鏗鏘如擊巨鐘)春麗,驚耀天下';(見其《韓文公墓志銘》)李翱所謂'深於文章,每以爲自揚雄之後,作者不出,其所爲文,未嘗效前人之言,而固與之並'者也。(見其《韓文公行狀》)

"蓋昌黎雖倡言復古,起八代駢儷之衰,然實不欲空疎固陋,文以艱深,注意於相如、子雲,是其本旨。其云'識古書之正僞'至'其皆醇也,然後肆焉',又云'氣水也,言浮物也'至'氣盛則言之短長與聲之高下者皆宜',即《進學解》所謂'記事者必提其要,纂言者必鈎其元,張皇幽眇,尋墜緒(行將消亡的學説)之茫茫,獨旁搜而遠紹(繼承),障百川而東之,迴狂瀾於既倒';皇甫湜所謂'茹古涵今(博古通今),無有端涯,渾渾灝灝,不可窺校(效法)';李翱《祭韓侍郎文》所謂'撥去其華,得其本根,開合怪駭,軀濤擁雲'者也。其'氣水也,言浮物也'數語,譬喻曲肖,作散文者斷莫能外。蓋多讀書,多見事,理足而識見有主,然後下筆吐辭之際,淺深反正,四通八達,百折不離其宗,如山之有脈,如水之有源,如木之有本;則峰巒之高下,港汊之短長,枝葉之疏密,無不有自然之體勢。蘇詩所謂一一皆可尋其源者(蘇軾《王維、吴道子畫》)也。昌黎專喻以水,則求其造語之妙,言氣而未言理耳。言氣而理亦在其中,此即韓文之短長高下皆宜處。必兼言理則質實而乏語妙矣。"

韓退之之文,多原本經子史。柱作《札韓》、《證韓》諸篇,於韓

---

① "凌",原文作"陵"。

文之本原疏證甚詳,文繁今不録。今人李澍讀吾書而來書商論云:“昔人嘗謂韓文、杜詩(杜甫诗)無一字無來歷,(黄庭堅《答洪駒父書三》:“老杜作詩,退之作文,無一字無來處。”)論韓文之來歷,昌黎於《進學解》已一一自述之矣。然其奥詞强句,取材於諸子百家而出於自述之外者,亦復不少。惟力爭上流,取其材而不循其轍,故不見有諸子之駁雜,第見其正大光明,有泰山巖巖之氣象耳。今得執事(對對方的敬稱)《證韓》篇悉心披露,真乃金鍼度人。然弟亦有一説焉。韓文《黄陵廟碑》,用訓詁體,似注疏;《河南府同官記》造吉祥語,如《易林》(舊題漢焦延壽撰);《送李愿歸盤谷序》,如仲[1]公理《樂志論》(東漢仲長統《樂志論》。仲長統,字公理,山陽高平人);《送廖道士序》,含伯益《山海經》;《燕喜亭記》,似踐阼(走上阼階主位,喻指即位、登基)之十七銘(見《大戴禮·武王踐阼》);《科斗書記》(韓愈《科斗書後記》),括《説文》之九千字;《偃王碑》(韓愈《衢州徐偃王廟碑》)之寫恢奇,引《穆天子傳》(又名《周王傳》、《周王遊行記》,爲晋咸寧五年汲縣民盜掘魏襄王墓所得竹書之一);賀表等之述功德,效《嶧山碑文》(秦《嶧山碑》。秦始皇東巡至嶧山時群臣頌德之辭,至秦二世時由丞相李斯刻石);《送窮文》,同揚子(揚雄)之《逐貧》;《訟風伯》,仿子建(曹植字)之《詰咎》;《祭柳子厚文》,則運用莊、列;《送孟東野序》,則發源《梓人》(周禮·考工記·梓人職》);《送幽州李端公序》,則摹擬《曲臺記》[2];到《潮州任上謝表》(韓愈《潮州刺史謝上表》)則點竄(删改、修改)《封禪書》(《史記·封禪書》);《與李翊書》,執事以爲本於莊子,誠是矣,然其大旨實從孟子知言、養氣二節(《孟子·公孫丑上》:“我知言,我善養吾浩然之氣。”)生出;《原道》古之時一段,執事謂本於《墨子》,亦是矣,然其主意即從孟子闢許行並耕(《孟子·

---

① “仲”,原文作“包”。

② 西漢后蒼作有《曲臺記》,傳大戴、小戴,後散佚,後來人們便以《曲臺記》代指《禮記》。參見清閻若璩《尚書古文疏證》卷八。

滕文公上》)、答公都子問好辨(《孟子·滕文公下》)二章脱化。

"蓋其讀三代兩漢之書,含英咀華,傾芳瀝液,發而爲文,故一篇之内,層見疊出,有數處相似;一段之中,參伍錯綜,有數語相似;既不可捉摸,亦難以枚舉。至於老泉(蘇洵號)之《張方平畫像記》似韓文之《鄆州谿堂詩序》,永叔(歐陽脩號)之《與張秀才第二書》,似韓文之《原道》;子固(曾鞏字)《顏魯公祠堂記》,如《伯夷頌》之峭折;李翺《復性書》,同《五原篇》之深遠;則又薪盡火傳,啟發後人不少矣。可見前賢爲文,未嘗不互相規仿,正不獨子厚(柳宗元字)《韋使君新堂記》之取語取法於《莊子·胠篋篇》、廬陵(歐陽脩。歐陽脩乃吉州永豐人,古屬廬陵郡,故稱)《醉翁亭記》之落句取法於《易經·雜卦篇》也。竊謂人之不能爲文,多苦於記性之不强,苟能將古人數百卷之書,博觀而慎取,融會而貫通。上者師其意,下者師其詞,未有不能爲文者。若其高下淺深之故,亦仍視其胸中所得爲如何耳。"李君之説,而可謂深知原委者。

昌黎記事文之最工者爲《畫記》,兹録之如下,以見其體。

畫　記

雜古今人物小畫共一卷。騎而立者五人,騎而被甲載兵立者十人,一人騎執大旗前立,騎而被甲載兵且下牽者十人,騎且負者二人,騎執器者二人,騎擁田犬者一人,騎而牽者二人,騎而驅者三人,執羈靮者者二人,騎而下騎馬臂隼而立者一人,騎而驅涉者二人,徒而驅牧者二人,坐而指使者一人,甲冑手弓矢鈇鉞植者七人,甲冑執幟植者十人,負者七人,偃寢休者二人,甲冑坐睡者一人,方涉者一人,坐而脱足者一人,寒附火者一人,雜執器物役者八人,奉壺矢者一人,舍而具食者十有一人,挹且注者四人,牛牽者二人,驢驅者四人,一人杖而負者,婦人以孺子載而可見者六人,載而上下者三人,孺子戲者九人:凡人之事三十有二,爲人大小百二十有三,而莫有同者焉。馬大有九匹;於馬之中又有上者,下者,行者,牽者,涉者,陸者,翹者,顧者,鳴者,寢者,訛者,立者,人立者,龁者,飲者,溲者,陟者,降者,痒磨樹者,嘘者,嗅者,喜相戲者,怒相踶齧者,秣者,騎者,驟者,走者,載服物者,載狐兔者:凡馬之事二十有七,爲馬大小八十有三,而莫有同者焉。牛大小十一頭。橐駝三頭。驢如橐駝之數,而加其一焉。隼一。犬羊狐兔麋鹿共三十。旃車三兩。雜兵器弓矢旌旗刀劍矛楯弓服矢房甲胄之屬,缾盂簦笠筐筥錡釜飲食服用之器,壺矢博弈之具,二百五十有一。皆曲極其妙。貞元甲戌年,余在京師,甚無事,同居有獨孤生申叔者,始得此畫而與余彈棊,余幸勝而獲焉。意甚惜之,以爲非一工人之所能運思,蓋蘩集衆工人之所長耳,雖百金不願易也。明年,出京師,至河陽,與二三客論畫品格,因出而觀之。座有趙侍御者,君子人也,見之戚然,若有感然;少而進曰:"噫,余之手摸也,亡之且二十年矣。余少時常有志乎兹事,得國本,絶人事而摸得之,遊閩中而喪焉。居閑處獨,時往來余懷也,以其始爲之勞而夙好之篤也。今雖遇之,力不能爲之,且命工人存其大都焉。"余既甚愛之,又感趙君之事,因以贈之,而記其人物之形狀與數,而時觀之,以自釋焉。

吴曾祺(字翼亭,清末民初福建閩侯人)云:"古之善狀物者,首推《周官·考工記》一篇,每舉一物,而人之未及見者,不啻口眎(shì,古"視"字)手摹,而心知其意;而用字之古雅,可爲後來詞學家之祖。此書雖不出周公之手,然必漢世之通人,決無疑議。他如《内則》(《禮記》篇名)之善言食品,《投壺》(《禮記》篇名)之詳載藝事,亦庶幾焉。後之能仿而爲者不可多見,惟韓文公《畫記》一篇,學者推之,以爲從《考工記》脱出。以余所覽,今人文集絶少此種題目,豈匿其短而不之作耶?若明人歸有光之《石記》,其末段作形況之詞,蓋自知力所不及,而欲以偏師取勝。惟魏學洢(字子敬,明末嘉善人)之《核舟記》最爲工絶;次則國朝指清朝人薛福成(字叔耘,號庸庵,清末江蘇無錫人)之《觀巴黎油畫記》,亦略得其大意。"(見其《涵芬楼文谈》)

《石遺室論文》云:"韓退之《畫記》,方望溪(方苞)以爲周人以後無此種格力。然望溪亦未言與周文何者相似也。案退之此記,直敘許多人物,從《尚書·顧命》脱化出來。《顧命》云:'二人雀弁(一種禮冠)執惠(三棱矛),立于畢門(路寢門,天子宫庭五門之一)之内,四人綦弁(一種青黑色鹿皮冠),執戈上刃夾兩階戺(shì,臺階兩旁所砌的斜石),一人冕執劉(斧鉞類武器),立於東堂,一人冕執鉞,立於西堂,一人冕執戣(kuí,一種兵器),立於東垂,一人冕執瞿(一種兵器),立於西垂,一人冕執鋭,立於側階。'中間一段又從《考工記·梓人職》脱化出來。《梓人職》云:'天下之大獸五,脂者、膏者、臝(luǒ)者(虎、豹、貔、螭爲獸淺毛者之屬)、羽者、鱗者,又外骨、内骨,卻行(倒退而行)、仄行(斜著行走)、連行(相連而行)、紆行(迂迴行走,如蛇),以脰(dòu,頸項)鳴者、以注(zhòu,同"咮",鳥嘴)鳴者、以旁(同"膀",翅膀)鳴者、以翼(羽翼)鳴者、以股鳴者、以胸鳴者,謂之小蟲之屬。'又其於數纍纍數有言,如記帳簿,不畏人議其冗長者,又從《史記·曹世家》(《史記·曹相國世家》)專敘攻城下邑之功,如記帳簿,千餘言,皆平鋪直敘,惟用兩三處小結束。如盡定魏地凡五十二城,定齊凡得七十餘縣,末云凡下二國,縣一百二十二,得王二人、相三人、將軍六人,大莫敖、郡守、司馬侯、御史各一人。退之學而變化之,何嘗必周以前哉?"

與韓退之同時而文名差相埒(liè,同等、相等)者有柳宗元。宗元字子厚,韓昌黎《柳子厚墓志銘》云:"子厚少精敏,無不通達。

逮其父時,雖少年,已自成人,能取進士第,嶄然見頭角,衆謂柳氏有子矣。其後以博學宏詞授集賢正字,儁傑廉悍,議論證據今古,出入經史子,踔厲風發,率常屈其座人,名聲大振,一時皆慕與之友,諸公要人爭欲令出我門下,交口(衆口齊聲)薦譽之。"又云:"居閑益自刻苦,務記覽爲詞章,汎濫停滀(chù,積聚),爲深博無涯涘(sì,水邊),而自肆於山水間。"昌黎之稱子厚,可謂至矣,子厚亦足以當之無愧。《四部叢刊》影印元刊本《增廣釋音唐柳先生文集》(宋童宗説注釋,宋張敦頤音辨,宋潘緯音義)四十三卷,《別集》二卷,《外集》二卷,《附録》一卷。

子厚之文,論辨體多從韓非得來。山水記多從《水經注》得來。其《封建論》足以與韓之《原道》相抗。其《辨列子》、《論語辨》等足與韓之《讀儀禮》、《讀荀子》相抗。其山水記則遠勝於韓,而碑文則不及韓,然所爲諸傳則又非韓所能及矣。若與人書札,則兩家俱有得於司馬子長,而韓則陽而動,柳則陰而靜,斯所以異耳。寓言文亦足與韓相敵,而意或刻於韓。要之此二家實未易妄分高下,柳文以游記及寓言爲最工。兹各録一篇如下:

臨江之麋

臨江之人,畋得麋麑,畜之。入門,群犬垂涎,揚尾皆來。其人怒,怛之。自是日抱就犬,習示之,使勿動,稍使與之戲。積久,犬皆如人意。麑稍大,忘己之麋也,以爲犬良我友,抵觸偃仆,益狎。犬畏主人,與之俯仰甚善,然時啖其舌。三年,麋出門外,見外犬在道,甚衆,走欲與爲戲。外犬見而喜且怒,共殺食之,狼藉道上。麋至死不悟。

此外有《黔之驢》、《永某氏之鼠》,均同一類,在韓集中爲雜説之《馬》及《獲麟解》等。而柳文寫意深刻,筆墨削峭,近人陳三立

(字伯嚴,號散原,清末民初江西義寧人,陳寶箴之子,陳寅恪之父)實近之。

游黄溪記

北之晋,西適豳,東極吴,南至楚、越之交,其間名山水而州者以百數,永最善。環永之治百里,北至于浯溪,西至于湘之源,南至于瀧泉,東至于黄溪東屯,其間名山水而村者以百數,黄溪最善。黄溪距州治七十里。由東屯南行六百步,至黄神祠。祠之上,兩山牆立,丹碧之華葉駢植,與山升降。其缺者爲崖,峭巖窟水之中,皆小石平布。黄神之上,揭水八十步,至初潭,最奇麗,殆不可狀。其略若剖大甕,側立千尺。溪水即焉,黛蓄膏渟,來若白虹,沉沉無聲。有魚數百尾,方來會石下。南去又行百步,至第二潭。石皆巍然臨峻流,若頦頷斷齶。其下大石離列,可坐飲食。有鳥,赤首烏翼,大如鵠,方東嚮立。自是有南數里,地皆一狀,樹益壯,石益瘦,水鳴皆鏘然。又南一里,至大冥之川,山舒水緩,有土田。始,黄神爲人時,居其地。傳者曰:黄神,王姓,莽之世也。莽既死,神更號黄氏,逃來,擇其深峭者潛焉。始莽嘗曰:"余,黄虞之後也。"故號其女曰"黄皇室主"。黄與王,聲相邇,而又有本,其所以傳焉者益驗。神既居是,民咸安焉。以爲有道,死乃俎豆之,爲立祠。後稍徙近乎民。今祠在山陰溪水上。元和八年五月十八日,既歸爲記,以啟後之好游者。

《石遺室論文》云:"文有顯然摹擬,頗見其用之恰當者,《史記·西南夷列傳》首云:'西南夷君長以什數(以十爲單位來計數),夜郎最大;其西靡莫之屬以什數,滇最大;自滇以北君長以什數,印都最大;此皆魋(zhuī)結(結成椎形的髻),耕田,有邑聚。其外西自同師以東,北至楪榆,名爲巂、昆明,皆編髮(編成髮辮),隨畜遷徙無常處,毋君長,地方可數千里;自巂以東北,君[1]長以什數,徙、筰都最大;自筰以東北,君長以什數,冉駹(máng)最大;其俗或土著,或移徙。在蜀之西,自冉駹以東北,君長以什數,白馬最大,皆氐類也。此皆巴蜀西南外蠻夷地也。'《傳》末復總結云:'西南夷君長以百數,獨夜郎、滇受王印,滇小邑,最寵焉。'柳子厚《游黄溪記》首段直摹擬云:'北之晋,西適豳(bīn,古地名,在今陜西旬邑縣西南),東極吴,南至楚越之交,其間名山水而州者以百數,永(永州)最善;環永之治百里,北至於浯溪,西至於湘之源,南至於瀧泉,東至於黄溪東屯,其間名山水而村者以百數,黄溪最善。'此雖摹擬顯然,然小變化之,各見其布置之法也。"

又云:"柳子厚《游黄溪記》有云:'南去又行百步至第二潭,石皆巍然,臨峻流,若頦(kē,下巴)頷斷齶,其下大石離列,可坐飲食,有鳥赤首烏翼,大如鵠,方東嚮立。'姚鼐氏云:'朱子(朱熹,字元晦,一字仲晦,號晦庵,晚稱晦翁,南宋徽州婺源人,理學集大成者)謂《山海經》所紀異物有云東西嚮者,蓋以有圖畫在前故也(見朱熹《記〈山海經〉》)。此言最當。子厚不悟,作山水記效之,蓋無謂(不當、没有意義)也。後人又以此等爲工而效法者益失之矣。'噫!此正姚氏之不悟也。姚氏據朱子説而未細心讀此記上下文,致不知子厚之故作狡獪、愚弄後人也。案《山海經》言某嚮立者亦只一處,《海内西經》(《山海經》篇名)云:'昆侖南淵深三百仞,開明獸身大類虎而九首皆人面,東鄉(通"嚮")立昆侖,開明西有鳳凰鸞鳥,皆戴蛇踐蛇,膺(胸)有赤蛇,開明北有視肉,珠樹文玉樹。'此自指圖像言,朱子之言不誤也。子厚所記'有鳥赤首烏翼大如鵠,方東嚮立',固特仿《山海經》。然《山海經》係載此處行産之物,柳文乃記此時此處所見之物。故於東嚮立上,加一方字,移步换形矣。且上文有例在

---

[1] "君",原文誤作"吾"。

也,上文言有魚數百尾,方來會石下,亦加一方字,可見皆就當日所目擊者記之,非呆仿《山海經》致成笑柄也。試問古樂府之《孔雀東南飛》,亦必指圖像乎?姚氏粗心將兩方字忽略讀過,致有此失言。姚氏譏子厚無謂,子厚有知,能不齒冷(恥笑)。桐城(指桐城古文派)自望溪方氏(方苞)好駁柳文,姚氏亦吹毛求疵矣。"

又云:"桐城人號稱能文者,皆揚韓抑柳,望溪訾之最甚,惜抱則微詞,不知柳之不易及者有數端,出筆遣詞,無絲毫俗氣,一也;結構成自己面目,二也;天資高,識見頗不猶人,三也;根據具言人所不敢言,四也;如《封建論》之類,甚至如《河間婦人傳》,則大過矣記誦優,用字不從抄撮塗抹來,五也。此五者頗爲昌黎所短。昌黎長處在聚精會神,用功數十年,所讀古書,在在(到處)擷(xié,摘取)其菁華,在在效法,在在求脱化其面目;然天資不高,俗見頗重,自負見道(見得儒家之道),而於堯、舜、孔、孟之道,實模糊出入;故其自命因文見道之作,皆非其文之至者;其文之工者第一傳狀碑志,第二贈序,第三雜記,第四序跋,第五乃書説論辨。

"柳文人皆以雜記爲第一,雖方(方苞)、姚(姚鼐)不能訾議,蓋於古書類能採取其精鍊處也。《游黄溪記》中云:'由東屯行六百步至黄神祠,祠之上兩山牆立,如丹碧之華葉駢植,與山升降。其缺者爲崖,峭巖窟水之中,皆小石平布。黄神之上,揭水八十步,至初潭,最奇麗,殆不可狀,其略若剖大甕,側立千尺,溪水積焉。黛蓄膏停,來若白虹,沈沈無聲。有魚數百尾,方來會石下。南去又行百步,至二潭,石皆巍然,臨峻流,若頦頷齗齶,其下大石離列,可坐飲食,有鳥赤首烏翼大如鵠,方東嚮立。自是又南行數里,地皆一狀,樹益壯,石益瘦,水鳴皆鏘然。又南一里,至大冥之川,山舒水緩,有土田。'案兩山牆立以下,略狀得出。黛蓄十二字,出以研鍊,爲詞賦語,皆山木並寫。至後樹益壯數句,乃由遠寫至近,此章法也。凡奇麗山水至將盡處,多筋脈舒緩,蓄黛四字,從金膏水碧來。

"《永州萬石亭記》略云:'御史中丞崔公來莅永州,間日登城北墉(城牆、牆垣),臨於荒野藂翳(茂盛的草木)之隙,見怪石特出,度其下必有殊勝。步自西門,以求其墟,伐竹披奥。攲(qī,歪斜)仄以入;綿谷跨谿,皆大石旁立,涣若奔雲,錯若置碁,怒者虎鬬,企(聳立)者鳥厲;抉其穴則鼻口相呀(xiā,張口、張開),搜其根則蹄股交峙,環行卒愕,疑若搏噬。於是刳闢朽壤,翦焚榛薉,決澮溝,導伏流,散爲疎林,洄爲清池,寥廓泓渟,若造物者始判清濁,效奇於兹地,非人力也。乃立游亭,以宅厥中。直亭之西,石若掖分,可以眺望,其上青壁斗絶,沈於淵源,莫究其極。自下而望,則合乎攢巒,與山無窮。'案始言萬石來路,企者鳥厲等,效《斯干》(《詩經·小雅·斯干》)詩;石若掖分以下,分左右上下言之,以亭爲主也。"

杜按柳州(柳宗元)文爲桐城派所抑久矣,得石遺先生爲之平反,可謂語語切當,柳州有知,當許爲知己也。

第三節　韓門難易兩派之散文

前節述韓文謂有二派,其一爲文從字順者,其一爲尚怪奇者。前者辭近平易,後者則辭尚艱險也。韓門李翺實宗前派,皇甫湜可謂屬後一派。《新唐書·李翺傳》云:"李翺字習之,始從昌黎韓愈學文章,辭致渾厚,見推當時。"《四部叢刊》影印明刊本《李文公集》十八卷。《皇甫持正傳》(《新唐書·皇甫湜傳》)云:"皇甫湜字持正,裴度(字中立,唐河東聞喜人)辟爲判官,度修福光寺,將立碑文,求文於白居易。湜怒曰:'近捨湜而遠取居易。'請從此辭。度謝(謝絶)之。湜即請斗酒,飲酣,援筆立就,度贈以車馬繒綵(彩色繒帛)甚厚,湜大怒曰:'自吾爲《顧況集序》,未常許人,今碑文三千字,三縑,何遇我薄邪?'度笑曰:'不羈之才也。'從而酬之。"《四部叢刊》影印宋刊本《皇甫持正文集》六卷。

習之論文,以謂"義深則意遠,意遠則辭辯,辭辯則氣直,氣直則辭盛。"又謂"古之人能極於工而已,不知其詞之對與否,易與難也。'《答朱載言書》持正於文,則謂"意新則異於常矣,異於常則怪矣。詞高則出衆,出衆則奇矣。虎豹之文不得不炳於犬羊,鸞鳳(鸞鳥和鳳凰)之音不得不鏘於烏鵲,金玉之光不得不炫於瓦石。非有意光之也,迺自然也。必崔嵬(高聳的樣子)然後爲岳,必滔天然後爲海。明堂之棟必撓雲霓,驪龍(黑龍)之珠必固深泉。"《答李生第一書》於此可以見二氏之主張矣。

故正議大夫行尚書吏部侍郎上柱國
賜紫金魚袋贈禮部尚書韓公行狀

李　翱

公諱愈,字退之,昌黎某人。生三歲,父没,養於兄會舍。及長讀書,能記他生之所習,年二十五上進士第。汴州亂,詔以舊相東都留守董晋爲平章事宣武軍節度使,以平汴州。晋辟公以行,遂入汴州,得試秘書省校書郎,爲觀察推官。晋卒,公從晋喪以出,四日而汴州亂,凡從事之居者皆殺死。武寧軍節度使張建封奏爲節度推官,得試太常寺協律郎,選授四門博士,遷監察御史。爲幸臣所惡,出守連州陽山令,政有惠於下,及公去,百姓多以公之姓以命其子。改江寧府法曹軍,入爲權知國子博士。宰相有愛公文者,將以文學職處公。有爭先者,搆公語以非之,公恐及難,遂求分司東都。權知三年,改真博士,入省爲分司都官員外郎。改河南縣令,日以職分辨於留守及尹,故軍士莫敢犯禁。入爲職方員外郎。華州刺史奏華陰縣令柳澗有罪,遂將貶之,公上疏請發御史辨曲直,方可處以罪,則下不受屈。既柳澗有犯,公由是復爲國子博士。改比部郎中,史館修撰,轉考功郎中,修撰如故。數月,以考功知制誥。上將平蔡州,先命御史中丞裴公度使諸軍以視兵。及還,奏兵可用,賊勢可以滅,頗與宰相意忤。既數月,盜殺宰相,又害中丞不克,中丞微傷,馬逸以免,遂爲宰相,以主東兵。自安禄山起范陽,陷兩京,河南北七鎮節度使,身死則立其子,作軍士表以請,朝廷因而與之。及貞元季年,雖順,地節將死,多即軍中取行軍副使將校以授之節,習以成故矣。朝廷之賢,恬於所安,以苟不用兵爲貴,議多與裴丞相異。惟公以爲盜殺宰相而遂息兵,其爲懦甚大,兵不可以息,以天下力取三州,尚何不可?與裴丞相議合,故兵遂用,而宰相有不便之者。月滿,遷中書舍人,賜緋魚袋。後竟以他事改太子右庶子。元和十二年秋,以兵老久屯,賊未滅,上命裴丞相爲淮西節度使以招討之。丞相請公以行,於是以公兼御史中丞,賜三品衣魚,爲行軍司馬,從丞相居於郾城。公知蔡州精卒,悉聚界上,以拒官軍,守城者率老弱,且不過千人,亟白丞相,請以兵三千人間道以入,必擒吴元濟。丞相未及行,而李愬自唐州文城壘提其卒奪夜入蔡州,果得元濟。蔡州既平,布衣柏耆以計謁公,公與語,奇之,遂白丞相曰:"淮西滅,王承宗膽破,可不勞用衆,宜使辨士奉相公書,明禍福以招之,彼必服。"丞相然之。公令柏耆口占爲丞相書,明禍福,使柏耆袖之以至鎮州。承宗果大恐,上表請割德、棣二州以獻。丞相歸京師,公遷刑部侍郎。歲餘,佛骨自鳳翔至,傳京師諸寺,時百姓有燒指與頂以祈福者。公奏疏言:"自伏羲至周文、武時,皆未有佛,而年多至百歲,有過之者。自佛法入中國,帝王事之壽不能長,梁武帝事之最謹,而國大亂。請燒棄佛骨。"疏入,貶潮州刺史,移袁州刺史,百姓以男女爲人隸者,公皆計傭以償其直而出歸之。入,遷國子祭酒,有直講能説禮而陋容,學官多豪族子,擯之不得共食。公命吏曰:“召直講來與祭酒共食。”學官由此不敢賤直講。奏儒生爲學官,日使會講,生徒多奔走聽聞,皆喜曰:“韓公來爲祭酒,國子監不寂寞矣。”改兵部侍郎。鎮州亂,殺其帥田宏正,征之不可,遂以王廷湊爲節度使,詔公往宣撫。既行,衆皆危之。元稹奏曰:“韓愈可惜。”穆宗亦悔,有詔令至境觀視,無必於入。公曰:“安有受君命而滯留自顧?”遂疾驅入,廷湊嚴兵拔刃弦弓矢以送。及館,甲士羅於庭,公與廷湊監軍使三人就位。既坐,廷湊言曰:“所以紛紛者,乃此士卒所爲,本非廷湊心。”公大聲曰:“天子以爲尚書有將帥材,故賜之以節,實不知公共健兒語,未得乃大錯。”甲士前奮言曰:“先太史爲國打朱滔,滔遂敗走,血衣皆在,此軍何負朝廷,乃以爲賊乎?”公告曰:“兒郎等且勿語,聽愈言。愈將爲兒郎已不記先太史之功與忠矣,若猶記得,乃大好。且爲逆與順利害,不能遠引古事,但以天寶來禍福,爲兒郎等明之。安禄山、史思明、李希烈、梁崇義、朱滔、朱泚、吴元濟、李師道,復有若子若孫在乎? 亦有居官者乎?”衆皆曰無。又曰:“田令公以魏博六州歸朝廷,爲節度使,後至中書令,父子皆授旌節,子與孫雖在幼童者亦爲好官,窮富極貴,寵榮耀天下。劉悟、李佑皆居大鎮,王承元年始十七,亦仗節,此皆三軍耳所聞也。”衆乃曰:“田弘正刻此軍,故軍不安。”公曰:“然。汝三軍亦害田令公身,又殘其家矣,復何道?”衆乃讙曰:“侍郎語是,侍郎語是。”廷湊恐衆心動,遽麾衆散出。因泣謂公曰:“侍郎來,欲令廷湊何所爲?”公曰:“神策六軍之將,如牛元翼比者不少,但朝廷顧大體,不可以棄之耳。而尚書久圍之何也?”廷湊曰:“即出之。”公曰:“若真耳,則無事矣。”因與之宴而歸,而牛元翼果出。及還,於上前盡奏與廷湊及三軍語,上大悦曰:“卿直向伊如此道。”由是有意欲大用之。王武俊贈太師,呼太史者,燕趙人語也。轉吏部侍郎,凡令史皆不鎖,聽出入。或問公,公曰:"人所以畏鬼者,以其不能見也。鬼如可見,則人不畏矣。選人不得見令史,故令史勢重;聽其出入,則勢輕。"改京兆尹兼御史大夫,特詔不就御史臺謁,後不得引爲例。六軍將士皆不敢犯,私相告曰:"是尚欲燒佛骨者,安可忤?"故盜賊止。遇旱,米價不敢上。李紳爲御史中丞,械囚送府,使以尹杖杖之。公曰:"安有此?"使歸其囚。是時紳方幸,宰相欲去之,故以臺與府不協爲請,出紳爲江西觀察使,以公爲兵部侍郎。紳既復留,公入謝。上曰:"卿與李紳爭何事?"公因自辯,數日,復爲吏部侍郎。長慶四年得病,滿百日假,既罷,以十二月二日卒於靖安里第。公氣厚性通,論議多大體。與人交,始終不易。凡嫁内外及交友之女無主者十人。幼養於嫂鄭氏,及嫂歿,爲之期服以報之。深於文章,每以爲自揚雄之後,作者不出,其所爲文未嘗效前人之言而固與之並。自貞元末,以至於兹,後進之士,其有志於古文者莫不視公以爲法。有集四十卷,小集十卷。及病,遂請告以罷。每與交友言既,終以處妻子之語,且曰:"某伯兄德行高,曉方藥,食必視本草,年止於四十二。某疏愚,食不擇禁忌,位爲侍郎,年出伯兄十五歲矣。如又不足,於何而足?且獲終於牖下,幸不至失大節,以下見先人,可謂榮矣。"享年五十七。贈禮部尚書。謹具任官事迹如前,請牒考功下太常定謚,並牒史館,謹狀。

其叙説王廷湊一段,蓋幾於語體文矣。皇甫持正則一反之。繆荃孫(字炎之,又字筱珊,晚號藝風老人,清末民初江蘇江陰人)云:"湜,韓門弟子,句奇語重,不離師法,而琱琢艱深,或格格不能自達其意,較之同時文人,固已起出流輩。"(見其《跋皇甫持正集》)

韓文公墓志銘

皇甫湜

長慶四年八月，昌黎韓先生既以疾免吏部侍郎，書諭湜曰：死能令我躬所以不隨世磨滅者惟子，以爲囑。其年十二月丙子，遂薨。明年正月，其孤昶，使奉功緒之録，繼訃以至。三月癸酉，葬河南河陽，乃哭而叙銘其墓。其詳將揭之於神道碑云。先生諱愈，字退之，後魏安桓王茂六代孫，祖朝散大夫桂州長史諱叡素，父秘書郎贈尚書左僕射諱仲卿。先生七歲好學，言出成文，及冠，恣爲書以傳聖人之道，人始未信。既發不掩，聲震業光。衆方驚爆而萃排之，乘危將顛，不懈益張，卒大信於天下。先生之作，無圓無方，至是歸工。抉經之心，執聖之權，尚友作者，跋邪觝異，以扶孔氏，存皇之極。知與罪，非我計。茹古涵今，無有端涯，渾渾灝灝，不可窺校。及其酬放，豪曲快字，淩低怗發，鯨鏗春麗，驚耀天下。然而栗密窈眇，章妥句適，精能之至，入神出天，嗚呼！極矣。後人無以加之矣。姬氏已來，一人而已矣。始先生以進士三十有一仕，歷官。其爲御史、尚書郎、中書舍人，前後三貶，皆以疏陳治事，廷議不隨爲罪。常惋佛老氏法，潰聖人之隄，乃唱而築之。及爲刑部侍郎，遂章言憲宗迎佛骨非是，任爲身恥，震怒天顔，先生處之安然，就貶八千里海上。嗚呼！古所謂非苟知之，允蹈之者邪！吴元濟反，吏兵久屯無功，國涸將疑，衆懼恟恟。先生以右庶子兼御史中丞行軍司馬，宰相軍出潼關，請先乘遽至汴，感説都統，師乘遂和，卒擒元濟。王廷湊反，圍牛元翼於深，救兵十萬，望不敢前，詔擇庭臣往諭，衆慄縮，先生勇行。元稹言於上曰："韓愈可惜。"穆宗悔，馳詔無徑入。先生曰："止君之仁，死臣之義。"遂至賊營，麾其衆，責之，賊惶汗伏地，乃出元翼。《春秋》美臧孫辰告糴于齊以爲急病，校其難易，孰爲宜褒。嗚呼！先生真古所謂大臣者耶！還拜京兆尹,斂禁軍帖。旱糴,讋悻臣之鋌。再爲吏部侍郎。薨,年五十七,贈禮部尚書。先生與人洞朗軒闢,不施戟級,族姻友舊不自立者,必待我然後衣食嫁娶喪葬。平居,雖寢食未嘗去書,怠以爲枕,飡以飴口。講評孜孜,以磨諸生,恐不完美。游以詼笑嘯歌,使皆醉義忘歸。嗚呼！可爲樂易君子,鉅人者矣！夫人高平君范陽盧氏,孤前進士昶,婿左拾遺李漢,集賢校理樊宗懿,次女許嫁陳氏,三女未笄。銘曰：

維天有道,在我先生。萬頸胥延,生廟以行。令望絶邪,痌此四方。惟聖有文,乖微歲千。先生起之,焯役于前。彉義滂仁,耿照充天。有如先生,而合亘年。按我章書,經紀大環。唅不時施,昌極後昆,噫噫永歸,奈知之悲。

《石遺室論文》云："李文純正不矜奇,而讀之時時令人動色,自不平衍。皇甫文造語簡錬,時復鈎章棘句,句法常用倒裝,而此碑志尚無鈎輈格磔(鷓鴣的叫聲,形容文字佶屈聱牙)處。李於庭湊一節,叙之最詳,最著力,昌黎一生可傳事無過於此,《諫佛骨表》猶其次也。而《唐書・昌黎傳》,即用李文,而昌黎千古矣。即論其爲文章一段,看似淡淡,實未嘗不著力,言簡括而意鄭重也。不知當時何以碑(墓碑文)、志(墓志文)兩文均以屬皇甫？殆昌黎平日本善相如(司馬相如)、子雲(揚雄字),以皇甫之鈎章棘句爲能似之,故均使皇甫執筆歟？皇甫於墓志著力論昌黎文章,其云：'抉經之心,執聖之權,渾渾灝灝,不可窺校,精能之至,入神出天,姬氏(周朝)以來,一人而已。'皆未免太過,昌黎當不起。其餘叙諭庭湊處皆言抗聲數責,賊衆懼伏,似非實情。果爾,昌黎將不得免爲顔真卿(字清臣,唐琅琊臨沂人)、孔巢父(字弱翁,唐冀州人,孔子三十七世孫)之續,故《唐書》不取也。"

高澍然(字雨農,清福建光澤人)云:"昌黎之文廣博易良,余於《韓文故》言之詳矣。而習之先生其廣博稍遜,其易良則似有進焉。蓋昌黎取源孟子,而匯其全,故廣博與易良並;先生取源《論語》,而得其一至,故廣博雖不如,而易良亦非韓所有也。譬諸天地之氣,其穆然太虛,沖和昭融者,《論語》之易良也;其湛然不滓(渣滓、污穢),高朗夷曠者,《孟子》之易良也。二者微有區别焉。學之者寗無差等乎哉?故余於昌黎猶爲公好,於先生若爲私嗜。然每展卷如嘗異味,必求饜饜,又恐其難再得,不肯遽盡,留以待再享,其愛惜之至如此。誠不自知其然也。"(見其《萇楚齋隨筆》)

高氏之言是也。杜嘗論之,韓氏之議論文出乎《孟子》,而習之之議論文則本乎《論語》;出乎《孟子》,故浩氣流轉而氣勢雄奇,本乎《論語》,則韻味雅淡而氣象雍容,韓文之好,人易知,猶魯公(顔真卿封魯郡公)之書人易識也;李文之佳,人難知,猶二王(王羲之、王獻之父子)之字人難識也。若皇甫持正則學韓之奇而未至焉者,不足與論乎此矣。

介乎難易之間爲孫樵。樵字可之。《四部叢刊》影印問青堂刊本《孫樵集》十卷。自序謂家本關東,代襲簪纓(頭簪和束髮的纓絡,代指顯宦),藏書五千卷,常自探討,幼而工文,得之真訣。又嘗自謂樵嘗得爲文真訣於來無擇[1],來無擇得之於皇甫持正,皇甫持正得之於韓吏部退之。《與友論文書》(此語實出《與王霖秀才書》)其爲文亦主奇,與皇甫持正同,故云:"鸞鳳之音必傾聽,雷霆之聲必駭心,龍章虎皮是何等物?日月五星是何等象?儲思必深,摛辭必高;道人之所不道,到人之所不到;趨怪走奇,中病歸正;以之明道則顯而微,以之揚名則久而傳;前輩作者正如是。譬玉川子(盧仝

---

① "擇",原文作"釋"。

號)《月蝕詩》,楊司城[1](即楊敬之,字茂孝,唐虢州弘農人)《華山賦》,韓吏部《進學解》,馮常侍《清河壁記》,莫不拔地倚天,句句欲活,讀之如赤手捕長蛇,不施控騎生馬,急不得暇,莫可捉搦(nuò,握、持、拿著);又似遠人入太興城,茫然自失,詎比十家縣,足未及東郭,目以極西郭耶?"《與王霖秀才書》然其文終比持正爲較平易。

樵之文以《梓潼移江記》、《興元路新記》爲最奇。然《石遺室論文》云:"二記雖間有詰詘處,然視樊宗師則平易甚。視皇甫持正亦差易也。大略可之之文,若賦銘碑對各體,多用僻字;餘作記事論事者,往往似杜牧之(杜牧,字牧之,號樊川居士,唐京兆人);尚有數篇傳作可觀者。"王應麟曰:"東坡謂學韓退之不至爲皇甫湜,學湜不至爲孫樵。朱新仲曰:'樵乃過湜,如《書何易於》、《褒城驛壁》、《田將軍邊事》、《復佛寺奏》等,皆謹嚴得史法,有裨治道。'"(見其《困學紀聞》)杜以朱説爲然矣。

梓潼移江記

涪繚于郪,迫城如蟠;淫潦漲秋,狂瀾陸高。突堤嚙涯,包城蕩壚;歲殺州民,以爲官憂。滎陽公始至,則思所以洗民患。頗聞前觀察使欲鑿江東壖地,别爲新江,使東北注,流五里復匯而東,即堤墟,舊江使水道與城相遠,以薄江怒,遂命武吏發卒三千,跡其前謀。役興三月,功不可就。有謁於滎陽公曰:"公開新江,將抉民憂。然江勢不可決,訛言不可絶,公將何以終之?"滎陽公曰:"吾欲厚其逍以勸其卒,可乎?"對曰:"饑卒賴厚直,民惜其田以頭得,不可。"滎陽公曰:"吾欲戮其將以動其卒,可乎?"對曰:"代之將者必苦吾卒,卒若叛,不可。"滎陽公曰:"奈何?"對曰:"夫民可與樂終,難與圖始。固自役

① "城",原文作"成"。

興已來,彼其民曰:夏王鞭促萬靈,以導百川,今果能改夏王跡耶? 非徒無功,抑有後災,群疑牽綿,民心蕩摇。前時觀察使欲鑿新江,中輟議而罷,豈病此耶? 公即能先堤民言,新江可度日而决也。"滎陽公諾。明日,滎陽公視政加猛,决獄加斷。又明日,杖殺左右有所貳事,鞭官吏有所阻政者。遂下令曰:"開新江非我家事,將脱鄞民於魚禍耳。民敢横議者,死。"鄞民以滎陽公嘗爲京兆,既憚其猛,及是,民心大慄,群舌如斬。未幾而新江告成,滎陽公歡出臨視,班賞罷卒,已而歎曰:"民言不堤,新江其不决耶?"經江長步一千五百,闊十分其長之二,深七分其闊之一,盤堤既隆,舊江遂墟,凡得田五百畝。其年七月,水果大至,雖踰防稽陸,不能病民。其績宜何如哉! 滎陽公既以上聞,有司劾其不先白,詔奪俸錢一月之半。樵嘗爲褒城驛記,恨所在長吏不肯出毫力以利民,及覩滎陽公以開新江受譴,豈立事者亦未易耶? 是歲開成五年也。

第四節　矯枉派之散文

凡辭賦駢文家之散文,有不能脱其本家之習氣者,如司馬相如、揚[1]雄之所爲是也。凡散文家之辭賦,亦有不能脱其本家之習氣者,如董仲舒、司馬遷之《士不遇賦》是也。蓋所學染既深,各有本色,勢不易變也。然亦有矯枉過正,與本色絶異者,如漢之班固,辭賦家也,其文則駢文之祖也,其《書秦始皇本紀後》云:

孝明皇帝十七年十月十五日乙丑,曰:周曆已移,仁不代母。秦直其位,吕政殘虐。然以諸侯十三,并兼天下,極情縱

---

① "揚",原文作"楊"。

欲,養育宗親。三十七年,兵無所不加,制作政令,施於後王。蓋得聖人之威,河神授圖,據狼、狐,蹈參、伐,佐政驅除,距之稱始皇。始皇既殁,胡亥極愚,酈山未畢,復作阿房,以遂前策。云"凡所爲貴有天下者,肆意極欲,大臣至欲罷先君所爲"。誅斯、去疾,任用趙高。痛哉言乎!人頭畜鳴。不威不伐惡,不篤不虚亡,距之不得留,殘虐以促期,雖居形便之國,猶不得存。子嬰度次得嗣,冠玉冠,佩華紱,車黄屋,從百司,謁七廟。小人乘非位,莫不怳忽失守,偷安日日,獨能長念卻慮,父子作權,近取於户牖之間,竟誅猾臣,爲君討賊。高死之後,賓婚未得盡相勞,餐未及下咽,酒未及濡唇,楚兵已屠關中,真人翔霸上,素車嬰組,奉其符璽,以歸帝者。鄭伯茅旌鸞刀,嚴王退舍。河決不可復壅,魚爛不可復全。賈誼、司馬遷曰:"向使嬰有庸主之才,僅得中佐,山東雖亂,秦之地可全而有,宗廟之祀未當絶也。"秦之積衰,天下土崩瓦解,雖有周旦之材,無所復陳其巧,而以責一日之孤,誤哉!俗傳秦始皇起罪惡,胡亥極,得其理矣。復責小子,云秦地可全,所謂不通時變者也。紀季以酅,《春秋》不名。吾讀《秦紀》,至於子嬰車裂趙高,未嘗不健其決,憐其志。嬰死生之義備矣。

宋(南朝劉宋)范曄駢文大家也,其《後漢書自序》云:

吾少嬾學問,晚成人,年三十許,政始有向耳。自爾以來,轉爲心化,推老將至者,亦當未已也。往往有微解,言乃不能自盡。爲性不尋注書,心氣惡,小苦思便憒悶,口機又不調利,以此無談功。至於所通解處,皆自得之於胸懷耳。文章轉進,但才少思難,所以每於操筆,其所成篇,殆無全稱者。常恥作文士。文患其事盡於形,情急於藻,義牽其旨,韵移其意。雖時有能者,大較多不免此累。政可類工巧圖繢,竟無得也。常謂情志所託,故當以意爲主,以文傳意。以意爲主,則其旨必見;以文傳意,則其詞不流。然後抽其芬芳,振其金石耳。此中情性旨趣,千條百品,屈曲有成理。自謂頗識其數,嘗爲人言,多不能賞,意或異故也。性别宫商,識清濁,斯自然也。觀古今文人,多不全了此處;縱有會此者,不必從根本中來。言之皆有實證,非爲空談。年少中謝莊最有其分,手筆差易,文不拘韻故也。吾思乃無定方,特能濟難適輕重,所稟之分,猶當未盡,但多公家之言,少於事外遠致,以此爲恨,亦由無意於文名故也。本未關史書,政恒覺其不可解耳。既造《後漢》,轉得統緒。詳觀古今著述及評論,殆少可意者。班氏最有高名,既任情無例,不可甲乙辨,後贊於理近無所得,唯志可推耳。博贍不可及之,整理未必愧也。吾雜傳論,皆有精意深旨,既有裁味,故約其詞句。至於循吏以下及六夷諸序論,筆勢縱放,實天下之奇作。其中合者,往往不減《過秦篇》。嘗共比方班氏所作,非但不愧之而已。欲徧作諸志,《前漢》所有者悉令備。雖事不必多,且使見文得盡;又欲因事就卷内發論,以正一代得失,意復未果。贊自是吾文之傑思,殆無一字空設,奇變不窮,同含異體,乃自不知所以稱之。此書行,故應有賞音者。紀傳例爲舉其大略耳,諸細意甚多。自古體大而思精,未有此也。恐世人不能盡之,多貴古賤今,所以稱情狂言耳。吾於音樂,聽功不及自揮,但所精非雅聲爲可恨。然至於一絶處,亦復何異邪!其中體趣,言之不盡。弦外之意,虚響之音,不知所從而來。雖少許處,而旨態無極。亦嘗以授人,士庶中未有一毫似者。此永不傳矣!吾書雖小小有意,筆勢不快。餘竟不成就。每愧此。

其文之質木無文,古峭詰詘如此,與其所作辭賦駢文,豈非如出兩人之手乎?在唐之文家,亦有類此者,如杜甫、李商隱是也。今各録一首如下:

秋　述

杜　甫

秋,杜子臥病長安旅次,多雨生魚,青苔及榻,常時車馬之客,舊雨來,今雨不來。昔襄陽龐德公,至老不入州府;而楊子雲草《玄》寂寞,多爲後輩所褻。近似之矣。嗚呼!冠冕之窟,名利卒卒,雖朱門之塗泥,士子不見其泥,矧抱疾窮巷之多泥乎?子魏子獨踽踽然來,汗漫其僕夫,夫又不假蓋,不見我病色,適與我神會。我,棄物也,四十無位,子不以官遇我,知我處順故也。子,挺生者也,無矜色,無邪氣,必見用,則風后、力牧是已。於文章,則子游、子夏是已,無邪氣故也,得正始故也。噫!所不至于道者,時或賦詩如曹、劉,談話及衛、霍,豈少年壯志未息俊邁之機乎?子魏子,今年以進士調選,名隸東天官,告余將行。既縫裳,既聚糧,東人怵惕,筆札無敵,謙謙君子,若不得已。知禄仕此始,吾黨惡乎無述而止。

劉　乂

李商隱

右一人字乂,不知其所從來。在魏,與焦濛、閻冰、田滂善。任氣重義,大軀,有聲力。嘗出入市井,殺牛及犬豕,羅網鳥雀。亦或時飲酒殺人,變姓名遁去。會赦得出。後流入齊魯,始讀書,能爲歌詩。然恃其故時所爲,輒不能俯仰貴人。

穿屐破衣,從尋常人乞丐酒食爲活。聞韓愈善接天下士,步行歸之。既至,賦《冰柱》、《雪車》二詩,一旦居盧同、孟郊之上。樊宗師以文自任,見乂拜之。後以爭語不能下諸公,因持愈金數斤去,曰:"此諛墓中人得耳,不若與劉君爲壽。"愈不能止,復歸齊魯。乂之行,固不在聖賢中庸之列,然其能面道人短長,不畏卒禍,及得其服義,則又彌縫勸諫,有若骨肉,此其過人無限。

其古拙拗折,戛戛獨造,如兩漢以上文也,殆與班(班固)、范(范曄)之作爲一類矣。《舊唐書·杜甫傳》云:"杜甫字子美,本襄陽人,後徙河南鞏縣。甫天寶(唐玄宗年號)初,應進士不第;天寶末,獻《三大禮賦》,玄宗(即唐玄宗)奇之。"《李商隱傳》云:"天寶末詩人,甫與李白齊名。"清仇兆鼇(字滄柱,晚號知幾子、章溪老叟,人稱甬上先生,明末清初浙江甬江人)《杜詩詳注》凡詩二十三卷,雜文二卷。又云:"李商隱字義山,懷州河内人,商隱能爲古文,不喜偶對;從事令狐楚(字殼士,唐宜州華原人)幕,楚能章奏,遂以其道授商隱,自是始爲今體章奏,博學强記,下筆不能自休,尤善爲誄奠之辭;與太原温庭筠(舊名岐,字飛卿,唐并州人),南郡段成式(字柯古,唐臨淄人)齊名,號三十六(因李商隱、温庭筠、段成式都排行十六,故號爲三十六體);文思清麗,庭筠過之,而俱無持操;恃才詭激,爲當塗所薄,名宦不進,坎壈終身。"(《舊唐書·李商隱傳》)然則商隱固原工古文之學者,然亦當時駢文之風漸盛而矯枉過正者也。《四部叢刊》鐵琴銅劍樓藏舊鈔本《李義山文集》五卷。

第五節 艱澀派之散文

聞韓昌黎古文之風而爲文務爲艱澀者,爲樊宗師、皇甫湜、孫樵,而樊宗師爲尤最。韓愈《樊紹述墓志銘》云:"紹述諱宗師,自祖及紹述之世,皆以軍謀堪將帥策上第以進。紹述無所不學,於辭於聲天得也。"又云:"從其家求書,得書號《魁紀公》者三十卷,曰《樊子者》又三十卷,《春秋集傳》十五卷,表牋狀策書序傳記誌説倫今文贊銘凡二百九十一篇,道路所遇及器物門里雜銘二百二十,賦十,詩七百一十九,曰多矣哉! 古未嘗有也。然而必出於己,不蹈襲前人一言一句,又何難也? 必出入仁義,其富若生畜,萬物必具,海含地負,放恣横從,無所統記,然而不煩於繩削而無不合也。嗚呼,紹述於斯文,可謂至於斯極者矣。"退之之推許紹述,可謂至矣。然樊文今只傳二篇而已。陶宗儀(字九成,號南村,元末明初浙江黄巖人)《輟耕録》云:"唐南陽樊宗師字紹述,所譔《絳守居園池記》,艱深奇澀,讀之往往昧其句讀,況義乎哉? 韓文公謂其文不蹈襲前人一言一句,觀此記則誠然矣。"今録其全文於下,以見天下竟有此一類之文也。

絳守居園池記

絳即東雍(雍,去聲),爲守(去聲)理所。稟參(所今切)實沈分(分,去聲)氣,畜兩河潤。有陶唐冀遺風餘思(思,去聲),晋韓魏之相剥剖。世説。總其土田士人,令無磽(口交切)雜擾,宜得地形勝,瀉水施法,豈新田又蕞猥不可居? 州地或自有興廢(州字或屬上句),人因得附爲奢儉,將爲守悦致平理與(與平聲)? 益侈心耗物害時與(與平聲)? 自將失敦窮華,終披夷不可知。陴缅(音睥睨也。𦈡疑作缅)孤顛,跒倔(上苦下切,下渠勿切),玄武踞,守居割有北。自甲辛苞太池泓,横硤旁,潭中癸次,木腔瀑三丈,餘(或屬上句)涎玉沫珠。子午梁貫,亭四洄漣,虹蜺雄雌,穹鞠覷蜃(時忍切),礙佷(胡懇切)島坻(音池),淹淹委委(平聲),莎靡缦(莫半切),蘿蕃翠蔓紅刺相拂綴。南連軒井陣,中湧曰香。承守寢晬(雖遂切)思。西南有門曰虎豹:左書虎搏(補各切)立,萬力千氣底(音旨)發,彘匿地,努肩腦口牙快抗,雹火雷風,黑山震將合;右胡人鬅,黄帤(於元切)累(力追切)珠,丹碧錦襖,身刀,囊韡,櫑縚(上刀切),白豹玄班,飲距掌脾,意相得。東南有亭曰新,前含(音頷)曰槐,有槐屓(虛器切)護,霨鬱蔭後頤,渠決決緣池西直南折廡赴,可宴可衙。又東騫(騫,音軒)渠,曰望月。又東騫窮角池,研雲曰柏,有柏、蒼官、青士擁列,與槐朋友。巉(鉏銜切)陰洽色,北俯渠,憧憧來,刮級迴西。巽隅(疑作隅)間,黄原玦天,汾水鉤帶,白言謁行。旦艮間,遠岡青縈,近樓臺井閭點畫察。可四時合奇士,觀雲、風、霜、露、雨、雪,所爲(去聲)發生收斂,賦歌詩。正東曰蒼塘,遵瀕,西漭望,瑶翻碧潋,光文切鏤,棃深撓撓(奴巧切),收窮。正北曰風隄,乘攜左右,隄執北回股努,墆(徒計切)捩(刀計切)蹴墉,御渠歆池。南楯楹,景怪燭,蛟龍鈎牽,寶龜靈鼊(薄猛切,一音睥),文文章章,陰欱(呼合切)墊(都念切)歒(呼括切),煙潰靄聚,桃李蘭蕙,神君仙人,衣裳雅冶,可會脱赤熱。西北曰鼇,蝝(音灰)原,開咍(呼來切)儲,虛明茫茫,嵬眼澒耳,可大客旅鐘鼓樂,提鵬挈鷺,塦(音弼)池豪渠,憎乖憐圍。正西曰白濱,薈(烏外切)深憐梨。素女,雪舞百佾。水翠披,啣啣(虛郭切)千幅,迎西引東。土長崖,挾横埒(埒,音劣),日卯酉(日,或作自)。樵途隅徑幽委,蟲鳥聲無人,風日燈火之,晝夜漏刻詭姽(魚毁切)絢化。大小亭飳池渠間,走池隄上,亭後前。陴乘墉,如連山群峰擁。地高下,如原隰隄谿壑。水引古,自源三十里。鑿高,槽絶,竇墉,爲(或作其)池溝沼渠瀑,潨(音叢)潺終出,汩汩(于筆切,音骨,非)街衖畦町阡陌間,入汾。巨樹木,資土悍,水沮(將預切),

宗族盛茂,旁蔭遠映,錦繡交,菓枝香,碗麗麗(上下可通作一句)絶他郡。考其臺亭沼池之增,蓋豪王才侯襲以奇意相勝,至今過客尚往往有指可創起處。余退常吁,後其能無,果有不(音否)補建者。地由於煬,及(當作反)者雅、文安(薛雅、裴文安二人),發土築爲拒。幾(平聲)附於污宫。水本於正平軌,病井滷生物物瘠,引古沃澣,人便,幾附於河渠。嗚呼!爲附於河渠則可,爲附於汙宫其可?書以薦後君子。長慶三年五月十七日記。

此等文體蓋上法古鐘鼎文字,而下法班固《書秦始皇本紀後》者也。全學此等文,固屬無用。然偶一讀之,以期洗去俗滑,亦未始不無小補也。

李肇(唐人)《國史補》云:"元和(唐憲宗年號)之後,文筆則學奇於韓愈,學澀於宗師。退之作樊墓誌稱其爲文不剽襲,觀《絳守居園池記》誠然,亦太奇澀矣。本朝王晟、劉忱皆爲之注解,如瑶翻碧瀲、蒐眼澒(hòng,声音震响)耳等語,皆前人所未道也。"

歐陽脩跋云:"元和文章之盛極矣,其奇怪至於如此。"(見其《跋唐樊宗師絳守居園池記》)又詩云:"嘗聞紹述絳守居,偶來登覽周四隅。異哉樊子怪可吁,心欲獨去無古初。窮荒探幽入無有,一語詰曲百盤紆。孰云已出不剽襲?句斷欲學盤庚書。一云《文言》《爾雅》不訓詁,幾欲舌譯從象胥荒煙古木蔚遺墟,我來嗟祇得其餘。柏槐端莊偉大夫,蒼顔鬱鬱老不枯。靚容新麗一何姝?清池翠蓋擁紅蕖(qú,荷花)。胡髯(péng,頭髮)虎搏豈足道,記録細碎何區區?宓氏(伏羲)八卦畫河圖,禹(《尚書·禹貢》)湯(《尚書·湯誓》)臯(《尚書·臯陶謨》)虺(huǐ,《尚書·仲虺之誥》)暨唐(《尚書·堯典》)虞(《尚書·舜典》),豈不古奥萬世模。嫉世姣好習卑污,以奇矯薄駭群愚。用此猶得追韓徒,我思其人爲躊躇!作詩聊謔爲坐娱。"(《絳守居

園池》)

孫之騄(字晴川,清浙江仁和人)云:"余幼時讀《輟耕録》,喜樊紹述《絳守居園池記》,識其句讀,知韓昌黎生蓄萬物、放恣横從之語爲不虛。所稱趙伯昂(字仁舉,元灤陽人)箋註與無名氏註解者,有兩本,求之數十年竟不獲。後見《唐詩紀事》(計有功撰。計有功,字敏夫,宋大邑安仁人)又得《綿州越王樓詩序》一篇,俱苦無注解可釋其義。今年秋,得沈裕(明人,字不詳,曾任御史)注本,内載趙(趙伯昂)、吴(呉師道,字正傳,元婺州蘭溪人)、許(許謙,字益之,元金華人)三家註,燦然可觀已。然急於自衒(自炫),多刪易舊文,漸失本來,余病其弗完,爲補綴數十條,釐爲二卷,傳之人間,俾幽經祕籙勿致漫滅,亦韓子不忍奇寶横棄道側之意也。嗚呼,元和之際,文章之盛極矣,其怪奇至於如此。韓子稱紹述集若干卷、詩文千餘篇,今所存纔兩篇耳。以文之多若是,其獨出古初無所剽襲又若是,而今昔往來人讀者蓋鮮,老子曰:知希我貴,知我希故我貴也。(見《老子·知難》)揚①子雲著《太玄》,曰:'後世復有子雲,則知我矣。'夫異代桓譚(桓譚極爲推崇揚雄),子雲已灼然俟之身後,如欲强(勉强、强迫)蚩蚩(惑亂)拙目共讀樊集,恐巴人倡和,天下皆是。陽春高而莫續,妙聲絶而不尋。(曲高和寡之意)②非病其晦澀,則以爲無用之文耳。誰爲精討錙銖,覈量文質乎?"(見其《樊紹述集注序》)

第六節 淺易派之散文

天下事物,苟非中庸,必有相對,文章亦然。有主難者,必有主

---

① "揚",原文作"楊"。

② 宋玉《對楚王問》:"客有歌於郢中者,其始曰《下里》、《巴人》,國中屬而和者數千人。其爲《陽阿》、《薤露》,國中屬而和者數百人。其爲《陽春》、《白雪》,國中屬而和者不過數十人。引商刻羽,雜以流徵,國中屬而和者不過數人而已。是其曲彌高,其和彌寡。"

易者;有主深者,必有主淺者。故有樊紹述之艱深,必有白樂天(白居易)之淺易。惟淺易與草率不同,第一要件即在真切。真切則文字雖淺易而意味實深長,此實爲最高之文境。反是,則可謂以艱深之字文其淺陋耳。白樂天之文,自來論文者不選,而吾則以爲陶淵明以後一人而已。《新唐書》本傳:"自居易,字樂天。其先蓋太原人,後徙下邽(guī,在今陝西渭南)。敏悟絶人,工文章。未冠,謁顧況。況,吴人,恃才少所許可,見其文,自失曰:'吾謂斯文遂絶,今復得子矣。'"又云:"居易於文章精切,然最工詩,初頗以規諷得失,及其多,更下偶俗好,至數千篇,當時士人爭傳。雞林(古國名,即新羅)行賈售其國相,率篇易一金,甚僞者相輒能辨之。初與元稹(字微之,唐河南河内人)酬詠,故號元白;稹卒,又與劉禹錫(字夢得,唐彭城人)齊名,號劉白。其始生七月能展書,姆指之、無兩字,雖試百數不差①。九歲暗識聲律,其篤於文章,蓋天稟然。"《四部叢刊》影印日本活字本《白氏文集》七十一卷。

樂天之文蓋學陶淵明,其《醉吟先生傳》即擬《五柳先生傳》而能擴充之者也。學者若病其略有摹儗之迹,則試問韓退之《送窮文》摹儗揚子雲之《逐貧》,豈能略無形跡邪?

醉吟先生傳

醉吟先生者,忘其姓字、鄉里、官爵,忽忽不知吾爲誰也。宦遊三十載,將老,退居洛下。所居有池五六畝,竹數千竿,喬木數十株,臺榭舟橋,俱體而微,先生安焉。家雖貧,不至寒餒;年雖老,未及耄。性嗜酒,耽琴,淫詩。凡酒徒、琴侣、詩客,多與之遊。遊之外,棲心釋氏,通學小中大乘法。與嵩山

① 白居易《與元九書》:"僕始生六七月時,乳母抱弄於書屏下,有指無字、之字示僕者,僕雖口未能言,心已默識。後有問此二字者,雖百十其試,而指之不差。"

僧妃滿爲空門友,平泉客韋楚爲山水友,彭城劉夢得爲詩友,安定皇甫朗之爲酒友。每一相見,欣然忘歸。洛城内外六七十里間,凡觀寺、丘墅,有泉石花竹者靡不遊;人家有美酒、鳴琴者,靡不過;有圖書、歌舞者,靡不觀。自居守洛川,暨布衣家,以宴盛召者,亦時時往。每良辰美景,或雪朝月夕,好事者相過,必爲之先拂酒罍,次開篋詩。酒既酣,乃自援琴,操宫聲,弄《秋思》一遍。若興發,命家僮調法部絲竹,合奏《霓裳羽衣》一曲。若歡甚,又命小妓歌《楊柳枝》新詞十數章。放情自娱,酩酊而後已。往往乘興,履及鄰,杖於鄉,騎遊都邑,肩舁適野。舁中置一琴、一枕,陶、謝詩數卷,舁竿左右,懸雙酒壺。尋水望山,率情便去;抱琴引酌,興盡而返。如此者凡十年。其間日賦詩約千餘首,歲釀酒約數百斛。而十年前後賦、釀者不與焉。妻孥弟姪慮其過也,或譏之,不應。至於再三,乃曰:凡人之性,鮮得中,必有所偏好。吾非中者也,設不幸,吾好利,而貨殖焉;以至于多藏潤屋,賈禍危身,奈吾何?設不幸,吾好博弈,一擲數萬,傾財破産,以致于妻子凍餒,奈吾何?設不幸,吾好藥,損衣削食,鍊鉛燒汞,以至于無所成,有所誤,奈吾何?今吾幸不好彼,而自適于杯觴諷詠之間,放則放矣,庸何傷乎?不猶愈於好彼三者乎?此劉伯倫所以聞婦言而不聽,王無功所以遊醉鄉而不還也。遂率子弟,入酒房,環釀甕,箕踞仰面,長吁太息,曰:吾生天地間,才與行不逮於古人遠矣,而富於黔婁,壽於顔淵,飽於伯夷,樂於榮啟期,健於衛叔寶,幸甚幸甚!餘何求哉?若捨吾所好,何以送老?因自吟詠懷詩云:"抱琴榮啟樂,縱酒劉伶達。放眼看青山,任頭生白髮。不知天地内,更得幾年活?從此到終身,盡爲閑日月。"吟罷自哂,揭甕撥醅,又引數杯,兀然而醉。既而醉復醒,醒復吟,吟復飲,飲復醉,醉吟相仍,若循環然。由是得以

> 夢身世,雲富貴,幕席天地,瞬息百年。陶陶然,昏昏然,不知老之將至,古所謂得全於酒者。故自號爲醉吟先生。于時開成三年,先生之齒六十有七,鬚盡白,髮半秃,齒雙缺,而觴詠興猶未衰。顧謂妻子云:今之前,吾適矣;今之後,吾不自知其興何如?

其他最佳之文尚有《與元九書》、《答户部崔侍郎書》等,均意興灑然,甚得自然之妙者也。

第七節　晚唐五代之散文

唐之韓柳雖大倡古文,然自晚唐以後,李商隱、温庭筠、段成式之徒,爲文尚四六,號爲三十六體,而文格益日衰,《新唐書》云:"唐有天下三百年,文章無慮三變。高祖、太宗,大難始夷,沿江左餘風,縟(rù,藻飾)句繪章,揣合(迎合)低昂(音節的高低),故王(王勃,字子安,唐絳州龍門人)、楊(楊炯,字盈川,唐華陰人)爲之伯(霸)。玄宗好經術,群臣稍厭雕琢,索理致,崇雅黜浮,氣益雄渾,則燕(張説,字道濟,一字説指,唐洛陽人,封燕國公)、許(蘇頲,字廷碩,唐京兆武功人,封許國公)擅其宗。[1] 是時,唐興已百年,諸儒爭自名家,大曆(唐代宗年號)、貞元(唐德宗年號)間,美才輩出,擩嚌(ruán jì,研求玩味)道真,涵泳聖涯,於是韓愈倡之,柳宗元、李翱、皇甫湜等和之,排逐百家,法度森嚴,抵轢(觸犯、超越)晉魏,上軋漢周,唐之文完然爲一王法,此其極也。"(見《新唐書·文藝列傳序》)

此論唐三百年之文,王、楊爲一體,燕、許爲一體,然皆駢文也;

---

① 《新唐書·蘇頲傳》:"自景龍(唐中宗年號)後,與張説以文章顯,稱望略等,故時號燕許大手筆。"

韓、柳爲一體，則散文也。自晚唐以後之文學，則可論者惟詩詞而已，散文、駢文俱不足論矣。至於五代十國，則所可論者唯詞而已，即詩亦已不足論。蓋國勢日衰，干戈擾攘之際，士既不得從容於學，而偷生避難，僅存於鋒鏑之間者，亦苟驢旦夕，惟恐後時。時勢之衰落既足以促士氣之銷沈，而士氣之銷沈更足以增時勢衰落，互相因果，而文章學術乃彌益不足論矣。故晚唐五代之散文，歷代文家，乃絶少語及之者焉。

林傳甲云："司馬炎(晋武帝)滅蜀漢，而匈奴劉淵(前趙建立者，滅西晋)昌言復讎；朱温(五代梁建立者)篡唐，而沙陀李存勖(五代唐建立者)昌言嗣統。中原有亂，他族乘之，漢族因之衰落，漢文亦因而萎靡。六朝時中原雖亂，江左正統猶存，其文物尚能自立。五代時中原既非正統，而江南又裂爲數國焉。唐末羅隱(字昭諫，錢塘人)懷才不試，好爲寓言，出以過激，每不中理，然亦晚唐之後勁，吴越文人所仰景望也。錢鏐(五代十國吴越建立者)爲吴越王時，撰《杭州羅城記》，涉筆閒雅，亦有淵渾之氣。南唐主李昪(五代十國南唐建立者)舉用儒吏，戒廷臣勿言用兵，其詔辭雖淵然可誦，適以肖(仿效)東晋、南宋(南朝劉宋)偏安之計耳。其臣張義方(始名元達，南唐人)、江文蔚(字君章，建安人)、歐陽廣(吉州吉水人)、潘佑(本幽州人，後徙居金陵)之文，徐鍇(字楚金，揚州廣陵人)、徐鉉[1](字鼎臣，揚州廣陵人，徐鍇兄)之學，視梁陳(南朝梁、陳)江淹、徐(徐摛、徐陵父子)、庾(庾肩吾、庾信父子)輩，文不及而學則過之矣。蜀(五代十國之前後蜀)之馮涓(字信之，東陽人，或曰信都人)、韋莊(字端己，杜陵人)、杜光庭(字賓至，縉雲人，一曰長安人)，閩(五代十國之閩)之徐寅(字昭夢，莆田人)、黄滔(字文江，莆田人，一云侯官人)，楚(五代十國之楚)之丁思覲，文學裴然(當即"斐然")，亦不讓梁陳文士也。惟中原經沙陀、契丹之蹂

① "鉉"，原文作"院"。

躪,文物蕩盡,李繼岌(後唐莊宗長子)、李嚴(初名讓坤,幽州人)之文,曾不如北魏邢(邢卲,字子才,河間鄚人)、温(温子昇,字鵬舉,祖籍太原,後徙居濟陰冤句)之什一。惟王朴(字文伯,五代後周東平人)《平邊策》,視蘇綽之《大誥》,則遠過之矣。五代武人多以彦名,而名士寥落如晨星,漢族式微,則漢文亦絶矣。數往察來,可不懼乎?南唐其能保國家者乎?"

又云:"宋人修《五代史》,未列儒林、文苑諸傳,流俗遂疑爲五季之衰,不但無治化之文,且並詞章之士亦少,此何足以知五代乎?五代時周王朴之《平邊策》,南唐歐陽廣《論邊鎬必敗書》,皆質實無華,有裨治化。詞人才士,如羅隱、梁震(五代十國荆南謀士,邛州依政人)、韓偓(字致光,唐末五代京兆萬年人)之流,苟全性命於亂世,亦皭然不滓也。蜀主孟氏,偏安之主也,刻石戒百官曰:'爾俸爾禄,民膏民脂,下民易虐,上天難欺。'(蜀後主孟昶《官箴》)今刻石遍海内,不能易其一字焉,此非治化之文歟?五代士人最無恥者莫如馮道(字可道,瀛州景城人,歷仕後唐、後晋、後漢、後周四朝十君);雖然,馮道於治化有偉大之功焉。唐長興(後唐明宗年號)三年,始刻九經板①,馮道請之也。近人讀古書視之宋(趙宋)如拱璧(一種大型玉璧),五代本則罕聞焉。馮道請國子監鏤板,大啟學界之文明焉。後世聚珍縮影日漸發明,圖籍風行,學者便之,治化益臻明備,君子不以馮道爲人而廢其法也。"(見其《中國文學史》)

今録王朴文一首以見五代散文之一斑:

平邊策

唐失道而失吴、蜀,晋失道而失幽、并,觀所以失之之由,

---

① 《舊五代史・唐書・明宗紀》:"(長興三年二月辛未)中書奏請依石經文字刻九經印板,從之。"

知所以平之之術。當失之時,君暗政亂,兵驕民困,近者姦於内,遠者叛於外;小不制而至于僭,大不制而至于濫。天下離心,人不用命,吴、蜀乘其亂,而竊其號,幽、并乘其間,而據其地。平之之術,在乎反唐、晋之失而已。必先進賢退不肖以清其時,用能去不能以審其材,恩信號令以結其心,賞功罰罪以盡其力,恭儉節用以豐其財,徭役以時以阜其民。俟其倉廩實、器用備、人可用而舉之。彼方之民,知我政化大行,上下同心,力彊財足,人安將和,有必取之勢,則知彼情狀者願爲之間諜,知彼山川者願爲之先導。彼民與此民之心同,是與天意同。與天意同,則無不成之功。攻取之道,從易者始。當今惟吴易圖,東至海,南至江,可撓之地二千里。從少備之先撓之,備東則撓西,備西則撓東,彼必奔走以救其弊。奔走之間,可以知彼之虛實、衆之彊弱,攻虛擊弱,則所向無前矣。勿大舉,但以輕兵撓之。彼人怯弱,知我師入其地,必大發以來應。數大發,則民困而國竭;一不大發,則我獲其利。彼竭我利,則江北諸州乃國家之所有也。既得江北,則用彼之民,揚我之兵,江之南亦不難平之也。如此,則用力少而收功多,得吴,則桂廣皆爲内臣,岷蜀可飛書而召之,如不至,則四面並進,席捲而蜀平矣。吴、蜀平,幽可望風而至。唯并必死之寇,不可以恩信誘,必須以彊兵攻之,力已竭,氣已喪,不足以爲邊患,可爲後圖。方今兵力精練,器用具備,群下知法,諸將用命,一稔之後,可以平邊。臣書生也,不足以講大事。至于不達大體不合機變,惟陛下寬之。

第八節　宋古文六家之散文

《宋史·文苑傳》云:"自古創業垂統之君,即其一時之好尚,而一代之規槭(規模)可以豫知(預知)矣。藝祖(有文德之祖,後指開國之君,此指宋太祖趙匡胤)革命,首用文吏而奪武臣之權,宋之尚文,端本乎此。太宗(宋太宗趙匡義)、真宗(宋真宗趙恒),其在藩邸(藩王宅邸,喻指尚未即位之時),已有好學之名。及其即位,彌文日增。自時厥後,子孫相承,上之爲人君者無不典學,下之爲人臣者自宰相以至令録無不擢科(無不由科舉選拔);海内文士,彬彬輩出焉。國初楊億(字大年,宋建州浦城人)、劉筠(字子儀,宋大名人。二人乃宋初西昆體的代表人物),猶襲唐人聲律之體;柳開(原名肩愈,字紹先,號東郊野夫,後改名開,字仲塗,號補亡先生,宋大名人)、穆修(字伯長,宋鄆州人。二人俱爲宋初力倡古文的代表人物),志欲變古而力弗逮(及、追上、趕上);廬陵歐陽脩出,以古文倡;臨川王安石、眉山蘇軾、南豐曾鞏起而和之,宋文日趨於古矣。南渡(趙宋南渡,即指南宋)文氣不及東都(北宋東京開封,代指北宋),豈不足以觀世變歟?”此論宋三百餘年之文學雖甚略,然其言宋初之文沿襲唐人聲律之體,與唐初之文沿襲江左之駢儷體正同;而宋之有柳開、穆修爲歐陽之先鋒,亦與唐之有元結、柳冕(字敬叔,唐河東人)爲韓、柳之先鋒正同,韓之後有李翱、皇甫湜等亦與歐陽之後有王、曾、三蘇等正同也。

宋六家(即歐陽脩、曾鞏、王安石、蘇洵、蘇軾、蘇轍)固不能出於韓、柳範圍。然若角(角逐、較量)其短長,則宋六家之傳記遠不及唐五家韓、柳、李、皇甫、孫(指韓愈、柳宗元、李翱、皇甫湜、孫樵)之瑰奇;論議之文則韓、柳以外,唐三家遠不如宋六家之條暢動聽。

《石遺室論文》云:“大略宋六家之文,歐公叙事長於層累鋪張,多學漢人鼂錯《貴粟重農疏》、《淮南王安諫伐閩越書》、班孟堅(班固)《漢書》各傳而濟以太史公(司馬遷)傳贊(《史記》之傳贊)之抑揚動盪;曾子固(曾鞏)專學匡(匡衡)、劉(劉向)一路;蘇明允(蘇洵)揣摩子書,與長公(蘇軾。蘇軾乃蘇洵長子,故稱)多得力於《孟子》;荆公(王安石)除萬言書(即《上仁宗皇帝言事書》)外,各雜文皆學韓(韓愈），且專學其逆折拗勁處。桐城人之自命學韓，專學此類。蓋荆公詩亦學韓，間規及杜（杜甫）也。”

歐陽脩　《宋史·歐陽脩傳》云：“歐陽脩，字永叔，廬陵人，四歲而孤，母鄭守節自誓，親誨之學。家貧，至以荻（dí，一種水邊生長的草本植物）畫地學書。幼敏悟過人，讀書輒成誦；及冠，嶷然（卓異、端莊的樣子）有聲。宋興且百年，而文章體裁猶仍五季（五代）餘習，鎪刻（雕刻，喻指刻意修飾文詞）駢偶，淟涊（tiǎn niǎn，怯懦）弗振，士因陋守舊，論卑氣弱，蘇舜元（字才翁，宋初梓州銅山人）、舜欽（蘇舜元弟，字子美）、柳開、穆脩輩，咸有意作而張之，而力不足。脩游隨得唐韓愈遺稿於廢書簏（lù，竹篾編制的盛物器具）中，讀而心慕焉；苦志探賾，至忘寢食，必欲並轡（並駕齊驅）絶馳（驅馳絶塵、超越）而追與之並；舉進士，試南宫①第一，擢甲科（一等），調西京推官；始從尹洙（字師魯，宋河南人）游，爲古文，議論當世事，迭相師友；與梅堯臣（字聖俞，宋宣州宣城人）游，爲歌詩相倡和；遂以文章名冠天下。“《四部叢刊》影印元刊《居士集》五十卷，《外集》二十五卷，《外制集》三卷，《内制集》八卷，《表奏書啟四六集》七卷，《奏議集》十八卷，《雜著述》十九卷等。

《石遺室論文》云：“文章之有姿態（意趣之表現）者，《尚書》惟有《秦誓》，《禮記》則《三年問》，實《荀子》也（《禮記·三年問》出於《荀子·禮論》）。《檀弓》（《禮記》篇名）作態太甚，《左傳》則滋多矣。《莊子》之‘送君者皆自崖而返，君自此遠矣’二語（見《莊子·山林》），風神絶世。《太史公》則各傳贊皆以姿態見工，而《五帝本紀》、《項羽本紀》二贊，尤有神，傳文則莫如《伯夷列傳》。世稱歐陽公文爲六一風神，而莫詳其所自出。世又稱歐公得殘本韓文，肆

---

①《宋史·職官志五》：“咸平初，遂命諸王府官分兼南、北宅教授。南宫者，太祖、太宗諸王之子孫處之，所謂睦親宅也。”科舉禮部會試舉行於此。

力學之,其實昌黎文有工夫者多,有神味者少。有神味者惟《送董邵南序藍田縣丞廳壁記》;若《送李愿歸盤谷序》則至塵下者;《送楊少尹序》,亦作態太甚;其滑調多爲八股文家所摹,切不可學;《與孟東野書》亦韓文之有風神者,然兩用知吾心樂否也,尚嫌作態。意無淺深,筆無輕重,句無長短也。歐公文實多學史記,似韓者少。"

又云:"永叔以序跋雜記爲最長,雜記尤以《豐樂亭記》爲最完美。起一小段已簡括全亭風景,乃横插滁(滁州)於五代干戈之際,得勢有力。然後説由亂到治,與由治回想到亂,一波三折,將實事於虚空中摩蕩盤旋,此歐公平生擅長之技,所謂風神也。今滁于江淮一小段,與修之來此一段,歸結到太平之可樂,與名亭之故,收煞皆用反繳筆爲佳。"

又云:"歐公《有美堂記》,與《豐樂亭》、《峴山亭》二記,爲雜記中最工者。《醉翁亭記》則論者以爲俗調矣。其實非調之俗,乃辭意過於圓滑,與《送李愿序》(即韓愈《送李愿歸盤谷序》)氣味相似,殊不可學耳。然起云'環滁皆山也,其西南諸峰林壑尤美,望之蔚然而深秀者,琅琊也;山行六七里,漸聞水聲潺而瀉出兩峰之間者,釀泉也;峰回路轉,有亭翼然臨於泉上者,醉翁亭也',起數句頗自俊爽。學《公》(公羊傳))、《穀》(《穀梁傳》)只學此一段而止,餘另换别調,亦不討厭。若柳子厚爲之,當不全篇摹倣,《游黄溪記》惟首段仿《史記》,其證也。"

又云:"《有美堂記》,中間言金陵(代指南唐)、錢塘(代指吴越)皆僭竊於亂世,而錢塘獨盛於金陵之故,才思横溢,極似漢人(漢代之人)文字。曾子固《道山亭記》,從《淮南王諫伐閩越書》脱化出來,正其類也。《峴山亭記》亦以一起特勝,中間抑揚處正學《史記》傳贊,"豈皆自喜其名之甚"二句爲道著二子心坎。姚惜抱以爲神韻縹緲,如所謂吸風飲露蟬蜕塵壒者,絶世之文也。此皆知其然而不知其所以然之語,極似鍾伯敬(鍾惺,字伯敬,號退谷、止公居士,明湖廣竟陵人,與譚元春合編《詩歸》)《詩歸》之評唐人詩妙處;至譽之太過,抑無論矣。"

有美堂記

嘉祐二年,龍圖閣直學士、尚書吏部郎中梅公出守於杭,於其行也,天子寵之以詩,於是始作有美之堂,蓋取賜詩之首章而名之,以爲杭人之榮。然公之甚愛斯堂也,雖去而不忘,今年自金陵遣人走京師,命予誌之,其請至六七而不倦。予乃爲之言曰:

夫舉天下之至美與其樂,有不得而兼焉者多矣。故窮山水登臨之美者,必之乎寬閒之野、寂寞之鄉而,後得焉。覽人物之盛麗,夸都邑之雄富者,必據乎四達之衝、舟車之會,而後足焉。蓋彼放心於物外,而此娛意於繁華,二者各有適焉。然其爲樂,不得而兼也。今夫所謂羅浮、天臺、衡嶽、廬阜,洞庭之廣,三峽之險,號爲東南奇偉秀絶者,乃皆在乎下州小邑,僻陋之邦,此幽潛之士,窮愁放逐之臣之所樂也。若乃四方之所聚,百貨之所交,物盛人衆,爲一都會,而又能兼有山水之美,以資富貴之娛者,惟金陵、錢塘,然二邦皆僭竊於亂世。及聖宋受命,海内爲一,金陵以後服見誅,今其江山雖在,而頹垣廢址,荒煙野草,過而覽者莫不爲之躊躇而悽愴。獨錢塘自五代時知尊中國,效臣順,及其亡也,頓首請命,不煩干戈,今其民幸富完安樂。又其俗習工巧,邑屋華麗,蓋十餘萬家。環以湖山,左右映帶。而閩商海賈,風帆浪舶,出入於江濤浩渺煙雲杳靄之間,可謂盛矣!而臨是邦者,必皆朝廷公卿大臣,若天子之侍從,又有四方遊士爲之賓客,故喜占形勝,治亭榭,相與極遊覽之娛。然其於所取,有得於此者,必有遺於彼。獨所謂有美堂者,山水登臨之美,人物邑居之繁,一寓目而盡得之。蓋錢塘兼有天下之美,而斯堂者又盡得錢塘之美焉,宜乎公之甚愛而難忘也。梅公,清慎好學君子也,視其所好,可以知其人焉。

大氐歐陽之文善於吞吐夷猶(從容自得),最工言情之作,近代唐蔚芝(唐文治)先生之文近之。

曾鞏　《宋史·曾鞏傳》云:"曾鞏,字子固,建昌南豐人,生而警敏,讀書數百言,脱口輒誦;年十二試作六論(宋代科舉考試中的六道論題),援筆而成;甫冠,名聞四方。歐陽脩見其文,奇之。中嘉祐(宋仁宗年號)二年進士。"《四部叢刊》影印元刊本《元豐類稿》十八卷,附録一卷。

林傳甲云:"江右(江西)章(章水)貢(貢水)之涘,多古文家。自歐陽公起於廬陵以後,未幾王安石興於臨川,曾子固出於南豐,遂極一時之盛。唐宋八家宋得其六,眉山三蘇與江右各得其半焉。安石與鞏締交之情,見於安石《答段縫書》,曰:'鞏文學議論,在某交游中不見可敵。其心勇於適道,不可以刑禍利禄動也。'安石《祭曾博士易古文》,則鞏之父也,故當時學者稱二人曰曾王。《曾鞏傳》曰:'安石得志後遂與之異。'蓋安石以新法致黨禍,爲宋儒所不韙(同意、讚賞)。惟其(指王安石)文勁爽峭直,如其[①]爲人焉。其最長者莫如《上神宗書》,其最短莫如《讀孟嘗君傳書後》,皆傳誦於世,所謂氣盛則言之長短皆宜也。曾、王之文有極相似者,如子固之《墨池記》,荆公之《芝閣記》,皆寂寥短章,使人味之雋永,此曾、王之所長也。朱子云:'熹未冠而讀曾南豐先生之文,愛其詞嚴而理正。'(見其《跋曾南豐帖》)洵子固之定評。曾、王之異同,

---

① 原文多一"其"字。

在於所持之理，其詞氣固未嘗歧異也。”(見其《中國文學史》)

《石遺室論文》云：“曾子固《謝杜相公書》，述其父病卒，受杜公(即杜衍，字世昌，宋越州山陰人)之恩，自醫藥以至歸櫬(chèn，棺材)，種種關切，略云：‘明公(杜衍)雖不可起(起用)而寄天下之政，而愛育天下之人才，不忍一夫失其所之道，出於自然，而推行之，不以進退，而鞏獨幸遇明公於此時也；在喪之中(服喪期間)，不敢以世俗淺意，越禮進謝；喪除(服喪完畢)，又維大恩之不可名，空言不足陳；徘徊迄今，一書之未進，顧其慙生於心無須臾廢也。伏維明公，終賜亮察。夫明公存天下之義而無有所私，則鞏之所以報於明公者，亦惟天下之義而已。誓心則然，未敢謂能也。’以上可謂真性情道義之文矣。所謂亦惟天下之義者，自勉爲君子，稱得受此待遇。誓心二語，謙而得體。幸遇明公一層，下語最有分寸有身分，隱隱見得杜公與曾氏，有道義之感，非濫於恩施，與偏徇私情。”

又云：“‘蓄道德能文章’一語，爲宋以來乞銘其祖父者(乞求爲去世的長輩作墓志銘)循例之通詞，子固以此語推崇歐公，在既得碑銘之後，則尤爲非諂矣。(曾鞏請歐陽脩爲其父作墓志銘，事後，曾鞏作《寄歐陽舍人書》以謝之)蓋乞銘於當代作者易爲過當之推崇，子固之推崇，非不至，而歐公實足以當之。且擡高歐公，正所以擡高自己祖父，而説到祖父處，須無溢美，則在下語有分寸，行文有遠勢也。感激語分作兩層，云‘況其子孫也哉，況鞏也哉’(見曾鞏《寄歐陽舍人書》)，鞏非人子孫乎，見其不等尋常之子孫也。鞏之不等尋常子孫者，即在遇蓄道德能文章者而後乞銘，而蓄道德能文章者又肯爲之銘也。前半之反面盤旋，皆所以取此勢耳。”

寄歐陽舍人書

鞏頓首再拜舍人先生：去秋人還，蒙賜書及所譔先大父墓碑銘。反覆觀誦，感與慚并。夫銘誌之著於世，義近於史，而亦有與史異者。蓋史之於善惡無所不書,而銘者,蓋古之人有功德材行志義之美者,懼後世之不知,則必銘而見之。或納於廟,或存於墓,一也。苟其人之惡,則於銘乎何有?此其所以與史異也。其辭之作,所以使死者無有所憾,生者得致其嚴。而善人喜於見傳,則勇於自立;惡人無有所紀,則以愧而懼。至於通材達識,義烈節士,嘉言善狀,皆見於篇,則足爲後法。警勸之道,非近乎史,其將安近?及世之衰,人之子孫者,一欲襃揚其親,而不本乎理。故雖惡人,皆務勒銘以誇後世。立言者既莫之拒而不爲,又以其子孫之所請也,書其惡焉,則人情之所不得,於是乎銘始不實。後之作銘者,常觀其人。苟託之非人,則書之非公與是,則不足以行世而傳後。故千百年來,公卿大夫至於里巷之士,莫不有銘,而傳者蓋少。其故非他,託之非人,書之非公與是故也。然則孰爲其人,而能盡公與是歟?非畜通德而能文章者無以爲也。蓋有道德者之於惡人,則不受而銘之,於衆人則能辨焉。而人之行,有情善而迹非,有意奸而外淑,有善惡相懸而不可以實指,有實大於名,有名侈於實。猶之用人,非畜道德者惡能辨之不惑,議之不徇?不惑不徇,則公且是矣。而其辭之不工,則世猶不傳。於是又在其文章兼勝焉。故曰非畜道德而能文章者無以爲也,豈非然哉?然畜道德而能文章者,雖或並世而有,亦或數十年或一二百年而有之。其傳之難如此,其遇之難又如此。若先生之道德文章,固所謂數百年而有者也。先祖之言行卓卓,幸遇而得銘其公與是,其傳世行後無疑也。不世之學者,每觀傳記所書古人之事,至其所可感,則往往衋然不知涕之流落也,況其子孫也哉?況鞏也哉?其追睎祖德而思所以傳之之由,則知先生推一賜於鞏,而及其三世,其感與報,宜若何而圖之?抑又思若鞏之淺薄滯拙,而先生進之;先祖之屯蹶否塞以死,而先生顯之。則世之魁閎豪傑不世出之士,其誰不願進於門?潛遁幽抑之士,其誰不有望於世?善誰不爲?而惡誰不愧以懼?爲人之父祖者,孰不欲教其子孫?爲人之子孫者,孰不欲寵榮其父祖?此數美者,一歸於先生。既拜賜之辱,且敢進其所以然。所諭世族之次,敢不承教而加詳焉。愧甚,不宣。

王安石 《宋史·王安石傳》云:"王安石,字介甫,撫州臨川人;少好讀書,一過目終身不忘。其屬文,動筆如飛,初若不經意,既成,見者皆服其精妙;友生曾鞏攜以示歐陽脩,修爲延譽,擢進士上第。"《四部叢刊》影印明刊《臨川先生文集》一百卷。

介甫之文,蓋以禮家而兼法家之精神者。其《上皇帝書》(王安石《上仁宗皇帝言事疏》),實爲賈生(賈誼)以後奏疏第一篇文字,固非深於經術而能善變者不能爲。其他諸文亦極拗折淩厲,近代古文家陳石遺(陳衍)先生之文,其拗折處似之,而出以雅淡,一變介甫淩厲之面目。

答司馬司諫書

某啟:昨日蒙教,竊以爲與君實游處相好之日久,而議事每不合,所操之術多異故也。雖欲强聒,終必不蒙見察,故略上報,不復一一自辨。重念蒙君實視遇厚,於反覆不宜鹵莽,故今具道所以,冀君實或見恕也。蓋儒者所爭,尤在於名實。名實已明,而天下之理得矣。今君實所以見教者,以爲侵官生事,征利拒諫,以致天下怨謗也。某則以爲受命於人主,議法度而修之於朝廷,以授之於有司,不爲侵官;舉先王之政以興利除弊,不爲生事;爲天下理財,不爲征利;闢邪説,難壬人,不爲拒諫。至於怨誹之多,則固前知其如此也。人習於苟且非一日,士大夫多以不恤國事,同俗自媚於衆爲善。上乃欲變此,而某不量敵之衆寡,欲出力助上以抗之,則衆何爲而不洶洶然?盤庚之遷,胥怨者民也,非特朝廷士大夫而已。盤庚不爲怨者故改其度,度義而後動,是而不見可悔故也。如君實責我以在位久,未能助上大有爲,以膏澤斯民,則某知罪矣。如曰今日當一切不事事,守前所爲而已,則非某之所敢知。無由會晤,不任區區向往之至。

蘇洵　《宋史·文苑傳》云:"蘇洵字明允,眉州眉山人;年二十七[①],始發憤爲學;歲餘,舉進士,又舉茂才異等,皆不中;悉焚常所爲文,閉户益讀書,遂通六經百家之説,下筆頃刻數千言;至和(宋仁宗年號)嘉祐間,與其二子軾、轍皆至京師,翰林學士歐陽脩上其所著書二十二篇,既出,士大夫爭[②]傳之,一時學者競效蘇氏爲文章。"《四部叢刊》影印《嘉祐集》十五卷。

林傳甲云:"或傳蘇洵嘗挾一書誦習,二子亦不得見,他日竊視之,則《戰國策》也。軾、轍兄弟,少年有才,皆習於其父之業,長於議論,各有崢嶸氣象;及其成也,子瞻(蘇軾字)爲文愈奇,子由(蘇轍,字子由,號潁濱遺老,北宋眉州眉山人)爲文愈淡。或譏子由未足列於八家,特附父兄之驥(駿馬),亦非無因也。今合觀老蘇之《嘉祐集》,大蘇之《東坡集》,小蘇之《欒城集》,雖氣息略同,而面目小異,知子瞻、子由,皆不藉(憑藉)父兄而傳也。蘇過(字叔黨,蘇軾第三子)爲名父之後,其《颶風賦》、《思子臺賦》,亦稱於世,詩書之澤深矣。蘇氏同時文人黄庭堅、秦觀(字少游,一字太虚,號邗溝居士、淮海居士,宋揚州高郵人)、張耒(字文潛,號柯山,宋楚州淮陰人)、晁補之(字無咎,號歸來子,宋濟州鉅野人)、畢仲游(字公叔,宋雲中人)諸家文

① 原文脱"二"字,今據中華書局標點本《宋史》校補。

② "爭",原文作"等"。

體,多類蘇氏,亦一時風氣爲之也。”(見其《中國文學史》)

《石遺室論文》云:“蘇明允《衡論》以第二篇《御將》爲千古不易之論,關於天下亂注意將者至爲重大,此正老泉學《孟子》之顯證。蓋論事設譬,莫善於《孟子》,以事理有難明,借譬一事,則易明也,《莊子》則離奇俶詭,尤多以寓言出之,但文理奥曲,不如《孟子》之明白,盡人可曉也。此篇主意分賢將、才將爲二種,御賢將當以信,御才將當以智;又分大才將、小才將爲二種,將曰御才將尤難。次段以能蹄、能觸者譬難御之才將,又以養騏驥、養鷹分譬御大才將、小才將不同之處;又歷舉古來才將以證明之。中段又歷舉漢高之御韓信、彭越、黥布(三人俱爲西漢開國將領,西漢建立後又先後反叛身死)及樊噲、滕公(夏侯嬰)、灌嬰(三人俱爲劉邦親信,西漢開國功臣)以證明之,方非泛論,文勢方不平弱。”

御將

人君御臣,相易而將難。將有二,有賢將,有才將,而御才將尤難。御相以禮,御將以術;御賢將之術以信,御才將之術以智。不以禮,不以信,是不爲也;不以術,不以智,是不能也。故曰:御將難,而御才將尤難。六畜,其初皆獸也,彼虎豹能搏、能噬,而馬亦能蹄,牛亦能觸。先王知能搏、能噬者不可以人力制,故殺之;殺之不能,驅之而後已。蹄者可馭以羈紲,觸者可拘以楅衡,故先王不忍棄其才,而廢天下之用。如曰是能蹄,是能觸,當與虎豹并殺而同驅,則是天下無騏驥,終無以服乘耶!先王之選才也,自非大奸劇惡如虎豹之不可以變其搏噬者,未嘗不欲制之以術,而全其才以適於用。況爲將者,又不可責以廉隅細謹,顧其才何如耳。漢之衛、霍、趙充國,唐之李靖、李勣,賢將也;漢之韓信、黥布、彭越,唐之薛萬徹、侯君集、盛彦師,才將也。賢將既不多有,得才者而任之可也。苟又曰是難御,則是不肖者而後可也,結以重恩,示以赤心,美田宅,豐飲饌,歌童舞女,以極其口腹耳目之欲,而折之以威,此先王之所以御才將者也。近之論者或曰:將之所以畢智竭力,犯霜露,蹈白刃而不辭者,冀賞耳。爲國家者,不如勿先賞以邀其成功。或曰:賞所以使人,不先賞,人不爲我用。是皆一隅之説,非通論也。將之才固有小大:傑然於庸將之中者,才小者也;傑然於才將之中者,才大者也。才小志亦小,才大志亦大。人君當觀其才之小大,而爲制御之術,以稱其志。一隅之説,不可用也。夫養騏驥者,豐其芻粒,潔其羈絡,居之新閑,浴之清泉,而後責之千里。彼騏驥者,其志常在千里也,夫豈以一飽而廢其志哉?至於養鷹則不然,獲一雉,飼以一雀;獲一兔,飼以一鼠。彼知不盡力於擊,則其勢無所得食,故然後爲我用。才大者,騏驥也,不先賞之,是養騏驥者饑之而責其千里,不可得也;才小者,鷹也,先賞之,是養鷹者飽之而求其擊搏,亦不可得也。是故先賞之説,可施之才大者;不先賞之説,可施之才小者;兼而用之可也。昔者漢高帝一見韓信,而授以上將,解衣衣之,推食哺之。一見黥布,而以爲淮南王,供具飲食如王者。一見彭越,而以爲相國。當是時,三人者未有功於漢也,厥後追項藉垓下。與信越期而不至,捐數千里之地以畀之,如棄敝屣。項氏未滅,天下未定,而三人者已極富貴矣。何則?高帝知三人者之志大,不極於富貴,則不爲我用。雖極於富貴,而不滅項氏,不定天下,則其志不已也。至於樊噲、滕公、灌嬰之徒則不然,拔一城,陷一陣,而後增數級之爵,否則,終歲不遷也。項氏已滅,天下已定,樊噲、滕公、灌嬰之徒,計百戰之功,而後爵之通侯。夫豈高帝至此而嗇哉?知其才小而志小,雖不先賞,不怨;而先賞之,則彼將泰然自滿,而不復以立功爲事故也。噫,方韓信之立於齊,蒯通、武涉之説未去也,當是之時而奪之王,漢其殆哉!夫人豈不欲三分天下而自立者?而彼則曰:"漢王不奪我齊也。"故齊不捐,則韓信不懷;韓信不懷,則天下非漢之有。嗚呼,高帝可謂知大計矣!

蘇軾 《宋史·蘇軾傳》云:"蘇軾,字子瞻,眉州眉山人;生十年,父洵游學四方,母程氏,親授以書,聞古今成敗,輒能語其要;程氏讀東漢《范滂傳》(《後漢書·范滂傳》),慨然太息,軾請曰:'軾若爲滂(范滂,字孟博,東漢汝南征羌人,東漢靈帝時興黨錮之獄,范滂自投案,死獄中),母許之否乎?'程氏曰:'汝能爲滂,吾顧不能爲滂母邪?'比冠(甫冠),博通經史,屬文日數千言;好賈誼、陸贄書,既而讀《莊子》,歎曰:'吾昔有見,口未能言,今見是書,得吾心矣。'方時文磔裂詭異之弊勝,主司歐陽脩思有以救之,得軾《刑賞忠厚論》,驚喜,欲擢冠(拔擢爲一等)多士,猶疑其客曾鞏所爲,但寘(置)第二,復以《春秋對義》居第一,殿試中乙科;後以書見修(歐陽脩),修語梅聖俞曰:'吾當避此人出一頭地。'①聞者始譁(喧鬧、議論)不厭,久乃信服。"《四部叢刊》影印宋刊本經進《東坡文集事略》六十卷。

超然臺記

凡物皆有可觀。苟有可觀,皆有可樂,非必怪奇偉麗者也。餔糟啜醨,皆可以醉,果蔬草木,皆可以飽。推此類也,吾安往而不樂?夫所爲求福而辭禍者,以福可喜而禍可悲也。人之所欲無窮,而物之可以足吾欲者有盡。美惡之辨戰乎中,而去取之擇交乎前,則可樂者常少,而可悲者常多,是謂求禍而辭福。夫求禍而辭福,豈人之情也哉?物有以蓋之矣。彼

① 歐陽脩《與梅聖俞》:"讀軾書,不覺汗出,快哉!快哉!老夫當避路,放他出一頭地也。"意謂讓其高出其他人一頭之地,喻指高人一着。

遊於物之内,而不遊於物之外。物非有大小也,自其内而觀之,未有不高且大者也。彼挾其高大以臨我,則我常眩亂反覆,如隙中之觀鬬,又烏知勝負之所在? 是以美惡横生,而憂樂出焉,可不大哀乎? 予自錢塘移守膠西,釋舟楫之安,而服車馬之勞,去雕牆之美,而庇采椽之居,背湖山之觀,而行桑麻之野。始至之日,歲比不登,盗賊滿野,獄訟充斥,而齋廚索然,日食杞菊。人固疑予之不樂也。處之期年,而貌加豐,髮之白者,日以反黑。予既樂其風俗之淳,而其吏民亦安予之拙也。於是治其園圃,潔其庭宇,伐安丘、高密之木以修補破敗,爲苟完之計。而園之北,因城以爲臺者,舊矣,稍葺而新之。時相與登覽,放意肆志焉。南望馬耳、常山,出没隱見,若近若遠,庶幾有隱君子乎? 而其東則盧山,秦人盧敖之所從遁也。西望穆陵,隱然如城郭,師尚父、齊桓公之遺烈,猶有存者。北俯濰水,慨然大息,思淮陰之功,而弔其終。臺高而安,深而明,夏涼而冬温。雨雪之朝,風月之夕,予未嘗不在,客未嘗不從。擷園蔬,取池魚,釀秫酒,瀹脱粟而食之,曰樂哉遊乎! 方是時,予弟子由適在濟南,聞而賦之,且名其臺曰超然。以見予之無所往而不樂者,蓋遊於物之外也。

杜按: 子瞻此文蓋深有得於《莊子》者。《石遺室論文》云: "古人文字凡屬地理者每言四至,《禹貢》言東漸於海、西被於流沙、朔南暨、聲教訖於四海,《左傳》言東至於海、西至於河、南至於穆陵、北至於無棣,又言薄姑商奄吾東土也、巴濮楚鄧吾南土也,云云,皆言其盛時也。若崤之戰(秦穆公襲鄭之事,見《左傳》),蹇叔(宋國人,時爲秦穆公上大夫)送其子曰: '崤有二陵焉,其南陵夏後臯之墓也,其北陵文王之所辟風雨也,必死是間,余收爾骨焉。' 則望古灑淚之辭。東坡本之以作《淩虚臺記》云: '嘗試與公登臺而望,其東則秦穆(秦穆公)之祈年橐(tuó)泉(秦宫殿名),其西則漢武(漢武帝)之長楊、五柞(均爲西漢宫殿名),其北則隋之仁壽(隋宫殿名),唐之九成(唐宫殿名)也,計其一時之盛,閎極偉麗堅固而不可動者,豈特百倍於臺而已哉?’又本之以作《超然臺記》云:‘南望馬耳常山,出没隱見,若近若遠,庶幾有隱君子乎?而其東之盧山,秦人盧敖(秦方士)之所從遁也;西望穆陵,隱然如城郭,師尚父(即太公望)、齊桓公之遺烈猶有存者;北俯濰水,慨然太息,思淮陰(淮陰侯韓信)之功,而弔其不終。’又本之以作《赤壁賦》曰:‘西望夏口,東望武昌。’①皆撫今弔古,感慨係之;但屢用之,亦足取厭。”

蘇轍 《宋史·蘇轍傳》云:“蘇轍,字子由;年十九,與兄軾同登進士科,又同策制舉。性沉静簡潔,爲文汪洋澹泊,似其爲人,不願人知之而秀傑之氣終不可掩,其高處殆與兄軾相迫(相近)。”《四部叢刊》影印明活字本《欒城集》五十卷,《後集》二十四卷,《三集》十卷。

上樞密韓太尉書

大尉執事:轍生好爲文,思之至深,以爲文者氣之所形。然文不可以學而能,氣可以養而致。孟子曰:“我善養吾浩然之氣。”今觀其文章,寬厚宏博,充乎天地之間,稱其氣之小大。太史公行天下,周覽四海名山大川,與燕趙間豪俊交游,故其文疏蕩,頗有奇氣。此二子者,豈嘗執筆學爲如此之文哉?其氣充乎其中,而溢乎其貌,動乎其言,而見乎其文,而不自知也。轍生十有九年矣,其居家所與游者,不過其鄰里鄉黨之人,所見不過數百里之間,無高山大野可登覽以自廣。百氏之書雖無所不讀,然皆古人之陳迹,不足以激發其志氣。恐遂

---

① 原文“東”、“西”二字順序顛倒。

汩没,故决然捨去,求天下奇聞壯觀,以知天地之廣大。過秦漢之故都,恣觀終南嵩華之高,北顧黄河之奔流,慨然想見古之豪傑。至京師,仰觀天子宫闕之壯,與倉廩府庫城池苑囿之富且大也,而後知天下之巨麗。見翰林歐陽公,聽其議論之宏辨,觀其容貌之秀偉,與其門人賢士大夫遊,而後知天下之文章聚乎此也。太尉以才略冠天下,天下之所恃以無憂,四夷之所憚以不敢發,入則周公、召公,出則方叔、召虎,而轍也未之見焉。且夫人之學也,不志其大,雖多而何爲?轍之來也,於山見終南嵩華之高,於水見黄河之大且深,於人見歐陽公。而猶以爲未見太尉也,故願得觀賢人之光耀,聞一言以自壯,然後可以盡天下之大觀而無憾矣。轍年少,未能通習吏事。嚮之來非有取於斗升之禄,偶然得之,非其所樂。然幸得賜歸待選,使得優游數年之間,將歸益治其文,且學爲政。太尉苟以爲可教而辱教之,又幸矣。

宋六家之文體,歐陽最長於言情,子固、介甫長於論學,三蘇長於策論。其後朱子繼南豐之作,爲道學派(即程朱理學一派)之文。三蘇之文,至葉適(字正則,號水心居士,南宋温州永嘉人)、陳亮(字同甫,號龍川,南宋婺州永康人)等流爲功利派(葉適、陳亮俱爲南宋事功學派代表人物)之文矣。

要而論之,宋六家之文,雖不能出韓、柳之範圍;然亦略有變態。自來以散文而最善言情者,於戰代(戰國時代)有莊周,言哲理而長於情韻;於漢有司馬遷,述史事而擅於風神。自此以外,多莫能逮。至六朝有文筆之分,則言情者屬文,説理者屬筆;文即詩賦駢文,筆即今之散文也。至唐韓退之倡爲古文,雖名爲起八代之衰,而文筆分塗,實亦尚沿六朝之習。故昌黎散文,言情者不多,而多於韻文出之。至宋之歐陽六一(歐陽脩號六一居士),而後上追司馬(司馬遷),雖氣象大小不侔,而風情獨絶。於是六朝所認爲筆者,亦變而爲文矣。故歐陽散文,幾無一不善言情,無一不工神韻。曾、王、三蘇,亦受其影響。世徒怪昌黎散文不工言情者,殆未知此中關鍵者也。

第九節 道學家之散文

自劉勰《文心雕龍》首《原道》一篇,有云:"爰自風姓(伏羲風姓,此代指伏羲),暨於孔氏,玄聖(有大德而無位之聖人)創典,素王(有德無位之聖人,一般指孔子)述訓,莫不原道心以敷章(敷成文章),研神理而設教,取象(取法)乎河洛(黄河與洛河),問數(占數問卜)乎蓍龜(蓍草和龜殼,均爲占卜之物),觀天文以極變(究極、研求變化),察人文以成化;然後能經緯區宇(宇宙),彌綸(統攝、籠蓋)彝憲(常法),發輝事業,彪炳辭義;故知道沿聖以垂文,聖因文而明道,旁通而無滯,日用而不匱。《易》曰:鼓天下之動者存乎辭。辭之所以能鼓動天下者,迺道之文也。"此已主張文以載道之説,爲唐以來提倡古文家者所本。且其意亦以爲非文則無以見道,則文尤明道者所不能不先貴者也。

至宋道學家出,始以文爲翫(玩)物喪志。程子(程顥或程頤。程顥,字伯淳,號明道,北宋河南伊川人;程頤,字正叔,程顥弟。二程兄弟爲建立理學的重要人物)曰:"聖賢之言,不得已也。蓋有是言則是理明,無是言則天下之理有闕焉。如彼耒耜陶冶之器一不制,則生人之道有不足矣。聖賢之言,雖欲已(停止、結束),得乎?然其包涵盡天下之理,亦甚約矣。後之人始執卷,則以文章爲先,平生所爲動多於聖人。然有之無所補,無之靡所闕,乃無用之贅言也。不止贅而已,既不得其要,則離真失正,反害於道,必矣。"(見程頤《答朱長文書》,或云此文乃程顥所作)

"問:作文害道否?曰:害也。凡爲文不專意則不工。若專意則志局於此,又安能與天地同其大也。《書》(《尚書》)曰翫物喪志,爲文亦翫物也。吕與叔(吕大臨,字與叔,號芸閣,北宋京兆藍田人)有詩云:'學如元凱(杜預字,西晋京兆杜陵人)方成癖[1],文似相如(司馬相如)始類俳。獨立孔門無一事,只輸顔氏(孔子弟子顔回,字子淵)得心齋。'此詩甚好。古之學者惟務養情性,其他則不學。今爲文者專務章句悦人耳目,既務悦人,非俳優而何?曰:古者學爲文否?曰:人見六經,便以爲聖人亦作文,不知聖人亦攄發(抒發)胸中所藴,自成文耳,所謂有德者必有言也。曰:游(子游)、夏(子夏)稱文學(以文學見稱),何也?曰:游、夏亦何嘗秉筆學爲詞章,且如觀乎天文以察時變,觀乎人文以化成天下,此豈詞章之文也?"見《二程全書》

而朱子亦云:"言或可少而德不可無。有德而有言者常多;有德而不能言者常少。學者先務亦勉於德而已矣。"(見《周元公集》附朱熹解)皆主重道經文,於是道學家遂有語録一體。然程朱之文亦自工,而朱子尤得曾南豐之法。

程頤　《宋史·道學傳》:"程頤,字正叔,年十八,上書闕下(宫闕之下,代指皇帝,此指宋仁宗),欲天子黜世俗之論,以王道爲心;游太學,見胡瑗(字翼之,北宋泰州海陵人),問顔子所好何學,頤因答曰:學以至聖人之道也。瑗得其文,大驚異之,即延(延請)見,處以學職。"

周易傳序

易,變易也,隨時變易以從道也。其爲書也,廣大悉備,將

[1] 《晋書·杜預傳》:"王濟解相馬,又甚愛之,而和嶠頗聚斂,預常稱'濟有馬癖,嶠有錢癖'。武帝聞之,謂預曰:'卿有何癖?'對曰:'臣有《左傳》癖。'"

以順性命之理,通幽明之故,盡事物之情,而示開物成務之道也。聖人之憂患後世,可謂至矣。去古雖遠,遺經尚存。而前儒失意以傳言,後學誦言而忘味,自秦而下,蓋無傳矣。予生千載之後,悼斯文之湮晦,將俾後人沿流而求源,此傳所以作也。《易》有聖人之道四焉:以言者尚其辭,以動者尚其變,以制器者尚其象,以卜筮者尚其占。吉凶消長之理,進退存亡之道,備於辭。推辭考卦,可以知變,象與占在其中矣。君子居則觀其象而玩其辭,動則觀其變而玩其占。得其辭,不達其意者有矣,未有不得於辭而能通其意者也。至微者理也,至著者象也。體用一源,顯微無閒,觀會通以行其典禮,則辭無所不備。故善學者,求言必自近。易於近者,非知言者也。予所傳者辭也,由辭以得其意,則在乎人焉。

然辭不能不尚,亦程氏之所共認者也。

朱熹 《宋史·道學傳》:"朱熹,字元晦,一字仲晦,徽州婺源人。熹幼穎悟,甫能言,父(即朱松,字喬年,號韋齋)指天示之曰:'天也。'熹問曰:'天之外何物?'父異之。就傅(就讀),授以《孝經》,一閱,題其上曰:'不若是,非人也。'嘗從群兒戲沙上,獨端坐以指畫沙,視之,八卦也。年十八,貢(貢舉)於鄉,中紹興(宋高宗年號)八年進士。"《四部叢刊》影印明刊《朱文公集》一百卷,《續集》十一卷,《别集》十卷。

論語要義目録序

《魯論語》二十篇,《古論語》二十一篇,《齊論語》二十二篇。魏何晏等集漢魏諸儒之説,就《魯論》篇章考之《齊》、《古》,爲之注。本朝至道、咸平間,又命翰林學士邢昺等取皇甫侃疏,約而修之,以爲《正義》。其於章句訓詁、名器事物之際詳矣。熙寧中,神祖垂意經術,始置學官以幸學者。而時相父子,逞其私智,盡廢先儒之説,妄意穿鑿,以利於天下之人,而塗其耳目。一時文章豪傑之士,蓋有知其是非而傲然不爲之下者。顧其所以爲説,又未能卓然不叛於道,學者趨之,是猶舍夷貉而適戎蠻也。當此之時,河南二程先生獨得孟子以來不傳之學于遺經,其所以教人者,亦必以是爲務。然其所以言之者,則異乎人之言之矣。熹年十三四時,受其説于先君,未通大義,而先君棄諸孤。中間歷訪師友,以爲未足,於是徧求古今諸儒之説,合而編之。誦習既久,益以迷眩。晚親有道,竊有所聞,然後知其穿鑿支離者固無足取,至于其餘,或引據精密,或解析通明,非無一辭一句之可觀。顧其于聖人之微意,則非程氏之傳矣。隆興改元,屏居無事,與同志一二人從事於此,慨然發憤,盡删餘説,及其門人朋友數家之説,補緝訂正,以爲一書,目之曰《論語要義》。蓋以爲學者之讀是書,其文義名物之詳,當求之注疏,有不可略者。若其要義,則於此其庶幾焉。學者第熟讀而深思之,憂游涵泳,久而不捨,必將有以自得於此。本既立,諸家之説有不可廢者,徐取而觀之,則其支離詭譎、亂經害性之説,與夫近世出入離遁、似是而非之辨,皆不能爲吾病。嗚呼!聖人之意,其可以言傳者,具於是矣,不可以言傳者,亦豈外乎是哉!深造而自得之,特在夫學者加之意而已矣。因取凡《要義》名氏大概具列如左,而序其意云。

觀二子之文,其粹然醇雅,藹然中和如此,非德性涵養之功深者,烏能至是哉?

朱璘(字青巖,清江蘇常熟人)云,兩程子(程顥、程頤)間有所作,如《易傳》、《春秋》諸序,理碻(què,同“確”)詞嚴,古雅絶倫,惜乎其存者尚少。至考亭文公(朱熹),天縱之才,起而集諸儒之大成,幼讀《二程遺書》,既有得於斯道,生平箋注經傳,校正諸儒之書,無不極其精核。今讀其文章,諸體具備,微之天人性命之理,顯之禮樂文物之原,上之朝廷之建白(建言),下之師友之答問,蓋無一不極探其原本,而詳示以用功之要。其文字之工,真如清廟(帝王祭祀祖先的樂章)之瑟,一唱三歎,使人往復流連,不能自已。

第十節 民族主義派之散文

文之最足感人者莫如激於忠義之情者,蓋愛國之心,本乎良知,所謂此心同此理同也。吾國自古以來,爲愛國而奮鬬,最忠勇最熱烈者莫若宋之岳飛、文天祥、陸秀夫(字君實,一字宴翁,別號東江,楚州鹽城人)、謝枋得(字君直,號疊山,別號依齋,信州弋陽人)、鄭思肖(字憶翁,號所南,福州連江人)諸人,蓋此諸人既本忠愛之誠,亦以異族欲僭主中華,本《春秋》攘夷(抗拒夷族入侵)之義,非其種者務鋤而去;故其文章皆可歌可泣,足以廉頑立懦(讓頑固、怯懦之人都能振作向上),是天地間之正氣所寄,吾民族最可貴之文也。而歷代選文論文者多不及之,是可怪也。惜以限於篇幅,不能多所論列,略論述兩三人以見一斑而已。

岳飛 《宋史·岳飛傳》云:"岳飛,字鵬舉,相州湯陰人。世力農,父和能節食,以濟饑者,有耕者侵其地,割而與之,貰(shì,借貸、賒欠)其財者不責償。飛生時有大禽若鵠,飛鳴室上,因以爲名。未彌月,河決,内黄水暴至,母姚抱飛坐甕中,衝濤及岸得免,人異之。少負節氣,沈厚寡言;家貧力學,尤好《左氏春秋》、《孫吴兵法》。生有神力,未冠,挽弓三百斤,弩八百石;學射於周同,盡其術,能左右射。同死,朔望設祭於其家,父義之,曰:'汝爲時用,其徇國(殉國)死義乎?'"

《宋史》論之曰:“西漢而下,若韓(韓信)、彭(彭越)、絳(絳侯周勃)、灌(灌嬰)之爲將,代不乏人,求其文武全器,仁智並全,如宋岳飛者,一代豈多見哉?史稱關雲長(關羽,字雲長,本字長生,三國河東解人)通《春秋左氏》,然未嘗見其文章。飛北伐,軍至汴粱(汴京開封)之朱僊鎮,有詔班師,飛自爲表答詔,忠義之言,流出肺腑,真有諸葛孔明之風;而卒死於秦檜(字會之,宋江寧人)之手。蓋飛與檜勢不兩立;使飛得志,則金仇可復,宋恥可雪;檜得志則飛有死而已。昔劉宋殺檀道濟(高平金鄉人,宋武帝劉裕重臣,宋文帝即位後忌而殺之),道濟下獄,嗔目曰:‘自壞汝萬里長城。’高宗忍自棄其中原,故忍殺飛。嗚呼冤哉,嗚乎冤哉!”《四庫總目》,《岳武穆遺文》一卷。

岳飛詩詞均工。其《滿江紅》一詞,久已膾炙人口。其文則世鮮讀之,而不知其散文亦甚工也。

五嶽祠盟記

自中原板蕩,夷狄交侵,余發憤河朔,起自相臺,總髮從軍,歷二百餘戰。雖未能遠入荒夷,洗蕩巢穴,亦且快國讐之萬一。今又提一旅孤軍,振起宜興、建康之城,一鼓敗虜,恨未能使匹馬不回耳。故且養兵休卒,蓄鋭待敵,嗣當激厲士卒,功期再戰。北踰沙漠,蹀血虜廷,盡屠夷種。迎二聖歸京闕,取故土上版圖,朝廷無虞,主上奠枕,余之願也。河朔岳飛題。

廣德軍金沙寺壁題記

余駐大兵宜興,沿幹王事過此,陪僧僚謁金仙,徘徊暫憩,遂擁鐵騎千餘長驅而往。然俟立奇功,殄醜虜,復三關,迎二聖,使宋朝再振,中國安强,他時過此,得勒金石,不勝快哉!建炎四年四月十二日河朔岳飛題。

永州祁陽縣大營驛題記

權湖南帥岳飛,被旨討賊曹成,自桂嶺平蕩巢穴,二廣、湖湘悉,皆安妥。痛念二聖遠狩沙漠,天下靡寧,誓竭忠孝。賴社稷威靈,君相賢聖,他日掃清胡虜,復歸故國,迎兩宫還朝,寬天子宵旰之憂,此所志也。顧蜂蟻之群,豈足爲功?過此,因留於壁。紹興二年七月初七日。

文天祥 《宋史·文天祥傳》云:"文天祥,字宋瑞,又字履善,吉之吉水人也。體貌豐偉,美皙如玉,秀眉而長目,顧盼燁然(光彩鮮明的樣子)。自爲童子時,見學宫所祠(設祠堂紀念)鄉先生歐陽脩、楊邦又(字希稷,宋吉州吉水人)、胡銓(字邦衡,宋廬陵人)像,皆謚曰忠,即欣然慕之曰:没不俎豆(代指祭祀,此指入祀祠堂)其間,非夫也。"

又云:"自古志士欲信大義於天下者,不以成敗利鈍動其心。君子命之曰仁,以其合天理之正,即人心之安爾。商之衰,周有代德,盟津之師,不期而會者八百國;(指武王伐紂會師盟津一事)伯夷、叔齊以兩男子欲扣馬而止之(二人欲諫阻周武王伐商),三尺童子知其不可。他日,孔子賢之,則曰:'求仁而得仁。'(《論語·述而》)宋至德祐(宋恭帝年號)亡矣,文天祥往來兵間,初欲以口舌存之;事既無成,奉兩孱王(孱弱的君王),崎嶇嶺海,以圖興復,兵敗身執,留之數年,如虎兕(sì,傳説中的一種猛獸)在柙,百計馴之,終不可得。觀其從容伏質(腰斬之刑),就死如歸,是所欲有甚於生者,可不謂之仁哉?"《四部叢刊》影印明刊本《文山先生集》二十卷。

指南録後序

德祐二年正月十九日,予除名丞相兼樞密使,都督諸路軍馬。時北兵已迫修門外,戰、守、遷皆不及施。縉紳大夫士萃於左丞相府,莫知計所出。會使轍交馳,北邀當國者相見,衆謂予一行爲可以紓禍。國事至此,予不得愛身,意北亦尚可以口舌動也。初,奉使往來無留北者。予更欲一覘北,歸而求救國之策,於是辭相印不拜。翌日,以資政殿學士行。初至北營,抗辭慷慨,上下頗驚動,北亦未敢遽輕吾國。不幸吕師孟構惡於前,賈餘慶獻諂於後,予羈縻不得還,國事遂不可收拾。予自度不得脱,則直前詬虜帥失信,數吕師孟叔姪爲逆,但欲求死,不復顧利害。北雖貌敬,實則憤怒。二貴酋名曰館伴,夜則以兵圍所寓舍,而予不得歸矣。未幾,賈餘慶等以祈請使詣北。北驅予并往,伴而不在使者之目。予分當引決,然而隱忍以行。昔人云:“將以有爲也。”至京口,得間,奔真州。即具以北虛實告東西二閫,約以連兵大舉,中興機會,庶幾在此。留二日,維揚帥下逐客之令。不得已,變姓名,詭縱跡,草行路宿,日與北騎相出没於長淮間,窮餓無聊,追購又急,天高地迥,號呼靡及。已而得舟,避渚洲,出北海,然後渡揚子江,入蘇州洋,展轉四明、天台,以至於永嘉。嗚呼!予之及於死者不知其幾矣。詆大酋當死,罵逆賊當死。與貴酋處二十日爭曲直,屢當死。去京口挾匕首以備不測,幾自頸死。經北艦十餘里,爲巡船所物色,幾從魚腹死。真州逐之城門外,幾傍徨死。如揚州,過瓜州楊子橋,竟使遇哨,無不死。揚州城下,進退不由,殆例送死。坐桂公塘土圍中,騎數十過其門,幾落賊手死。賈家莊幾爲巡徼所陵迫死。夜趨高郵,迷失道,幾陷死。質明,避哨竹林中,邏者數十騎,幾無所逃死。至高郵,制府檄下,幾以捕係死。行城子河,出入亂屍中,舟與哨相後先,幾邂逅死。至海陵,如高沙,常恐無辜死。道海安、如皋,凡三百里,北與寇往來其間,無日而非可死。至通州,幾以不納死。

以小舟涉鯨波出,無可柰何,而死固付之度外矣。嗚呼!死生,晝夜事也。死而死矣,而境界危惡,層見錯出,非人世所堪。痛定思痛,痛何如哉!予在患難中,間以詩記所遭。今存其本,不忍廢,道中手自抄録。使北營,留北關外,爲一卷;發北關外,歷吴門、毘陵,渡瓜洲,復還京口,爲一卷;脱京口,趨真州,揚州、高郵、泰州、通州,爲一卷;自海道至永嘉,來三山,爲一卷。將藏之於家,使來者讀之,悲予志焉。嗚呼!予之生也幸,而幸生也何爲?祈求乎爲臣,主辱臣死,有餘僇。祈求乎爲子,以父母之遺體,行殆而死,有餘責。將請罪於君,君不許;請罪於母,母不許;請罪於先人之墓。生無以救國難,死猶爲厲鬼以擊賊,義也;賴天之靈,宗廟之福,修我戈矛,從王于師,以爲前驅,雪九廟之恥,復高祖之業,所謂"誓不與賊俱生",所謂"鞠躬盡力,死而後已,"亦義也。嗟夫!若予者,將無往而不得死所矣。向也,使予委骨於草莽,子雖浩然無所愧怍,然微以自文於君親,君親其謂予何?誠不自意,返吾衣冠,重見日月,使旦夕得正丘首,復何憾哉!復何憾哉!是年夏五,改元景炎,廬陵文天祥自序其詩,名曰《指南録》。

獄中家書

父少保樞密使都督信國公批付男陞子。汝祖革齋先生,以詩禮起門户,吾與汝生父及汝叔,同産三人。前輩云:"兄弟其初,一人之身也。"吾與汝生父俱以科第通顯,汝叔亦致簪纓,使家門無虞,骨肉相保。皆奉先人遺體,以終于牖下,人生之常道也。不幸宋遭陽九,廟祀淪亡。吾以備位將相,義不得不殉國。汝生父與汝叔,姑全身以全宗祀,惟忠惟孝,各得其志矣。吾二子,長道生,次佛生。佛生之于亂離,尋聞已矣;道生,汝兄也,以病没于惠之郡治,汝所見也。嗚呼,痛哉!吾在潮陽聞道生之禍,哭于庭,復哭于廟,即作家書報汝生父,以汝爲吾嗣。兄弟之子曰猶子,吾子必汝,義之所出,心之所安,祖宗之所享,鬼神之所依也。及吾陷敗,居北營中,汝生父書自惠陽來,曰:"陞子宜爲嗣,謹奉潮陽之命。及來廣州,爲死别,復申斯言。"《傳》云:"不孝,無後爲大。"吾雖孤子於世,然吾革齋之子,汝革齋之孫,吾得汝爲嗣,不爲無後矣。吾委身社稷,而復逭不孝之責,賴有此耳。汝性質闓爽,志氣不暴,必能以學問世吾家。吾爲汝父,不得面日訓汝誨汝。汝于六經,其專治《春秋》,觀聖人筆削褒貶,輕重内外,而得其説,以爲立身行己之本。識聖人之志,則能繼吾志矣。吾網中之人,引決無路,今不知死何日耳。《禮》:"狐死正丘首。"吾雖死萬里之外,豈頃刻而忘南嚮哉?吾一念已注于汝,死有神明,厥惟汝歆。仁人之事親也,事死知事生,事亡如事存,汝念之哉!歲辛巳元日書于燕獄中。

鄭思肖　鄭思肖,字憶翁,又字所南,連江人,初名某,宋亡乃改思肖,即思趙也。所南以太學生,應博學弘詞科。元兵南下,宋社(宋朝社稷)既虚,適意緇黄(僧人緇服,道士黄冠,代指僧道),稱三外野人。善畫蘭,宋亡,爲蘭不著土根;或叩(問)其故,則曰地已爲番人奪去,汝猶未知邪?有《文集》一卷。

文丞相叙

國之所與立者,非力也,人心也。故善觀人之國家者,惟觀人心何如爾。此固儒者尋常迂闊之論,然萬萬不踰此理。今天下崩裂,忠臣義士死於國者,極慷慨激烈,何啻百數!曾謂漢唐末年有是夫?於是可以覘國家氣數矣。藝祖曰:"宰相須讀書人。"大哉王言!直驗于三百年後。丞相文公天祥,才略奇偉,臨大事無懼色,不敢易節。德祐一年乙亥夏,韃韃深迫内地。公時居鄉,挺然作檄書,盡傾家貲,糾募吉、贛鄉兵三萬人勤王,除浙西制置使。九月,至平江開閫。十一月,朝廷召公,以浙西制置使勤王入行在。二年丙子正月,韃兵犯行在臯亭山。丞相陳宜中奏請三宫,不肯遷駕,即潛挾二王奔浙東。韃僞丞相伯顔聞而心變,意欲直入屠弑京城。在朝公卿咸驚懼,衆慫恿文公使韃軍前,與虜語。朝廷假公以丞相名。及出,一見逆臣吕文焕,即痛數其罪;又見逆臣范文虎,亦痛數其罪。文焕、文虎意俱怒,導見虜酋伯顔。公竟據中坐胡床,仰面瞠目,撚鬚翹足,倨傲談笑。虜酋伯顔問其爲誰,公曰:"大宋丞相文天祥。"伯顔責不行胡跪之禮,公曰:"我南朝丞相,汝北朝丞相,丞相見丞相,不跪。"遂終不屈。其他公卿朝士,見虜酋或跪或拜,賣國乞命,獨公再三與韃酋伯顔慷慨辨論,尚以理折其罪,辯析夷夏之分,語意皆不失國體。深反覆論文焕之逆,伯顔竟解文焕兵權。又沮遏伯顔直入屠弑虜掠京城百姓之凶。伯顔始怒終敬,爲其所留,不復縱入京城,竟挾北行。至京口,賊酋阿术勒丞相諸使,親札諭維揚降韃,獨文公不肯署名。虜酋暫留公京口虜館。時維揚堅守城壁,與賊酋阿术據京口對壘。虜賊禁江禁夜,把路把巷甚嚴密。公間關百計,擲金買監絆者之心,寓意同監絆虜酋往來妓館,褻狎買笑,意甚相得相忘,又得架閣杜滸相與爲謀。二月晦,夜遁出城,偷渡江,登真州岸。偷歷賊寨,勞苦跋涉難譬。時全太后、幼帝北狩,將道經維揚。公欲借維揚小兵與賊戰,邀奪二宫還行内。公叫揚州城,揚州疑公不納。復西行叫真州城,即差軍送東往泰州,由海而南。南北之人悉以公爲神,朝廷重拜爲右丞相。又於汀、漳間募士卒萬餘人,剿叛臣,易正大,驅馳二三年。景炎三年,歲在戊寅十一月,潮陽縣值賊,服腦子不死,爲賊所擒,終不屈節,談笑自若。賊以刀脅之,笑曰:“死,末事也。此豈可赫大丈丈夫耶?”嘗伸頸受之。賊逼公作書説張少保世傑叛南歸北,公曰:“我既大不孝,又教人不孝父母耶?”不從其説。賊擒公至幽州,見僞丞相博羅等,不跪。衆虜控持,搦腰捺足,必欲其跪,則據坐地上叱罵曰:“此刑法耳,豈禮也!”賊命通事譯其語,謂公曰:“不肯投拜,有何言説?”公曰:“天下事有興有廢,自古帝王及將相,滅亡誅戳,何代無之?我今日忠於大宋,社稷至此,何説?汝賊輩早殺我,則畢矣。”賊曰:“語止此。汝道有興有廢,古時曾有人臣將宗廟、城郭、土地付與别國了又逃去,有此人否?”公曰:“汝謂我前日爲宰相,奉國與人而後去之耶?奉國與人是賣國之臣,賣國者有所利而爲之。去之者,非賣國者也。我前日奉旨使汝伯顔軍前,被伯顔執我去。我本當死,所以不死者,以度宗之二太子在浙東,老母在廣,故爲去之之圖爾。”賊曰:“德祐嗣君,非爾君耶?”公曰:“吾君也。”賊曰:“棄嗣君,别去立二王,如何是忠臣?”公曰:“德祐嗣君,吾君也,不幸失國。當此之時,社稷爲重,君爲輕。我立二王,爲宗廟社稷計,所以爲忠臣也。從懷帝、愍帝而北者非忠臣,從元帝爲忠臣;從徽宗、欽宗而北者非忠臣,從高宗爲忠臣。”賊曰:“二王立得不正,是篡也。”公曰:“景炎皇帝,度宗長子,德祐嗣君之親兄,如何是不正?登極于德祐已去之後,如何是篡?陳丞相奉二王出宫,具有太皇太后聖旨,如何是無所授命?天與之,人與之,雖無傳受之命,推戴而立,亦何不可?”賊曰:“你既爲丞相,若奉三宫走去,方是忠臣。不然,則引與伯顔決勝負,方是忠臣。”公曰:“此語可責陳丞相,不可責我。我不當國故也。”賊曰:“汝立二王,曾爲何功勞?”公曰:“國家不幸喪亡,我立君以存宗廟。存一日,則一日盡臣子之責,何功勞之有?”賊曰:“既知不可爲,何必爲?”公曰:“人臣事君,如子事父。父不幸有疾,雖明知不可爲,豈有不下藥之理?盡吾心爾。若不可救,則命也。今日我有死而已,何必多言?”賊曰:“汝要死,我不教汝死,必欲汝降而後已。”公曰:“任汝萬死萬生煆煉,試觀我變耶不變耶?我,大宋之精金也,焉懼汝賊輩之莽火耶?汝至死我而止,而我之不變者,初不死也。叨叨語千萬劫,汝只是夷狄,我只是大宋丞相。殺我即殺我,遲殺我,我之罵愈烈。昔人云:薑桂之性,到死愈辣。我亦曰:金石之性,要終愈硬。”公後又云:“自古中興之君如少康以遺腹子,興于一旅一成。宣王承厲王之難,匿於周公之家,召、周二相立以爲王。幽王廢宜白,立伯服爲太子,犬戎之亂,諸侯迎之宜白,是爲平王。漢光武興於南陽,蜀先主帝巴蜀,皆是出於推戴。如唐肅宗即位靈武,不稟命于明皇,似類于篡,然功在社稷,天下後世無貶焉。禹傳益不傳啟,天下之人皆曰:‘啟,吾君之子也。’謳歌訟獄者歸之。漢文帝即是平、勃諸臣所立,豈有高祖、惠帝、吕后之命?春秋亡公子入爲國君者,何限齊桓、晋文是也?誰謂奔去者不當立?前日汝賊來犯大紀,理不容太避,二王南奔,勢也。得程嬰、公孫杵臼輩,出存趙氏,爲天下立綱常主,揆諸理而不謬,又寧復問有無授命耶?惜乎先時不曾以此數事歷歷詳説,與賊酋一聽。”此皆公首陷幽州之語。公始被賊擒,欲一見忽必烈,大罵就死。機洩,竟不令見忽必烈。因叛臣青陽留夢炎教忽必烈曰:“若殺之,則全彼爲萬世忠臣。不若活之,徐以術誘其降,庶幾郎主可爲盛德之王。”忽必烈深善其説,故公數數大肆罵詈,忽必烈知而容忍之,必欲以術陷之於叛而後已。數使人以術劫刺耳語,公始終一辭,曰:“我决不變也,但求早殺我爲上。”賊屢遣舊與公同朝之士,密誘化其心,公曰:“我惟欲得五事,曰剮,曰斬,曰鋸,曰烹,曰投於大水中,惟不自殺耳。”賊又勒太皇傳諭,説公降韃,公亦不聽。諸叛臣在北,妬其忠烈,與賊通謀,密設機穽奪其志,公卒不陷彼計,反明以語韃。衆酋盡伏其智,且俾南人群然問六經子史奇書釋老等疑難之事,令墮於窘鄉。衆謀折其短誤,公朗然辯析議論,了無不通,强辯者皆屈。北人有敬公忠烈,求詩求字者俱至,迅筆書與,悉不吝。公妻妾子女先爲賊所虜,後賊俾公妻妾子女來哀哭勸公叛,公曰:“汝非我妻妾子女也,果曰真我妻妾子女,寧肯叛而從賊耶?”弟璧來,亦如是辭之。璧已受僞爵,嘗以韃鈔四百貫遺兄,公曰:“此逆物也,我不受。”璧慚而卷歸。後公竟如風狂狀,言語更烈,一見韃之酋長,必大叱曰:“去!”有南人往謁,公問:“汝來何以?”曰:“來求北地勾當。”公即大叱之曰去。是人數日復來謁,已忘其人曾來,復問曰:“汝來何以?”是人曉公意惡韃賊,紿對曰:“特來見公,餘無他焉。”公意則喜笑,垂問如舊親識。他日,是人復來,公又忘之矣。叛臣留夢炎等皆罵曰“風漢”,北人指曰“鐵漢”。千百人曲説其降,公但曰:“我不曉降之事。”虜酋曰:“足跪于地則曰降。”公曰:“我素不能跪,但能坐也。”賊曰:“跪後受爵禄富貴之榮,豈不爲榮?何必自取憂苦!”公曰:“既爲大宋丞相,甯復效汝賊輩帶牌而爲犬耶?”或强以虜笠覆公頂上,則取而溺之,曰:“此溺器也。”德祐八年冬,忽有南人謀刺忽必烈,戰栗不果,被賊殺。或謂久留公,終必生變,非利於韃。忽必烈數遣叛臣留夢炎等堅逼公歸逆,謂:“忽必烈曰:‘韃靼不足爲我相,惟文公可以爲之,得其降,則以相與之。’”公曰:“汝輩從逆謀生,我獨謀盡節而死。生死殊塗,復何説?大宋氣數尚在,汝輩大逆至此,亦何面目見我?”遂唾夢炎等去之。會有中山府薛姓者告于忽必烈曰:“漢人等欲挾文丞相擁德祐嗣君爲主,倡義討汝。”忽必烈取文公至,問之,公慨然受其事,曰:“是我之謀也。”請全太后、德祐嗣君至,則實無其事。公見德祐嗣君,即大慟而拜,且曰:“臣望陛下甚深,陛下亦如是耶?”謂嗣君亦從事於胡服也。忽必烈始甚怒公。然忽必烈意尚愍公忠烈,猶望公降。彼再三説諭,公數忽必烈五罪,罵詈甚峻。忽必烈問公:“欲何如?”公曰:“惟要死耳。”又問:“欲如何死?”公曰:“刀下死。”忽必烈意欲釋之,俾公爲僧,尊之曰國師;或爲道士,尊之曰天師;又欲縱之歸鄉。公曰:“三宫蒙塵,未還京師,我忍歸忍生耶?但求死而已。”且痛罵不止。諸酋咸勸殺之,毋致日後生事,忽必烈始令殺之。公聞受刑,歡喜踴躍,就死行步如飛。臨下刃之際,忽必烈又遣人諭公曰:“降,我則令汝爲頭丞相;不降,則殺汝。”公曰:“不降。”且繼之以罵。及再俟忽必烈報至,始殺公。公之神爽已先飛越矣。及斬,頸間微湧白膏。剖腹而視,但黄水;剖心而視,心純乎赤。忽必烈取其心肺,與衆酋食之。昔公天庭擢第,唱名第一,出而拜親,革齋先生留京師,病已亟,命之曰:“朝廷策士,擢汝爲狀頭,天下人物可知矣。我死,汝惟盡心報國家。”母夫人遭德祐變故,逃避入廣,又嘗教公盡忠。故公始終不違父母之訓,盡死于國家,無二心焉。公自號三了道人,謂儒而大魁,仕而宰相,事君盡忠也。忠臣孝子,大魁宰相,古今惟公一人。南人慕公忠烈者,已摭公之《哭母》詩“母嘗教我忠,我不違母志。及泉會相見,鬼神共歡喜”之語,作《鬼神歡喜圖》,私相傳翫。公在患難中,嘗終日不語,冥然默坐,若無縈心者。五載陷虜,千磨萬折,難殫述其苦。事事合道,言言皆經。一以相去遠,二以人畏禍,不肯傳,百僅聞其一二。累歲摧挫之餘,老氣崢嶸,視初時愈勁。時作歌詩自遣,皆許身狥國之辭。間見數篇,雖有才學,然怪其筆力不能操予奪之權,氣索意沮,深疑其語。後乃知叛臣在彼諛虜嫉公,或僞其歌詩,楊北軍氣燄,眇我朝孤殘,憐餘喘不得復生之語,雜播四方,損公壯節。公自德祐二年,陷虜北行,作《指南集》;景炎三年陷虜,作《指南後集》。公筆以授戴俊卿,文公自叙本末,有稱賊曰大國,曰丞相,又自稱曰天祥,皆非公本語。舊本皆直斥虜酋名,不書其僭僞語,觀者不可不辨。必蔽于賊者,畏禍易爲平語耳。詩之劇口罵賊者,亦以是不傳。禮部郎中鄧光薦蹈海,爲賊鈎取,文公與之同患難,頗多唱和。杜滸嘗除侍郎,海中殺賊頗夥,後以戰死。公之家人,皆落賊手,獨妹氏更不改嫁賊曹,謂:"我兄如此,我寧忍耶?"惟流落無依,欲歸盧陵,賊未縱其還鄉。公名天祥,字宋瑞,號文山,盧陵人。父名儀,號革齋。公被禽後,己卯歲往北,道間作祭文,遣孫禮詣盧陵革齋先生墓下爲祭,仍俾侄升立爲嗣。公寶祐四年年二十一歲,廷對擢爲大魁,四十一歲拜丞相。亂後出處大略如此。平生有事業文章,未悉其實,未敢書。思肖不獲識公面,今見公之精忠大義,是亦不識之識也。人而皆公也,天下何慮哉?意甚欲持權衡筆,詳著忠臣傳。苦耳目短,不敢下筆。然聞爲公作傳者甚有其人,今諒書所聞一二,助他日太史採摭,當嚴直筆,使千載後逆者彌穢,忠者彌芳,爲後世臣子龜鑑歟!

觀此等文,其民族主義何等熱烈?讀之而猶不振憤,豈夫也邪?原夫吾華夏之民族主義,實始於軒轅,史稱黄帝披山通道(披荆斬棘開闢道路),未嘗寧居(安寧居住);東至於海,登丸山,及岱宗(泰山);西至於空桐,登雞頭;南至於江,登熊湘;北逐葷粥,合符釜山。(《史記·五帝本紀》)《索隱》(唐司馬貞撰《史記索隱》)云:"葷粥,匈奴别名也。"至唐虞(堯舜)之世,蠻夷猾(擾亂、侵犯)夏,舜使臯陶爲士以治之。"靡(無、没有)室靡家,玁狁(古代少數民族名,或以爲即匈奴古名)之故;不遑啟居,玁狁之故。”(《詩經·小雅·采薇》)此美文王伐[1]玁狁之詩也。“戎狄是膺(服從),荆舒是懲,則莫我敢承。”(《詩經·魯頌·駉之什·閟宫》)此美周公攘夷狄之詩也。此我國盛世民族主義之文學也。至齊桓相管仲,亦攘夷狄以尊周室。故孔子稱齊桓之功,而贊管仲之烈,曰:“微管仲,吾其披髮左衽矣。”(《論語·憲問》)《春秋》之美桓公即本此志。故曰:《春秋》,攘夷之書也。後世民族主義之文學,蓋莫不本於《春秋》。故史稱岳飛好左氏《春秋》,而文天祥《獄中與子書》亦欲令其專治《春秋》,豈無故哉?

---

① “伐”,原文作“代”。

第五編　以八股爲文化時代之散文(明清)

第一章　總　論

遼金元以異族僭主中國,士氣銷沉,文學本無特色。金雖有趙秉文(字周臣,號閑閒居士,磁州滏陽人)、王若虛(字從之,號慵夫,槁城人)、元好問(字裕之,號遺山,太原秀容人),元雖有王惲(字仲謀,號秋澗,衛州汲縣人)、趙孟頫(字子昂,號松雪道人,趙宋宗室)、劉因(字夢吉,號靜修,保定容城人)、袁桷(字伯長,號清容居士,慶元人)、姚燧(字端甫,號牧庵,洛西人)、虞集(字伯生,號道園,人稱邵庵先生,祖籍仁壽,後徙居臨川)、楊載(字仲弘,浦城人)、揭傒斯(字曼碩,豐城人)輩,然求其古文之能與宋賢抗手者殆無之矣。金元惟曲可謂特放異彩,詩亦鮮有大家,散文更不足論矣。明太祖驅逐異族,還我河山,士氣爲之一振,故明初古文家如宋濂(字景濂,號潛溪,浦江人)、劉基(字伯温,青田人)諸人之文,皆雄偉博大,足以覘(chān,察看)國運也。

林傳甲云:"明初文臣,宋濂爲首,其文昌明雅健,自中節度。濂學於吴萊(字立夫,元婺州浦陽人)、柳貫(字道傳,號烏蜀山人,元婺州浦陽人)、黄溍(字文晋,又字晋卿,元婺州義烏人),皆元末之傑士。劉基與濂齊名,爲文神鋒四出,閎深肅括。方孝孺(字希直,一字希古,號遜志,寧海人)受業於濂,氣最盛而養未至。危素(字太樸,號雲林,金谿人)之文,演迤澄泓,而人不足重。解縉(字大紳,號春雨,江西吉水人)通博,《永樂大典》即出其手。明初洪、永(洪武、永樂,分别爲明太祖、明成祖年號)之間,其文體精實,略可見矣。自楊榮(字勉仁,福建建安人)、楊士奇(名寓,字士奇,以字行,號東里,江西泰和人)以雍容平易爲臺閣體(明初上層官僚間形成的一種文體),柄國(執掌國政)既久,摹倣者遂流爲膚廓,是時文人惟王鏊(字濟之,號守溪,人稱震澤先生,江蘇吴縣人)學蘇(三蘇)學韓(韓愈),雖爲時文,亦根柢古文也。李夢陽(字獻吉,號空同,甘肅慶陽人)厭臺閣體之冗沓,起而復古。何景明(字仲默,號大復山人,河南信陽人)之流,和之以艱深鉤棘,爲秦漢之法,而七子之體(李夢陽、何景明、徐禎卿、邊貢、康海、王九思和王廷相等所謂"明前七子"之復古文體)遂風行一世。然是時王守仁(字伯安,號陽明,浙江餘姚人)之文,博大昌達,足以砥柱中流。既而後七子(李攀龍、王世貞、謝榛、宗臣、梁有譽、徐中行和吴國倫)繼起,李攀龍(字于鱗,號滄溟,山東歷城人)、王世貞(字元美,號鳳洲、弇州山人,江蘇太倉人)爲之冠。其高華偉麗,斑駮陸離,直可抗揚(揚雄)馬(司馬遷),揖李(李商隱)杜(杜牧)。王《弇州山人四部稿》尤風行一世,俗子竊其篇章,裁割成語,亦覺炯爛奪目。及其久,則成腐敗。故爲袁宏道(字中郎,號石公、六休,湖北公安人)、艾南英(字千子,號天傭子,江西東鄉人)所譏。歸有光出而爲明白曉鬯(同"暢")之文,庶幾乎無弊矣。然其文惟留意於抑揚頓挫間,亦無謂也。有明諸家得失互見,論古文者僅録歸熙甫(歸有光字熙甫)一人,亦未允矣。"(見其《中國文學史》)

林氏之論亦可謂簡括。然吾以謂明之文學,詩與文多不外因襲前人,不特不能過之,且遠不相及。惟傳奇、八股爲其所創造,而八股尤爲普遍。降至清代,取士仍用八股。故明清兩代,實可謂爲以八股爲文化之時代焉。此時代之古文,實受八股之影響不少;蓋無人不浸淫漸漬(浸潤、漬染)於八股之中,自不能不深受其陶化(陶冶化育)也。

王士禎(字貽上,號阮亭、漁洋山人,人稱王漁洋,清初山東新城人)《池北偶談》云:"予嘗見一布衣,盛有詩名,而其詩實多有格格不達處。以問汪鈍翁(汪琬,字苕文,號鈍翁,晚居堯峰,因以自號,江蘇長洲人),汪云:此君坐(因爲、由於)未解(會、能夠)爲時文(即八股文)故耳。時文雖無與(關係)於詩、古文,然不解八股則理路終不分明。近見王惲①(字仲謀,號秋澗,元衛州汲縣人)《玉堂嘉話》一條云:'鹿庵先生(王磐,字文炳,號鹿庵,元廣平永年人)言作文字當從科舉中來,不然而汗漫(漫無標準、不著邊際)披猖(猖狂、猖獗),是出不猶户(没有規矩、没有理路)也。'亦與此意同。"

梁章鉅(字闳中,號茝鄰,晚號退庵,清福建福州人)《制義叢話》於載《池北偶談》條下亦云:"此論實塙不可易。今之作八韵律詩者,必以八股之法行之。且今之工於作奏疏及長於作官牘文書,亦未有不從八股格法來,而能文從字順各識職者也。"

章炳麟云:"注疏者,八股之先河;明清之奏議,八股之支派也。"(見其《菿漢雅言》)蓋注疏釋經,八股文爲衍繹(推衍引申)四子書(即四書)及五經之義理;故注疏外式異八股,而内函爲八股之所自出;明清奏議,爲八股之餘事,故明清奏議,形體異八股,而精神實爲八股之支流。

第一節　明真復古派前後七子之散文

明自開國之初,劉基、宋濂文尚豪縱。其後文字獄屢興,士氣亦漸萎靡。永樂、成化(明憲宗年號)之間,楊士奇、楊榮、楊溥(字弘濟,號南楊,湖北石首人)之徒,所作號稱臺閣體,益透迤緩懦。至弘、正(弘治、正德,明孝宗和明武宗年號)間,李夢陽始倡言文必秦漢,詩必盛唐,非是者弗道;與何景明、徐禎卿(字昌穀,江蘇吴縣人)、邊貢(字廷實,號華泉子,山東歷城人)、朱應登(字升之,號淩溪,江蘇寶應人)、

① "惲",原文作"暉"。

顧璘(字華玉,號東橋居士,江蘇上元人)、陳沂(字魯南,號石亭,江蘇上元人)、鄭善夫(字繼之,號少谷,福建閩縣人)、康海(字德涵,號對山、沜東漁父,陝西武功人)、王九思(字敬夫,號渼陂,陝西鄠縣人)等號十才子;又與景明、禎卿、貢、海、九思、王廷相(字子衡,號浚川,明河南儀封人)號七才子;皆睥睨(斜視、傲慢)一世。此復古運動,固臺閣體之反響,實亦八股文之反響也。

蓋自成化以後,八股文盛行之際,文士於四子書與八股文之外,可以不讀他書。凡所爲散文駢文,無非空疏餖飣,故李(李夢陽)何(何景明)輩思有以矯(矯正)之,使人知四書外尚有古書,八股外尚有古文也。然李、何等之文,皆襲貌遺神,不過優孟衣冠(喻指形式上、外表上的單純模仿)而已。故正德以後,王慎中(字道思,號遵岩居士、南江,福建晋江人)、唐順之(字應德,號荆川,江蘇武進人)等提倡韓、柳、歐、曾等八大家之文以矯之,海内靡然從風。則嘉靖(明世宗年號)之間,又有李攀龍者,謂文自西京(代指西漢),詩自天寶而下,俱不足觀,於明獨推李夢陽;與謝榛(字茂秦,號四溟山人,山東臨清人)、王世貞、宗臣(字子相,號方城山人,江蘇興化人)、梁有譽(字公實,號蘭汀,廣東南海人)、徐中行(字子與,號龍灣、犬目山人,浙江長興人)、吴國倫(字明卿,號川樓子、惟楚山人、南嶽山人,湖北興國人)稱七才子,以與王慎中等八家派(宗奉唐宋八大家的一個散文派别)相持,皆欲步趨秦漢,而固爲詘詰其詞、晦滯其意者也,是爲古文之真復古派。其與韓柳之提倡復古,爲恢復西漢以前文體之解放者,不翅(不啻)東西之相反焉。前後七子之文多,不能詳論,兹略述二李,見一斑焉。

李夢陽 《明史·李夢陽傳》云:"李夢陽,字獻吉,慶陽人。母夢日墮懷而生,故名夢陽。夢陽才思雄騺(兇猛的鳥),卓然以復古自命。弘治時,宰相李東陽(字賓之,號西涯,茶陵人)主文柄,天下翕然(一致)宗之。夢陽獨譏其萎弱,而後人有譏夢陽詩文者,則謂其模儗剽竊,得史遷(太史公司馬遷)少陵(杜甫)之似,而失其真云。"《四庫總目》,《空同集》六十六卷。

李攀龍　《明史·李攀龍傳》云:"李攀龍,字于鱗,歷城人;九歲而孤,家貧,自奮於學;稍長,爲諸生(已入學的生員),與友人許邦才(字殿卿,歷城人)、殷士儋(字正甫,一作正夫,號棠川,歷城人)學爲詩歌,已,益厭訓詁學;日讀古書,里人共目爲狂生。"《四庫總目》,《滄溟集》三十卷,《附録》一卷。

禹廟碑

李夢陽

李子遊於禹廟之臺,覽長河之防。孤哉故宫,平沙四漫,避盼故流,北盡碣石,九派湮淤,雲草浩浩,於是愴然而悲。曰:嗟乎,予於是知王霸之功也!霸之功驩,久之疑;王之功忘,久之思。昔者禹之治水也,導川爲陸,易鼿爲寧,地以之平,天以之成,去巢就廬,而粒而畊,生生至今者固其功也,所謂萬世永賴者也。然問之畊者弗知,粒者弗知,廬者弗知,陸者弗知,故曰王之功忘。譬之天生物而生忘之,泳者忘其川,棲者忘其枝,民者忘其聖人,非忘之也,不知之也。不知自忘,及其菑也,號呼而祈恤。於是智者則指之所從來,而廟者興矣。河盟津東也,蹵曠肆悍,勞猶建瓴,隄堰一決,數郡魚鼈,於是昏墊之民,匍匐詣廟,稽首號曰:王在,吾奚役斯?所謂思也,故不忘不大,不思不深。深莫如地,大莫如王,天之道也。霸者非不功也,然不能使之不忘,而不能使之不疑。何也?不忘者小。小則近,近則淺,淺則疑,如秦穆賜食善馬肉者酒是也。夫天下未聞有廟桓文者也,故曰:予觀禹廟而知王霸之功也。或問湯、文不廟,李子曰:聖人各有其至,堯仁舜孝,禹功湯義,文王之忠,周公之才,孔子之學,是也。夫功者,切於菑者也，大梁以菑故，是故獨廟禹。是時監察御史澶州王子會，按江南，登臺四顧，乃亦愴然而悲曰：嗟乎，予於是而知功之言徵也。吾少也覽，嘗躡州城，眺滄渤，南目大梁之墟；乃今歷三河，攬淮泗，極洪流而盡滔滔，使非有神者主之，桑而海者久矣，尚能粒耶？耕耶？廬耶？能鼿者寧耶？川者陸耶？嗟乎！予於是而知功之言徵也。所謂微禹吾其魚者耶？所謂美哉勤而不德者耶？於是飭所司葺其廟，而屬李子碑焉。王子名湊，以嘉靖元年春按江南，明年秋代去，乃李子則爲迎送神辭三章，俾察者歌之以侑焉，其辭曰：

天門兮顯闢，赫赫兮雲吐。窈黄屋兮陸離，靈總總兮上下。羌若來兮儵不見，不見兮奈何？望美人兮徒怨苦。横四海兮怒波，絙絃兮鏜鼓，神不來兮誰怒？執河伯兮顯戮，飭陽侯兮清路。靈籠靄兮來至，風泠泠兮堂户。舞我兮我酹，尸既飽兮顔酡。惠我人兮乃土乃粒，日云莫兮尸奈何？風九河兮濤莫雲。曀曀兮昏雨，王駕鳳兮驂文魚。龍翼翼兮兩旗，悵佳期兮難屢。心有愛兮易離，愛君兮思君。肴芳兮酒芬，君歸來兮庇吾民。

太華山記

李攀龍

《經》曰：“太華之山，削成而四方。其高五千仞，其廣十里。”蓋指華中削成而四方者爾。四方之外未之盡，華山也。自縣南十里入谷，逶迤上二十里，抵削成北方壁下，乃谷。即西南出，不可行。行東北大霤中，霤中一峽，裁容人，左右穿受不滿足，穿受，手如決吻，人上出如自井中者，千尺，曰千尺峽。北不至十步，復得一峽，百尺，人上出如前峽，曰百尺峽。則東南行，崖往往如覆墩，出入穿其穹中，行穹中，穿如仄輪牙也。

崖絶爲橋者二所。東北徑雲臺峰,東南得大阪,可千尺,人從其鑮中躡銜上,阪窮爲棧,五步,顧見鑮中如一耦一甽,新發諸耜矣。鑮中穿如峽中,峽中銜如鑮中,峽中之繘垂,鑮中之繘倚,皆自級也。棧北得崖徑丈,人仄行於穿手在決吻中左右代相受,踵二分垂在外,足以茹則齧膝也,足已吐是以趾任身也。北不至十步,崖乃東折,得路尺許於崖剡中,人並崖南行,耳如屬垣者二里,剡窮復西出崖上行,則積穿三丈。有崖從北來,踆北崖上,腹高三丈自踆首南行崖如前,剡中屬耳甗耳矣。三里而近,爲蒼龍嶺,嶺廣尺有咫,長五百丈。崖東西深數千仞,人莫敢睨視,是酈生所稱搦嶺頌騎行者矣。雖今得拾級行哉,足欲置之置。先嘗一足於級上,置也,然後更置一足,其所置足猶若置入石中者,猶人人不自固,匍匐進也。級窮得崖,踆馬高三丈,一隅西北出,入從其隅上南一里,得崖又盡嗷,不可以穿繘自級也,是皆所謂懸度矣。不至百步西北,冒大石出崖下,西南上二里,得松林五樹,稱五將軍。崖上者不見杪,崖下者不見本,從懸中望見松,如樹荄也。西一里,有大石如百斛囷,不知何來。客於此横路而處踰之,爲穿徑二十所。西南百步,得巨靈掌,在削成東北方壁上,不盡壁五丈許,人不得至。掌二丈許,掌形覆其拇,北引如三尋之戟,從懸中望見掌,即五指參差出壁上也。又西南百步,諧削成四方上矣。西南望削成四方中,東北望所從削成道。道從東北隅出二十里,是錞於雲臺峰,猶杓之在斗矣。削成上四方顧其中,汙也。上官在汙中西南,玉井在上官前五尺許,水出於其上,潛於其下,東北淫大坎,凡二十八所。北注壁下,壁下注道中一穴,北出,水從上羃之也。四壁之穴,各在一搏。上宫東南上三里許。得明星玉女祠,含神霧稱明星玉女持玉漿,乃祠在大石上。大石長十丈許,祠前輒折,折下有穴。穴有石,石如馬折南五丈,坎如盆者五所,如臼者一所,水方澹澹也。下從祠東南峽中行二里,得池二所,大如輪。東南行三里,望見衛叔卿之博臺,在别嶺,爲埒不盡,崖尺,中如砥可坐十人、崖南北崖繘纚也。欲度者,先握崖自懸崖中,乃跖崖自沃令就繘,不得繘還跖崖,自沃得而後釋所自懸繘也。此即秦昭王使人施鉤梯虚也。西南上三里許得一峽如括,曰天門。門西出爲棧,而銅柱陜不能尺,長二十丈,棧窮穿井下三丈,竅旁出,復西行爲棧,而銅柱一池在石室中,不可涸也。天門旁有臺,如叔卿之臺。南望三公山三峰,如食前之豆,是白帝之所觴百神也。從上望壁下大谿,谿肆無景,即目中窈窈爾。久之,一山其末若鏃矢,頃即失之矣。是爲南峰,削出南壁上。東峰出東南隅壁上。西峰出西北隅壁上。從下望之,五千仞一壁矣。攀龍曰:余既達削成四方中,不復知天不可升矣。余夫善載腐肉朽骨者乎?及俯三峰望中原,見黄河從塞外來,下窺大壑,精氣之所出入,又未嘗不爽然自失也。

自來論明文者多貶詞。惟今人錢基博(字子泉,號潛廬,江蘇無錫人)《明代文學自序》云:"自來論文章者多侈譚漢魏唐宋,而罕及明代;獨會稽李慈銘(初名模,字式侯,後改名慈銘,字愛伯,號蒓客,清末浙江會稽人)極言明人詩文,超絶宋元恒蹊(傳統、俗套),而未有勘發(揭發、闡發)。自我觀之,中國文學之有明,其如歐洲中世紀之有文藝復興乎?明太祖開基江淮,以逐胡元,還我河山,用夏變夷,右文稽古,士大夫爭自濯磨,而文則奥博排奡(ào。排奡,剛勁有力),力追秦漢,以矯歐(歐陽脩)、蘇(三蘇)、曾(曾鞏)、王(王安石)之平熟(平順而熟練)。而宋濂、劉基,騹騮(良馬、駿馬)開道,以著何(何景明)、李(李夢陽)、王(王世貞)、李(李攀龍)之先鞭(先行)。詩則雄邁高亮,出入漢魏盛唐,以捄(救)宋詩之粗硬,革元風之纖濃。而高啟(字季迪,號青丘,江蘇長洲人)、李東陽從先繼軌,以爲何(何景明)李、(李夢陽)、王(王世貞)、李(李攀龍)開山。曲則明太祖導揚(導達顯揚)高則誠(高明,字則誠,號菜根道人,元永嘉人)《琵琶》一記,盡洗胡元古魯兀剌之風,而易之以南詞之纏綿頓挫。至八股文則利禄之途,俗稱時文者也。然唐順之、歸有光縱橫軼蕩,則以古文爲時文,力求返虛入渾,積健爲雄;雖與詩、古文體氣不同,而反本修古一也。

"然則明文學者實宋元文學之極王而厭(盛極而衰),而漢魏盛唐之拔戟復振,彈古調以洗俗響,厭庸膚而求奥衍,體制儘别,歸趣無殊。此則僕師心自得,而《明史》序《文苑傳》者之所未及知也。顧論文者則狃(習慣、局限)桐城家言之緒論,而亟稱歸氏(歸有光),妄庸七子。不知明有何(何景明)、李(李夢陽)之復古,以矯唐宋八家之平熟;猶唐有韓、柳之復古,以捄漢魏六朝之縟靡;有往必復,亦氣運之自然。明有唐順之、歸有光輩,振八家之墜緒,以與七子相撑拄;不過如唐之有裴度、段文昌等與韓、柳爲異,以揚六朝之頹波耳。而一代文章之正宗,固别有在也。

"又論者以錢謙益(字受之,號牧齋,明末清初江蘇常熟人)文爲穢雜,此亦拾桐城家之唾餘,而不免求全之毁。錢氏以明代文章鉅公,而冠遜清(時清朝已亡,故稱)《貳臣傳》之首,人品自是可議;至於極推歐陽脩以爲真得太史公血脈,而下開歸氏(歸有光);又翹(推出、特出)歸氏以追配唐宋大家,因校刻《震川集》(歸有光文集)而序之,以發其指。然後知桐城家言之治古文,由歸氏以踵歐陽而闚太史公;姚鼐遂以歸氏上繼唐宋八家,而爲《古文辭類纂》一書;胥出錢氏(錢謙益)之緒論,有以啟其塗轍也。特其爲文章,盛氣縟語,錯綜奇偶,七子之習,湔洗不盡,自與桐城之清真雅澹,而得歸氏之潔適者異趣。

"然以視湘鄉曾國藩之爲文,從姚鼐入手而益探源揚(揚雄)、馬(司馬遷),複字單誼雜廁(列)其間,務爲厚集其氣,使聲采炳焕,而戛焉有聲者,何必不與錢氏後先同符?錢氏從王(王世貞)、李(李攀龍)入而不從王、李出,湘鄉(曾國藩)從姚氏(姚鼐)入而不從姚氏出,自出變化,以不妹暖於一先生之言,亦何必此之爲是而彼之爲非?然世論不敢薄湘鄉,而務集謗於錢氏,多見其不知類也。"

錢説可爲明文一吐氣矣。然其論李夢陽云:"不懈及古,力求拔俗,大率類是;然不免琱琢傷元氣,未能渾成天然。楊士奇、李東陽以嘽緩(柔和舒緩)見餘力,而或懦不能以自振,蕪不能以自裁。李夢陽、何景明以生奥得古致,而卒澀不能以自運,格不能以自吐。儻知此之所以得,即徵彼之所爲失,亦文章得失之林也。"論王世貞與李攀龍云:"世貞之與攀龍,摹擬秦漢同而所爲摹擬則異。攀龍祇剽其字句;世貞得其胎息(氣息);然七子之學,得於詩者較深,得於文者頗淺。故其詩多自成家,而古文則鈎章棘句,剽襲秦漢之面貌者,比比皆是,故不獨一攀龍。"則於明文亦多不滿之詞也。

第二節　反七子派之散文

有明一代之散文,可分爲七派。一曰開國派,劉基、宋濂之徒主之。二曰臺閣派,楊士奇、楊榮之徒主之。三曰秦漢派,亦可名曰真復古派,前後七子是也。四曰八家派,亦可名曰反七子派,唐順之、茅坤(字順甫,號鹿門,歸安人)、歸有光之徒主之。五曰獨立派,不旁古人,自寫匈(胸)臆,陳白沙(陳獻章,字公甫,號石齋,廣東新會人,曾住白沙村,故人稱白沙先生)、王守仁之徒主之。六曰公安派,袁安道(袁宏道同父異母弟,湖北公安人)、宏道(袁宏道,袁宗道弟、袁中道兄)之徒主之。七曰竟陵派,鍾惺(字伯敬,號退谷、止公居士,湖北竟陵人)、譚元春(字友夏,號鵠灣、别號蓑翁,湖北竟陵人)之徒主之。開國派近於叫囂;臺閣派過於膚庸;公安、竟陵,學太無根。苟非專研明代文學史者,皆可以勿論也。前後七子之文,欲復秦漢,固優孟衣冠,然與八家派互相角逐,亦明代文學史最大之關鍵也。前後七子之得失,前節已略論之,今進而論八家派焉。八家派受前七子文必秦漢之反響,而以唐宋八家矯之:始之者爲王慎中,繼之者爲唐順之、茅坤,而歸有光集其大成焉。

王慎中　《明史·文苑傳》:"字道思,晋江人;四歲能誦詩,十八舉嘉靖五年進士,授户部主事,尋改禮部祠祭司。時四方名士唐順之、陳束(字約之,號後岡,浙江鄞人)、李開先(字伯華,號中麓子,山東章丘人)、趙時春(字景仁,號浚谷,甘肅平涼人)、任瀚(字少海,四川南充人)、熊過(字叔仁,四川富順人)、屠應埈[1](字文升,號漸山,浙江平湖人)、華察(字子潛,號鴻山,江蘇無錫人)、陸銓(字選之,浙江鄞人)、江以達(字于順,號午坡,江西貴溪人)、曾忭(字汝誠,江西泰和人)輩,咸在部曹(六部司官)。慎中與之講習,學大進。慎中爲文,初主秦漢,謂東京(代指東漢)下無可取;已悟歐(歐陽脩)、曾(曾鞏)作文之法,乃盡焚舊作,一意師仿,尤得力於曾鞏。順之(唐順之)初不服,久亦變而從之。壯年廢棄,益肆力古文,演迤詳贍,卓然成家,與順之齊名,天下稱之曰王唐。"《四庫總目》,《遵巖集》二十五卷。

唐順之　《明史·唐順之傳》:"字應德,武進人;生有異稟,稍長,洽貫群籍;年三十,舉嘉靖八年會試第一,改庶吉士,調兵部主事,引疾歸;久之除(拜官、授職)吏部,十二年秋詔選朝官爲翰林,乃改順之編修,校累朝實録事,將竣,復以疾告。以吏部主事罷歸,永不復叙。至十八年,選官僚,乃起故官,兼春坊(太子宫所屬官署名)右司諫;與羅洪先(字達夫,號念菴,江西吉水人)、趙時春(字景仁,號浚谷,甘肅平涼人)請朝太子,復削籍(除名)歸,卜築陽羨山中,讀書十餘年,中外論薦,並報寢(報告至住處)。

"倭躪江南北,趙文華(字元質,號梅林、甬江,浙江慈谿人)出視

① "埈",原文作"峻"。

師,疏薦順之,起南京兵部主事,父憂(丁父憂,遭父親喪事)未終,不果出;免喪,召爲職方員外郎,進郎中;出覈薊鎮兵籍,還奏缺伍三萬有奇,見兵亦不任戰,因條上便宜九事,總督王忬(字民應,號思質,江蘇太倉人,王世貞之父)以下,俱貶秩(貶職);尋命往南畿、浙江視兵,與胡宗憲(字汝貞,號梅林,安徽績溪人)協謀討賊。順之以御賊上策,當截之海外,縱使登陸,則内地咸受禍;乃躬泛海,自江陰抵蛟門大洋,一晝夜行六七百里,從者咸驚嘔,順之意氣自如。倭泊崇明、三沙(島名),督舟師邀之海外,斬馘(殲滅)一百二十,沉其舟十三,擢太僕少卿。宗憲言順之權輕,乃加右通政。順之聞賊犯江北,急令總兵官盧鏜(字聲遠,一字子鳴,河南汝寧衛人)拒三沙,自率副總兵劉顯(字惟明,江西南昌人)馳援,與鳳陽巡撫李遂(字邦良,號克齋,豐城人)大破之姚家蕩。賊窘退巢廟灣。順之薄(迫近、逼近)之,殺傷相當。遂欲列圍困賊,順之以爲非計,麾兵薄其營,以火礮攻之,不能克;三沙又廣告急,順之乃復援三沙,督鏜、顯進擊,再失利;順之憤,親躍馬布陣,賊構高樓望官軍,見順之軍整,堅壁不出;顯請退師,順之不可,持刀直前,去賊營百餘步;鏜、顯懼失利,固要順之還,時盛暑,居海舟兩月,遂得疾,返太倉。李遂改官南京,即擢順之右僉都御史,代遂巡撫。順之疾甚,以兵事棘,不敢辭;渡江,賊已爲遂等所滅。淮揚適大饑,條上海防善後九事。三十九年,春汛期至,力疾泛海,度焦山,至通州。卒,年五十四。

"順之於學無所不窺,自天文樂律地理兵法弧矢勾股壬奇禽乙莫不究極原委,盡取古今載籍,割裂補綴,區分部居,爲《左右文武儒裨六編》傳於世;學者不能測其奥也。爲古文洸洋紆折,有大家風。"《四部叢刊》影印明刊本《荆川先生文集》十七卷,《外集》三卷。

與茅鹿門書

夫兩漢以下文之不如古者,豈其所謂繩墨轉折之精之不盡如哉？秦漢以前,儒家者有儒家本色,至於老莊家有老莊本色,縱横家有縱横本色,名家、墨家、陰陽家皆有本色,雖其爲術也駁,而莫不皆有一段千古不可磨滅之見。是以老家必不肯剿儒家之後,縱横必不肯借墨家之談,各自其本色而鳴之爲言。其所言者,其本色也,是以精光注焉,而其言遂不泯於世。唐宋而下文人,莫不語性命,談治道,滿紙炫然。一切自託於儒家,然非其涵養畜聚之素,非真有一段千古不可磨滅之見,而影響剿説,蓋頭竊尾,如貧人借富人之衣,莊農作大賈之飾,極力裝做,醜態盡露,是以精光枵焉,而其言遂不久湮廢。然則秦漢而上,雖爲老、墨、名、法、雜家之説而猶傳,今諸子之書是也;唐宋而下,雖其一切語性命、談治道之説而亦不傳,歐陽永叔所見唐四庫書目百不存一焉者是也。後之文人欲以立言爲不朽計者,可以知所用心矣。

茅坤　《明史·文苑傳》:"字順甫,歸安人,嘉靖十七年進士。坤善古文,最心折(折服)唐順之。順之喜唐宋諸大家文,所著文編,自韓、柳、歐、三蘇、曾、王八家外無所取。故坤選《八大家文鈔》,其書盛行海内,鄉里小生,無不知茅鹿門者;鹿門,坤别號也。"著有《白華樓藏稿》等。

八大家文鈔總序

孔子之繫《易》曰:"其旨遠,其辭文。"斯故所以教天下後世爲文者之至也。然而及門之士,顔淵、子貢以下,並齊魯間之秀傑也。或云身通六藝者七十餘人,文學之科,並不得與,而所屬者僅子游、子夏兩人焉。何哉？蓋天生賢哲,各有獨稟,譬則泉之温,火之寒,石之結緑,金之指南,人於其間以獨稟之氣而又必爲之專一,以致其至。伶倫之於音,裨竈之於占，養由基之於射，造父之於御，扁鵲之於醫，僚之於丸，秋之於奕，彼皆以天縱之智，加之以專一之學，而獨得其解，斯固以之擅當時而名後世，而非他所得而相雄者。孔子没，而游、夏輩各以其學授之諸侯之國，已而散逸不傳。而秦人焚經坑學士，而六藝之旨幾輟矣。漢興，招亡經，求學士，而鼂錯、賈誼、董仲舒、司馬遷、劉向、楊雄、班固輩始稍稍出，而西京之文號爲爾雅，崔、蔡以上，非不矯然龍驤也，然六藝之旨流失。魏、晋、宋、齊、梁、陳、隋、唐之間，文日以弩，氣日以弱。强弩之末，且不及魯縞矣，而况於穿札乎？昌黎韓愈首出而振之，柳柳州又從而和之，於是始知非六經不以讀，非先秦兩漢之書不以觀。其所著書論序記碑銘頌諸辯什，故多所獨開門户。然大較並尋六藝之遺，略相上下，而羽翼之者。貞元以後，唐且中墜，沿及五代，兵戈之際，天下寥遷矣。宋興百年，文運天啟。於是歐陽公修從隋州故家覆瓿中偶得韓愈書，手讀而好之。而天下之士，始知通經博古爲高，而一時文人學士彬彬然附離而起。蘇氏父子兄弟及曾鞏、王安石之徒，其間才旨小大，音響緩亟，雖屬不同，而要之於孔子所删六籍之遺，則共爲習而户眇之者也。由今觀之，譬則世之走騕褭騏驥於千里之間，而中及二百里三百里而輟者有之矣，謂塗之薊而轅之粤則非也。世之操觚者，往往謂文章與時相高下，而唐以後且薄不足爲。噫！抑不知文以道相盛衰，時非所論也。其間工不工，則又係乎斯人者之稟與其專一之致否如何耳。如所云，則必太羹酒元之尚，茅茨土簋之陳，而三代而下，明堂玉帶雲罍犧樽之設，皆駢枝也已。孔子之所謂"其旨遠"，即不詭於道也；"其辭文"，即道之燦然，若象緯者之曲而布也。斯固庖犧以來人文不易之統也，而豈世之云乎哉？我明宏治、正德間，李夢陽起北地，豪雋輻湊，已振詩聲，復揭文軌，而曰吾《左》吾

《史》與漢矣,已而又曰吾黄初、建安矣。以予觀之,特所謂詞林之雄耳。其於古六藝之遺,得無湛浮滌濫而互相剽裂已乎?予於是手掇韓公愈、柳公宗元、歐陽公修、蘇公洵、軾、轍、曾公鞏、王公安石之文,而稍批評之,以爲操觚者之券,題之曰《八大家文鈔》。家各有引,條疏如左。嗟乎!八君子者,不敢遽謂盡得古六藝之旨,而予所批評,亦不敢自以得八君子者之深,要之大義所揭,指次點綴,或於道不相盭已。謹書之以質世之知我者。

歸有光　《明史·文苑傳》:"字熙甫,崑山人;年九歲,能屬文;弱冠,盡通四書五經三史(《史記》、《漢書》、《後漢書》)諸書。嘉靖十八年,舉鄉試,八上春官(本爲禮部别稱,因科舉會試由禮部主持,故代指會試)不第(會試不中)。徙居嘉定安亭江上,讀書談道,學徒常數百人,稱爲震川先生。四十四年始成進士。有光爲古文原本經術,好太史公書,得其神理。時王世貞主文壇,有光方相抵排,目爲妄庸巨子,世貞大憾;其後亦心折有光,爲之讚曰:'千載有公,繼韓、歐陽,余豈異趣,久而自傷。'其推重如此。"《四部叢刊》影印康熙刊本《震川先生集》卅卷,《别集》十卷,《附録》一卷。

項脊軒記

項脊軒,舊南閣子也。室僅方丈,可容一人居。百年老屋,塵泥滲漉,雨澤下注。每移案,顧視無可置者。又北向,不能得日,日過午已昏。余稍爲修葺,使不上漏。前闢四窗,垣牆周庭,以當南日,日影反照,室始洞然。又雜樹蘭桂竹木於庭,舊時欄楯,亦遂增勝。借書滿架,偃仰嘯歌,冥然兀坐,萬籟有聲,而庭堦寂寂,小鳥時來啄食,人至不去。三五之夜,明月半牆,桂影斑駁,風移影動,珊珊可愛。然余居於此,多可喜,亦多可悲。先是庭中通南北爲一,迨諸父異爨,内外多置小門牆,往往而是。東犬西吠,客踰庖而宴,雞棲於廳,庭中始爲籬,已爲牆,凡再變矣。家有老嫗,嘗居於此。嫗,先大母婢也,乳二世,先妣撫之甚厚。室西連於中閨,先妣嘗一至。嫗每謂余曰:"某所而母立於兹。"嫗又曰:"汝姊在吾懷,呱呱而泣,娘以指叩門扉曰:'兒寒乎?欲食乎?'吾從板外相爲應答。"語未畢,余泣,嫗亦泣。余自束髮讀書軒中,一日大母過余,曰:"吾兒久不見若影,何竟日默默在此,大類女郎也。"比去,以手闔門,自語曰:"吾家讀書久不效,兒之成則可待乎?"頃之,持一象笏至,曰:"此吾祖太常公宣德間執此以朝,他日汝當用之。"瞻顧遺跡,如在昨日,令人常號不自禁。軒東故嘗爲廚,人往從軒前過。余扃牖而居,久之,能以足音辨人。軒凡四遭火,得不焚,殆有神護者。項脊生曰:"蜀清丹穴,利甲天下,其後秦皇帝築女懷清臺。劉玄德與曹操爭天下,諸葛孔明起隴中,方二人之昧昧於一隅也,世何足以知之?余區區處敗屋中,方揚眉瞬目,謂有奇景,人知之者其由謂與陷井之蛙何異?"余既爲此志,後五年,吾妻來歸。時至軒中,從吾問古事,或憑几學書。吾妻歸寧,述諸小妹語曰:"聞姊家有閣子,且何謂閣子也?"其後六年,吾妻死,室壞不修。其後二年,余久臥病無聊,乃使人復葺南閣子,其制稍異於前。然自後余多在外,不常居,庭有枇杷樹,吾妻死之年所手植也,今已亭亭如蓋矣。

王拯(初名锡振,字定甫,號少鶴,清广西馬平人)書此《記》後曰:"往時上元梅先生(梅曾亮,字伯言,號伯峴,清江苏上元人,姚鼐弟子)在京師,與邵舍人懿辰(邵懿辰,字位西,清浙江仁和人)輩過從,論文最懽,而皆嗜熙甫文。梅先生嘗謂舍人與余曰:'君等嗜熙甫文,孰最高?'而余與邵所舉輒符,聲應如響,蓋《項脊軒記》也。乃大笑。日者友人又以此文示余者曰:'讀是文久,有不可解者。'徐指文中'余既爲此志'句,問所由。余曰:'此文後跋語耳,而著録者誤與文一。'友人顧未之信,將以質梅先生,未果也。

"按文'余既爲此志'後百十四字,歷敘記文以後十餘年事,語尤悽愴,與文境適相類,刻本又聯屬之,人因第賞其文,而遂不察其爲後跋語耳。志與記義本通,所謂此志既記文也。文自首至'余居此多可喜亦多可悲'句,記軒中景物。自'庭中通南北爲一'至'爲籬爲牆凡再變'句,記軒之沿革。自'家有老嫗'至'瞻顧遺跡如昨日事令人長號不自禁'句,記軒中遺事。其後又足以'軒前故嘗爲廚'及'軒凡四遭火得不焚殆有神護者'數言,乃記軒者畢矣。'項脊生曰'下,'余既爲此志'句上,則文之後論,例如志之有銘,傳之贊而騷之亂也。中引蜀清居丹穴(《漢書·貨殖列傳》:"巴寡婦清,其先得丹穴,而擅其利數世。")、諸葛孔明臥隆中二事,竊以自比。然則熙甫之志非將欲大有爲於當時者耶?蜀清其後秦皇帝(秦始皇)爲築臺,[1]孔明(諸葛亮)輔劉玄德與曹操爭天下,皆事振爍於當時而名施後世;而其始在丹穴與隆中,熙甫所謂昧昧一隅,人莫有知之者。誠與熙甫處敗屋(破屋)中揚眉瞬目謂有奇景,人謂陷井之蛙者同。獨熙甫窮老荒江,晚得一第(進士登第),僅官令倅(副職)至寺丞,曾不得以有所設施於世,以與蜀媍(同"婦")懷清、孔明隆中事業頡頏,至獨以其文章爲一代之雄耳。

"顧自文章言,則自元明以來,上下數百年間,莫與並者;雖不得以比跡隆中,亦豈懷清寡女積鏹(錢串、代指財富)之豪之所可及者哉?余又歎夫熙甫之文,流傳至數百年,其爲人所最歎賞如此記

---

① 《漢書·貨殖列傳》:"清寡婦能守其業,用財自衛,人不敢犯。始皇以爲貞婦而客之,爲筑女懷清台。"

者,而其著録舛謬若此;而人多忽之,毋亦吾儕(chái,輩、類)讀書鹵莽之一端耶?熙甫自謂作此記後五年,妻始來歸(嫁),然則此記之作其年未冠時乎?何成就如熙甫,而其通集之文未有能高出乎少小時之所爲者耶?梅先生言文人方出手時,當其至者大致已定,年與學進,推擴之耳;其至之處,不能有加,不其信歟?憶與梅先生别久,舍人輩亦星散,追維講益,不可復得;因讀熙甫此文而並志之,以志嘅云。"

曾國藩《書歸氏文集後》云:"近世綴文之士,頗稱述熙甫,以爲可繼曾南豐(曾鞏)、王半山(王安石號半山)之爲文;自我觀之,不同日而語矣,或又與方苞氏並舉,抑非其倫也。蓋古之知道者,不妄加毁譽於人;非特好直也,内之無以立誠,外之不足以信後世,君子恥焉,自周詩有《崧高》、《烝民》諸篇,漢有《河梁》之詠,沿及六朝,餞别之詩,動累卷帙,於是有爲之序者。昌黎韓氏爲此體特繁,至或無詩而徒有序,駢拇枝指,於義爲已侈矣。熙甫則未必餞别而贈人以序,有所謂賀序者、謝序者、壽序者,此何説也?又彼所爲抑揚吞吐情韻不匱者,苟裁之以義,或皆可以不陳;浮芥舟(小舟)以縱送於蹏涔(tícén,體積、容量微小)之水,不復憶天下有曰海濤者也;神乎味乎,徒詞費耳。然當時頗崇茁軋(文辭怪異生澀)之習,假齊梁之雕琢,號爲力追周秦者,往往而有;熙甫一切棄去,不事塗飾,而選言有序;不刻畫而足以昭物情,與古作者符,而後來者取則焉,不可謂不智已!人能弘道,無如命何?藉熙甫早置身高明之地,聞見廣而情志闊,得師友以輔翼,所詣固不竟此哉?"

曾氏之於歸文可謂論之切當者矣。杜嘗謂前後七子之文,固不免爲秦漢僞體,八家派矯之,雖頗有真氣,是其所長;然其體亦已小,只宜於家常小事,呢喃兒女語,如所爲《項脊軒記》、《寒花葬志》等,且不免有小説氣矣。蓋專以神韻相尚,亦必至如此。譬之於詩,只宜作五七言絶句而已。

第三節　明獨立派之散文

吾國自明以來,論文者多狃於成見,以謂文非學秦漢,即當學唐宋。而自明前後七子摹擬秦漢失敗之後,即秦漢亦不敢言;惟以八家爲極則。八家之中,尤以歐陽之神韵,三蘇之從横爲上乘。學歐陽所以便於八股,習三蘇者所以利於策論。一言以蔽之,皆爲科舉之計而已。而獨立不倚之士,其所爲文,不摹擬唐宋,亦不倣效秦漢,卓然自成一體者,往往被所謂古文家者詆爲不成家數。故雖有傑作,竟見遺於庸夫之目,可勝慨哉!吾觀有明一代,如陳白沙、王陽明兩先生之文,浩氣流行,不傍古人壁壘。讀其文往往令人感激,忠義之氣悠然而生,而自古之論文者罕及焉,何邪?兹以其能絶去依傍,不爲古人輿臺(指奴僕),故名曰獨立派。

陳獻章　《明史·儒林傳》:"字公甫,新會人,舉正統(明英宗年號)十二年鄉試,再上禮部不第。從吴與弼(字子傅,號康齋,江西崇仁人)講學,居半載歸。讀書窮日夜不輟,築陽春臺,静坐其中,數年無户外跡(足不出户)。久之,復游太學,祭酒邢讓(字遜之,明山西襄陵人)試和楊時(字中立,號龜山,北宋南劍将樂人,程頤弟子)《此日不再得》詩一編,驚曰:'龜山不如也。'颺言(大力宣揚)於朝,以爲真儒復出,由是名震京師。獻章之學以静爲主,其教學者但令端坐澄心,於静中養出端倪。或勸之著述,不答。嘗自言曰:'吾年二十七,始從吴聘君(即吴與弼)學,於古聖賢之書無所不講,然未知入處;比歸白沙,專求用力之方,亦卒未有得,於是舍繁求約,静坐久之,然後見吾心之體,隱然呈露,日用應酬,隨吾所欲,如馬之御勒也。'其學灑然獨得,論者謂有鳶飛魚躍之樂。蘭谿姜麟(字仁夫,浙江蘭谿人)至以爲活孟子云。"《四庫總目》,《白沙集》九卷。

慈元廟碑

世道升降，人之任其責者，君臣是也。予少讀《宋史》，惜宋之君臣，當其盛時，無精一學問以誠其身，無先王政教以彰天下。化本不立，時措莫知，雖有程明道兄弟，不見用於時。迹其所爲，高不過漢唐之間。仰視三代以前，師傅一尊而王業盛，畎畝既出而世道亨之，君臣何如也？南渡之後，惜其君非撥亂反正之主，雖有其臣，任之弗專，邪議得以間之。大志弱而易撓，大義隱而弗彰，量敵玩讎，國計日非，往往坐失機會，卒不能成恢復之功。至於善惡不分，用捨倒置，刑賞失當，怨憤生禍，和議成而兵益衰，歲幣多而民愈困，如久病之人，氣息奄奄。以及度宗之世，則不復惜，爲之掩卷而涕，不忍復觀之矣。孔子曰："人之生也直，罔之生也倖而免。"劉文靖廣之以詩曰："王綱一紊國風沉，人道方乖鬼境侵。生理本直宜細玩，蓍龜萬古在人心。"噫！斯言也，判善惡於一言，決興亡於萬代，其天下國家治亂之符驗歟！宋室播遷，慈元殿草創于邑之崖山。宋亡之日，陸丞相負少帝赴水死矣。元師退，張太傅復至崖山，遇慈元后，問帝所在，慟哭曰："吾忍死萬里，間關至此，正爲趙氏一塊肉耳，今無望矣。"投波而死，甚可哀也。崖山近有大忠廟，以祀文相國、陸丞相、張太傅。弘治辛亥冬十月，今户部侍郎、前廣東右布政華容劉公大夏行部至邑，與予泛舟崖山，吊慈元故址，始議立祠於大忠之上。邑著姓趙思仁請具土木，公許之。予贊其決，曰："祠成，當爲公記之。"未幾，公去爲都御史，修理黄河，委其事府通判顧君叔龍。己寅冬，祠成。是役也，一朝而集制，命不由於有司，所以立大宋，愧頽俗，而輔名教，人心之所不容已也。碑於祠中，使來者有所觀感。弘治己己未夏，予病小愈，尚未堪筆硯，以有督府鄧先生之命，念慈元落落東山作祠之言，久未聞於天下，力疾書之,愧其不能工也。

白沙尚有《題崖山奇石陰》詩云:“忍奪中華與外夷,乾坤回首重堪悲;鎸功奇石張弘[1]範(字仲疇,易州定興人,元初將領,滅宋於崖山),不是胡兒是漢兒。”[2]粵中嘗有奇石榻本(拓本),其文爲宋張弘範滅宋於此。蓋白沙居近崖門,每登臨奇石,憑弔宋帝與張(張世傑,涿州范陽人,南宋抗元將領)、陸(陸秀夫)諸臣殉國處,見張弘[3]範紀功之銘,乃爲冠一“宋”字於其上以醜之;更於石陰題一詩,即此詩也。白沙又有《崖山弔陸公祠》詩云:“傷心欲寫崖山事,惟看東流去不回,草木暗隨忠魄盡,江淮長爲節臣哀,精神貫日華夷見,氣脈淩霜天地開,耿耿聖旌何處是,英靈抱帝(陸秀夫戰敗後抱帝昺投海殉國)海濤隈。”此外尚有《崖山大忠祠詩》、《崖山泊舟奇石下風雨夜作詩》、《與李世卿同游崖山詩》,所以屢詩不一詩者,蓋上承宋代民族主義派文學之精神,而下開明末民族主義派之文學,如瞿稼軒(瞿式耜,字起田,號稼軒,明末江蘇常熟人)、陳元孝(陳恭尹,字元孝,號羅浮布衣,明末廣東順德人)諸先生所爲者也。陳元孝《舟泊崖山詩》云:“山木蕭蕭風更吹,兩崖雲雨至今悲。一聲杜宇(古蜀王)啼荒殿,十載仇人拜古祠。海水有門分上下,江山無地限華夷;停舟我亦艱難日,愧向蒼苔讀舊碑。”蓋元孝爲巖野先生(陳邦彦,字令斌,號巖野,陳恭尹之父,南明抗清將領,兵敗被殺)之子,巖野既殉國,搜捕元孝甚急,故有“停舟我亦艱難日”之句。其詩於夷夏之防,可謂一篇之中三致意矣。

王守仁　《明史·王守仁傳》:“字伯安,餘姚人。守仁娠十四

---

① “弘”,原文作“洪”。

② 此詩乃和詩,而此引四句卻並非陳獻章所作。參見陳占標《一首誤傳的陳白沙登崖山詩》,載《學術研究》,1984年第4期。

③ “弘”,原文作“洪”。

月而生,祖母夢神人自雲中送兒下,因名雲。五歲不能言,異人拊(fǔ,撫育)之,更名守仁,乃言。年十五,訪客居庸、山海關,時闌(擅自)出塞,與諸屬國夷角射(競技射箭),縱觀山海形勝。弱冠,舉鄉試,學大進,顧益好言兵,且善射。登弘治(明孝宗年號)十二年進士,授兵部主事。”又云:“王守仁始以直節著,比任疆事(地方職務),提弱卒從諸生埽積年逋寇(逋逃的寇賊),平定孽藩(平定甯王朱宸濠之亂),終明之世,文臣用兵制勝,無如守仁者也。當危疑之際,神明愈定,智慮無遺,雖由天資高,其亦有得於中者焉。”《四部叢刊》影印明隆慶(明穆宗年號)刊本《王文成公全書》三十八卷。

與毛憲副

昨承遣人喻以禍福利害,且令勉赴太府請謝,此非道誼深情,決不至此,感激之至,言無所容。但差人至龍場陵侮,此自差人挾勢擅威,非太府使之也。龍場諸夷與之爭鬬,此自諸夷憤愠不平,亦非某使之也。然則太府固未嘗辱某,某亦未嘗傲太府,何所得罪而遽請謝乎?跪拜之禮,亦小官常分,不足以爲辱,然亦不當無故而行之。不當行而行,與當行而不行,其爲取辱一也。廢逐小臣,所守以待死者,忠信禮義而已,又棄此而不守,禍莫大焉。凡禍福利害之説,某亦嘗講之。君子以忠信爲利,禮義爲福。苟忠信禮義之不存,雖禄之萬鍾,爵以侯王之貴,君子猶謂之禍與害。如其忠信禮義之所在,雖剖心碎首,君子利而行之,自以爲福也,況於流離竄逐之微乎?某之居此,蓋瘴癘蠱毒之與處,魑魅魍魎之與遊,日有三死焉。然而居之泰然,未嘗以動其中者,誠知生死之有命,不以一朝之患而忘其終身之憂也。太府苟欲加害,而在我誠有以取之,則不可謂無憾。使吾無有以取之,而横罹焉,則亦瘴癘而已爾,蠱毒而已爾,魑魅魍魎而已爾,吾豈以是而動吾心哉?執事之諭,雖有所不敢承,然因是而益知所以自勵,不敢苟有所隳墮,則某也受教多矣,敢不頓首以謝。

陽明此文,殆可謂浩然之氣,至大至剛,以直養而無害,可以塞天地之間者矣。其文真可與《孟子》並讀。

第四節　清代桐城派之散文

劉師培云:"明代末年,復社(崇禎二年由數個文社聯合成立於吴江的一個文社)、幾社(明末的一個文社)之英,以才華相煽,敷爲藻麗之文。順、康(順治、康熙)之交,易堂諸子(清初隱居在江西寧都翠微峰的幾個文人),競治古文,而藻麗之作易爲縱横。若商丘侯氏(侯方域,字朝宗,號雪苑,晚號壯悔,河南商丘人,復社成員)、大興王氏(王源,字昆繩,號或庵,順天大興人)、劉氏(劉獻廷,字繼莊,一字君賢,號廣陽子,順天大興人)所爲之文,悉屬此派。大抵馳騁其詞,以空辯相矜,而言不軌則,其體出于明允、子瞻;或以爲得之蘇、張、史遷(蘇秦、張儀、司馬遷),非其實也。餘姚黄氏(黄宗羲,字太冲,號南雷,世稱梨洲先生,浙江餘姚人)亦以文學著名,早學縱横,尤長敘事;然失之於蕪,辭多枝葉;且段落區分,牽連鈎貫,仍蹈明人陋習;浙東學者多則之。季野(萬斯同,字季野,號石園,浙江鄞縣人)、謝山(全祖望,字紹衣,號謝山,浙江鄞縣人)咸屬良史,惟斐然成章,不知所裁;然浩瀚明喦,亦近代所罕覯(gòu,見)也。

"時江淮以南,吴越之間,文人學上,應制科(制科本爲科舉制度的特科,明清以後逐漸成爲科舉的代稱。此指康熙時期爲了籠絡士人而特意舉行的博學鴻詞科考試。)之徵,大抵涉獵書史,博而不精,諳于目録詞章之學,所爲之文,以修潔(精美簡潔)擅長,句櫛字梳,尤工小品。然限於篇幅,無奇偉之觀。竹垞(朱彝尊,字錫喦,號竹垞,浙江秀水人)、次耕(潘耒,字次耕,號稼堂、止止居士,江蘇吴江人),其最著者也。鈍翁(汪琬號)、漁洋(王士禎號漁洋山人)、牧仲(宋犖,字牧仲,號漫堂,河南商丘人)之文,亦屬此派。下逭雍(雍正)乾(乾隆),堇甫(杭世駿,字大宗,號堇浦,浙江仁和人)、太鴻(厲鶚,字太鴻,一字雄飛,號樊榭,浙江錢塘人),猶沿此體,以文詞名浙西,東南名士咸則之;流派所衍,固可按也。

"望溪方氏(方苞),摹仿歐(歐陽脩)曾(曾鞏),明于呼應頓挫之法,以空議相演;又叙事貴簡,或本末不具,舍事實而就空文;桐城文士多宗之,海内人士亦震其名;至謂天下文章莫大乎桐城。厥後桐城古文傳于陽湖、金陵,又數傳而至湘、贛、西粤,然以空疏者爲之,則枯木朽荄(gāi,草根),索然寡味,僅得其轉折波瀾。惟姬傳(姚鼐)之丰韵,子居(惲敬字)之峻拔,滌生之博大雄奇,則又近今之絶作也。

"若治經之儒,或治古文家言(古文經學),或治今文家言(今文經學),及其爲文,遂各成派别。東原(戴震,字東原,一字慎修,號杲溪,清安徽休寧人)説經簡直高古,逼近《毛傳》(毛萇爲《詩經》所作傳,一説爲毛亨所作),辭無虚設,一矯冗長之習;説理記事之作,創意造詞,寖以入古。唐宋以降,罕見其匹。後之治古學者咸宗之。雖詁經(訓詁經義)考古(考訂古文)遠遜東原,然條理秩如,以簡明爲主,無復枝蔓之詞,若高郵王氏(王念孫、王引之父子。王念孫,字懷祖,號石臞,江蘇高郵人;王引之,字伯申,號曼卿),儀徵阮氏(阮元,字伯元,號雲臺,江蘇儀征人)是也。故朴直無文,不尚藻繪,屬辭比事,自饒古拙之趣。及掇拾者爲之,則勦襲成語,無條貫之可尋,侈徵引之繁,昧行文之法,此其弊也。

"常州人士喜治今文家言,雜采讖緯之書,用以解經,即用之入文(以莊存與、劉逢禄爲代表的常州今文經學派)。故新奇詭異之詞,足以悦目。且江南之地,詞曲尤工,哀怨清遒,近古樂府,故常州之文亦詞藻秀出,多哀豔之音,則以由詞曲入乎之故也。莊氏(莊存與,字方耕,號養恬,江蘇武進人)文詞深美閎約,人所鮮知。其以文詞著者則陽湖張氏(張惠言,字皋聞,號茗柯,江蘇武進人),長州宋氏(宋翔鳳,字虞庭,江蘇長洲人,莊述祖之甥),均工綿邈(涵義深遠)之文;其音則哀而多思,其詞則麗而能則;蓋徵材雖博,不外讖緯、詞曲二端。若曲阜孔氏(孔尚任,字聘之,又字季重,號東塘、岸堂、雲亭山人,山東曲阜人,孔子六十四代孫),亦工儷詞,雖所作出宋氏之上,然旨趣略與宋氏同,則亦治今文之故也。近人謂治《公羊》者必工文,理或然歟?若夫旨乖比興,徒尚麗詞;朝華已謝,色澤空存:此其弊也。

"數派以外,文派尤多。江都汪氏(汪中,字容甫,號頌父,江蘇江都人),熟於史贊,爲文別立機杼(織布機,代指機關),上追彦升(南朝任昉字);雖字酌句斟,間逞姿媚;然修短合度,動中自然;秀氣靈襟,超軼塵壒;於六朝之文,得其神理;或以爲出于《左傳》、《國語》,殆譽過其實。厥後荆溪周氏(周濟,字保緒,一字介存,號未齋、止庵、介存居士,江蘇荆溪人),編輯《晋略》,效法汪氏,此一派也。邵陽魏氏(魏源,字默深,號良圖,湖南邵陽人),仁和龔氏(龔自珍,一名鞏祚,字璱人,號定庵,浙江仁和人),亦治今文之學(今文經學)。魏氏之文明暢條達,然刻意求新,故雜奇語,以駭俗流。龔氏之文,自矜立異,語羞雷同,文氣佶𡾰,不可卒讀,或語求艱深,旨意轉晦,此特玉川(盧仝號玉川子)之流耳;或以爲出于周秦諸子,則擬焉不倫,此又一派也。

"若夫簡齋(袁枚)、稚威(胡天遊)、仲瞿(王曇,又名良士,字仲瞿,浙江秀水人)之流,以排奡自矜,雖以氣運辭,千言立就,然俶亂(詭奇雜亂)而無序,泛濫而無歸,華而不實,外强中乾;或怪誕不經,近于稗官家言;文學之中,斯爲僞體,不足以言文也。

"近代文學之派别,大約若此。然考其變遷之由,則順、康(順治、康熙)之文,大抵以縱横文淺陋;制科諸公,博覽唐宋以下之書,故爲文稍趨于實;及乾嘉(乾隆、嘉慶)之際,通儒輩出,多不復措意于文;由是文章日趨于朴拙,不復發于性情。然文章之徵實,莫盛于此時;特文以徵實爲最難,故枵(xiāo,空虚)腹(指空腹,喻指空疏)之徒,多託于桐城之派,以便其空疏;其富於才藻者,則又日流于奇詭,此近世文體變遷之大略也。近歲以來,作文者多師龔、魏(龔自珍、魏源),則以文不中律(中規中矩),便于放言,然襲其貌而遺其神。其墨守桐城文派者,亦囿於義法,未能神明變化。故文學之衰,至近歲而極。文學既衰,故日本文體因之輸入於中國,其始也譯書撰報,據文直譯,以存其真。後生小子,厭故喜新,競相效法。夫東籍之文(指日本文章),冗蕪空衍,無文法之可言。乃時勢所趨,相習成風,而前賢之文派,無復識其源流,謂非中國文學之厄歟?”(見其《論近世文學之變遷》)

劉氏所列清代文派雖衆,然其足以卓然自成家者,古文家則桐城派與陽湖派,經學家則古文之考據與今文之詞章是也。今叙散文,故姑舍後二者而論前二者。

桐城派之文,源於明之歸有光,前已言之矣。當時師事有光者有崑山張應武(字茂仁,號三江)、沈孝(字钦甫)、嘉定邱集(字子成,號三完老人)、李汝節(字道亨,號新齋)、潘士英(字子實,人稱新菴先生)。至清,私淑有光者有長洲汪琬、泰州張符驤(字良御,號海房,江蘇泰州人),而長州彭紹升(字允初,號尺木,又號知歸子)則宗之尤甚,自號爲知歸子;而與紹升相切劘(切磋)者有長洲彭績(字其凝,號秋士)、薛起鳳(字飛三,號震湖);又巴陵吴敏樹(字本深,號南屏)則非議桐城而亦宗師歸氏者也。桐城方苞亦喜歸氏,以爲言之有序者,爲文陽言左(左丘明)馬(司馬遷)義法,而實亦陰宗歸氏之抑揚,惟根底較深不似歸氏之陋,故遂爲清代桐城文派之開宗。

時師事苞者有方杓(字建初,號華南,安徽桐城人)、張尹(字無咎,號莘農,安徽桐城人)、劉大櫆(字才甫,一字耕南,號海峰,安徽桐城人);

與大魁友善而深得方苞義法者有姚範(字南青,號姜塢、幾蓬老人,安徽桐城人,姚鼐伯父),皆桐城人也。又有天津王又樸(字從先,號介山)、大興王兆符(字龍篆,一字隆川)、歙縣程崟(字夔周)、無錫劉齊(字言潔)、高密單作哲(字侗夫,號紫溟)、昌平陳浩(字紫瀾,號未齋、生香)、上海曹一士(字諤廷,號濟寰、沔浦生)、吴江沈彤(字冠雲,號果堂),皆師事方苞;而彤湛于經術,其文尤粹;彤再傳爲青浦王昶(字德圃,一字芹德,號述庵、蘭泉),則古文家而兼考據家者也。其私淑方苞者有沅陵吴大廷(字桐雲),大廷弟子有湘鄉劉蓉(字孟蓉,號霞仙),與曾國藩、吴敏樹、郭嵩燾(字伯琛,號筠仙、玉池老人)以古文相切劘,此皆方氏之嫡傳也。

傳劉大魁之學者,有歙縣吴定(字殿麟,號澹泉)、程晋芳(字魚門,號葺園)、金榜(字蕊中,一字輔之,號檠齋),榜竝受經學於江永(字慎修,號慎齋)、戴震;而桐城姚鼐亦親受文法於大魁及姚範,其成就尤在方、劉之上,所撰《古文辭類纂》一書,士人尤服其精鑒;門下有婁縣姚椿(字春木,一字子壽,别號樗寮生)、上元梅曾亮、管同(字異之,號育齋),桐城方東樹(字植之,號儀衛主人)、李宗傳(字孝曾,號海颿)、劉開(字明東,號孟塗)、姚瑩(字石甫,號明叔、展和)、方績(字展卿,號牧青)、新城陳用光(字碩士,一字實思,號瘦石)、無錫秦瀛(字凌滄,又字小峴,號遂庵)、宜興吴德旋(字仲倫,號半康)、陽湖李兆洛,皆最有文名;同(管同)子嗣復(管嗣復,字小異)、宗傳(李宗傳)弟子山陰宗稷辰(字滌甫,號滌樓)、曲阜孔憲彝(字叙仲,號繡山),亦傳姚氏之學;瀛(秦瀛)又傳其學於同邑安詩(字仲依,號博齋)、武康徐熊飛(字子宣,又字渭揚,號雪廬,清浙江武康人);用光(陳用光)傳於壽陽祁寯藻(字叔穎,號淳浦、觀齋,清山西壽陽人)。其私淑姚鼐者有嘉興錢儀吉(字藹人,號衎石、新梧)、儀吉從弟泰吉(字輔宜,號警石、深廬)、湘鄉曾國藩。國藩嘗自謂粗解古文由姚氏啟之,列姚氏於聖哲畫像三十二人中,可謂備極推崇矣。然曾氏爲文,實不專守姚氏法,頗镕鑄選學(《昭明文選》之學)於古文;故爲文詞藻濃郁,實拔戟自成一軍。

湖南言古文者,繼曾文之後,有長沙王先謙(字益吾,號葵園,清末長沙人),爲文專宗姚氏,粹然一出於雅,撰《續古文辭類纂》一書,取精用宏,論者謂足繼姚氏而無媿,此皆姚氏之嫡傳也。傳國藩之學者有漵浦向師棣(字伯常,清湖南漵浦人)、遵義黎庶昌(字蒓齋,自署黔男子)、無錫薛福成(字叔耘,號庸庵)、福保(字季懷,薛福成弟)、南豐劉庠(字慈民,號鈍叟)、武昌張裕釗(字廉卿,號濂亭)、桐城吴汝綸;而裕釗、汝綸尤高才博學。傳吴德旋之學者有永福吕璜(字禮北,號月滄,清廣西永福人)、宜興吴譯(字少蕚,號籍庭,清江蘇宜興人)、武進吴鋌(字耶谿,清江蘇武進人)、歙縣王國棟(字守靜)、陽湖吴敬承[1](字筠墅,清江蘇陽湖人,吴德旋族弟)、婺源程德賚(字子香,清江西婺源人)。吕璜再傳於平南彭昱堯(字子穆,一字蘭畹,號閬石山人,清廣西平南人),及德旋子吴瑾(字研夫)。傳姚椿之學者有吴江沈日富(字沃之,號南一,清江蘇吴江人)、陳壽熊(字獻青,一字子松)、平湖顧廣譽(字維康)、秀水楊象濟(字利叔,號嘯貉)、婁縣張爾耆(字伊卿,號符瑞、央齋)。

傳梅曾亮之學者有南豐吴嘉賓(字子序)、馬平王拯(原名錫振,字定甫,號少鶴,清廣西馬平人)、善化孫鼎臣(字芝房,號子餘,清湖南善化人)、臨桂朱琦(字濂甫,一字敬庵,號伯韓,清廣西臨桂人)、龍啟瑞(字輯五,號翰臣,清廣西臨桂人)、代州馮志沂(字述仲,號魯川,清山西代州人)、長沙周壽昌(字應甫,一字荇農,號自庵,清湖南長沙人)、漢陽劉傳瑩(字實甫,號椒雲,清湖北漢陽人)、武進楊珍彝(字季涵,一字性農)、瑞安孫衣言(字劭聞,號琴西,清浙江瑞安人);而南皮張之洞(字孝達,號香濤、抱冰等,清直隸南皮人)復學於從舅朱琦。

傳方東樹之學者,有桐城戴鈞衡(字存莊,號蓉洲)、方宗誠(字存

---

① 原文作“吴承宗”,當誤。

之,號柏堂,方東樹從弟)、馬起升(字慎甫,號慎庵)、馬三俊(字命之,號融齋);而歙縣汪宗沂(字仲伊,號韜廬)復學於方宗誠。

傳李兆洛之學者,有陽湖蔣彤(字丹棱)、薛子衡(字子選)、楊夢篆(字師韓)、江陰夏煒如(字永曦,清江蘇江陰人)、承培元(字受亶,一字守丹,清江蘇江陰人)、王堃(字簡卿,號翼清,清江蘇江陰人)、懷寧鄧傳密(字守之,號少白,清安徽懷寧人)。皆姚氏之支與流裔也。

傳張裕釗、吴汝綸之學者,有武强賀濤(字松坡,清直隸武强人)、新城王樹枏(字晋卿,號陶廬,清直隸新城人)、泰興朱銘盤(字俶簡,號曼君,清江蘇泰州人)、濰縣孫葆田(字佩南,清山東榮成人,晚年居山東濰縣)、通州范當世(字無錯,一字肯堂,號伯子、銅士,清江蘇通州人)、桐城馬其昶(字通伯,號抱潤翁)、姚永樸(字仲實,號蜕私老人)、永概(字叔節,號幸孫,姚永樸胞弟),此皆曾氏之支與流裔也。

當姚氏倡古文極盛之時,有武進張惠言、惲敬,亦學爲古文,世所稱陽湖派者也。然陸祁孫(陸繼輅,字祁孫,一字修平,清江蘇陽湖人)《七家文鈔序》云:"吾常自荆川(明唐順之號)之殁,此道中絶,後有作者,復趨於岐塗以要一時之譽。乾隆間,錢伯坰魯思(錢伯坰,字魯思,號漁陂、僕射山人,清江蘇陽湖人)親受業於海峰(劉大櫆號)之門,時時誦其師説於其友惲子居(惲敬)、張皋聞(張惠言)。二子者始盡弃其考據駢儷之學,專以治古文。"則陽湖派亦未始不源於桐城也。

傳張惠言之學者,有惠言弟琦(張琦,字翰風,號宛鄰,清江蘇武進人)、武進董士錫(卿字晋,一字損甫,清江蘇武進人,張惠言外甥、女婿)、陸耀遹(字紹聞,一作劭文,清江蘇陽湖人,陸繼輅兄子)、陸繼輅、湯洽名[1](字誼卿,號春帆,清江蘇武進人)、富陽周凱(初名愷,字營道,一字仲禮,號芸皋,清浙江富陽人)、羅梅(字聲甫,清浙江富陽人)、歙縣江承之

① 原文脱"名"字。

(字安甫,清安徽歙縣人)、金式玉(字朗甫,號竹郯,清安徽歙縣人,金榜從子)、山陰楊紹文(字子掞,號雲在,清山西山陰人)、吴吴育(字山子,清江蘇吴江人);而錢唐戴熙(字醇士,號榆庵、鹿床,清浙江錢塘人),又從周凱受業;陽湖董祐誠(初名曾臣,字方立,一字蘭石,清江蘇陽湖人),則從陸耀遹受業。

傳惲敬之學者,有武進謝士元(字伯良,號方宣,清江蘇武進人)、謝嵋(字號不詳,清江蘇武進人),而私淑惲敬者有陽湖方詮(字子謹,號退齋,清江蘇陽湖人)、金匱秦臻(字莳風,清江蘇金匱人)。

此遜清一代爲古文散文者之大略也。然則謂桐城派古文實左右遜清一代之文學,豈過言邪?然要而論之,清代之散文家,足以卓然特立者,亦不過數人而已,曰方苞、曰劉大櫆、曰姚鼐、曰張惠言、曰惲敬、曰梅曾亮、曰曾國藩、曰張裕釗、曰吴汝綸。而其言論足以支配一代者,又不過四人,曰方苞、曰劉大櫆、曰姚鼐、曰曾國藩。

方苞 字鳳九,一字靈皋,號望溪,桐城人,康熙丙戌進士,官禮部右侍郎。爲古文取法昌黎,謹嚴簡絜,氣韵深厚,力尚質素,多徵引古義,擇取義理於經,有中心惻怛之誠。尤精義法,言必有物,有序。論文不喜班孟堅、柳子厚,嘗條舉其短而力詆之。見《桐城文學淵源考》(劉聲木撰)《四部叢刊》影印戴氏刊本《方望溪先生全集》十八卷,《集外文》十卷,《補遺》二卷。

古文義法約選序

古文所從來遠矣,《六經》、《語》、《孟》,其根源也。得其枝流而義法最精者,莫如《左傳》、《史記》,然各自成書,具有首尾,不可以分剟。其次《公羊》、《穀梁傳》、《國語》、《國策》,雖有篇法可求,而皆通紀數百年之言與事,學者必覽其全而後可取精焉。惟兩漢書疏,及唐宋八家之文,篇各一事,可擇及尤而所取必至約,然後義法之精可見。故於韓取者十二、於歐十一、餘六家或二十三十而取一焉,兩漢書疏則百之二三耳。學者能切究於此,而以求《左》、《史》、《公》、《穀》、《語》、《策》之義法,則觸類而通矣。雖然,此其末也。先儒謂韓子因文以見道,而其自稱則曰學古道,故欲兼通其辭。群士果能因是以求《六經》、《語》、《孟》之旨,而得其所歸,躬蹈仁義,自勉於忠孝,則立德立功,以仰答我皇上愛育人材之至意者,皆基於此,是則余爲是編以助流政教之本志也夫。

一、三傳、《國語》、《國策》、《史記》爲古文正宗,然皆自成一體,學者必熟復全書而後能辨其門徑,入其窔奥。故是編所録,惟漢人散文及唐宋八家專集,俾承學治古文者先得其津梁,然後可溯流窮源,盡諸家之精藴耳。

一、周末諸子,精深閎博,漢唐宋文家,皆取精焉,但其著書主於指事類情,汪洋自恣,不可繩以篇法。其篇法完具者間亦有之,而體製亦别,故概弗採録,覽者當自得之。

一、在昔論議者,皆謂古文之衰自東漢始,非也。西漢惟武帝以前之文,生氣奮動,倜儻排宕,不可方物,而法度自具。昭宣以後,則漸覺繁重滯澀,惟劉子政傑出不群,然亦繩趨尺步,盛漢之風邈無存矣。是編自武帝以後至蜀漢,所録僅三之一,然尚有以事宜講問,遇而存之者。

一、韓退之云:"漢朝人無不能爲文。"今觀其書疏吏牘類皆雅飭可誦,兹所録僅五十餘篇,蓋以辨古文氣體必至嚴,乃不雜也。即得門徑,必縱横百氏,而後能成一家之言。退之自言"貪多務得,細大不捐"是也。

一、古文氣體,所貴清澄無滓。澄清之極,自然而發其光精,則《左傳》、《史記》之瑰濃郁是也。始學而求古求典,必流爲明七子之僞體,故於《客難》、《解嘲》、《答賓戲》、《典引》之類,皆不録。雖相如《封禪書》亦姑置焉,蓋相如天骨超俊,不從人間來,恐學者無從窺尋,而妄摹其字句,則徒敝精神於蹇淺耳。

一、子長世表年表月表序,義法精深變化,退之、子厚讀經子,永叔史志論,其源並出於此。孟堅《藝文志七略序》,淳實淵懿,子固序群書目録,介甫序詩書周禮義,其源並出於此,概勿編輯,以《史記》、《漢書》治古文者必觀其全也。獨録《史記》自序,以其文雖載家傳後,而别爲一篇,非史記本文耳。

一、退之、永叔、介甫,俱以誌銘擅長,但序事之文,義法備於《左》、《史》,退之變左氏之格調,而陰用其義法;永叔摹《史記》之格調,而曲得其風神;介甫變退之之壁壘,而陰用其步伐。學者果能探《左》、《史》之精藴,則於三家誌銘無事規橅,而自與之並矣。故子退於誌銘,奇崛高古精深者皆不録。録馬少監、柳柳州二誌,皆變調,頗膚近,蓋誌銘宜實徵事迹,或事迹無可徵,乃叙述久故交親,而出之以感慨,馬誌是也。或别生議論,可興可觀,柳誌是也。於永叔獨録其叙述親故者,於介甫獨録其别生議論者,各三數篇,其體製皆師退之,俾學者知所從入也。

一、退之自言所學在辨古書之真僞,與雖正而不至焉者,蓋黑白之不分,則所見爲白者非真白也。子厚文筭古雋,而義法多疵,歐、蘇、曾、王亦間有不合,故略指其瑕,俾瑜者不爲揜耳。

一、《易》、《詩》、《書》、《春秋》及《四書》,一字不可增減,文之極則也。降而《左傳》、《史記》、韓文,雖長篇句字可薙芟者甚少。其餘諸家雖舉世傳誦之文,義枝辭冗者或不免矣,未便削去,姑鈎劃於旁,俾觀者别擇焉。

觀方氏之言,其旨雖不一,其最要者,亦重八家以矯七子而已。

劉大櫆　字耕南,一字才甫,號海峰,桐城人,雍正己酉壬子副榜,官黟(yī,黟縣)教諭。師事方苞,受古文法。所爲詩古文詞,才高筆峻,能包古人之異體,鎔以成其體。學者經其指授,多以詩文成名。撰《海峰詩集》十一卷,《文集》八卷。見《桐城文學淵源考》

論文偶記

行文之道,神爲主,氣輔之。曹子桓、蘇子由論文,以氣爲主是矣。然氣隨神轉,神渾則氣灝,神遠則氣逸,神偉則氣高,神變則氣奇,神深則氣靜,故神爲氣之主。至專以理爲主,則未盡其妙。蓋人不窮理讀書,則出詞鄙倍空疏;人無經濟,則言雖累牘,不適於用。故義理、書卷、經濟者,行文之材料;神氣、音節者,行文之能事也。

文章最要氣盛,然無神以主之,則氣無所附,蕩乎不知其所歸。神氣者,文之最精處也。音節者,文之稍粗處也。字句者,文之最粗處也。然予謂論文而至于於字句,則文之能事盡矣。蓋音節者,神氣之迹也;字句者,音節之規也。神氣不可見,於音節見之;音節無可準,於字句準之。

音節高則神氣必高,音節下則神氣必下,故音節爲神氣之迹。一句之中,或多一字,或少一字;一字之中,或用平聲,或用仄聲;同一平仄字,或用陰平、陽平、上聲、去聲、入聲,則音節迥異。故字句爲音節之矩,積字成句,積句成章,積章成篇,合而讀之,音節見矣;歌而詠之,神氣出矣。迎人論文不知有所謂音節者,至語以字句,必笑以爲末事。此論似高實謬,作文若字句安頓不妙,豈復有文字乎?

凡行文字句短長抑揚高下,無一定之律,而有一定之妙。可以意會,不可以言傳。學者求神氣而得之音節,求音節而得之字句,思過半矣。其要只在讀古人文字時,設以此身代古人説話,一吞一吐,皆由彼而不由我,爛熟後,我之神氣即古人之神氣,古人之音節都在我喉吻間,合我喉吻者便是與古人神氣音節相似處,自然鏗鏘發金石。

唐人之體較之漢人微露圭角,少渾噩之象,然陸離璀璨,猶似夏商彝鼎。宋人文雖佳,而萬怪惶惑處少矣,荆川云:"唐之韓猶漢之班、馬,宋之歐、曾、二蘇,猶唐之韓。"此自其同者言之耳,然氣味有厚薄,力量有大小,時代使然,不可强也。然學者宜先求其同而後别其異,不宜伐其異而不知其同耳。

文貴奇,所謂珍愛者必非常物,然有奇在字句者,有奇在意思者,有奇在筆者,有奇在丘壑者,有奇在氣者,有奇在神者。字句之奇不足爲奇,氣奇則真奇矣。讀古人文,於起滅轉接之間覺有不可測識處,便是奇氣。文貴高,窮理則識高,立志則骨高,好古則調高。文貴大,道理博大,氣脈洪大,邱壑遠大,邱壑中必峰巒高大,波瀾闊大,乃可謂之遠大。文貴遠,遠必含蓄,或句上有句,或句下有句,或句中有句,或句外有句,説出者少,不説出者多,乃可謂遠。文貴簡,凡文筆老則簡,意真則簡,辭切則簡,理當則簡,味淡則簡,氣蘊則簡,品貴則簡,神遠而含藏不盡則簡,故簡爲文章盡境。文貴疏,凡文力大則疏。宋畫密,元畫疏,顔、柳字密,鍾、王字疏,孟堅文密,子長文疏。凡文氣疏則縱,密則拘,神疏則逸,密則勞;疏則生,密則死。文貴變,《易》曰:"虎變支炳,豹變文蔚。"又曰:"物相雜,故曰文。"故文者,變之謂也。一集之中篇篇變,一篇之中段段變,一段之中句句變。神變、氣變、境變、音變、節變、句變、字變,唯昌黎能之。文貴瘦,須從瘦出而不宜以瘦名,蓋文至瘦則筆能屈曲盡意,而言無不達,然以瘦名則文必狹隘。

公、穀、韓非、王半山之文,極高峻難識,學之有得,便當捨去。文貴華,華正與樸相表裏。以其華美,故可貴重。所惡於華者,恐其近俗耳;所取于樸者,謂其不著粉飾耳。不善粉飾而精彩濃麗,自《左傳》、《莊子》、《史記》而外,其妙不傳。文貴參差,天之生物,無一無偶,而無一齊者,故雖排比之文,亦以隨勢屈曲貫注爲佳。文貴去陳言,昌黎論文以去陳言爲第一要義,《樊宗師誌銘》云:"惟古於詞必己出,降而不能乃剽賊。後皆指前公相襲,自漢迄今用一律。"今人行文反以用古人成語,自謂有出處,自矜爲典雅,不知其爲襲也,剽賊也。文字是日新之物,若陳陳相因,安得不爲腐臭?原本古文意義,到行文時卻須重加鑄造一樣言語,不可便直用古人,此謂去陳言,未嘗不換字,卻不是換字法。行文最貴品藻,無品藻不成文字,如曰渾、曰浩、曰雄、曰奇、曰頓挫、曰跌宕之類,不可勝數。然有神上事,有氣上事,有體上事,有色上事,有聲上事,有味上事,有識上事,有情上事,有才上事,有格上事,有境上事,須辨之甚明。文章品藻最貴者曰雄、曰逸,歐陽子逸而未雄,昌黎雄處多逸處少,太史公雄過昌黎,而逸處更多於雄處,所以爲至。

姚鼐　字姬傳,一字夢穀,桐城人,乾隆癸未進士,官刑部郎中,記名御史。方康雍(康熙、雍正)時,方苞以古文名天下。同邑劉大櫆、姚範繼之,鼐親受文法於劉、姚,本所聞於家庭師友間者,益以自得,治之益精,所得臻古人勝境。所爲文高簡深古,才斂於法,氣蘊於味,尤近司馬遷、韓愈。見《桐城文學淵源考》《四部叢刊》影印原刊本《惜抱軒文集》十六卷,《詩集》十卷。

復魯絜非先生書

桐城姚鼐頓首,絜非先生足下:相知恨少,晚遇先生,接其人知爲君子矣,讀其文非君子不能也。往與程魚門、周書昌論古今才士,惟爲古文者最少,苟爲之,必傑士也,況爲之專且善如先生者乎?辱書引義謙而見推過當,非所敢任。鼐自幼迄衰,獲侍賢人長者,爲師友,剽取見聞,加臆度爲説,非真知文能爲文也。奚辱命之哉,蓋虛懷樂取者,君子之心。而誦所得以正於君子,亦鄙陋之志也。鼐聞天地之道,陰陽剛柔而已。文者,天地之精英,而陰陽剛柔之發也。惟聖人之言,統二氣之會而弗偏,然而《易》、《詩》、《書》、《論語》所載,亦間有可以剛柔分矣。值其時其人告語之,體各有宜也。自諸子而降,其爲文無弗有偏者。其得於陽與剛之美者,則其文如霆,如電,如長風之出谷,如崇山峻崖,如決大川,如奔騏驥,其光也如杲日,如火,如金鏐鐵;其於人也如憑高視遠,如君而朝萬衆,如鼓萬勇士而戰之;其得於陰與柔之美者,則其文如升初日,如清風,如雲,如霞,如煙,如幽林曲澗,如淪如漾,如珠玉之輝,如鴻鵠之鳴而入寥廓;其於人也,漻乎其如歎,邈乎其如有思,腰乎其如喜,愀乎其如悲,觀其文諷其音,則爲文者之性情形狀,舉以殊焉。且夫陰陽剛柔,其本二端,造物者糅,而氣有多寡進絀,則品次億萬,以至於不可窮,萬物生焉。故曰"一陰一陽之爲道",夫文之多變,亦若是也。糅而偏勝可也,偏勝之極,一有一絕無,與夫剛不足爲剛,柔不足爲柔者,皆不可以言文。今夫野人孺子聞樂,以爲聲歌絃管之會爾,苟善樂者聞之,則五音十二律,必有一當,接於耳而分矣。夫論文者,豈異於是乎?宋朝歐陽、曾公之文,其才皆偏於柔之美者也。歐公能取異己者之長而時濟之,曾公能避所短而不犯。觀先生之文殆近於二公焉。抑人之學文,其功力所能至者,陳理義必明當,布置取舍繁簡廉肉不失法,吐辭雅馴不蕪而已。古今至於此者,蓋不數數得,然尚非文之至。文之至者,通於神明,人力不及施也。先生以爲然乎?惠寄之文,刻本固當見與,鈔本謹封還,然鈔本不能勝刻者。諸體中書疏贈序爲上,記事之文次之,論辨又次之,鼐亦竊識數語於其間,未必當也。《梅崖集》果有逾人處,恨不識其人。郎君、令甥皆美才,未易量,聽所好,恣爲之,勿拘其途可也。於所寄文輒妄評説,勿罪勿罪。

曾國藩　字伯涵,號滌生,湘鄉人,道光戊戌進士,官武英殿大學士一等毅勇侯。論文私淑方苞、姚鼐,所爲文研究義理,精通訓詁,以禮爲歸,刱意造言,諧然直達,意欲效法韓、歐(韓愈、歐陽脩),輔益以漢賦之氣體。《桐城文學淵源考》《四部叢刊》影印原刊本《曾文正公詩集》三卷,《文集》三卷。

日記八則

古文之道,謀篇布勢,是一段最大工夫。《書經》、《左傳》,每一篇空處較多,實處較少;旁面較多,正面較少。精神注於眉宇目光,不可周身皆眉,到處皆目也。線索要如蛛絲馬跡,絲不可過粗,跡不可太密也。

爲文全在氣盛,欲氣盛全在段落清。每段分束之際,似斷不斷,似咽非咽,似吞非吞,似吐非吐,古人無限妙境,難於領取。每段張起之際,似承非承,似提非提,似突非突,似紓非紓,古人無限妙用,亦難領取。

奇辭大句,須得瑰瑋飛騰之氣,驅之以行。凡堆重處皆化爲空虛,乃能爲大篇,所謂氣力有餘於文之外也,否則氣不能舉其體矣。

吾嘗取姚姬傳先生之説,文章之道,分陽剛之美,陰柔之美。大抵陽剛者氣勢浩瀚,陰柔者韻味深美,浩瀚者噴薄而出之,深美者吞吐而出之。就吾所分十一類言之,論著類、詞賦類宜噴薄,序跋類宜吞吐;奏議類、哀祭類宜噴薄,詔令類、書牘類宜吞吐;傳誌類、敍記類宜噴薄,典志類、雜記類宜吞吐。其一顧中微有區别者,如哀祭類雖宜噴薄,而祭郊社祖宗則宜吞吐;詔令類雖宜吞吐,而檄文則宜噴薄;書牘雖宜吞吐,而論事則宜噴薄。此外各類皆可以是意推之。

往年,余思古文有八字訣,曰:雄、直、怪、麗、澹、遠、茹、雅。近於茹字似更有所得,而音響節奏須一和字爲主,因將澹字改作和字。

嘗慕古文境之美者約有八言,陽剛之美曰雄、直、怪、麗,陰柔之美曰茹、遠、潔、適。蓄之數年,而余未能發爲文章,略得八美之一,以副斯志。是夜,將此八言者,各作十六字贊之,至次日辰刻作畢,附録如左:

雄

劃然軒昂,盡棄故常;
跌宕頓挫,捫之有芒。

直

黄河千曲,其體仍直;
山勢如龍,轉换無跡。

怪

奇趣横生,人駭鬼眩;
《易》、《玄》、《山經》,張、韓互見。

麗

青春大澤,萬卉初葩;
《詩》、《騷》之韻,班、揚之華。

茹

衆義輻湊,吞多吐少;

幽獨咀含,不求共曉。

遠

九天俯視,下界聚蚊;

寤寐周、孔,落落寡群。

潔

冗意陳言,類字盡芟;

愼爾褒貶,神人共監。

適

心境兩閒,無營無待;

柳記歐跋,得大自在。

閱韓文《送高閑上人》,所謂機應於心,不挫於物,姚氏以爲韓公自道作文之旨,余謂機應於心,熟極之候也。《莊子·養生主》之説也,不挫於物,自慊之候也。《孟子》養氣章之説也,不挫於物者,體也,道也,本也;機應於心者,用也,技也,末也。韓子之於文,技也,進乎道矣。

余昔年鈔古文,分氣勢、識度、情韵、趣味爲四屬,擬再鈔古近體詩亦分爲四屬,而别增一機神之屬。機者無心遇之,偶然觸之。姚惜抱謂文王、周公繫《易》彖辭爻辭,其取象亦偶觸於其機;假令《易》一日而爲之,其機之所觸少變,則其辭之取象亦少異矣。余嘗歎爲知言。神者,人功與天機相湊泊,如卜筮之有繇辭,如《左傳》諸史之有童謡,如佛書之有偈語,其義在可解不可解之間。古人有所託諷,如阮嗣宗之類故作神語以亂其辭。唐人如太白之豪、少陵之雄、龍標之逸、昌谷之奇,及元、白、張、王之樂府,亦往往多神到機到之語。即宋世名家之詩,亦皆人巧極而天工錯,徑路絶而風雲通。蓋必可與言機,可與言神,而後極詩之能事。余鈔詩擬增此一種,與古文微有異同。

曾氏以詩重在機,與爲文異,而不知文亦有機焉,其機異,文亦不得不異也。

統觀方、劉、姚、曾之持論,雖高,其自爲實多不逮。雖比於明之唐、歸(唐順之、歸有光)有過之無不及,然欲其上比宋六家則瞠乎後(乾瞪著眼,落在後面無法跟上)矣。此無他,八股有以害之也。吴敏樹《歸震川文集别鈔序》云:"嗚呼!自四子書之文興,而文章不及於古,豈人才固使然哉?天下能爲文章之士,必皆有聰敏傑特非常之才;而是人者自其少時,固已學爲四子書之文;而其爲文之道,亦誠有可以自盡其心,而有未易可窮之致;乃其心固猶不安於是,則又時時習爲傳記序論之作以追逐唐宋之能者,而與之後先;雖足以名於一時,而其氣力亦衰減矣。此予所以録震川歸氏之文,而爲之三歎也。蓋明朝始以四子書之文取士,而其文莫盛焉。三百年間傳者數十家,而震川歸氏爲之雄,而明之言古文者亦未有如歸氏者也。余觀歸氏之文,遠宗乎司馬(司馬遷),近迹乎歐、曾(歐陽脩、曾鞏),其爲學精博而其意見亦絶高,豈區區甘爲帖括(科舉應試之文)者;徒以老困場屋(科舉考試之所),而從遊請業之徒,舍是亦無問焉者,故出其餘而遂絶一代矣。至其古體之文,乃其所盡意以爲,然擬之古人,猶若不逮。借使歸氏不生於明,而出於唐貞元宋慶曆(宋仁宗年號)之間,無分其力,而窮一生以成其文,豈在李翺、曾鞏之後哉?"

歸氏爲明八股文大家,以其餘力而爲古文。至清方苞私淑有光,而其力亦盡於八股。其《進四書文選表》云:"竊惟制義(即八股文)之興,七百餘年,所以久而不廢者,蓋以諸經之精蘊匯涵於四子之書,俾學者童而習之,日以義理浸灌其心,庶幾學識可以漸開,而心術群歸於正也。臣聞言者,心之聲也。古之作者其人格風規,莫不與其人性質相類,而況經義之體,以代聖人賢人之言,自非明於義理,挹(yì,舀取、汲取)經史古文之精華,雖勉焉以襲其貌,而識者能辨其僞,過時而湮没無存矣。其間能自樹立,各名一家者,雖所得有淺有深,而其文具存,其人之行身植志亦可概見。使承學之士,能由是而正所趨,是誠所謂有關氣運者也。"其重視八股如此。

龍啟瑞《紹濂制藝序》云:"時文中如有明之唐、歸(唐順之、歸有光)、金(金聲,字正希,一字子駿,號赤壁,明末安徽休寧人)、陳(陳際泰,字大士,號方存,明末江西臨川人),本朝指清之方靈皋、李安溪(李光地乃安溪人)、陸稼書(陸隴其,字稼書,號三魚,清浙江平湖人)、張素存(張玉書,字素存,號潤甫,清江蘇丹徒人),其人皆不僅以時文見,而天下之善爲時文者無以過之。"又《朱約齋先生時文序》云:"昔姚姬傳先生謂經義可爲文章之至高,而士乃視之甚卑,因欲率天下爲之。"凡此均可以見桐城派鉅子之工於八股,以八股爲性命,而其古文特①八股之餘事耳。

第五節　清維新以後之散文

清自光緒維新(戊戌維新變法)以後,政治學術爲之丕變(大變),文人作風亦爲之丕變。如梁啟超、譚嗣同(字復生,號壯飛,清末湖南瀏陽人)、唐才常(字佛塵,湖南瀏陽人)輩,其尤彰著者也。然其文過於叫囂,一瀉無餘;可以風行於一時,而不可以行於久遠;可以謂之政論家,而不可以謂之文學家也。其雖爲政論而又長於古文者,則惟康有爲(原名祖詒,字廣廈,號長素,廣東南海人)與嚴復二人焉。

康有爲　原名祖詒,字廣廈,號長素,南海人,受業於同縣朱次琦(字九江,號子襄,廣東南海人)。然其詩文實得力於龔自珍,而才氣魄力過之。戊戌維新變政,蓋有爲所主動者也。自珍本從李宗傳受古文法,宗傳又師事姚鼐。然桐城古文義法,至自珍已盡破藩

① "特",原文作"持"。

籬，爲文横恣透快，霸才已甚，有爲更變本加厲焉。

歐洲十一國游記序

將盡大地萬國之山川、國土、政教、蓺俗、文物，而盡攬掬之，采别之，掇吸之，豈非凡人之所同願哉？于大地之中，其尤文明之國土十數，凡其政教、蓺俗、文物之都麗郁美，盡攬掬而采别、掇吸之，又淘其粗惡而薦其英華焉，豈非人之尤所同願邪？肰史弼之征爪哇也，誤以爲二十五萬里。元卓朮太子之入欽察也，馬行三年，乃至。博望鑿空，玄奘西游，當衢路未通、汽機未出之世，山海阻深，歲月澶漫。以大地之无涯，而人力之短薄也。雖哥侖布、墨志領、岌頓曲之遠志毅力，而足跡所探游者，亦有限矣。然則欲攬掬大地也，孰從而攬之？故夫人之生也，視其遇也。芸芸衆生，閱億萬年，遇野蠻種族部落交爭之世，居僻鄉窮山之地，足跡不出百數十里者，蓋皆是矣。進而生萬里文明之大國，而舟車不通，亦無由覩大九洲而游瀛海。吾華諸先喆，蓋皆遺恨于是，則雖聰明卓絶，亦爲區域所限。英帝印度之歲，南海康有爲以生，在意王統一之歲前三年，德法戰之前十二年也，所遇何時哉？汽船也，汽車也，電線也。之三者，縮大地、促交通之神具也。汽船成于我生之前五十年，汽車成于我生之前三十年，電線成于我生之前十年，而萬物變化之祖爲瓦特之機器，亦不過先我八十年。凡歐美之新文明具，皆發于我生百年之内外耳。萃大地百年之英靈，竭喆巧萬億之心精，犇走薈萃，發揚蜚鳴，滂礴浩瀚，積極光晶，匯百千萬億之泉流而成江河湖海，以注于康有爲之生世，大陳設以供養之，俾康有爲肆其雄心，縱其足跡，窮其目力，供其廣長之舌，大饕餮而吸飲焉。自四十年前，既攬掬華夏數千年之所有，七年以來，汗漫四海，東自日本、美洲，南自安南、暹邏、柔佛、吉德、霹靂、吉冷、爪哇、緬甸、哲孟雄、印度、錫蘭,西自阿剌伯、埃及、意大利、瑞士、奥地利、匈牙利、丹墨、瑞典、荷蘭、比利時、德意志、法蘭西、英吉利,環周而復之美。嗟乎!康有爲雖愛博好奇,探賾研精,而何能窮極大地之奇珍絶勝,置之眼底足下,攬之懷抱若此哉!縮地之神具,文明之新製,不自我先,不自我後,特製竭作以效勞貢媚于我。我幸不貴不賤,亡所不入,亡所不睹,俾我之耳目聞見,有以遠軼于古之聖喆人,天之厚我乎,何其至也!夫中國之圓首方足,以四萬萬計,才哲如林,而閉處内地,不能窮天地之大觀。若我之游踪者,殆未有焉。而獨生康有爲于不先不後之時,不貴不賤之地,巧縱其足跡、目力、心思,使徧大地,豈有所私而得天幸哉?天其或哀中國之病,而思有以藥而壽之邪?其將令其攬萬國之華實,考其性質色味,别其良楛,察其宜不,製以爲方,采以爲藥,使中國服食之而不誤于醫邪?則必擇一能苦不死之神農,使之徧嘗百草,而後神方大藥可成,而沈疴乃可起邪?則是天縱之遠遊者,乃天責之大任,則又既皇既恐,以憂以懼,慮其弱而不勝也。雖然,天既强使之爲先覺以任斯民矣,雖不能勝,亦既二十年來晝夜負而戴之矣。萬木森森,百果具繁,左捋右擷,大嚼横吞,其安能不别良楛,察宜不,審方製藥,以饋于我四萬萬同胞哉?方病之殷,當群醫雜沓之時,我國民分甘而同味焉,其可以起死回生,補精益氣,以延年增壽乎?吾之謂然,人其不然邪?其果然邪?吾于歐也,尚有俄羅斯、突厥、波斯、西班牙、葡萄牙未至也;于美也,則中南美洲未窺;而非洲未入焉;其大島,若澳洲、古巴、檀香山、小吕宋、蘇禄、汶萊未過。則吾于大地之藥草尚未盡嘗,而製方豈能謂其不謬邪?抑或惡劣之醫書可以不讀,或不龜手之藥可以治宗國,而猶有待于徧遊邪?康有爲曰:吾猶待于後徧遊以畢吾醫業。今歐洲十一國遊既畢,不敢自私,先疏記其略,以請同胞分嘗一臠焉。吾爲廚人而同胞坐食之,吾爲畫工而同胞遊覽也,其亦不棄諸?

嚴復 字又陵,一字幾道,侯官人,派赴英國學海軍。歸國後,從吴汝綸學爲古文。嘗長北京大學。譯有《天演論》(英國19世紀生物學家赫胥黎著)、《原富》(英國亞當·斯密著於18世紀)、《群已權界》(即19世紀英國人約翰·密爾之《論自由》)、《穆勒名學》、《法意》(即18世紀法國人孟德斯鳩所著《論法的精神》)、《群學肄言》(即19世紀英國人赫伯特·斯賓塞所著《社會學研究》)等書,爲近代譯文之冠。蓋嘗以爲譯事有三難,必於信、達、雅三者兼備而後可以無媿云。

天演論導言一

赫胥黎獨處一室之中,在英倫之南,背山而面野。檻外諸境,歷歷如在几下。乃懸想二千年前,當羅馬大將愷徹未到時,此間有何景物。計惟有天造草昧,人功未施,其藉徵人境者,不過幾處荒墳,散見坡陀起伏間。而灌木叢林,蒙茸山麓,未經刪治如今日者,則無疑也。怒生之草,交加之藤,勢如爭長相雄,各據一坯壤土,夏與畏日爭,冬與嚴霜爭,四時之内,飄風怒吹,或西發西洋,或東起北海,旁午交扇,無時而息。上有鳥獸之踐啄,下有蟻蝝之齧傷,憔悴孤虚,旋生旋滅,菀枯頃刻,莫可究詳。是離離者亦各盡天能,以自存種族而已。數畝之内,戰事熾然,彊者後亡,弱者先絶,年年歲歲,偏有留遺,未知始自何年,更不知止於何代。苟人事不施於其間,則莽莽榛榛,長此互相吞并,混逐蔓延而已,而詰之者誰耶?英之南野,黄芩之種爲多,此自未有紀載以前,革衣石斧之民所采擷踐踏者,兹之所見,其苗裔耳。邃古之前,坤樞未轉,英倫諸島乃屬冰天雪海之區,此物能寒,法當較今尤茂。此區區一小草耳,若跡其祖始,遠及洪荒,則三古以還年代方之,猶瀼渴之水,比諸大江,不啻小支而已。故事有決無可疑者,則天道變化,不主故常是已。特自皇古迄今,爲變蓋漸,淺人不察,遂有天地不變之言。實則今茲所見,乃自不可窮詰之變動而來。京垓年歲之中,每每員輿正不知幾移幾換,而成此最後之奇。且繼今以往,陵谷變遷,又屬可知之事,此地學不刊之説也。假其驚怖斯言,則索證正不在遠。試向立足處所,掘地深逾尋丈,將逢蜃灰,以是蜃灰,知其地之古必爲海。蓋蜃灰爲物,乃蠃蚌脱殻積而成,若用顯鏡察之,其掩旋尚多完具者,使是地不前爲海,此恒河沙數蠃蚌者胡從來乎?滄海風塵,非誕説矣。且地學之家,歷驗各種殭石,知動植庶品,率皆遞有變遷。特爲變至微,其遷極漸,即假吾人彭、聃之壽,而亦由暫觀久,潛移弗知;是猶蟪蛄不識春秋,朝菌不知晦朔,遽以不變名之,真瞽説也。故知不變一言,決非天運,而悠久成物之理,轉在變動不居之中。是當前之所見,經廿年、卅年而革焉可也,更二萬年、三萬年而革亦可也,特據前事推將來,爲變方長,未知所極而已。雖然,天運變矣,而有不變者行乎其中。不變惟何?是名"天演"。以天演爲體,而其用有二:曰物競,曰天擇。此萬物莫不然,而於有生之類爲尤著。物競者,物爭自存也,以一物以與物物爭,或存或亡,而其效則歸於天擇。天擇者,物爭焉而獨存。則其存也,必有其所以存,必其所得於天之分,自致一己之能,與其所遭值之時與地,及凡周身以外之物力,有其相謀相劑者焉。夫而後獨免於亡,而足以自立也。而自其效觀之,若是物特爲天之所厚而擇焉以存也者,夫是之謂天擇。天擇者擇於自然,雖擇而莫之擇,猶物競之無所爭,而實天下之至爭也。斯賓基爾曰:"天擇者,存其最宜者也。"夫物既爭存矣,而天又從其爭之後而擇之,一爭一擇,而變化之事出矣。

此文殆與明清間之善爲古文者無異,而其涵理則一新,故譽之者以爲可以自成一子,蓋亦無甚媿焉。其最篤守桐城義法者,則有馬其昶、姚永概、永樸與陳三立等。三立尤高才老壽,以詩文名海内,世多稱其詩,吾以爲文更勝於爲詩也。三立字伯嚴,號散原,光緒丙戌進士,官吏部主事,戊戌變政,三立與有力焉。著《散原精舍文存》。

雜説三

陳三立

峙廬之豎子,間語余曰:"西山有豺出食人,數月於兹矣,聞之乎?始食耕者,齧其股以去,後食行者於道,又食二小兒,又食一老婦人。"余曰:"盍召獵者擊之?易易耳!"豎子曰:"豺不可得而擊之。"余訝之。豎子曰:"豺所食一兒,吾戚也,其母痛且憾,白族謀擊豺者。族畏豺,忍不敢發。遂告其鄰之長,議當擊之。然以所食鄰兒也,猶豫未即決。乃走謁於里正,哭甚哀焉,里正熟視而無覩也,掩耳而不欲聞也,曰:'豺所出没,非吾罪,職不當過問。'不得已,匍匐而請於東塾之老儒。其老儒以爲豺,神獸也,食人必神意,擊則怒神,禍不測也。故曰豺不可得而擊也。"余仰而歎曰:"嗟乎!豺之當擊,與擊之之易也。凡有血氣,皆知之,不待龜卜而筮占之也。然自有族之畏不敢發者,鄰之長猶豫不即決者,里正職不當過問者,老儒驚爲神獸者,而後豺乃縱橫哮突,不可復制。視今猶曩而愈烈,其勢不得不出於終於食人之一途也。且夫豺既終於食人而不止矣,必以食人自負於天下,愈將無所往而不食人,即彼族之畏不敢發者,鄰之長猶豫不即決者,里正職不當過問者,老儒驚爲神獸者,恐且次第亦盡食之,無異豺前者之食人也。蓋群相與豢豺,而安於豺,甘受豺食人之禍者,必至於此也。”豎子既退,明旦,果洶洶入曰:“豺又食一人矣!”

其文寓意深刻,吾每讀之,不知涕之無從也。有國者可不知所戒乎?其不守桐城義法而法無不合,傲兀(敖岸、驕傲、自負)自喜,足之爲晚清之冠者,有沈曾植。曾植字乙盦(ān),又號寐叟,吴興人。張爾田序其詞,所謂吴興公(沈曾植)以鴻碩廣覽,負斯文之寄於貞元絶續之交,延祖宗養士之澤且十餘年者也。於學無所不窺,而尤長西北地理,罷官後,曾長南洋大學云。

曼陀羅寱詞自序

九年,立憲之詔下,而乾坤之毁,一成而不可變。沈子於是更號曰睡翁,不忍見,不能醒也。而所聞於古人,所謂“緩得一分,百姓受一分益”者,晨夕往來於胸臆。又時時念遜荒古訓,自號曰遜齋。緩之而不可得,强以所不欲爲而不能,太息請解職不遂,而仍不免槌牀頓足,揚眉眴目之責,睡與遜兩不稱矣。清宵白月,平旦高樓,古事今情,國圖身遇,芒芒然,惘惘然,瞿瞿旴旴然,若有言,若不敢言。夫其不可正言者,猶將可微言之;不可莊語者,猶將以譎語之;不可以顯譬者,猶將隱譬之。微以合,譎以文,隱以辨,莫詞若矣。張皋文氏、董晋卿氏之説,沈子所夙習也。心於詞,形形色色無非詞,有感則書之,書已棄之,不忍更視也。越一歲而世變,飄摇羈旅,久忘之矣。丁巳春,兒子檢敝簏得之,寫出之,屏諸案几,猶不忍視也。戊午移居,復見之,乃署其端曰僾詞。“如彼遡風,亦孔之僾,民有肅心,荓云不逮。”其當日情事耶?次其年,其事可見,然終不忍次,非諱也,悲未賜也。戊午十一月,谷隱居士。

其受業於沈氏而又私淑曾國藩者,爲吾師唐蔚芝先生。先生名文治,號茹經,蔚芝其字也,太倉人,官農工商部右侍郎署尚書;辭官後,長南洋大學。以古文爲天下倡,性情文章,均近歐陽脩。著有《茹經堂文集》、《茹經堂奏稿》。今講學於無錫,老而彌劬(qú,勤勞、刻苦)云。

夢游詩經館

戊午冬至日,門人劉玉陔等邀余午飯。已微醺矣,同人吴君叔釐復邀余夜飲,至則沈君叔逵等皆在焉。暢敍逕醉,歸遂臥。夢至一處,若滬上味蒓園然,四圍短牆,余意中以爲是五經館也。甫入内,覺樓臺殿閣,崢峙無數,門左有門者數人,曰:"唐先生來矣。"恍惚有人導余行,後復有踵至者,曰:"請先入詩經館政治門。"余問詩經分門若干,導行者則曰政治門在樂歌門之旁。遂至一處,覺似北向,屋五大楹,輝煌金碧,東牆懸隸書數幅,則《四牡》、《皇華》詩也。余遂入東廳室,見東牆懸一聯云:"有馮有翼有孝有德,不競不絿不剛不柔。"導行者指示之曰:"此政治學也。"余讚歎曰:"此真天然佳聯。"導行者曰:"先生喜對聯,可召掌衛風者來。"俄一女子入,全身皆白絹衣,胸前有金繡"衛風"二字。余漫謂之曰:"汝善對乎?"女子曰:"然。"余曰:"吾醉矣。既醉以酒,既飽以德。"女子應曰:"毋逝我梁,毋發我笱。"余詑曰:"此夢境耶?我當以夢事屬題。"即曰:"維熊維羆,維虺維蛇。"女子應曰:"如金如錫,如圭如璧。"余恍惚欲有以難之,漫然曰:"我有一極難之對,汝必不能矣!"即曰:"弗躬弗親,庶民弗信。"女子向余一笑曰:"是不難。不忮不求,何用不臧。"余大佩服。方贊歎間,女子曰:"我有一事,請質先生。'豈不爾思,遠莫致之。'即《論語》所引'豈不爾思,室是遠而'之意,胡孔子一刪'之'一存'之'乎?"余於此詩實未究心,忽貿然曰:"女子不能歸寧,其情真;朋友不能過從,其詞僞。一真而一僞,聖人所以一刪'之'一存'之',見立心之貴乎誠也。"女子頷首曰:"然。"當是時,余聞四面皆歌詩聲,恍惚如聞"在公載燕"四字,音節特清越。余歎曰:"美哉!人間能得幾回聞!"即蘧然而醒。亟追憶之,始悟女子所言,皆《衛風》也。歸以稟家大人,謂斯地也殆即瑯嬛福地與,斯人也豈即康成詩婢與?越十餘日,此夢尚盤旋於胸中不能去,因屬筆記之。

其以詩文與沈氏切劘,既不反對桐城,而亦不以桐城爲足者,爲吾師陳石遺先生。先生名衍,字叔伊,石遺其號也。清末,曾教授北京大學,現與唐蔚芝先生同講學無錫國學館。爲文峻絜拔俗,著有《石遺室詩集》、《石遺室文集》。

皆山樓記

環樓皆山,樓之能盡其才者也。而求諸里巷闐溢屋宇鱗比之中,則樓之才往往而屈。吾匹園之樓,崇不過丈有三尺;吾正屋之崇,互乎前者且二丈有二尺。而群山�嚷獻狀不受拒于前屋之屋山,能騎危以自進,何哉?凡人之自卑視崇,漸遠則崇者漸卑,于是視其尤遠者則反是。今吾樓丈有三尺,加人焉崇丈有八九尺。以視二丈有二尺之屋山,固以卑視崇也。然吾樓之距屋山,則三丈有奇。二者相爲乘除,則屋山之崇于樓者僅,樓之遠屋山者多矣。雖在里巷闐溢屋宇鱗比中,吾自有不闐溢鱗比者。故廔之能盡其才,亦吾之能盡廔之才也。

其不入宗派,而鼓吹民族主義最熱烈者,有黄節。黄節字晦聞,順德人,弱冠受業於簡竹居(簡朝亮,字季紀,號竹居,廣東北滘人)之門。後以國勢日蹙,遂走滬上,與章炳麟、劉光漢(劉師培曾更名光漢)、黄賓虹(初名懋質,後改名質,字樸存,號賓虹,浙江金華人)、鄧實(字秋枚,一字枚子,號野殘、風雨樓主,廣東順德人)諸人倡國學保存會(清末學術團體,光緒三十一年組建於上海),辦《國粹學報》,以鼓吹革命爲己任,著有《黄史》。晚教授北京大學,以詩名於時。兹録其《黄史》一篇如下:

鄭思肖傳

鄭思肖,字憶翁,又字所南,閩之連江縣人也。初名某,宋亡,乃改思肖,即思趙。憶翁與所南,皆寓意云。祖咸,卒枝江縣主薄。父震,字菊山,淳祐間道學君子,爲安定、和靖兩書院山長,景定壬戌卒於吴。母樓,女弟爲比丘尼,名普西。所南,太學生,舉博學鴻詞科,侍父游吴,爲寓公。元兵南下,叩闇,上太皇太后幼主疏,辭切直,忤當道,不報。宋社既墟,適意緇黄,稱三外野人,終身不娶。而其眷眷君父,愛國懷同種之志,一形之於詩。《過徐子方書塾》云:"不知今日月,但夢宋山川。"《題鄭子封寓舍》云:"此世但除君父外,不曾別受一人恩。"《寒菊》云:"寧可枝頭抱香死,不曾吹落北風中。"皆沈痛可以看見其志。善畫蘭,宋亡,爲蘭不着土根,無所憑藉,或叩其故,則曰:"地已爲番人奪去,汝猶未知邪?"歲時伏臘,輒野哭,南向拜,人莫測識。聞北語,必掩耳疾走。坐臥不北向。於戯!其種族之痛,蓋無往而不寓焉,可哀已。所南自謂中歲闖於僊,晚乃游於禪。今觀其所學,則通夫天體地文與夫人身解剖之學。而於地文之説,尤多所發明。其言曰:"天形圓,故能範圍造化中大全之體,則以日至天頂爲午,日入地底爲子,地體偏,僅能函載天運内小半之體。則以極南爲午,極北爲子,地外地之全體則在大海中。隨春夏秋冬四游而有準,山亦地也,爲陽中之陰而峙。水亦地也,爲陰中之陽而流。東土水勢雖東流,東海潮勢則西上。潮者,海水還歸尾閭之底。爲潮落,大海氣脈吸而入也,尾閭外之水,湧出大海之上;爲潮長,大海氣脈呼而出也。良以望夕之月,受陽光正滿,則望夕之陽潮,直至子時盛而正滿;晦日之月,還陰魄正滿,則晦日之陰潮直至午時正盛而正滿。孰知夫大地之下,皆一重土一重泉相間,層負萬氣。支縷萬脈,柔順鞏固,盪化流躍,斜細其軸。互鉗鎖,深運其機;密橐籥,張布玄網。維絡地根,非金非石,非土非水。千千萬萬之經攢緯織,綿亘持抱幾千萬億里無邊大地,懸浮於無邊大海之上,以之爲地,其妙未嘗不根通也。土性、土脈、土色、土味、土聲,水性、水脈、水色、水味、水聲,石性、石脈、石色、石味、石聲,一一不同。各地所産禽獸,所生草木,以至種種方物,其狀其性,一一不同。地氣通,一方之水土俱甘香暖潤,人物亦清正賢慧,鬼神鳥獸亦咸若,萬物亦盛多,一切色、一切聲、一切氣亦俱清。地氣塞,一方之水土俱苦澀枯寒,人物亦愚陋惡逆,鬼神鳥獸亦不寧,萬物亦衰之,一切色、一切聲、一切氣亦俱濁。天地之體猶人也,人之水臟之下極熱,不熱不足以化諸食,不足以運諸世事;地之水輪之下極熱,不熱不足以縮諸水,不足以消諸陰氣。人第不見身内支脈,節節自條理,竟以此身爲塊然之肉,不見地底支脈井井有條理,亦竟以大地爲塊然之土。殊不知天地人物皆有文理,煙縷冰澌,壁裂瓦兆,尚有文理,謂之地獨無文理乎?”所南地文學之説如此。距今七百年上,泰西地文學尚未發明,而所南乃持之有故,言之成理如此。嗟夫!使所南可以致用於時,其發明將何如?又使後之人繇其説而發明,則吾國之科學將何如?而天下乃忽之。所南晚好説佛,嘗曰:“我成道,大衆不成道,我不願獨先成道;我安,大衆不安,我決不敢獨安。”其諸佛説所謂有“一衆生不成佛,我誓不成佛者”邪?充所南之心,則雖舍己以利群,猶必甘之也。故其憤世嫉讎,甘自滅絶,不欲使其身爲當世所有,乃至貨其所居,以濟人,舍其田於僧刹,僅留數畝衣食。復謂其佃曰:“我死,則汝主之。”蓋不以期爲矣。當是時,趙孟頫才名重當世,所南惡其以宋宗室而受元官,痛絶之。子昂數往請見,不可得。而嘗與天目本中峰禪林之白眉説法,流寓於吴之萬壽、報覺兩寺中,疾亟屬其友唐東嶼曰:“思肖死矣,爲書一碑曰:大宋不忠不孝鄭思肖。”語訖而絶,年七十有八。所南蓋以其不能死國,而又不娶無後,故出於此邪。自爲像贊云:“不忠可誅,不孝可斬,可懸此頭,於洪洪荒荒之表,以爲不忠不孝之榜樣。”其眷懷故國,義不仕元,又抱種族之痛,而欲自斬其血食,故出於此也。嘗榜所居曰“本穴世界”,析本之十而加於穴則大宋云。又嘗著《大無工十空經》一卷,去空之工而加十又大宋云。造語奇澀,如庾詞不可解。自題其後曰:“臣思肖嘔三斗血,方能書此,後有巨眼識之。”又著《釋氏施食心法》一卷、《太極祭煉》一卷、《謬餘集》一卷、《文集》一卷、《自叙一百二十圖詩》一卷、《與菊山先生詩集並傳》。後四百年,吴郡承天寺眢井中,得鐵函内《心史》一卷,姑蘇楊廷樞云:“其文有似銘者,似偈者,似讖者,似誓詞者,間不可解,而中原左衽之悲,反覆無已。”鄞全祖望云:“所南别有《錦線集》,明崇禎中尚存,梨洲先生曾見之,今求之不得,但從《永樂大典》中得其奇零者云。”黄史氏曰:於戲!如所南者可哀也!所南嘗著《無弦處士説》,甚善夫晋陶潛之爲人。典午之夢,義熙以還,滿目不堪,吾何以觀?所南以哀淵明,而吾轉以哀所南。所南其不忠不孝之人哉?所南既自絶其嗣,女弟復爲比丘尼。天地雖大,變爲口窟,若不欲留其餘裔以供臣妾於異族。悲夫!天下之不可以忠孝言也!非我類者,不入我倫,非與?所南《心史》曰:“口口行中國事,譬如口口一旦忽能人語。衣其毛尾,裳其四蹄,三尺童子見之必曰:'口口之妖,不敢稱之曰人。'"黄史氏曰:讀所南《心史》者而哀焉,或曰其爲忍僞也,吾何忍僞之?地文學之入中國,當世異焉,而顧失之所南。雖然,吾知所南負此才,使猶生於今,其甘自放棄而不爲用固猶是云爾。百世以下,知所南者僅矣,乃使姚樞、許衡、吴澄、劉秉忠輩靦顔軒冕,施榮號於無窮也,宜哉!

其力反桐城,而以魏晋爲尚者,則有章炳麟。炳麟原名絳,字太炎,又字枚叔,以排滿革命顯於時;爲文好用古字,文自唐詩自宋皆所不滿。或以爲頗似明七子,炳麟則曰:"七子之弊不在宗唐而祧(tiāo,繼承)宋也,亦不在效法秦漢也,在其不解文義,而以吞剥爲能,不辨雅俗而以工拙爲準。吾則不然,先求訓詁,句分字析,而後敢造詞也;先辨體裁,引繩切墨,而後敢放言也。"(見其《文學論略》)此其所以異於明之七子也。論者以爲非誇焉。著《太炎文録》等。

癸卯獄中自記

上天以國粹付余,自炳麟之初生,迄于今兹,三十有六歲。鳳鳥不至,河不出圖,惟余以不任宅其位,繄素王素臣之迹是踐,豈直抱殘守闕而已?又將官其財物,恢明而光大之。懷未得遂,纍于仇國。惟金火相革歟,則猶有繼述者。至于支那閎碩,壯美之學,而遂斬其統緒,國故民紀,絶于余乎?是則余之罪也。

其以素王自任如此。論者謂清末有章炳麟、康有爲二人,一爲古文學家,一爲今文學家;一爲排滿黨魁,一爲保皇黨魁;學行相反而皆以聖人自許,康且自號長素,抑亦異矣。

圖書在版編目(CIP)數據

中國散文史/陳柱著.
--上海：華東師範大學出版社，2016
(經典與解釋·陳柱集)

ISBN 978-7-5675-5642-3

I. ①中… II. ①陳… III. ①古典散文-文學史-中國 IV. ①I207.62

中國版本圖書館 CIP 數據核字(2016)第198653號

華東師範大學出版社六點分社

企劃人　倪為國

陳柱集

中國散文史

著　　者　陳　柱
校 注 者　郭　畑
審讀編輯　陳　才
責任編輯　彭文曼
封面設計　吳元瑛

出版發行　華東師範大學出版社
社　　址　上海市中山北路3663號　　郵編　200062
網　　址　www.ecnupress.com.cn
電　　話　021-60821666　　行政傳真　021-62572105
客服電話　021-62865537　　門市(郵購)電話　021-62869887
地　　址　上海市中山北路3663號華東師範大學校内先鋒路口
網　　店　http://hdsdcbs.tmall.com

印 刷 者　上海景條印刷有限公司
開　　本　890×1240　1/32
插　　頁　2
印　　張　10.5
字　　數　210千字
版　　次　2016年10月 第1版
印　　次　2016年10月 第1次
書　　號　ISBN 978-7-5675-5642-3/I.1583
定　　價　58.00元

出 版 人　王　焰

(如發現本版圖書有印訂品質問題，請寄回本社客服中心調换或電話021-62865537聯繫)

張居正奏疏集

[明] 張居正◎著

潘林◎校注

張居正學問淵洽，著述宏富。《張居正奏疏集》彙編各主要版本《張居正集》中的奏疏，並從散見於明代以來的諸多文獻中輯佚，特別是輯自《萬曆起居注》的一〇七篇奏疏。該書通過核實《萬曆起居注》、《明實錄》等文獻，確定張居正各奏疏時間，於難解字詞、人名地名、典章制度等，作簡明注釋。

張居正書牘集 [待出]

張居正文集（附女誡直解） [待出]

張居正詩集 · 附録 [待出]

論語集注補正述疏

[清] 簡朝亮◎著

唐明貴 / 趙友林◎校注

《論語集注補正述疏》一書乃簡朝亮課徒之講稿，歷十年寫成，由群弟子贊助刊行。該書首列《論語》經文，次錄朱熹《論語集注》全文，後以“述曰”加以闡述，對其中有異義及難懂之處尤詳加釋疑. 簡氏“述疏”基本由兩部分組成: 一疏通、補正朱熹《論語集注》，解讀翔實，資料豐富; 二注釋字音，以便讀者。所附《讀書堂答問》一卷，共二百五十六條，是簡氏平日講學時答諸弟子問，由弟子記載而成，在內容上與“述疏”正文雖偶有重複，但相得益彰，可堪補足。

經學五書

[清] 萬斯大◎著

溫顯貴◎校注

《經學五書》乃萬斯大論《禮》釋《春秋》的著述，又稱《萬氏經學五書》、《萬充宗先生經學五書》，共十八卷、附錄一卷，包括《學禮質疑》、《禮記偶箋》、《儀禮商》、《周官辨非》、《學春秋隨筆》。其說禮諸書，融會貫通，不拘漢宋諸儒舊說，多正前人之誤。其言《春秋》，或主於專傳、或專在論世、或屬辭比事、或原情定罪。由於其學根柢於《三禮》，故其釋《春秋》，也多以《禮經》為根據。全書或解駁前賢成說，或考辨古禮根源，或條列禮經節目，或詰難諸經抵牾，推求原始，自陳己見，為禮學研究史上不可輕視之作。

漢晉學術編年

劉汝霖◎著

《漢晉學術編年》時間從漢高祖元年（西元前 204 年）至晉湣帝建興四年（西元 316 年）。書中將各項事蹟分志於各年之內，後附出處、考證，注明史料出處，考證學者身世；又有附錄一項，載各種圖表，說明學者傳授次第、著述、各派學術統系、各派學說內容和特點等；並在書末附有人名索引和分類索引。

東晉南北朝學術編年

劉汝霖◎著

本書是民國學者劉汝霖繼《漢晉學術編年》後完成的又一部學術編年體著作。該書時間年限從東晉元帝建武元年（西元 317 年）至南陳後主禎明二年（即隋文帝開皇八年，西元 588 年），共六卷。書中將各項學術事件，分志於各年之內，後附出處、考證，注明史料出處，考證學者身世：又有附錄一項，載各種圖表，說明學者傳授次第、著述、各派學術統系、優劣異同、各派學說內容和特點；並在書末附有人名索引和分類索引。

經解入門

[清] 江藩◎著

周春健◎校注

本書舊題清代學者江藩所撰，以深入淺出方式全面介紹閱讀經學書籍的基本常識和方法。全書五十二章，有如五十二條讀書規章，是當今學子瞭解經學很好的入門讀物。阮元為其作序，評價甚高。此校注本以一九七七年臺灣廣文書局《國學珍籍彙編》本為底本，重加新式標點，對書中部分語詞及文史常識作簡明注釋，以疏通文義，提供給廣大國學尤其是經學讀者。

經學卮言

[清] 孔廣森◎著

楊新勳◎校注

《經學卮言》是孔廣森撰寫的一部群經總義類著作，涉及《易》、《書》、《詩》、《爾雅》、《論語》、《孟子》和《左傳》，自問世以來，產生了較為廣泛的影響，但從未有單行本。此次整理以南京圖書館藏嘉慶二十二年(1817)刊《顨軒孔氏所著書》本為底本，《清經解》和《續修四庫全書》本為參校本，詳作校勘；並對文中部分疑難字詞、人名地名以及引文出處等稍作注釋，以便於今天讀者閱讀和理解。

三家詩遺說

[清] 馮登府◎著

房瑞麗◎校注

《三家詩遺說》是清人學者馮登府輯佚三家《詩》說的一部重要著作，也是馮登府探尋三家《詩》義及其三家《詩》研究的總結。此次由房瑞麗整理、校注，出版單行本，將有助於學界深入理解和研究三家《詩》。

橫陽札記

[清] 吳承志◎著

羅淩◎校注

《橫陽札記》是晚清學者吳承志的讀書札記，貫徹了吳氏實事求是、無徵不信的治學原則。吳氏精通小學，一字一理，以文字、音韻、訓詁會通箋注，同時旁徵博引，臚列大量內證、外證文獻材料，窮源竟委，並充分考慮原文獻體例，予以周密詮解。故結論大多周詳精審，讀之曉暢明白。吳氏又受西學東漸學風影響，視野開闊，能聯繫歷史現實，縱橫捭闔，以史為鑒，以時參照。本書以廣文書局據《求恕齋叢書》影印之本為底本點讀，並簡明注釋。